U0141669

盧建榮主編
歷史與文化叢書 11

讓證據說話

中國篇

熊秉真／編

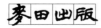

歷史與文化叢書 11

讓證據說話——中國篇

編　　　者：熊秉眞
主　　　編：盧建榮
責 任 編 輯：陳毓婷
發 　行 　人：陳雨航

出　　　版：麥田出版股份有限公司
　　　　　　台北市信義路二段 251 號 6 樓
　　　　　　電話：2351-7776　傳眞：2351-9179
發　　　行：城邦文化事業股份有限公司
　　　　　　台北市信義路二段 213 號 11 樓
　　　　　　電話：2396-5698　傳眞：2357-0954
　　　　　　郵撥帳號：18966004　城邦文化事業股份有限公司
　　　　　　E-mail : service@cite.com.tw.
香港發行所：城邦（香港）出版集團
　　　　　　香港北角英皇道 310 號雲華大廈 4 字樓 504 室
　　　　　　電話：25086231　傳眞：25789337
馬新發行所：城邦（馬、新）出版集團
　　　　　　Cite(M) Sdn. Bhd. (458372U)
　　　　　　11, Jalan 30D/146, Desa Tasik, Sungai Besi,
　　　　　　57000 Kuala Lumpur, Malaysia
　　　　　　電話：603-9056 3833　傳眞：603-9056 2833
　　　　　　E-mail : citekl@cite.com.tw.
印　　　刷：凌晨企業有限公司
登 　記 　證：行政院新聞局局版北市業字第405號
初 版 一 刷：2001 年 8 月 20 日

ISBN：957-469-623-5　　　　　　　　　　售價：360元

▌作者簡介 ▌

熊秉真

　　美國布朗大學歷史學博士，哈佛大學理學碩士。曾任師範大學、輔仁大學等校歷史系所教授，現為中央研究院近代史研究所研究員與「明清研究會」召集人。致力中國歷史上兒童生活與家庭、兩性問題研究經年，發表相關中西文論文數十篇。成書者包括《幼幼：傳統中國的襁褓之道》（台北：聯經，1995）、《安恙：近世中國兒童的疾病與健康》（台北：聯經，1999）、《童年憶往：中國孩子的歷史》（台北：麥田，2000）等，另編有《禮教與情慾：前近代中國文化中的後/現代性》（台北：中研院近史所，1999）。

王璦玲

　　美國耶魯大學東亞語文系博士，現任中央研究院中國文哲研究所副研究員，曾獲一九九八年中央研究院年輕研究人員著作獎。著有："The Artistry of Hong Sheng's Chang-sheng-dian" (Yale University Ph. D. dissertation)、《明清傳奇名作人物刻畫之藝術性》（台北：台灣書店，1998），及探討明清戲曲藝術與明清戲劇美學之系列論文十數篇。

李玉珍

　　目前任職於清華大學中國文學系，教授佛教文學；出版過《唐

代的比丘尼〉和〈佛教寺院廚房裡的姊妹情〉等多篇學術論文。她的學習過程多采多姿，頗符合跨學科訓練的宗旨。大學念過歷史系和中國語文學系，碩士階段則念過清華大學歷史研究所、夏威夷大學宗教系、加州大學洛杉磯分校東亞系與康乃爾大學東亞文學系。通過博士資格考時，考試委員本來決定授與她人類學碩士學位，可惜後來礙於學校的規定，只好作罷。

二○○一年獲康乃爾大學東亞研究博士學位，論文題目為："Crafting Women's Religious Experience: Taiwanese Buddhist Nuns in Action (1945-1999)"。宗教世界裡的飲食男女、自我與社會的交互投射，一直是她關切的主題，融合文學、宗教和田野的訓練背景，提供她更廣闊的視野。

邱澎生

西元一九六三年生，男性，已婚，漢族，中華民國公民。西元一九九五年六月，取得國立台灣大學歷史學系博士學位。西元一九九六年八月，至中央研究院歷史語言研究所工作，任職助研究員。專門研究明清時代中國與「經濟發展」有關的商業史、法律史與文化史，設有個人網頁：「阿牛說的歷史故事」（http://www.sinica.edu.tw/~pengshan/）。

張哲嘉

男性，漢族。台大經濟系畢業，美國賓夕法尼亞大學東亞與中東研究系博士，博士論文的主題為慈禧時代的清宮醫病關係。現任

職中央研究院近代史研究所，爲助研究員。主要研究領域爲中國醫學史、中國地圖學史、術數史等。目前著手的研究課題包括明清時代醫書出版網絡、方志地圖，以及星命學文本所表現的社會與文化關係等。

朱鴻林

　　美國普林斯頓大學哲學博士。曾任普林斯頓大學東亞學系研究員、美國威爾遜國際學者中心駐院學人、中央研究院歷史語言研究所研究員兼歷史學組主任，現任香港中文大學歷史系教授。專門研究領域爲近世中國思想文化史及明代史。著有《明儒學案點校釋誤》等書及《陽明從祀典禮的爭議和挫折》、《明太祖的孔子崇拜》、《明代嘉靖年間的增城沙堤鄉約》等中英文論文數十篇。

何大安

　　何大安，一九四八年生，國立台灣大學中國文學研究所博士，現任中央研究院語言學研究所籌備處研究員兼主任，專長爲語言學，研究領域包括漢語音韻史、漢語方言學、南島語言學等，曾出版《聲韻學中的觀念和方法》、《規律與方向：變遷中的音韻結構》等書。

目　錄

Contents

總序

證據所説的話

熊秉真

　　證據，其實是一個不易捉摸的東西。一件事情，某個現象，構不構得成一只證據，通常要看大家要拿那事情、那現象確定一項如何的事理。也就是說，任何一條事故，稱不稱得上是證據，發揮不發揮得起證據的功效，往往得視大家欲「據」之以「證」何事。這麼一來，這單一事故的證據功能之成立與否，大小如何，價值何在，往往又與某行某業，某類知識，某種機關中一向如何說理立據，憑證論辯，成了密不可分的一大串緣故。所以，不提證據也罷，眞一想起「證據」的事，那怕是任何丁點訊息，細故一椿，追根究底起來，竟不能不扯出一大串牽一髮絲而驚動全身的麻煩。這就是推理，與推理式思考。

　　今天，台北的知性好友得有趣有閒，有心有意地爲大家端出一落落思索證據的文章，細數過去在不同文類，不同場合，不同用意的載錄型文獻中，各自發展出如何一番自我敍說、彼此對質、相互談辨的傳統。這番逸志奇情，這番執著與歡喜，顯然是一種奢侈的

瀟灑，一種精神上的年輕與奔放。這本身，是一個證據，是一個需要話說從前的現象。

下面七篇作品所代表的個別之孤擲，與眾志之砌城，讀者慢慢翻過，自是了然。不過，如果今天要為這數篇文章去起個小小的掌故，姑名之為知識場域裡的一個「文案」吧，就得細說起在這七篇作品成形，七位書生聚首前的一兩樁往事前塵：

話說三、四年前的美西海岸，在西半球重視理性思考與科學記錄的氛圍下，興起了重檢中國醫案發展軌跡，以對質西方醫案面貌氣質之議。一九九八年二月，在美國醫史專家費俠莉教授（Charlotte Furth）和科學史學者法蘭西斯卡‧布瑞（Francesca Bray）的籌組之下，加州大學洛杉磯分校的中國研究中心展開了為期一天的「中國醫案比較觀察」研討會。會中照例言語縱橫，機鋒不斷。會後最重要的附加收穫，則是在吾等幫腔倡議之下，決定由醫案之鑽研，上論旁及，擴而將中國近世諸般以「案」為名的載記型文獻，條而視之。並以之奠一新基，重新與近代西方類似的專業記錄，作一評比，見其同異，思其淵源，從而捉摸中外思索之特質與基石所在。試再論近代不同文化傳統下所謂的真確理念，「科學」驗證，到底該如何考慮，又可能走向哪些不同的蹊徑。

職是，一九九九年的秋天，藉費俠莉教授來訪南港之便，乃邀得身邊碩學好友大安、鴻林、瓊玲、澎生、哲嘉、玉珍等七人，時而茶敘，展開對一段「案類在中國」輾轉曲折之變的競逐。咫尺之內，竟也覓得公案、醫案、學案、刑案、公案劇、星案及案類語意學上的專門之士，翻經弄典，搬舌鬥智，亦見台北的天空下，其實

不乏龍虎藏臥，稍一編組，吹灰不費地也就能演上一個令人雀躍，令己咋舌的說辯藝術。因之，二〇〇〇年底，大家遂將反覆推演的學術沙盤，做了個小小的期中成果發表。現場端出的七篇說辭，就是今日呈在諸君眼前的這七篇文章。

　　依中國歷史場景文獻發展之時序，先見禪宗文學中公案機語之語錄。即李玉珍教授此處所說的「當頭棒喝」。闡述由唐至宋，中國佛教發展間的宗派正統之爭，附帶催生了記錄禪師證悟經驗的「公案」文體。這些精鍊、機智、時而令人錯愕的小故事，本在向習佛的學徒和其他大眾，展示禪宗大師們自身悟道及引人入聖的經驗。這些個別、簡短的證悟經驗，對求佛而言，是一種關鍵性的「個案證據」。因為故事的背後假設，所有其他尚未悟道的僧徒俗子都可以藉之反覆推敲，咀嚼回味大師們成聖的過程。藉著體驗一種模範式經驗，慢慢地，或突然地竟也找到了自己由俗而佛，超凡而入聖的途徑。也就是說，這些禪宗的公案，在宋代以後流傳開來，逐漸形成一種禪學建立自己，開導他人的「傳統」。這個代表禪宗精神傳統的佛教公案文體，既可為傳布教學之工具，也可為自悟習道之工具。同時還可向外辯論爭執，成為擴張自我，分別人己（主要是佛學之內禪宗與其他宗派之異同），標示信仰與認知場域的一種「傳媒」。閱讀或聞知「公案」故事的人，可以用它來求學悟道，自我開通，也可以用它來檢驗他人他派，分辨是非。公案之學在佛教和中國社會文化市場中的功能和特性，顯然與其「憑案立說」的敘事風格，以及舉證說服的方式，很有關係。當時及後來以「公案」名此文類，可能與援借中國長期官府案牘之公信力與知性權

威，社會形象，都脫不了聯繫。

更有趣的是，禪宗「公案」故事的範例一開，這番以案例立說的效應似乎也在宋代以後的社會文化中擴展開來。儒學中「語錄」式的記載隨之時興。由宋而明，且點滴積累，反覆演變，而成了教人爲學入門方式，而兼有門派演變作用的「學案」。朱鴻林教授在他分述宋明理學中學案式著作的出現過程，及其性質焦點所在一章中，即娓娓道出此一背景淵源。因爲黃宗羲的「明儒學案」不但是梁啓超等人心目中的學術思想史鉅著，更重要的，是它以「學案」爲名，分別門派，一再將個別學人分繫儒學宗師，一一援介其出身背景，思想主派，以及爲學之傳承。希望讀者，一則可以按圖索驥，憑展閱各個學案思想特質，論辯過程，揣摩出一個自己求學悟道（道學之道）的途徑。再則作者在明列宋明理學名宗各派師承脈絡，及各家儒學看法上之同異時，不免寄望大家最後能爲數百年來諸般學術公案間的是是非非，好壞良窳，評個公理，立個高下。黃宗羲此番作爲，對他自己師承所屬的理學支派，當然是信心滿滿，自認品質保證，必屬正統。但是在著作體例上，明儒、宋元等學案之作，與值此之前「名同實異」（以學案爲書名但內容上非個別儒者爲學案例的專著），或「名異實同」（以他名命之的學案類內容的書籍）的作品相比，確實留下中國儒學知識上的一個特殊記錄。近世（十六到十八世紀）各種以「案類」爲名的專門著作在文化和知識商場上頓時蔚成風氣，造成一片案類掛牌的新潮流。以此案彼案爲名的出版品，不但擁有讀者之購買市場，對著者和知性生產而言，以「案」類名其作，似乎也代表帶來某種載記作風，論述效用

上的新權威。

這種知性產業上新權威和文化消費上的新現象，在技術性文獻，如醫案、刑案的記錄編纂、刊刻流布、應用過程上，尤為明顯。即以筆者所談中國歷史上醫案型文獻衍生之過程為例。粗略而言，雖可稱司馬遷筆下《史記‧倉公列傳》記淳于意以二十五診籍自辯時，即可見有患者名姓年齡，疾病療治之個別案例。但實須待宋代醫學專科更盛以後，才有如幼科鼻祖錢乙二十三項「嘗所治證」之問世。至於醫學文獻中醫者本人或近侍者所留下一人一案的臨證記錄，是近世醫療市場活絡，出版文化成長後，方益形昌熾。萬全幼科著作中所遺一百四十七項案例，及薛鎧、薛己父子保嬰醫集中所留一千五百八十二則案類形成的「治驗」，即為明代幼科醫學盛行時的典型範例。這些實際、個別的醫者臨床診治經驗，經過載記流傳，可發揮醫界傳授生徒，醫派彼此競爭，醫者自我宣傳等多重功能。然而名實合一的醫案類出版品，仍須至十六世紀以後方漸湧現。這些以名家醫案為名的醫學著作，隨即在明末文化市場上，產生了不小的撞擊力，也間接鼓動了其他案類型文獻（如刑案、星案）等之成編及撰述體例之酌斟。當然，以現代標準衡量，這些近代以前醫案類記載是否稱得上是「案據確鑿」的實證式文獻，不能不引起一番討論。因為其中有些案例記載患者罹病治療過程之外，還細說醫者臨證時之情景，與其他在場同行、家屬議論之言辭，乃至事後所得之光彩酬報。種種故事般描繪，充滿戲劇性的「傳奇」色彩，雖未必有損其「科學」價值，是否全符知識革命以後大家對無嗅無味、中立透明、理性客觀的實際文獻之期望，難免引發若干狐

疑。

　　邱澎生教授論明清刑案匯編背後的法律推理。一方面如同前示各案類文獻的研究一般，屢屢析述約萬曆年間成書的《折獄明珠》，到道光中期編出的《刑案匯覽》，到清末光緒時所見的《審看擬式》，法律上的個別案例，一旦出版上市，其編刻整理重點與此文化成品的推銷對象（成為一般民間訴訟時之參考，或為朝廷官員推敲疑難案件之示範，或為地方官吏處理經常案例之佐用），有最直接的關係。另方面，深入自看這些刑案鋪陳事件，步步推理的邏輯所在，一如其選案編輯，匯整成書的過程，背後都有一股隱而未顯，但卻歷歷可見的中國式法理。

　　旅美華裔法醫李昌鈺先生以《讓證據說話》同樣書名，析述其專業經驗，屢提及中國傳統判案與公案劇場之間對公理大彰的神奇式期待，與絲絲證據之扣入法理，可為此中國式法理、社會心理與當代法律大化之比較。就近世中國的思想制度、文化動力的共通場域而言，縱覽明清時期各個案類型文獻，不但各自紛然成型，各方敦雅並陳。少數案類作者序言及出版跋語，或其他參考資料透露，當時知書識字的家庭裡，桌上醫、刑、學、公各案齊列。也就是說，在讀者比照閱覽之下，這些不同性質的以案立說的著作往往互為參佐。就生產面而言，有些家族中行醫、問案、習禪，學儒，各式活動都有，各種經驗專長，也交錯而並存。不少出版商，刊刻行銷不只一種文類，對這各類以「案」為名的編纂，彼此間的比較競逐，模擬參照，也是自然而然的現象。作者於行醫玄案、折獄循例，禪學珠璣，理學方式之間，由互知而比較，由比較仿行而爭

勝。或相互徵引，無論在心態、方法、或職場權勢上，都依稀可
見。

　　這個由案類型文獻進而探求中國式推理心態的社會文化史軌
跡，比較特別的兩個領域，是在文學藝術和星宿信仰上的展演。王
璦玲教授以清初「公案劇」的曲折風貌為例，說明在戲曲的範疇
裡，劇本對觀眾所搬演的一椿椿公案故事，每一個看似離奇的案
例，其核心關懷都在反覆申明，世上冤情曲獄雖比比皆是，但因有
斷案如神，機警過人的清官，加上恢恢難逃的天理，以及激憤不平
的人心，藉著世間衙門的翻案覆審，或竟有天庭神明之干預，乃至
延至陰司地府之重申，最後冤情委屈多半得洗，人間遺恨得以昭雪
平反。這詩歌般的「文學正義」乃得藉著哀豔淒美的劇情，一事一
劇，一段一步地還給社會人心一個倫常推斷上較易接受的情理。如
此美學與倫理，邏輯上的事理和虛擬式的法理，乃藉著一種特殊的
文案書寫媒介，圓滿地回復了當時世道人心上一種對憑證據發揮無
比神蹟的一個心態上的共同期望與無限的仰仗。

　　在張哲嘉教授的引介下，這層近世中國社會心態上對證據的信
仰的倚賴，演為另一種對宿命的推斷、臆測和辯解。無論當時市面
上游走江湖的星命術士是否真有「鐵口直斷」的功力，星命學書刊
中「星案」之編寫舉證，都顯示了在占星卜算的領域中，供需雙方
都共有共信，分享流傳著一個有可能是確據鑿鑿的人生命運的軌
跡。對諳此道或信其術的人而言，這些軌跡與人初生時生辰八字，
天宿星命的流傳，有著某種必然可尋的對應關係。援之，人生可占
見未來，星命專家可據之指點迷津，星命學上的案例遂得以藉已知

範例展示其玄機，說服半信半疑，或大惑不解的民眾。個別的案例往往靠此領域整體知識之權威支撐。但此專門領域之集體可信度又不能不駕之於一件件個別案例的一體邏輯式推理之確實可靠之上。此處的表現，又是一種範例。

最後，所有這些公案、醫案、學案、刑案、星案及公案劇等等，在中國歷史文化場域中的樹立展演，變化推移，不能不會繫於中國語言文字之表達，及此表達體系之內對「證據」與「說理」之間所牽起的觀念上的預設，及句型構造，語文意念鋪陳上的抽象軸線。何大安教授以「案」與「按」這兩個關鍵語詞的息息攸關，與交替變換的情況，指明中國語文情境中，原來留給案類變成「證據」與其說的「推理」多少思想和表達上的空間，以及這個語言文字上的先天環境與後天演化，如今在比較語言學的角度上看來，又有如何一番特殊風韻，語意上的靈活，句型上的機動力，似乎可能暗示、暗藏了哪些不知不能，難解難分，無端講明申辯的轄制與拘謹。本文作了一翻很有創意的解說與推斷，為這「案類在中國」的文化淵源，下了一個短小精練的結語。

就這六種以「案」為名的文獻材料和文化活動而言，現在看來，它仍多半是先有事實（某種個案記錄或個別敘說），後有名稱的（在禪學、儒學、醫學、法律、星命、文學上把這類相關的資料冠以「某案」之名）。雖然我們尚不能確定這種種案類之間，此案與彼案（譬如說學案與公案，或者醫案與刑案間），一定帶有某種直接的關連或內在關係。尤其還不能說明個案型的資料或憑案推理的現象，只局限於這六種冠有「案」名的文獻活動。然而宗教、儒

學、醫學、刑律方面的個例記載，各自確實都經過一番繁複的演變，體例乃漸明。尤有進者，在宋而明清，尤其是十六世紀到十八世紀之間，這些「以案為名」的專門文獻，紛紛以新名新貌（某種「案」類之匯整），版刻問世，出現且流傳坊間，這個「文化生產」事業的浮世，不能不說是個值得深究的問題。因為這個發展過程，浮世過程，和各種案例載記文體與專輯彼此間的互知紛競，告訴我們，一方面這宗教、儒學、醫學、法律等每個性質殊異的領域，由唐宋而明清，不約而同地都重視起個別範例，匯集奇觀，與此領域界定自己，釐清爭議，訓練生徒俗眾，對內對外樹立權威，展示其特殊的推理說服性質，有最密切的關係。

就推理思考及舉例立說的歷史發展而言，這些近代以前對個別實例的重視與運用，究竟代表如何一番意義，特別值得考慮。畢竟，在集例與舉證方面而言，歐美近代實證思維與實驗科學中所看重的證據，只是諸多種證據中的某幾類特例。而在這方面，西方由前近代邁向近現代的步履，只是諸多文明轉向（不必名之為「進步」或「興起」）的型態之一。

相形之下，中國案類性載記較其他社會種類為多，涉及的活動範圍也廣。於通常其他文化傳統中常見的醫學案例，法律案例之外，還有宗教類，學術思想類，占星卜算類，以及戲曲之學上的展現。看來是一個比較實證載記上最為繁複的特例，足資在比較知識學上反客為主，供各方對照思考。將之牽涉起中文語法、語意邏輯、句型構造，及語文表達等本質上的特性，或結構上的傾斜，功能上的偏重，更是此番討論中的一種大膽的嘗試，與額外的收穫。

證據是否真能決疑，因而提供關鍵性的參考，並為推理判斷之基本憑仗，是一個中外古今都需要彼此參酌，但沒有任何一方應該獨自佔據的知性空間。

在上述兩會，東西越洋三年以上的激揚之下，今年秋天十月中旬，「憑案而思」（Thinking with Cases: Chinese Cultural History）的第三場學術討論會將在美國學院重鎮芝加哥大學召開。屆時費俠莉、蔡九迪（Judith Zeitlin）教授及我將設法將此學問接力工作，再掀唇槍舌戰之高潮。台北的學友於此先呈上部分成果，以為切磋之邀。同時樂於將此求學問道的雀躍，分享華人世界的讀者，靜候指正。是為此案類學案場的第三幕。

此套書上市，惠得麥田出版社總編輯陳雨航、主編盧建榮的奧援。他們的誠摯與大方，讓我們對學院世界與文化事業間的相繫共榮，有一份真實的期望。執行編輯陳毓婷及研究助理岳心怡，同仁楊芳燕博士耐心校稿仔細校讀。當然，開會及會後評論提問的朋友（全書各篇文章均經過嚴格的匿名審查及反覆修改），為各文章增潤傾入豐富的生命。至於本文各篇作者，王璦玲、李玉珍、朱鴻林、邱澎生、張哲嘉、何大安諸位先生，大家稍翻扉頁，就會知道，時下沒有他們這般慷慨熱情，風雅沉思的學友，此另類創作是不會有影子成形的。

一個人問惑求知，由披紛解難，起步而迤行，總是不容易知道路會走到哪裡。「讓證據說話」一套二書的完成，算是另一個小小的駐足。帶著幾許偶遇的歡喜，也不免訝於間或摸索中蠱人的黝黑和偕伴的燦爛。

讓證據說話

中國篇

熊秉真／編

圖 1-1

1

洗冤補恨

清初公案劇之藝術特質與其文化意涵

王璦玲

一、公案劇類之發展主軸及其所牽涉之正義問題

在中國文學史上，「公案」文學的發展可謂源遠流長。「公案」一詞，最初的涵意是指官衙公堂上的桌案，唐宋時則指官府案牘。除此之外，佛教禪宗亦將足以表顯教義的機鋒應答的事錄稱為「公案」。至於「說話」技藝中涉及官府判決的專門故事，亦曰「公案」。在宋代瓦肆勾欄當中首見「公案」一項者，為南宋灌園耐得翁《都城紀勝‧瓦舍眾伎》條所載「說話」四家的「小說家」，其子目中列有「煙粉」、「靈怪」、「傳奇」、「說公案」、「說鐵騎兒」數種。[1] 又宋吳自牧《夢粱錄‧百戲伎藝》亦云：

> 凡傀儡敷演煙粉、靈怪、鐵騎、公案、史書、歷代君臣將相故事話本，或講史，或作雜劇，或如崖詞，懸絲傀儡者，起於

陳平六奇解圍故事也。[2]

而羅燁《醉翁談錄》甲集卷一〈舌耕敘引、小說開闢〉條分「小說」為八類，其中也有「公案」一類。[3] 此類「公案」小說以「摘奸發覆、洗冤雪枉」為主，往往具有兩部分，即案情的描繪與斷案的敘寫。斷案包含破案與裁判，或取其一，或兼取兩者。宋代話本中如〈錯斬崔寧〉、〈合同文字記〉、〈三現身包龍圖斷冤〉等，均是其例。而由此類話本廣受歡迎的程度來看，它必然也多少反映了社會某些值得觀察的心理。類如「包待制」這樣清官形象的人物事蹟之盛傳於民間，即是至今仍存在於社會的現象。

所謂「公案劇」，顧名思義，應是以牽涉司法案件，為故事情節必要脈絡之作品。在此類戲劇中，「案件」本身往往只是造成可敘述的對象事實，卻並非戲劇主旨所真正要表達的思想內容。而這類作品之所以以司法案件作為足以帶動情節發展的要素，主要是因為此類司法案件能引起足夠的衝擊力；公案劇中情節必涉及所謂「冤情」，即是為此。大體而言，「公案」題材之出現，無論中外，皆是立基於司法功能之存在，與其引申的道德期待。也就是說，必須社會的正義已有憑藉司法維繫之機制，不正義的司法始成為彰顯人間不幸的一種表徵。當然如果公案劇成為一種廣受歡迎的表現形式，乃至成為一種盛行的劇類，在其初始，必定有屬於社會文化的成因。中國公案劇之出現於元代，即明顯地可以由此推求。在公案劇與一般以「社會世情」為描寫對象的戲劇的對比中，我們發現，它們有一明顯的劇情上之不同，即是在劇情上往往以「命案」為劇

情線索輻輳的核心。這種實質上是將「司法正義」無可避免地帶入劇情的手法，顯示在此種戲劇主題類型產生的社會背景中，社會於期待「司法」為正義的守護者的同時，對於因司法不正義而加深社會不正義之現象的極度憤恨。所謂「極度憤恨」，一方面是相對於司法所涉及之不正義的案件本身所引起的不平，一方面則是相對於個案性質的司法不正義所造成的怨懟。也就是說，如果保護正義的司法，竟然本身成為新的不正義，則其刺激人的程度必然大於單純的事件上之不正義。而如果在司法中所存在的不正義，尚不只是偶然地存在，而竟是一種常態，則此種為人憎恨的程度，必然是極高的。

由此可見，公案劇的真正來源，是因為人要探討「社會正義」，[4] 而「司法」則是呈現社會正義最明顯而直接的方式，因此司法是否正義成為了衡量「社會正義」是否存在的尺度。不過有趣的是，中國與西洋的劇場傳統都有以「正義」與「伸張正義的方法」主導劇情的劇作，其中不少涉及司法審判及其是否正義的問題，但除了比較近代的例子外，大多數早期的此類作品，並不直接細膩地探討司法中所存在的「程序正義」問題，甚至亦並不真實地反映法庭中的實況。劇中所探討的，實際仍是道德問題。所以往往一個因「人的不道德」所造成的不可能平反的冤獄，卻奇蹟般地獲得了解決。而它解決的方式，雖是道德的，但常常就法律或事實上的狀況而言，則是不可能的。所以我們有必要在戲劇設計中，區別「正義」的兩種要求：一是在審美效果上所要求的「戲劇正義」，一是在其內容義涵中所要求的「社會正義」。

幾乎在所有的公案劇作品中，所有的不正義一定能得到平反，或得到另一種補償。這種情節設計的方法，並不單純因為人喜好一種好的結局，亦不是因為我們相信正義最終必然是可能的。在這裡，我們必須區別所謂「戲劇正義」與「社會正義」兩者在性質上的差異。亦即是：在現實生活中，正義不是經常可以獲得的，這是人生的無奈，也是事實，因此如果正義可以輕易地以尋常方法獲得，則顯得脫離現實。故戲劇中必須強化「維護正義」在事實上的困難度，否則達不到戲劇效果。然而就戲劇的設計來說，戲劇雖然創造了不可能平反的不正義，在其結局的設計上，卻一定要讓壞人得到惡報，好人的冤屈得到平反。因為我們如果允許了不正義的結局，則在審美上它必然違反了我們內心的道德期待，從而製造了失落與鬱悶的劣質品味。因此戲劇的正義要求，是要有公正的結局，這便是所謂「文學正義」(poetic justice)。公案劇中所以出現了奇怪的巧合、夢兆、神諭、判官跨越陰陽兩界的超能力表現與鬼神的涉入協助，正是體現這種「正義」的藝術設計。

於是在這裡，我們有了兩種「正義」。一種是劇作家針對人類社會中「正義如何才成為可能」的一種實質正義的探討。另一種則是基於戲劇中所謂「文學正義」的要求，在戲劇設計中所創造的抒情的正義。從元到明清之公案劇，在體現「正義」要求的歷程中，其內涵與表現手法，正有著這兩種不同。

中國公案劇之所以自元代起，即成為一個戲劇主題類型，其根本的原因，主要來自當時社會所存在的一種結構性的不合理，從而使司法之不正義，不僅是一種可能的現象，實際上已成為一種常

態。這種結構性之不合理，即是異族統治下所造就之封閉的「階級」
壓迫。這種以階級控制爲統治手段的方法，使社會割裂成爲缺乏
「共同人性理解」的板塊，人間「正義」的訴求，已不復爲一種合
理的期待，而是一種奢望。於是在這種情況下，期待一種「英雄式
的司法正義」，甚至有時是一種「幻想式的司法正義」，成爲此類戲
劇的內容。所謂「英雄式的司法正義」，往往是將正義伸張的責
任，託付給一個具有正義感，卻並不具有適當地位的人物。而正因
爲這位維持正義的人物並不擁有適當的地位，因而也就無從擁有自
然的護持正義的權力；而亦正是在這種意義上，使他成爲了一位
「英雄」。英雄的手段，可以是合法的，也可以是非法的，最重要的
是他必須是正義的，機智的，甚而是令人讚嘆的。在這類英雄式的
人物刻畫中，案情的曲折詭譎，與出人意表，常是設計的重點。

至於「幻想式的司法正義」，則不僅塑造了主持正義之神話性
的人物，擁有著超越現實的能力，[5] 而且在整個辦案的過程中，當
遭遇到事實上絕無法突破的困境時，它可以經由一種技術上、常理
上，甚至存在的可能性上，皆並無眞實性的方式，在一個關鍵點
上，頃刻之間將問題解決，讓人們期盼的正義，獲得了維護。這種
虛幻性的正義之存在於元代公案劇中，成爲了一種另類的「虛構模
式」。然而我們如果以加拿大文論家傅萊（Northrop Frye）在《批
評的剖析》（Anatomy of Criticism）一書中所列舉的五種「虛構模式」
加以類比，則公案劇關於劇中所謂「主人公（hero）」的敘述，無
論是英雄式的人物，或神話性的人物，都是所謂高模仿（high
mimetic）。[6] 因爲劇中故事的結構，以及藉故事所探討的問題，都

未脫離眞實的社會；即使是「神話性的人物」，劇中主人公所具有的德性、情感及行動的能力，雖超越於一般人，但他的所作所爲，在多數狀況下，仍遵循社會事理的標準；且其行動在大體上亦符合自然的規律。只是爲了護衛社會上「事理上可能，卻事實上罕有」的正義，他有時被賦予超越常識可能的能力，或豁免的條件[7]，使得最後的正義，以一種極爲戲劇化的方式，獲得確保。這種超越常識可能的能力，或豁免的條件，由於對於常人而言，乃不能有、或不可能有，故帶有神話、或「浪漫傳奇（romance）」中主人公的色彩。然而由於這種能力或條件，僅是有限的、局部的，與事項上的，所以在性格上，他並無神聖性；他的整體的「行動」，亦不具備神話，或「浪漫傳奇」的特質。元代公案劇這種有時與高模仿類型相同，有時又兼具其他類型色彩的狀況，當然是由於中、西文學根源與歷史不同所造成。[8]

　　一般而論，無論英雄式，或帶有神話性色彩的公案劇，其創作主旨，往往十分明確。他們的目的，是要樹立一個明察秋毫、公正廉潔的清官形象，宣揚正義必然戰勝邪惡的眞理，以爲百姓伸冤，警告世間違法犯紀之徒。而清官與清官身邊的俠客所彰顯之救人於水火、濟民於急難的「俠義」精神，亦體現了這種倫理教化的色彩與功能。這種俠義精神也就是司馬遷所謂：「救人於厄，賑人不贍」的精神。這也符合了魯迅評論公案小說所說的：「凡此流著作，雖意在敘勇俠之士，遊行村市，安良除暴，爲國立功，而必有一名臣大吏爲中樞，以總領一切豪俊……。」[9] 大體言之，元代公案劇雖不大肆鋪陳「法紀」的現實作用，清官之行爲，卻處處暗示了，在

理念上，「法」的正義之必要性。「殺人者抵命」的觀念是他們審理、判斷案件的依據。

由元至明，就外觀的形態來看，以清官辦案為主的公案小說高度繁榮，出現了海瑞等典型的清官與《包公傳》、《海剛峰公案》等一大批清官故事與故事集。此種文學上的現象，就已經存在的文學的主題類型言，雖並不存在一屬於「發生」上的問題，但某種外緣環境的刺激與培養，必然也會是造成某一形態文學主題受到劇作家、或觀眾青睞的原因。這一項外緣的因素，即是明代的政治的局勢，以及政治影響下所產生的社會狀況。一般研究明代文學的研究者，對於此種現象之產生，直接的聯想，便是認為它必然與明代政治權力體制對平民百姓的壓迫、掠奪，及這種現實對大眾心理所造成的深刻影響，密切相關。這在某種程度上，當然是相關的，但是時代的政治環境不直接產生作品，或決定作品的形態。在與時代環境互動的過程中，文學本身已有的傳統性，與創作者在此種傳統性基礎上，所作的調整與發展，仍然具有參與決定歷史走向的力量。

歷史學者所注意到明代政治的特殊之處，在於明代權力制度與法律間之實質關係。大體而言，明代中央體系由於過度集中化，以及「律」「敕」不分的狀況，使得皇權的運作者，同時成為最高的立法者，皇帝發布的詔令敕諭是最權威的法律形式，皇帝的特權凌駕於一切法律之上，從「律敕並行」到「以敕代律」，正說明了當時法律的基本性質與特點。[10] 而這些特質使得明代政治的「專制性」比以往更為突出。[11] 誠如孟德斯鳩所說：「專制國家裡，法律僅僅是君主的意志而已。」[12] 明代的情況，正是有著這種「權力」凌駕

於「法律」的狀況。

明代政治，雖在大結構上，立法者常同時成爲法治的破壞者，[13] 然而在與升斗小民切身相關的「小小刑名」上，卻又嚴酷不稍假借，這種居上姑息，在下寡恩的狀況，不免給予司刑之吏有了可以「公肆賕遺」的環境。[14] 在這種權力制度下，下層百姓的境遇當然極其可悲。而至明萬曆中期以後，所謂的「廉政肅貪」，更成了譏諷的對象，《明史·邱橓傳》云：

> 懲貪之法在提問，乃豺狼見遺，狐狸是問，徒有其名。或陰縱之使去，或累逮而不行，或批駁以相延，或朦朧以幸免。即或終竟其事，亦必博長厚之名，而以盡法自嫌。苞苴或累萬金，而贓止坐之銖黍。草菅或數十命，而罰不傷其毫釐。[15]

傳統政治體制的合法性本是以君主「恤愛子民」、「下養百姓」的倫理原則爲支撐，但在明代中期以後的政治環境中，情況卻逆變爲「君門萬里，孰能仰訴」的局面。明儒呂坤論之云：

> 自萬曆十年以來，無歲不災，催科如故。臣久爲外吏，見陛下赤子凍骨無兼衣，飢腸不再食，恒舍弗蔽，占萬未完，流移日眾，棄地猥多；留者輸去者之糧，生者承死者之役。君門萬里，孰能仰訴。[16]

由呂坤之言可以見出，在明代惡劣的政治環境下，百姓受欺壓盤剝

而又哀哀無告的局面之怵目驚心；而在完全不具備現代性出路的情況下，他們又只能把「仰訴君門」作為自己超拔於苦境的唯一企盼。

事實上，明代權力制度及吏治上的弊端，促使通過文學虛構手段塑造上忠天子、下愛萬民的清官，成為一種渴望重新建構合理社會的期待方式。而也正是由於平民百姓在現實中根本無法消解專制權力的巨大壓迫，所以他們轉而期待一種廣泛而「有效」的心理補償機制，可以使自己得以在心理上勉強抗衡周圍隨處可見的黑暗與腐敗。

明代小說中有關當時吏治與司法制度痼疾的大量描寫，由於具有比較豐富的觀察政治的角度，因此若對於「公案」類別的文學發展，產生了相當程度的刺激作用。這種作用，可以分別表現於主題呈現、情節構造與人物刻畫三方面。簡單地講，所謂司法中的不正義，主要來自兩方面，一是人性，一是政治。而腐敗、惡化的政治則正是誘發人性中易於墮落的一面的最佳溫床。所以企圖了解政治中的人的行為，其實是提供了我們觀察人性、反省自己的一個絕佳的機會。公案小說與公案劇就產生的社會因素而言，雖是可悲的，但是在它的發展中，透過社會人情的觀察，我們所能加深的對於人性的了解，卻是可貴的。而這些可貴的觀察，也成為豐富敘事情節與強化人物形塑的有效推動力量。

就影響公案劇發展的外緣因素而言，由明而至於清初，整體局勢又有了新的變化，清初劇作家之所以撰寫公案劇，除了承沿前述自元代以來公案劇、清官故事之著作傳統外，由於明末清初正值風

雲激變的世變時期,改朝換代的大規模動亂,明王朝傾覆所引起的巨大震驚,殘酷的民族壓迫,所有這一切,刺激了許多文人,他們的創作,有的抒發亡國的哀痛,有的宣洩鬱憤的情懷,有的追究興亡之原因。而除了「易代」這種變化以外,清初統治者的政治措施,對文人士大夫內心的打擊亦是極大。如發生於順治十四年丁酉(1657)的「科場案」,即是一例。科場舞弊,晚明已甚熾烈,清人入主中原之初,始而連年開科,以籠絡士人之心;繼而整頓科場,嚴懲舞弊,一時科場案大興,人心惶惶。「丁酉科場案」蔓延幾至全國,以順天、江南兩省為巨,次則河南、山東、山西,共五闈。當時的主司、房考及中式的士子,誅謬斬決及遣戍邊疆者,難以數計。清初名士如陸慶曾、吳兆騫、丁澎等,皆入案中。清廷不惜嚴刑峻罰,甚至弟兄叔姪,皆遭連坐,議罪甚於大逆。然而,「科場案」之餘波未已,康熙初年,又發生了驚動社會的「奏銷案」。江南的仕紳地主,在明代均享有特權,累年拖欠錢糧,習以為常。順治十六年(1659)清廷始定條例,凡江南紳衿拖欠錢糧者,依情節輕重,給予不同的懲罰。但江南大多數紳衿仍拒交如舊。康熙登基之初(1661),朝廷嚴催順治十七年奏銷錢糧,僅蘇州、松州、常州、鎮江四府,就有進士、舉人、貢監生員一萬三千多人,以「抗糧」的罪名,或革除功名出身,或降級調用,甚或郎當提解,從重議罪。一時牽連甚廣,如江南名士吳偉業、葉方藹、董含、翁叔元等人,皆入奏銷案中。清廷有意整頓積弊,這不僅使江南士大夫在經濟上受到嚴重打擊,而且「一時人皆膽落」[17],在精神上承受來自權威的極大壓力。此外,如始於康熙朝的「文字獄」,目的是為

了遏止反清復明的政治思潮。其中如莊廷鑨《明史》案、沈天甫之獄、戴名士《南山集》案等，都是當時震動天下的著名大獄。清廷大興文字獄，一方面有效地加強了政府對思想文化的控制，另一方面多少也阻滯了文化、學術的正常發展。文字獄屢興不已，愈演愈烈，在文人士大夫中造成了濃重的恐怖氣氛，也逐漸醞釀出「避席畏聞文字獄，著書都爲稻粱謀」[18] 的文壇風氣。

在清廷這些政治措施的嚴酷打擊下，清初的劇作家既無法掩藏心中的怨憤，又深懾於當政者的權威，所謂「世變滄桑，人多感懷，」[19] 於是他們希望藉助創作來抒發內心的複雜心緒與生存之感。這不但是十分自然的，也是戲曲持續發展的重要社會因素。而另一方面，清康熙年間，由於清廷統治已漸趨穩定，社會經濟也漸次得到恢復與發展，爲戲曲的持續發展提供了堅實的社會基礎。在此種清初文化思潮的大背景下，當時蘇州一地的劇作家，以一群「不遇」的文人身分混同於三教九流之中，以戲曲創作、戲劇活動爲一技之長，爲當時開始興起的民間職業戲班寫戲，於是與戲班梨園結下了不解之緣；這便是今日學者所引稱的蘇州派劇作家。[20] 這些蘇州派劇作家的作品不僅延續著以劇作宣揚道德的傳統，且在很大程度上，反映了晚明以來新思潮影響下的市民心態、市民願望。或者說，他們的劇作本身就反映了明末清初市民階層思想意識的複雜性，具有貼近世俗人生、關注時事政治的創作傾向。大體而言，他們的劇作大多具有「譏切時弊，關注現實」的現實精神、勸善懲惡的教化意圖，以及「天下興亡，匹夫有責」的平民色彩。[21] 而其中尤以社會劇（包括時事劇）與歷史劇之成就最爲突出，如李玉之

《清忠譜》、《一捧雪》、《千忠戮》，以及下文將討論之朱素臣的《十五貫》、《未央天》，朱佐朝的《吉慶圖》等等。

清初這種政治意識複雜化的結果，使得原本屬於「事例」性質的冤獄個案，或由之引生的普遍的「正義」問題，在公案類文學的敘事處理上，有了可以添加進許多屬於其他社會面相與議題成分的機緣。而當時一批具有創意的文人劇作家則是掌握了這種基於時代因素所帶動的需求，使得整個「公案」文學在發展上，找到了足以豐富其內涵與表現方式的方向。此一方向，即是以寫實性「人物刻畫」為主軸的「清官」形象之塑造，與因之而結構而成的「清官戲」。

「清官」作為公案劇中的主要人物，這本是公案劇從開始建立其主題類型時，即是如此。但在早期的公案劇中，作為主角的「清官」，往往只是依照可憐黎庶的期待而塑造，它的虛幻性是多於真實性的。但是自從有了明代「公案」類文學的新發展，公案劇中的清官漸漸在他的虛幻式的「英雄」特質中，被加進了一些屬於權力運作現實中作為「官場人物」的真實性。於是他從一個相對而言比較「扁平」的人物，變成了具有較豐富個人色彩的「圓型」人物。[22]

但是一種真正豐滿的人物，必須是「行動」中的人物，也必須是「情境」中的人物，因此要發展成為真正具有高度戲劇性的「清官戲」，不僅需要一位面目清晰，具有人格深度的「清官」，更需要將這樣一種人物，放進一個具有真實性的社會情境之中，讓他具有「行動」的可能，與「行動」的空間，而清初的時代背景、人文風氣，以及特殊的地域性劇作家的存在，正是提供了可以朝向此一方

向發展的條件。我們若從它實際的發展過程來看，我們可以說，這種「清官人物」與「清官戲」的成形，在戲劇的表現上說，是主題意識導引著人物刻畫，再由成功的人物刻畫強化其戲劇效果的一種藝術發展。也就是說，在它的發展基礎上，有著較為寬廣的社會視野，與較為深刻的對於「世情」的觀察角度，而不僅止是某一種故事形態的平板的沿續。而也正因為如此，這類「公案劇」也逐漸地被運用為一種承載文化意涵的工具。這是公案文學，尤其是公案劇，在清初所以應佔據一特殊地位的原因。此下將分項就其相關的特質與要點，予以說明。

二、公案劇所呈現之清官意識與人物塑造

就常理上看，大凡是吏治敗壞、社會動亂的時代，表現社會人情與倫理的作品中，便易有描繪吏治黑暗與司法不公的情節或主旨。前述中國公案戲之出現於元代，亦是中間的一例。然而就一種已經確立的主題類型而言，支持此種類型的延續，與造成此種類型流行程度的，卻可能同時與其內涵意義之深度，乃至藝術性之拓展與表現有關。亦即是說，主題類型的延續與其所以發生，在條件上並非一致，政治狀況並非公案劇所以延續發展之直接原因，公案劇之持續流行，雖反映部分政治現實，但無法視為政治整體狀況之體現，亦在邏輯上無法作為反映歷史之主要證據，或評量標準。[23] 公案劇之由元代轉入明、清，最重要之一項潛伏的發展線索，在於劇作者對於司法不正義，已由一種消極的無奈，或祈求一種單純的拯

救，轉變為對於司法所以不易經常維持其正義之成因的探討。而也就是在這種意識之主導下，公案劇之發展深刻化了其劇中人物的刻畫。

在現今可考的元代公案劇中，以斷案者之個人表現為敘寫核心之劇目，直接依包拯故事為模型者，即佔二十五種左右，[24] 而包拯故事之所以為劇作家所樂用，正在其流傳事蹟中所具有之英雄性與神話性，足以提供一前文所提及之超越現實障礙之虛幻性理想人物。然而由於這種現實與虛幻結合的故事架構，就中國傳統言，並無一完整的神話（mythology）為其支撐的基礎，故難於以較靈活之方式轉換形式；包拯一人之事即佔公案劇如此大之比例，即是顯示發展上之限制。包拯式故事之呈現，既然難於脫化其既定的架構，甚至時、空背景，則其拓展之方向，唯有朝「社會化」一途延伸。明代中後期以包公公案為核心，或以包公故事為藍本之公案小說之大行於世，[25] 如《包龍圖判百家公案》、《包公案》、《龍圖公案》、《新民公案》與《海剛峰先生居官公案》等[26]，逐漸結合俠義小說之成分，即是顯示此種主題發展之趨向。而亦是借用了小說體裁在敘事上之方便，公案敘寫乃有了較複雜的敘事角度與人物型塑。不過由於明代傳奇，以才子佳人劇言情，已是新的戲曲主軸，故公案故事的主要市場，仍是以話本小說所佔較多，公案劇真正另闢新天地，須遲至清初，始因整個社會劇之發達而亦連帶出現。清代公案劇之最重要之發展，在於將整個公案劇由「理想正義」導入「社會正義」，在它的內部思維中，「正義」事實上如何方能存在之思，實為一核心的主軸。亦即是劇作家須將公案劇中的英雄，放回

現實中所存在之「官場」之中，而亦在同時對於一切所以產生糾葛之世情，給予恰當的敘寫，將普遍的「冤情」，呈顯爲現實中眞實人物所可能遭遇的種種事變。在此發展下，所謂「英雄」如果是眞實上所能有，則他的「英雄性」亦必須是常人中所可有的「常然之善」。而如果他所具有的仍然是「超人之善」，或「超人之能」，則他只是一決定事件之核心，代表正義之「不可侵犯性」，在整件事情之中，其他人物必須仍表顯出社會常態的人情與人情中的「賢」、「奸」。

這裡所謂將公案劇中的英雄，放回現實中所存在之「官場」之中，最重要的一點，即是貫穿於公案劇中之一種「清官意識」。所謂「清官」，當然指的是指符合官箴中「廉」的標準的官吏。公案劇強調維護司法正義之需要具有廉德的斷案之官，此在中、外戲劇皆然，不過在中國人的官場意識中，「清官」一詞，則有其特殊的文化意涵。主要的原因是，中國是一個擁有龐大官僚系統的政治實體，也因爲這個政治實體的龐大，因此在它的運作中，「人脈」是一個政治仕途中影響權力運作最爲重要的機制。[27] 所以所謂「清官難爲」，是因爲它所牽涉的尚不只是個人是否「貪財」的問題。一個人即使不貪財，想要奉公守法，把官做好，但操守太廉，會激起別人的不安，因而斷了仕途中的人脈。因此有時基於前程的考量，即使並不想貪瀆，或接受關說，在政治的顧慮下，也會接受一些官場上視爲情節較輕的餽贈。這種實際上已經結構化了的官場文化，使得所謂「清廉」與否，與人的好壞，並不完全畫上等號。一切都在當事者自己拿捏分寸。這種道德上隱含的模糊，使得許多升斗小

民，遭受權貴迫害的時候，難於真正遇到能為他們不惜犧牲前程的正直之士。如果公案劇中所設定的官場處境是一個「絕對壞」的環境，如元代公案劇中所常表現，則在戲劇上反而比較容易處理，劇作家只須將英雄人物理想化，並不需要太細膩的手法去表現他在實際運作上所可能遇到的難處。但如果公案劇中所設定的官場處境是一個「相對壞」的環境，則整個戲劇處理便會演變成一個理想人物如何在中國官場中「做成一個清官」的問題。

我們如果循這一個脈絡來比較公案劇中有關「清官」的敘寫，則可以看出這一種屬於藝術處理上的問題。元代雜劇中，清官往往出現在以下幾種情境中：第一種是權豪勢要為非作歹，殘害平民百姓，出了人命案子，這時只有像包公一類的正直之士敢於直接與他們作對；他所表現的是「人間的勇氣」。第二種是潑皮流氓殺害了人，鬼魂出來告狀，也只有能通鬼神，白天斷陽，夜間斷陰的包公才能判斷疑案而為屈死者伸冤。這時他代表的是「神人共同維護的正義」。第三種是由於貪官污吏糊塗判決，草菅人命，然後清官如包拯，重審案件，處決了兇手與貪官，為屈死者平反昭雪。這時他表現的是「司法上應有的正確處理」。

在以上三者中，前兩者其實表現的僅是一種人們屬於理念上的要求，或所期盼的幻想式的救援。只有第三種方式，才有較多的現實上的意義。而稍有不同的是，另有一種屬於平凡人物中的英雄，如《魔合羅》與《勘頭巾》中的張鼎。他是個六案都孔目，位階極低，但他為人正直，敢於拋身仗義，推翻貪官污吏的糊塗定案；在性質上，這類人物的行徑近於俠義。

可見透過塑造不畏權貴、公正執法的清官形象，使百姓因權勢者橫行不法所造成的心理鬱結，得到宣洩與撫平，乃是清官意識的基本內涵。所以在元雜劇中，包公等清官的剛正不阿、爲民申冤的形象已經塑造得相當完滿。這批威勢赫赫的清官人物，他們仰仗天子賜予的「勢劍金牌」，痛誅那些蠹政害民的貴戚衙內，並由此而使飽受荼毒的小民們如蒙甘露、重獲生機。[28] 此種通過清官們因勢劍金牌在手而放膽懲治貪官污吏的喜劇模式，充分體現出《陳州糶米》所總結：「方纔見無私王法，流傳與萬古千秋」[29] 的創作旨趣。

明代清官故事的發展，則是將元代清官故事中懲治權豪勢要的基本模式，增加進一些屬於清官對於民間社會之惡的發奸摘隱。明代描述清官的作品數量在明代中期以後大量膨脹；[30] 另一方面，其中除了《包公案》等較多承襲前代特定故事情節的作品還保留一些與元代包公戲大致相似的情節外，所謂「把勢劍金牌從頭擺，把濫官污吏都殺壞」的模式已經大大萎縮了——所以在直接表現明代清官文化的眾多小說中，已經很少能見到清官們不顧當朝權貴之威勢而誅討貪官、爲小民申冤報仇的故事，至多只有一些對品階較低官吏與鄉宦之劣跡的憤慨；其絕大多數事例，僅涉及一般鄉宦所勾結的下層官府。而在《金瓶梅》等小說中，更出現了比這種有意迴避上層權貴橫行不法的現實更進一步的情節[31]：即巡按大人那些誅討貪官污吏的招牌非但不再具有昔日的感召力，反而成了世人眼中的笑柄。可見在明代，「清官懲戒權貴」這一元代清官故事中確立的模式早已成爲水中之月。而正是在這種趨向下，明代清官故事的基

本情節模式，才轉變爲清官們運用威權與機智而對下層民間社會中各種刑犯，加以抉發明斷的主軸。

　　其實，明代小說中對清官文化內涵的概括，就已經標舉出它們的重心所在，比如《警世通言‧老門生三世報恩》中的詩句：「只愁堂上無明鏡，不怕民間有鬼奸。」[32] ── 這裡的「堂上明鏡」恰因與「民間鬼奸」的對立，才具有了存在的意義。又如成書於萬曆時期的《新民公案》，其內容分爲欺昧、人命、謀害、劫盜、賴騙、申冤、奸淫、霸佔等八類。所謂「新民」，語出《尙書‧康誥》：「亦惟助王宅天命，作新民。」[33] 而在吳遷於萬曆年間爲此書所寫的《新民錄引》中，對清官意識這一內涵有更明晰的說明，他說：「蓋將以明者新之民，而以新者效之。」[34] ── 這即是說，清官的職責，是將經過州縣官員道德感化才變得心性一新的子民，奉效與君王的面前。明代中後期，是將皇權制度從上到下向社會一切角落大肆輻射蔓延的時期，而恰是此時，清官意識與清官故事的基本內涵完成了上述重大的變化與發展，這一現象值得注意。

　　在這樣的發展背景下，同樣的「清官」，到了清初的公案戲中，對此又有了不同於元、明戲曲小說的敘寫。清初「公案」劇的發展，可以說是在一個更大的「社會寫實」之戲劇意識中發展。所以劇作家對於所謂「清官」已不僅是從一個社會不正義的受害者的期盼上去著眼，也不僅是要將「清官」的人物形象的眞實性增加，而是要從一個更爲宏觀的社會觀察角度，來看整個社會的「存在」。所以「清官」的概念意識，在整個戲劇作爲裡的意義，已不僅是代表一種人的價值、與價值的維護，而是基於意志而行動後，

在社會的現實網絡裡所產生的一種存在模式。這種模式，既是可能存在的，也是可以重複存在的。前文所說到，所謂「主題意識導引著人物刻畫，」即是立基於此。而這種發展，主要即是由蘇州劇派所完成。這種公案題材的劇作，在蘇州劇派劇作家筆下無論在主題的處理、情節的安排，以及人物的塑造上，都有了巨幅的轉變。其中最重要的作品，可舉朱素臣（1621/1627-1701 ？）[35] 所寫作的《十五貫》傳奇爲例。

《十五貫》一劇，又名《雙熊夢》，[36] 主要敘寫蘇州太守況鍾，在「雙熊嘲鼠」入夢示冤的啓發下，平反熊友蘭與蘇戌娟、熊友蕙與侯三姑兩椿冤案的經過。劇中熊友蘭與蘇戌娟的故事，源自宋人話本〈錯斬崔寧〉，相傳爲宋代實事，但朱素臣徑將它寫成明代故事，其情節與話本大體相近。清俞樾在他的《春在堂隨筆》中曾考辨此事云：

> 疑自宋相傳有十五貫冤獄，後人改易其本末，附會作況太守事耳。《十五貫》傳奇，乃本朝吳縣朱素臣作，去況遠矣。[37]

況鍾（1383-1443），字伯律，南昌靖安人，確有其人，乃明宣德、正統間人，曾任蘇州刺史，多政績。本劇將十五貫冤獄一事附會於況鍾任職時事，本是欲安排一與明代相關之時空背景；至於劇本與話本，由於所要表現的主題思想不同，因而不同作者對於題材，實際上作了不同的處理。〈錯斬崔寧〉話本的作者，爲了表現「世路窄狹，人心叵測」的現實，發揮「勸君出話須誠實，口舌從來是禍

基」的勸誡作用，其主旨在說明「謔笑之間，最宜謹慎，」不要因「一時戲言，遂至殺身破家，」故整個故事情節的設計，圍繞「錯」字著筆，把「因錯成獄」作爲描寫的重點。[38] 雖然作者只看到了「戲言」釀禍，未能深入挖掘悲劇產生的社會根源，但通過藝術形象的刻畫，客觀上也對官府衙門草菅人命的黑暗腐朽現象作了某種揭露。而《十五貫》傳奇之將背景改爲明代，則是將描寫重點，作了改變。其中最大的差異，就是案件當事者的結局。話本中崔、陳二人被冤殺，而劇本中則當事者之冤情，皆獲昭雪。案件之結局不同，由原本的冤獄，發展成爲正義的最後獲得伸張，其根本原因在於斷案者。《十五貫》使冤獄之成爲冤獄，在「成因」上有了明確的聚焦點，然後再經由這種「聚焦」作用，帶出司法與政治中有關「正義」與「人性」的主題。事實上，冤獄只是作爲況鍾實事求是、正義無私的精神與過于執、周忱鄉愿而官僚的斷案方法間之衝突的基礎。作者意在說明，爲官不僅要清正廉直、不貪贓枉法，而且要有正確的斷案態度與精明的手段，否則也會造成人命關天的冤獄。劇作家採用了兩樁冤案交錯發展的雙線結構，不僅增強了戲劇性的作用，同時也意在說明：錯綜複雜的生活，確實是需要人們進行細緻的分析與深入的調查，否則就只能看到問題的表象，而抓不住實質，不可能對案件做出正確的判斷。這就比小說的作者在眼界上提高了許多。這部戲的劇作家認爲，冤獄的成因，關鍵在於官吏如何執法斷案，而不在於小人物的一時「戲言」。也正因此，冤獄的背後，有著遠比人世間偶然的際遇更爲深沈與嚴肅的問題。

　　《十五貫》劇中的主角蘇州太守況鍾，基本上並不如戲曲中的

包拯，具有御賜的寶器與刑具，以為後盾，亦無出入陰司的特殊能力。他所有的，除了廉潔的操守外，重要的是一種辦事的政治能力。在這裡劇作家希望凸顯的，其實是與「雖不失廉卻不是能吏」一類人的對比，如同劇中的過于執。此類清官，雖然號稱清廉，卻無幹練之才，臨事不免有時糊塗。且這類人，常有一種通病，即是偏執。蓋他既是清廉不取，所以斷案之時，常自覺問心無愧，便易易枉直斷，過於自信，因而使案情不白。當然若僅是能吏而非清官，此種能吏之能，全用在壞處，更是為害。

前言況鍾乃實有其人，而據史傳，他也確是一名能吏。而也正因為況鍾的廉能與才幹，才被派往「最號難治」的蘇州府任職。據《明史》本傳載，況鍾於明宣德五年（1430）出任蘇州府，前後十年，剛果練達，「興利除害，不遺餘力，」並以執法嚴明名振一時，「民奉之若神」，呼為「況青天」。故《明史》對他的評價是：「剛正清廉，孜孜愛民，前後守蘇者莫能及。」[39] 雙熊冤獄也確有其事，《況太守集》卷三有〈遺事〉二十八條，第二十七條云：「（公）折獄明斷，民有其冤無不昭雪。有熊友蘭、友蕙兄弟冤獄，公為雪之，闔郡有包龍圖之頌，為作傳奇。以演其事。」[40] 由此可知，本劇所寫雙熊冤案，本是況鍾所親遇，並非全無關繫。作者借用謝承《後漢書‧李敬傳》所載鼠穴中得繫珠瑠珥事，[41] 將它與「十五貫」一事串合為一，而借況鍾之斷案以呈顯出兩事之「奇」與清官之「能」。就劇情之敷演來說，這種雙線結構的佈置，增加了戲劇創造「行動」的空間，也使作者在進行主題呈現時，較易利用人物刻畫來擺脫傳統劇情模式的羈絆。

在劇中被譽爲「包龍圖轉世」[42] 的況鍾，立身剛正，爲官清廉，執法不阿，替熊氏兄弟伸冤，是爲了矜惜「國寶」，使他們「一般般揣摩學就獻皇朝。」[43] 他不僅與現實生活中貪墨的官吏不同，而且也不同於一般因循自保的循吏。劇中〈夢警〉一齣中，況鍾始至城隍廟之日進香，即曾與神明以牲血約定：

　　從今日始，況鍾或受一錢，或徇一私，神祇奪予算，殄魄使陽誅，猶如此血；若爾神不職，或雨暘失時，或災患不恤，或冤獄不報，況鍾當封你廟宇，絕爾血食。陰陽非兩途，多則願君民毋負。俺好去樂郊深處聽呱呱。[44]

此種與神明盟誓之事並不存在於現實，劇作家不唯欲借此以凸顯「正義」係神人共尊之標準，且亦是表顯維護正義者之一種浩然、凜然之氣。我們在這裡，另要注意一點，況鍾本來奉命監斬，並無複審此案之權責，但他不僅發現了冤情，而且一旦發現案情有疑，便不含糊放過，不能明知有冤而錯斬，故立即決定「連夜叩見都爺，與他起命去也！」即使劊子手勸阻他說：「奉旨決囚，這是停不得的；倘耽誤時刻，老爺罰俸降級，小的多有未便。」況鍾卻依然甘冒「罰俸降級」的風險，決心爲民請命，一句「怎敢愛惜功名口俙開？」[45]「人命關天重，忍使無辜碎剁？」[46] 道盡了他體恤民情的人道情懷。他在半夜三點親去都院，驚動巡撫，爲此惹得周忱惱怒拒見。但他考慮到無辜百姓的生死，竟然親擊堂鼓。見了都堂，他並非只是向周忱報告此案罪證不實，請周忱批轉無錫縣去複

查，而是據理力爭，絕不退讓，甚至不惜以自己的官印為質，願獨
力承擔一切後果，使周忱不得不准許他複查審。在況鍾與周忱爭論
的過程中，況鍾曾言道：

> 自古一人陷獄，六月飛霜；匹婦含冤，三年不雨。何況今日
> 枉殺四命，豈不上干天和！不可直恁的輕戕人命，直恁的重干
> 天怒。[47]

周忱則認為，「部文既下」，就該「按律決囚」。這裡凸顯了一個極
重要的問題，即是「循吏害事」。蓋就官務系統言，循吏本於法條
辦事，他人既無可議，其本人亦無政治風險，甚至亦不自覺有道德
義務。故中國官場以這類鄉愿之人為最多。人皆知奸佞之可惡，而
不知這種循吏正是另一類可恨之人。故況鍾一面引孟子「民為貴，
社稷次之，君為輕」之語告之，[48]另一面則進而以情動之：

> 君王恩顧多，痛赤子匍匐，可能安坐？血奏何妨，願一官勾
> 抹。[49]

然而周忱依然推脫不願捲入，他只說：「事關重大，本都院不便作
主。貴府請回，將四犯斬訖報來。」[50]此種貌似得體，實際無心肝
的言語，聽了當真令人憤恨填膺。
　　到此況鍾仍然直言相爭，說道：

老大人何出此言？不要說老大人，就是卑職，蒙聖上親賜璽書，得假便宜行事，僚屬不法，竟行拿問，難道這四個小民，就不能保全了？雖不敢龍顏直犯，也難把綸音輕抹。（叩首介）老大人還是看在卑職面上，休執見，只算屋烏推愛，提出自天羅。[51]

這幾句話說到了緊要。其實周忱左右支吾，並非全無「便宜」可想，無非是認為，為了區區「四個小民」，不值得自找麻煩，多費周章，依法行刑就是了！這種全不將他人之事放在心上，那怕是人命關天，只要是事不關己，即可不問的態度，較之奸佞之構陷他人以謀己利，表面上有別，骨子裡卻是一般自私。而如況鍾之輩，卻可為事不關己的升斗小民伸冤，甚至不惜將自身前程作質。他不僅於巡撫前力爭，且為了明驗案情，尚且親赴淮安踏勘，假扮測字先生查得真兇，因而釐清了熊友蘭一案，平反了冤獄。

劇作家借況鍾之口，還批判了那些草菅人命的昏憒官吏，如〈恩判〉一場有云：

（白）不要說經了多少問官，……（唱）哪裡覓水晶燈？黑魆都卻好當頭照。隨人畫去。（都是些）葫蘆舊稿。[52]

而在〈夜訊〉一場，他心中則斥責原問官：

都是些補影追風少主裁，疑也麼猜，釀禍胎。[53]

在〈拜香〉一場中，面對高中科甲，即將赴任的二熊，則說：

> 老父母爲朝廷牧民，非爲寒家養奸。此去需力行善政，痛擊
> 豪強。倘我家人子弟，有不肖干犯者，老父母需盡法處之，這
> 才是二位報恩深處。（唱）法常伸無間，（莫爲）私門姑養
> 奸。54

這種借「循吏」與「愛民之官」的對比，正是說明了讀書人心術上
可有的兩種不同。

《十五貫》一劇中對於況鍾斷案過程之著墨，顯示出清初公案
劇對於「清官」之爲「清」，實際上已不只是「廉」的要求，還須
是「明」、且亦不只是「明」，又須是視民如子。這一種定義與清廷
之獎掖「清操」，可謂有極大之差異。即以清康熙帝譽爲「居官清
正，天下無人不曉」55 的張伯行爲例，張伯行爲官誠不取，但張伯
行正是一循吏，在當世民間並無著跡，後世評價亦不高。反而是那
些未得帝王青睞的官吏，由於民間的推崇而逐漸被神化，成爲平民
百姓「青天夢」中箭垛式人物，如施公案故事中的施世綸，康熙帝
卻曾這樣評價他：

> 施世綸朕深知之，其操守果廉。但遇事偏執，百姓與生員訟，
> 彼必護庇百姓；生員與縉紳訟，彼必護庇生員。夫處事惟求得
> 中，豈可偏私？如施世綸者，委以錢穀之事，則相宜耳。56

康熙這番話正吐露出統治者的思維，[57] 他希望官吏「操守果廉」，維持國家的財富，但又不希望下級的官吏在政治體制之外，獲得民眾俠義式的崇敬。

　　而正因爲「清官」對於人民而言，其可貴不應只是不取，故清代公案劇清官形象之塑造，亦將之描繪爲一「義俠」兼「能吏」的英雄。關於這一點，成書於清末的《狄公案》，第一回中曾有簡要的說明：

> 　　自來奸盜邪淫，無所逃其王法，是非冤抑，必待白於官家。故官清則民安，民安則俗美。……然官之清不僅在不傷財不害民而已。要能上保國家，爲人所不能爲、不敢爲之事；下治百姓，雪人所不能雪、不易雪之冤。無論民間細故，即宮閨細事，亦靜心審察，有精明之氣，有果決之才，而後官聲好，官位正，一清而無不清也。……若不察案之由來，事之初起，徒以桁楊刀鋸，一味刑求，則雖稱快一時，必至沈冤沒世，昭昭天報，不爽絲毫。[58]

這段文字明確指出，清官不僅要清廉，還要有「精明之氣，果決之才」；審案不能靠嚴刑逼供，要有相應的偵破手段。此外，成書略後的《老殘遊記》，則以另一種方式表達了近似的意思，書中不僅不推崇所謂「清官」，反而嚴辭批判清官的誤國。書中的那些「清廉得格登登的」官吏們，不懂實際而又剛愎自用，辦盜案的不僅抓不到強盜，反而被強盜當槍使；治河的只會廢民埝，聽任洪水淹沒

幾十萬人家，審案的不細查案情，認定誰花錢打點誰就是罪犯，問
成天大的冤案。作者憤慨地寫道：

> 贓官可恨，人人知之；清官尤可恨，人多不知。蓋贓官自知
> 有病，不敢公然爲非；清官則自以爲我不要錢，何所不可？剛
> 愎自用，小則殺人，大則誤國。吾人親目所睹，不知凡幾矣。
> 試觀徐桐、李秉衡，其顯然者也。《二十四史》中指不勝屈。
> 作者苦心，願天下清官勿以不要錢便可任性妄爲也。[59]

劉鶚這番話，正是印證了本文在此所述的觀點。

《十五貫》中的過于執，名如其人，乃是一個主觀武斷的循吏
的典型。他並非那種「衙門自古向南開，有理無錢莫進來」的貪官
污吏，也不是冷漠嚴刻的酷吏，崇尚的是「愛民如此，執法如山」
的信條，還把這八字掛在堂柱上，然而卻毫無辦案能力。其性格核
心是過度地自信，因此對於所審案件並不認爲需要反覆勘察、仔細
推敲，而「固執專斷」則是他主觀自信的結果。儘管他沒有徇私枉
法，他的因循苟且、被動無能卻往往使他成爲重大冤獄的製造者。
如他一上場就宣稱：「立心不染苞苴，矢誓勿容情面，」並強調自
己「決意要做清官，凡有詞訟，一概秉公審理。」[60] 他在劇中之所
以成爲一個反面的、失敗的循吏形象，主要還在於其思想偏執與方
法錯誤所導致的斷案結果。他在審案時，往往既聽不進被告的申
訴，又不去仔細調查與案件有關的情況，只憑主觀臆斷，就把四條
人命無辜地推到了劊子手的屠刀之下。如他審蘇友蕙與侯三姑一

案，竟然只根據侯三姑美貌就推斷她必定通姦殺夫：

> 據說錦郎相貌甚醜，此女自不安心；冶容誨淫，信有之矣！[61]

還發揮想像，虛擬出錦郎出事當時的場面：

> 本縣造早上檢驗屍骸，分明是你毒藥致死。錦郎進房時安然
> 無恙，頃刻間便中毒身亡。明爲索取寶鈔，無有交還，一時語
> 言鬥毆，故將毒藥灌入。[62]

因爲自信太甚，他根本不聽三姑申辯，一味自滿，甚至還誇讚自
己：

> 本縣蒞任三載，片言折獄，略有衿疑，無不虛心研審。今日
> 這樁公案，可也再無疑惑的了。侯氏天生冶容，錦郎身帶殘
> 疾，心多悵望。鄰有少年，再無有不做出來的道理。熊友蕙上
> 來！你遷進房內是一證；贓露金環是一證；登時中毒是一證。
> 不要說是本縣，就是三歲孩子，可也瞞他不過，你們還要抵賴
> 到哪裡去！[63]

他如此剛愎自用，卻還自覺自己是「居官惴惴似持盈」[64]，自視爲
「虛心研審」的清官。而後，他升任常州府理刑，當他審到熊友
蘭、蘇戍娟一案，聞知是「女兒謀弒父親的，招由已妥，罪案已

定，」先認為「事關重大，免不得親自審錄一番，」然見過人犯後，卻道：

> 據申，口詞鑿鑿，並無半字衿疑。該縣既已審確，這就是一
> 宗鐵案了。[65]

檢閱文卷時，只把無錫縣吏喚來問問「其中還有可疑」與否，縣吏回曰：「老爺，通姦事小，謀財害命事大。真贓十五貫，是尸親游氏一口咬定，既有贓證，這奸情一發是真了。同謀弒父，卻也不消再辯了。」[66] 熊友蘭與蘇戍娟喊冤，他卻認為二人「是自作孽，直恁淫惡兼，可知道，天降罰用不著慈悲念，」[67] 於是又命手下將二人揣下去，加責三十大板。他對前後處理兩件案子二熊名字之類似，與所涉金額同為十五貫，雖覺得奇怪，最終卻仍決定「不要管他」。且還沾沾自喜地認為：

> 本廳定了這兩宗公案，經過朝審，一齊處決，那兩地冤魂，
> 少不得也在空中稱謝本廳哩。[68]

過于執這個「清官」角色的敘寫，呈顯著劇作家對於中國吏制與官場深刻的觀察。劇中過于執雖因「一時執見，枉斷奸殺兩案，」待況鍾審明後，曾往軍門投劾幾番，自請處分。然而周忱卻因他「終任清廉」，故「僅得罰俸三月，」並「薦入內簾，」[69] 這種劇情的安排，可謂體貼官場入木三分。後來熊友蘭、熊友蕙雙雙中舉，

前來拜見房師，過于執自覺「慚愧無地」，表明自己「鎭終朝負疚
在心」的複雜情緒，還有一番感觸：

> 從來榮辱死生，各有定數。前日兩處人犯，可可落在我案
> 下；今日兩位孝廉，剛剛出在我房中。不知天意還是要捉弄下
> 官，還是要顯沛賢契？咳，難說個功罪相當，還是功微罪甚？
> 自古大難不死，必有厚祿。賢契每，他日從政，須以下官爲
> 戒。再莫偏心執見，直使冤魂聲喑。[70]

這種愧悔之心，正見過于執本非怙惡之人，然善人清官若不時時將
民瘼民命放置心上，縱使無心爲惡，亦可能犯下大錯。

至於周忱其人，《明史》亦有傳。周忱（1381-1453），字恂
如，永樂二年進士，於宣德五年任江南巡撫，善理財，《明史》中
說他「有經世才」，「其治以愛民爲本」，而且他爲政的特點是「一
切治以簡易，」深得人民的愛戴。他離任以後，「民益思忱不已，
即生祠處處祀之。」[71] 而明代稍後的呂光洵在一件奏折裡說：「先
時大臣奉命經理吳中者，凡數十餘人。惟正統間巡撫侍郎周忱功效
最著，吳民至今思之。」總之，周忱是當時一位著名的清官。據
《桐橋倚櫂錄》載，況鍾「出知蘇州，鋤奸抑強，興利去害，奏免
重征，招徠逃亡，與文襄（周忱）同德一心。」[72] 看來編劇者只是
須借他表現出一些歷史關連，襯托襯托官場，與歷史上的本人無
關。劇中的周忱，老成持重，端正清廉，但他謹慎自保，「簡易」
而並不眞恤民。劇中他所特賞者，爲過于執，先是提拔過于執作常

州理刑，在朝審中又全部批准過于執的判決，這種信賴，是因他相信過于執清廉，不會出事，影響他前程。在劇中，他與過于執極相似，但他更謹慎，更懂爲官之道。他不像過于執那般鋒芒畢露，自信自專，而是深藏內斂，故能獲致高位。他身爲巡撫，自己既不深入實際，也不願他人翻案生事。當況鍾發現冤情向他陳情乞命，他以「三推六問，朝審已過」來證明「哪有什麼冤枉，」以「按律決囚，朝廷大典，部文既下，」來證明自己無權作主更改。[73] 這些理由都冠冕堂皇，只是在嚴守規程的背後，眞正的理由是不想惹麻煩。即使況鍾提醒他：「《會典》上原載有一款：『凡死囚臨刑叫冤者，許再與勘問陳奏。』」周忱還是堅持不准況鍾違誤監斬時刻。況鍾又提醒他：「孟子有云：『民爲貴，社稷次之，君爲輕。』民間苟有冤抑，便當力爲昭雪。」[74] 他卻不爲所動，仍催促況鍾速去監斬囚犯：

> 倘違誤時刻，彼此多有未便。
> 更籌促，典型明正，無復累蕭何。[75]

還發怒說：

> 咳！待決重囚，何須如此保救？貴府既然奉有璽書，貴府便自陳奏便了，何必又向本都院饒舌！[76]

對於況鍾之「爲民請命」，他強調自己是：「斷難從命」。[77] 換言

之，他只想照章辦事，卻把人民的生命看得輕如草芥，實際上是罔顧黎民疾苦，只考慮自己的利益。後來是因為況鍾以官印為質，要求寬限半月，倘有疏虞，一切由他負責，周忱才不得不勉強同意讓況鍾去查明案情。在傳奇的後半，周忱在況鍾查清案情，處罰過于執以後，又說過于執「終任清廉」，一力保奏，使過于執僅僅罰俸三月，後來他又保薦過于執入內簾，作考生的房師。透過周忱與過于執這兩個典型循吏在「人脈」上的政治權力運作，劇作凸顯了像況鍾這種清官之難為與孤立，也在某種程度上反映了中國明清官場文化的一個側面，對於公案劇的發展，可謂在表現深度上，有了不少推進。

三、清初公案劇之情節結構與斷案模式

公案劇由於係以司法事件為劇情主軸，所以在它的情節結構中，查案與斷案，成了必不可少的節目。然而我們若檢視臧晉叔的《元人百種曲》，可以發現主持斷案的官員往往在戲的最後才出場裁斷案情，解決矛盾，劇中缺少甚至沒有偵察案情的過程描寫。其中仔細描寫複雜案件的勘查與偵破過程的，則只有孟翰卿的《魔合羅》與孫仲章的《勘頭巾》在這方面有具體表現。

《魔合羅》寫河南府小商人李德昌，為避災前去南昌作買賣，留下妻子劉玉娘看守絨線舖。而住在對門的表弟李文道，心懷不軌，多次調戲劉玉娘，然而總是遭到玉娘拒絕。待李德昌獲利歸來，途中病倒在離家不遠的五道將軍廟，於是託一個賣魔合羅（玩

具娃娃）的老漢高山前往家中捎信。李文道得知這一消息後，支走了高山，趕到五道將軍廟，逼李德昌服下了毒藥，席捲李德昌的錢財而去。等到劉玉娘趕來時，丈夫業已中毒身亡。於是李文道反過來誣陷劉玉娘，說他夥同奸夫殺害本夫，並欲以此脅迫玉娘改嫁於他。劉玉娘因此遞狀告進官衙，然而卻被受賄的縣令枉法將她打成死罪。而當府尹巡至本縣核查案件時，其下六案都孔目張鼎認為此案十分可疑，尤其是案情中關於李德昌的錢財下落、送信情節，以及劉玉娘如何「毒殺親夫」、毒藥之證何在等等，均交代不清。於是張鼎便針對這些疑點重新審理，進行追查。他先從劉玉娘口供中找出高山，又從高山供詞中追出李文道，釐清了這四項疑點。在這部戲中，張鼎是從劉玉娘與高山大量的、雜亂的口供中，尋出了有用的細節，通過判斷與推理，找到了破案的關鍵，最終根據人證、物證來判定李文道的死刑。[78]

至於《勘頭巾》一劇，則描述了一個識別真偽證據的故事：有一劉員外，為道士王知觀所害，王小二無辜遭誣入獄，判了死刑。在令史逼索贓物時，王小二受刑不過，只得胡亂說自己將死者的頭巾與減銀環子埋入「蕭林城外瘸劉家菜園井口邊石板底下」。王知觀由在場的傻子那裡得知此一情況，於是便趕緊將二物如言埋於王小二所說之處，以圖坐實王小二的死罪。然而細心的張鼎卻於其中看出破綻——蓋根據口供，此兩項贓物已埋入有水的菜園半年，可是頭巾居然未有「土漬」，減銀環子亦不見「生澀」，可見乃是新入土未久。於是張鼎乃重審此案，並緝得真凶。[79]

這兩部戲向我們展示了早期公案劇劇情發展的普通模式，即

是：冤案的構成，必有庸吏。或受賄納贓的貪官污吏，將良民屈打成招，造成偽證，然後由清官重新仔細戡驗，秉公處斷，終使冤情得雪。值得注意的是，這兩部戲中，發現冤情，提議深入調查，並且冒著風險去偵察案情，最後終使真相大白的都是衙門裡的「吏」——六案都孔目張鼎，而不是坐鎮一方的官員——府尹、縣令或令使。即使《陳州糶米》中描寫包公私訪，情節也很簡單。

元代司法狀況之黑暗，論史者多有論述。雜劇對於生活在異族統治世界的漢民族而言，當然有宣洩積憤的功能。然而在種種司法不公之中，情節亦有不同。倘使涉及者，是所謂平民百姓，則只要斷案者有心查案，秉公處理，平反冤情，亦並不是太難，比如上述幾齣元代公案劇，以及《合同文字》、《神奴兒》、《灰闌記》等，都屬此類。即使案情上有一點棘手，如《魯齋郎》[80] 一類故事，執法者在過程中使用迂迴曲折的方法，略施計謀，也還能克服。但在戲曲中，若爭執的一方乃是「皇親國戚」、「權豪勢要」，則對於執法者行事的設計，便要多許多周折。如《蝴蝶夢》中皇親國戚的葛彪就說：「我是個權豪勢要之家，打死人不償命。」[81] 葛彪這種人，這種觀念，歷代皆可能有，但在元代，則是普遍的事實。而正因為是普遍的事實，所以它的背後必定有屬於結構的因素，不是個人所易解決的。這使得整部戲情節發展的重心，會集中於凸顯這個單一英雄特殊的條件與特殊的作為，以圖使劇情中難題的解決能獲得觀眾的接受。

大多數元代公案劇之情節結構，歸納言之，具有下列共同特徵：首先，罪行（通常是命案）發生在戲開始後不久，而動機往往

已交代地清清楚楚。因此，不必等到法官查出眞相，觀眾對於罪行、罪犯與動機全已了然於心。其次，案情的揭露與懲罰都在舞臺上的法庭解決。有時候案情係透過妙手巧計在「煞尾」時豁然開朗，這使得查案佔了相當的戲份。最後，案情在法官及其屬下追查之下水落石出，接著便有一番懲惡揚善的訓示。不過，通常在過程中有時須藉助於冤魂、夢兆，或陰司的協助。明清兩代由於「傳奇」體製所提供的廣闊空間，使公案劇在情節結構上，有了極大的進展，然而這種基本結構的構成方式，依然維繫未變。

至於明代公案小說中常見的兩種類型則有以下兩大特點：其一，每當遇到無頭公案與現世力量無法解析的疑難時，清官們注定可以通過夢感通神，或者因爲直接領受來自神靈的啓示，從而到手擒來地破解這些疑案。[82] 其二，清官通過個人「微服私訪」，以及隨後對自己政治權威的全面展示而破解疑案，解民倒懸。這一程式在《陳州糶米》雜劇等元代包公戲中即已出現，及至明代的清官故事中則更爲典型與普遍。[83] 清官「微服私訪」（往往還因此遭受欺凌與磨難，）以「盡覽民間下情」（或看破疑團迷霧，）待「回衙施威」而一舉使冤情大白、奸佞落網，這種情節模式在明代公案小說中的廣泛存在當然不是偶然，由此而反映出的是一種普遍的訴求：就如現實中，司法者的無能導致了清官只能越來越多地依靠夢境中的神祇而破解疑案一樣，腐敗的明代官吏體系也已經完全無助於公正的司法，因此，一般百姓只能將希望寄託於清官個人某種解決困難的方式。但另一方面，由於傳統社會又根本無法提供皇權體系之外的權威，於是這超越官吏體系的天眞想望，其終點最終還是

只能復歸到對於皇權與官僚體系巨大權威的依仗之上——就像許多故事中，清官微服出巡，探得民情冤獄之後，仍須示出自己的高高官銜，才能依法懲貪。

在上述元、明公案劇與公案小說的基礎上，清初公案劇在擴展的形態上，發展出三個方向：第一個方向，是對於「查案」過程的鋪陳。案情之曲折與辦案過程中所顯示之人的特質是其敘寫之重心。第二個方向，是將案件本身所涉及的社會性與倫理性，加以表顯。第三個方向，則是將原本存在於元劇中的「冥判」，在意義上加以提升，以作爲全劇之關鍵。這三個方向，在各劇中表現不同，其中最能表現清初公案劇一種「社會化」發展傾向的，是前文所論及之朱素臣的《十五貫》傳奇。

朱素臣的《十五貫》傳奇，以原本不相關聯的兩個故事〈錯斬崔寧〉與〈李敬傳〉爲本，借況鍾以讞出兩事之冤，串合爲一個雙線結構發展的故事。兩個遭受冤案拖累的青年男子被設計成一對同胞兄弟，而冤案的成因，則係由山陽縣令過于執一人造成，最後則再讓蘇州太守況鍾一人予以平反。這就將兩個發生在兩地、互不相干的冤案交錯地縮合在一起。[84] 案情發展主脈有二：首先，熊友蕙、侯三姑一案，只因老鼠作祟，將侯三姑房中床前桌上的寶鈔十五貫與金環分別銜至穴中與友蕙書房。[85] 一日友蕙架上抽書，偶得金環一雙，以爲自己家貧好學，感動鬼神贈環相助，於是持向馮家易取米糧。老鼠復將原本友蕙用來殺鼠的炊餅銜至三姑房口，不巧爲錦郎瞧見，拾起便吃，因而中毒身亡。兩事湊在一起，馮玉吾更加深信媳婦與友蕙暗通，合謀毒死親夫，遂將之告到山陽縣。縣令

過于執，將兩人屈打成招，判成死罪，並飭令友蕙賠償寶鈔十五
貫。至於熊友蘭、蘇戌娟一案，起因於友蘭在船上作艄工，一日聽
聞船上客商說起山陽縣的一樁冤案，案主竟是自己親兄弟，悲痛欲
絕，後得無錫客商陶復朱贈銀十五貫，匆匆趕回家中，並前往縣府
繳納，以圖營救弟弟。而巧在無錫有屠戶名游葫蘆，亦向親戚借錢
十五貫，以作開店之資，然歸家後卻戲言是將非親生女兒蘇戌娟賣
給富家陪嫁所得。蘇戌娟信以爲眞，怨恨繼父，連夜逃出家門，欲
往高橋投奔姑媽，途中偶遇欲夜行趕路的熊友蘭，兩人遂結伴同
行。當夜有賭徒婁阿鼠至游家行竊，游葫蘆醒而自衛，婁懼事發，
持屠刀殺死游葫蘆，盜走十五貫錢。天亮後鄰人察覺，追尋兇手，
見蘇戌娟與熊友蘭同行，而熊友蘭所攜錢款正爲十五貫，於是誤認
蘇戌娟勾結奸夫殺父劫財，乃將兩人扭送官府。其時原山陽知縣過
于執方升任常州府理刑，接審此案，刑訊熊友蘭、蘇戌娟成招，竟
亦判爲死罪。

　　全劇共有二十六齣，命案分別發生在第六齣與第九齣，山陽縣
令過于執的誤判則在第十一齣，而第十三齣以況鍾夢見「兩個野
人，各銜一鼠，案前長跪，似有哀泣之狀」[86] 爲預示，作爲況鍾查
案的先機。此後劇情發展至第二十齣〈恩判〉，況鍾爲二熊與侯三
姑、蘇戌娟平反冤屈，斷案過程共佔八齣，對於況鍾作爲一清官與
能吏的形象塑造，可謂極盡鋪敘之能事，爲前此公案劇中所未見。
劇中新任蘇州太守況鍾，不僅具有清廉正直的操守，與精明幹練的
辦案才能，並且急民之所急，敢於爲民請命。他初到蘇州，先在祭
城隍時得到夢兆，且在夢中，況鍾最後自己把官帽除下，翻轉了一

回。況鍾醒後，疑有冤抑在下，蓋「免冠」合文，即成一「冤」字，而「翻轉一回」，亦若是有「翻冤」之意。後來況鍾奉命監斬，過堂審訊時，聽到上述兩案之兩男兩女極命喊冤，待細審之下，望見犯由牌上書寫「熊友蘭」、「熊友蕙」之名，一時間想起前日之夢，因悟出「野人者，熊也。」[87] 認定這兩宗公案，恐有冤情。於是對二熊之案重加審問，在過程中，況鍾提出了疑問：其一是，

> 侯氏既有私贈，熊生（友蕙）何不先將寶鈔使用，反將有廟認的金環，仍向本家露目？至中毒身死，若説同謀，熊生既非同室，白晝何從殺人？若説獨自下手，侯氏又係女流，焉能反致死男子？咳，原問官雖據理明斷，本府看來：都是些捕影追風少主裁，疑也麼猜，釀禍胎。[88]

其二是，

> 熊生（友蘭）家住山陽，與無錫相隔千里，平昔既無交往，一時哪有私情？況錢無廟認，哪裡據了這十五貫，就定了這斬剮的罪名？[89]

況鍾審案之初，原先亦誤以四人皆是罪有應得，所以嚴詞訓斥，然而當他發覺事有可疑，認為「人命關天，何況四命？似此奇冤，俺況鍾若不與超救呵，可也等待誰來？」[90] 待他確證了此案罪證不實

之後，遂決定連夜面見都堂，請求覆勘。

　　劇本對況鍾的查案過程，有詳細的著墨，充分描繪況鍾不憑主觀臆想，仔細蒐羅證據的精明能力，與處處不忘衡情、度理、審勢的公正態度，亦爲前此戲曲中鋪敘判官斷案之所罕見。〈踏勘〉一齣，寫他不辭辛勞親往山陽縣馮玉吾、熊友蕙家踏勘，於審案時，則首先質問馮玉吾對於所謂媳婦與熊友蕙通姦之事：

　　一向往來蹤跡，可曾察覺一二？[91]

馮玉吾坦承熊、侯二人「兩下蹤跡，從未曾露目。只是金環便是老大實證。」還一口咬定「兒子現被毒死，不是奸夫同謀，卻是那個？」況鍾接著問：

　　既是同謀，何處買藥？如何下手？怎麼那問官沒有個的實？
　　就將兩人輕易成招大辟？卻也可笑！[92]

馮則辯稱：「不是他兩人同謀，小的兒子何由中毒？前任老爺已曾檢驗過的。」[93]況鍾於是先檢視馮家媳婦臥室，他首先注意到房中有窗，將窗兒開啓，只見「窗外牆垣。頗也高峻得緊！看牆兒高過戶庭。」就是此房之四面牆壁，亦十分堅固，「縱然有窺鄰行徑，料東家無隙堪乘。」[94]況鍾四顧環視，思量再三，難以猜度案發的緣由。於是續往熊家探球，待他入得房去，上下檢視，發現此房「與馮家雖則一牆之隔，卻也迥絕難通，不要說行奸下毒，就是欲

謀一面，卻也甚難，況那馮玉吾也說，從來未曾露面，眼見得奸情
沒有的。沒有奸情，那同謀一發沒的了。」再看那壁旁書架，宛然
就在，只是金環從何而至，仍無線索。此時況鍾向上細看，突然發
現「牆盡處，隱隱有個窟窿，」[95] 查看後，知此窟窿是個鼠穴，隱
隱有些光亮，似與間壁相通。這鼠穴點醒況鍾想起自己日前夢見雙
熊，各啣一鼠，其中必有緣故。於是把牆壁撬開，挖出摻有鼠藥的
炊餅一枚，寶鈔一束，正好十五貫錢，證實此案明是鼠蟲作祟，於
是平反了熊友蕙、侯三姑的冤屈。

　　為了續查熊友蘭、蘇戌娟一案，況鍾在〈廉訪〉一齣中，扮成
江湖術士，來到無錫縣察訪。他在城隍廟偶然聽到婁阿鼠與陶復朱
的對話，得知友蘭的十五貫錢為陶所贈，非竊自游家。這段對話，
交待了陶復朱贈錢給熊友蘭的緣由。當陶復朱決定欲往蘇州況太爺
處，辯明這宗冤獄時，一旁的況鍾發現婁阿鼠面色有異，且極力攔
阻。先是嘲笑陶復朱「負薪救火招無妄」，進而規勸陶復朱不要
「無事討事做，」最後則警告陶復朱替熊友蘭辯冤只會自尋煩惱。
這番說法，十分令人起疑，況鍾心裡忖量：

　　　看他情詞窘迫難堪狀，為何那人欲去出首，他卻如此著忙？
　　其中情弊，卻有蹊蹺。看他心虛膽怯，露出乖張。[96]

於是他就利用機會為婁阿鼠測字起課，藉以觀察是否別有弊情。在
與婁阿鼠的對話中，況鍾巧妙地抓住「鼠」字，逐步逼迫婁阿鼠上
鉤。首先，他根據「鼠」為十二生肖之首，「鼠性善於偷竊，」

「老鼠最喜偷油」等特性，指出婁阿鼠是「造禍之端」，禍事起於偷了游家的東西。接著他又根據鼠屬「子」，「目下正交子月，」正是敗露之時，逼出婁阿鼠露出自己「意欲躲避」的眞情。緊接著他又根據「竄」字的形體結構，假意勸婁阿鼠不要「多畏多疑」，「首鼠兩端」，趕快外逃。最後況鍾又強調「鼠乃晝服夜動之物」，勸婁阿鼠應該連夜逃走；又故意賣弄「鼠屬巽，巽屬東」，「鼠屬子，子屬水」[97] 等陰陽八卦與天干地支的數術之語，誘使婁阿鼠決定搭乘況鍾的船，連夜由水路向東南方向逃竄。這種安排，實質上是誘使婁阿鼠前去自投羅網，使案情朝著「擒奸」方面發展。而況鍾藉了這許多方法，不但查明了眞兇，且將婁阿鼠捉拿歸案。這段看似輕鬆而內則緊張的對話，具有強烈的戲劇效果。而且處處還兼雜著滑稽，使這個嚴肅的公案戲增添了若干諧趣。

接續而來的是〈恩判〉一齣中況鍾對兩案的判決，值得注意的是，況鍾不僅將殺人兇手婁阿鼠判處死刑，對於其他被此兩案牽連的眾人，亦皆耐心地問明情由，以作爲審愼斷案的參考。並進而對諸人曉以大義，點明果報之理，儼然成了道德勸說的導師。如況鍾問明侯三姑，證實錦郎臨死前確曾連呼腹痛，是因吃了麵餅。而熊友蕙也確曾贖取鼠藥，裝入炊餅。可見錦郎之死，係因鼠蟲作祟，況鍾因此明示馮玉吾：

　　你家東西，明係鼠蟲啣失金環，遺在架上，寶鈔啣去穴中；
　那炊餅原非一枚，也可以啣到你家來了。你兒子一時無知，誤
　將取啖，登時身死，中毒無疑。咳，那穴中若不留此一餅，何

以知中毒之由？你兒子若不吐此言，何以知致死之故？此皆冥冥之中有鬼神主之，不然的時節，何可知道！[98]

對熊友蕙與侯三姑，他亦教以「禍福自家招」的道理：

　　熊友蕙，那鼠蟲憐你貧苦，啣贈金環，反以毒餌之，豈不有傷陰德？侯三姑，你丈夫雖帶殘疾，實為夙孽所招，安得自惜冶容，每生怨望？可見你這宗冤獄，就是現在的果報了。[99]

雖然他同情「清貞孝友」的熊友蘭與「孤苦伶仃」的蘇戌娟蒙受無妄之災，亦不忘點醒他們：

　　繼父本尊行，蘇戌娟何得開門潛遁？男女不通問，熊友蘭豈容負重同行？你每二人冤案，可不是自家招取麼？[100]

無論是「福禍相倚」之理，還是「夙孽果報」，或是「冤案自招」，況鍾所言顯示出能為百姓小民主持公道的好官，不但能平反冤情，還有一種勸人向善的正念，此亦是公案劇將清官理想化的特點之一。

　　此外，朱佐朝（生卒年不詳）[101] 的《吉慶圖》傳奇，敘寫元朝末年鳳陽縣令誤判「通姦謀殺」案，將李珍妻朱氏與李珍鄰人藍玉判處死刑。後來兵部尚書王成審理此案，大義滅親，將真正的罪犯，他自己的獨生子王六綱送上斷頭臺。此劇又名《南瓜傳》，劇

情略謂鳳陽人藍玉，方中武舉，時奸相撒墩專權，天下烽煙四起，徐壽輝、方國珍等先後稱亂。藍玉暫居家園，與其鄰拳師李珍義氣相投。李珍妻朱氏，生女美雲，因中年乏嗣，遂納妾劉氏翠姐。一日李珍偕妻妾，往藍玉家庵燒香求子，適有兵部尚書王成之子王六綱與幫閒尤得理藉機窺看庵中女客，見劉氏貌美，心生不軌，遂與尤得理、馮媒婆暗謀。因聞李珍欲外出經商卻苦於無資，乃遣馮媒婆前往說合，借與李珍現銀二千，促其速行。李珍載貨過江左，路遇陳友諒、張定邊，強邀之同往江西起軍，投南昌徐壽輝。李珍既行，由馮媒婆居中牽引，王六綱遂與李珍妾劉氏私通。無賴尤得理詭冒李珍半夜敲門，遭王六綱持李珍寶劍誤殺，投其首於井，並埋其屍於房後藤蘿樹下倭瓜坑內。不久地中長出一罕見的大南瓜，引得四鄰好奇往觀，觀者偶見根部有一人指，遂刨出一無頭屍首，著李珍之衣，於是鄰里們遂將李珍妻妾押至衙門。公堂上，劉氏誣指李珍妻朱氏與李珍好友藍玉私通，謀害親夫。縣令以嚴刑逼供，遂將朱氏屈打成招，問成死罪。藍玉聞訊，喬裝道姑，匿於大悲庵。適王成妻李氏偕女素芳，至庵中拈香，與假尼藍玉相契，強邀至府為伴。藍玉遂道明情由，李氏因為素芳訂婚，藍玉以「吉慶圖」為聘。時王成奉旨為江南等處大行臺，開府金陵，藍玉請求往岳丈王成處申冤，王母乃修書一封令藍玉持往王成處投訴。與此同時，李美雲亦投狀縣府，願代母坐監，恩保朱氏出監分娩。然京師部文已下，朱氏立付斬決，朱氏未刑產下一子。適李珍自江西趕回，直斥知縣衛張羅，朱氏乃得免刑收監。另一面，由於藍玉面訴王成，王成遂蒞鳳陽縣，複審此案，提原告與被告，又差鳳陽知縣往李珍家

中搜尋死者首級，劉氏乃不得不將實情托出，最後王成大義滅親，將獨生子王六綱與劉氏同判死刑，並當堂開釋李珍夫婦。李珍夫婦感藍玉代訟之恩，將女兒美雲配與藍玉為妾，於是藍玉遂與王素芳、李美雲成親。[102]

此劇的案情原無特殊之處，只因為劇中斷案者與犯案者的關係特殊，於是斷案官員的所做所為就非比尋常。劇中參與斷案的官員有兩人：知縣衛張羅與兵部尚書王成。衛張羅在開始審斷這一案件時，由於王六綱站在劉氏一邊，他的立場就開始有了偏移。這種偏移實際上來自一種陰暗的心理：即是對王成權勢的畏懼與逢迎。因此他對案子的審理馬馬虎虎、順水推舟。但他內心還自欺欺人地認為自己是在主持正義，他在刑場監斬朱氏時說：

> 一任他逞淫兇把夫君翦，怎免得斷首遵條誰見憐。[103]

當李珍歸來，明擺著原判謀殺親夫案有誤時，他還要求按原判行刑。竟然說：

> 夫主雖在，殺人是實。況部文到後，理合決囚，就此將犯婦梟除，以便結案。[104]

這段話暴露出他不僅自私，不負責任，而且愚蠢。難怪李珍聽了會勃然大怒：「我把你這太糊塗的官兒，你問的是謀殺親夫之案，如今親夫現在，教他抵償什麼罪名？現在疑案未明，你為民之父母，

難道就將無辜冤婦輕輕地剮了不成？」聽了李珍的話他竟還固持己見：

> 殺人償命，理法昭然，難道園中屍首白白地死掉了不成？[105]

原判的被害者死而復活，可見原判不能成立，這誰都看得出來，衛張羅卻執迷不悟，可見他品德、才識皆有欠缺。這就與《十五貫》中的過于執不同了。

至於劇中大義滅親的清官王成，係作者所杜撰的人物。王成與況鍾的不同表現在兩方面：一是他的職責範圍並不包括處理地方案獄，他是在執行公務的途中經過故里時，聽到訴冤後覺得情況嚴重，才決定插手此案。他當時想的是：「若不准詢，便非撫卹黎民之意。」[106] 二是擺在他面前的問題是如此嚴峻、棘手——這殺人犯竟然是自己的兒子。而此劇與《十五貫》不同的是，王成審案時，由於認為誤傳已遭「謀殺」的李珍既已及時返鄉作證，被控謀害親夫的朱氏之冤已明，此案已結。俟後屍首自劉氏後院掘出，三推六問，劉氏全部招供，乃知預謀者竟是親子，於是翻案另判。在此斷案過程中，由於王成是兵部尚書，官階較況鍾高出得多，推翻原判不須請示上司，故可自己作主。全劇共三十二齣，前情鋪寫甚細，王成判案已在第三十一齣〈義斷〉，接近尾聲，故結構上與前此公案劇重點專在一案者不同，中間穿插許多社會生活的描寫，甚至透過李珍出外經商，而與陳友諒、張定邊同往江西起事一目，將當時天下紛爭，群雄並起的局面帶入。

本劇〈義斷〉一齣，主要著墨的重點就是王成在判案時大義滅親的抉擇。在傳統社會中，法律的執行不時要受到權力、情感等因素左右。在當時社會「苟且」與「相護」的心理下，僅憑王成的身分及他與王六綱的父子關係，就足以使許多官場周邊的人會幫助王氏父子，讓王六綱避去罪責。事實上，這些人明助暗助，為王六綱的殺人罪說出越多可以原諒的理由，就是把法律與親情的矛盾越尖銳地推到了王成面前，對他的理智與情感都是非凡的考驗。我們且看他是如何駁回眾人的求情，堅持朝廷王法的：首先為王六綱講情的是判錯案子的縣令衛張羅，王成當即面斥道：

> 你身為民牧，枉法陷人，已該反坐，還敢代犯乞命！速即回衙聽參，休得混讀！[107]

王成與衛張羅的最大區別就是對自己身分的重視，對自己所承擔的社會角色的重視，對自己所負責任的重視。他的斥責緊扣衛張羅「民牧」的身分，中心意思是對衛張羅居其位而敷衍塞責、褻瀆王法的憤怒；是對官員身分與職責的強調。接著，帳下中軍、劊子手都以「無屍親質命」為由，請求「律從寬免」。王成則訓斥他們道：

> 你們只知俗例私情，不識綱常大義。本部臺奉旨開府，原為靖寇安民。今有子不能訓教，以致枉殺無辜，殺人如戲，若徇私屈法，不惟死者含冤，將來面見朝廷，何顏覆旨？[108]

這段話既教人又責己，說得情理兼備，柔中有剛。後來連女婿藍玉也為王六綱求情，說道：「啊呀大人，大舅雖然犯罪，但尤得里誘人勾合，亦有應得之咎，還求格外憐憫，以傳宗派。」[109] 原先氣勢凌人的王六綱眼見性命不保，也跪倒在地苦苦地求饒，欲以骨肉之情打動父親：「只算兒子一時失錯，殺了個把人，也算這點小過，況且尤得里乃孩兒的走狗，特常照應他不少，一死也不枉，況他家又無屍親。」在場的眾人也紛紛以王六綱係「誤傷人命」為由，勸王成「念親情之誼」，減等發落。王成則彷彿視而不見，命令劊子手「斬訖報來」！就在王六綱被推出斬首的一刹那，王成唱道：

> 恨漫江深海愁怨疊，焚腸似絞，
>
> 俺呵，除不去心窩奇懊，只怪著前生孽造。[110]

劊子手隨即開刀行刑，待劊子手獻上王六綱首級，王成痛呼：

> 止不住氣沖還兼悲悼！[111]

王成縱是鐵面無私，然而喪子之痛，痛徹心扉，他其實是懷著又氣、又恨、又悔、又悲、又憐的複雜心情，將獨生子送上斷頭臺的。

事實上，王六綱一案確實不同於一般的殺人案，王成如要循私，也可輕判，因為死者尤得理生前與王六綱交好，王六綱並未蓄

意殺人，尤得理確係被誤傷致死。再說尤得理無親屬為他呈訴，連原告藍玉亦要求從輕制裁。所以王成若按「誤傷人命」之罪判刑，似乎也可以說得過去，但王成卻強忍悲痛，親判獨生子以極刑。劇作家在這部戲中，希望凸顯的是對於一個必須在「親情」與「正義」之間親自作出決斷的人，他所必須面對的心理掙扎。這種將「清官戲」中所存在的「廉」「能」問題，導向另一種「公」「私」糾結的道德處境的作法，在發展上亦是一值得注意的動向。

從上述所舉實例可知，清初的公案劇在結構上，其情節主軸仍不脫離案發──查案──斷案的流程，然而隨著公案劇中案情所發生之時、空背景之社會面在深度與廣度上的擴大，元代公案劇即已發展出之「冤案」、「罪犯」、「判官」與「斷案」等重要戲劇成分，到了清初，在人情世態中複雜之人際關係與官場文化的烘托下，已融合呈現出類似「社會劇」般的豐厚度與寫實性。在這中間，無論是清官或涉案之平民百姓、貴族勢要，他們的性格刻畫與心理敘寫，都有了極細緻的發展，顯示出在人物刻畫方面，人物已從類型化的「平面人物」發展出典型化的「圓形人物」，這可說是清初公案劇在藝術層面上的的一項突破。

四、公案劇中之冥判與果報觀念

公案劇就發展的脈絡來說，主軸是朝向人物刻畫方向進行，而未從司法正義之制度面一邊探討，這當然係屬傳統性社會的一個結構性問題。也就是說，只要政治正當性的基礎不是基於民主，只要

「司法」權本身仍是附屬於行政權之下，「司法」的狀況皆不可能符合我們今日可以接受的標準，無論中、外皆然。於是在社會的期待中，所謂「王法」式的正義，必須靠一個掌握決定權的人來運作、來維繫。這也就是公案劇在傳統上被稱爲「清官戲」的原因。然而我們在清官斷案維繫正義的劇情中，看到了「社會正義」在尋求保障時的一個邏輯上的漏洞。即是在多數描繪這種正義英雄的情節中，我們看到了一種常見的救濟設計，即是斷案的法官擁有超越體制的直接授權，可以抗拒權勢，或者使他本身即以一種並不合法的方式維持司法應有的正義。甚而至於他可以具有某種神通力，或接受神明、乃至鬼魂的幫助。這種爲了求得「戲劇正義」而不得不有的規劃，實際上等於承認現實中「司法正義」的無從確保。

這種情形，在我們檢視元代《陳州糶米》、《蝴蝶夢》與《魯齋郎》等元代公案戲中，即已明顯看出。譬如《陳州糶米》中的敕賜紫金錘──楊金吾與小衙內打死張撇古的凶器與赦書（聖旨），就是事實上絕無可能的情節設計。這種奇異地確保「王法」精神的作法，本身即與律法違背，然而他卻代表著百姓心目中對於「王法」的期盼。這套以「王法精神」爲主的幻想式的運作，其實際內容，不是一種「法」的運作，而是一種「道德審判」的運作，希望有一種機制能超越現實上的障礙，來護持人間應有的正義。

這種充滿理想色彩的「王法」，顯然與現實中的權力行使方式完全不合。劇作家只要稍稍正視現實，他們就不能迴避這之間存在的矛盾。因此，即使是可以「日斷陽，夜斷陰，」兼理陰陽兩界民事訴訟的包拯，在捍衛懲惡揚善的「無私王法」時，也要費盡心力

去照顧「事實王法」。比如他想要殺死兇手小衙內，就要趕在赦書到來之前行刑；他想處決魯齋郎，就不得不修改聖旨，不惜「欺君罔上」；他想不殺無辜的平民石和，就必須要以偷馬賊做爲替身，還要作出將石和在獄中遭「盆吊」而死的假象，否則葛彪一案就無法交代。可見，雖然在理想上，「王法」的原則是「王子犯法與庶人同罪，」但在傳統社會裡，權豪勢要犯法，終與庶民之處境不同。人們憑著善慧與幻想，在傳說中、在戲曲中，創造了終於能依公正無私的「王法」實現「社會公理」的理想人物。但這些人物在執行「王法」時，也不能堂堂正正，必須施展計謀，假托權柄。而這些情節本身，在後人讀來，實際上就是對於「現實王法」的一種反諷。由於在元代，關於「無私王法」只是下層群衆的一種願望，一種對於平等、合理的社會秩序，正當的生存權利的尋求。這種願望與要求，寄託在公案劇中，包拯與他的「王法」也就成爲一種偶像。而正因如此，包拯與他的「王法」才成了權豪與皇帝的對立面。

　　如果天理恆存，則當陽世間的司法，淪爲「私法」，無法爲百姓主持正義之際，是否另一個世界的「法」可以爲人們洗雪冤屈？公案劇中所常見的，是當犯罪案件的受害者，或其親屬，雖企冀執法者代之伸冤雪怨，但由於種種原因，陽世的法律與吏治不能及時有效地懲治邪惡，或苦主無力又無援去進行復仇之時，公義無法伸張，所謂「私義」（private justice）或血債血還的復仇，對於大多數人來說，就成爲縱非本能亦屬常有的反應。於是伸冤的期望，只好無奈地轉向冥間陰界投訴，期望將罪犯正法，使冤屈得以平反。而

其方式，或者由冤魂向具有前文所謂之「超人之能」而「通陰陽」的清官求助，或舉報、提供破案線索；或者冤魂不直接行使報復，而是將之訴諸「冥法」，行使陰誅，由冥司或神靈代理雪怨，使仇主在冥世的正義與嚴法面前遭到應得的懲罰。這種訴冤於陰司的置換，雖是屬於一種「幻想式的司法正義」，卻代表著正義的「不可侵犯性」。而其懲罰方式，則更是包羅萬象，包含著遣使索命、轉世為獸、致病、閹割、意外橫死，使之生下殘疾或忤逆兒女等等。

黑格爾在論及遠古時代的藝術美理想時，曾指出在社會機制缺乏「正義」維護的功能時，有關正義的敘說，最易有個性的自由表現。對於一些有著特殊意志、傑出性格及作用的人來說，「正義的事，就是最足以見出他們的本性的決定。」也正是由於這種自由的「正義」觀念，與「復讎」的意義相近，他又接著談起「懲罰」與「報復（即私自復仇）」，在文明時代應有的區分：前者是以普遍的標準，即法律，來執行；而後者——「至於報復，它本身也可以有理由辯護，但是它要根據報復者的主體性，報復者對發生的事件感到切身利害關係，根據他自己在思想情感上所了解的正義，向犯罪者的不正義行為進行報復。」[112] 也就是說，復仇的核心是「正義性」，正義與公理相聯繫，這種公理並非「法」，卻為人們所沿用與認同。主持公理的天神、上帝介入人世仇怨，使受害者一方在非現實世界裡找到了人世無法伸張的正義，復仇才有了基礎與前提。

我們若以作為復仇主體的動機來說，種種冤憤所以無可告訴，往往在於「陽間的勢力套子」，及其派生的官法不明，或執法者的昏庸。陽間枉斷的情形大致有二：一是有意的，或貪錢財或畏權

勢；一是無意的，屬於執法官吏失察。而陰司之神，則顯示出一種全知全能的超驗能力，其斷案雖也受與陽世禮法互攝的影響，但他更重視的，則是犯罪動機，這種動機是用善惡的倫理標準為其唯一的準則，一旦強調「報應」，則必然毫釐無爽。所以我們如以觀念的性質來說，其實這並不算是真正的「法」，而是一種理想化的「善惡有報」觀念。總之，「冥法」的執行，必須嚴厲，許多構不成死罪的肇事者，也往往必須身罹厄運，命歸黃泉；甚至墮入地獄。這種宗教性的「懲」「揚」，似乎意味者「警誡」與「補償」的雙重作用。

在中國，冥報陰誅的來源，一面存有中國本土「承負」觀念的成分，更有一大部分是受到佛教「輪迴果報」說的影響。明代話本中對此便有相當明白的表述，凌濛初在《初刻拍案驚奇》於卷三十之「入話」中說到：

> 話說天地間最重要的是生命。佛說戒殺，還說殺一物，要填還一命。何況同是生人，欺心故殺，豈得無報？……但是在陽世間，亦有不曾敗露的，無人知道，哪裡正得許多法？盡有漏了網的；卻不是死的人，落得一死了，所以就有陰報。[113]

「冥法」的出現、臻善與應用，在公案劇的演變發展中，產生了不容忽視的影響。首先，冥法確立了一個足以釐清、並了斷現實中善惡是非的「終極審判」。透過冥懲、果報等「冥義」的執行，人間的不平，獲得了戲劇性的洗雪。所謂「冤施於人，不為法誅，則為

鬼誅，其理彰彰然異矣，」[114] 在冥法的映襯參照下，「公義」的執行，顯得更為莊嚴神聖；在超現實時空與現實世界的對比中，邪惡醜陋與善良美好之間的反差，愈加昭然強烈，陽世之法的無效率與執法者的昏庸腐敗，也就令人愈加痛恨。而也正因如此，「冥法」強化了公案劇懲惡揚善的勸誡旨趣與其正當性，在借用了前論中所謂的「英雄式的司法正義」與「幻想式的司法正義」的手法之後，這種設計將世間的社會正義，作了一種文學式的宣揚。

我們若以清初查慎行（1650-1727）[115]《陰陽判》傳奇為例，可以見出這種手法，在清初公案劇中的運用。本劇寫朱挺之冤，因陽判不公，於是乃有雷部神伍子胥為其不平，另行陰判，故名《陰陽判》。劇情略謂明武進縣人朱挺，好施仁義，常周濟孤寡。然卻因提議賑飢之事激怒龐易，遭龐易帶領姪子龐洪、龐舜等族人痛毆，以致傷重身亡，朱挺臨終囑其子朱翊定要為父報仇。然而朱翊投狀告到武進縣，因龐家行賄縣令卓韋，龐易等獲無罪開釋。後朱翊病重，其子朱音續至應天巡撫衙門遞狀，既告龐易殺祖，又告縣官枉斷，情詞懇切，御使袁泰准狀，批發常州府嚴審。但常州府高邑亦受賄，反刑拷朱翊父子，並維持原判。判日一時雷電交加，風雨大作。原來是雷部神伍子胥示警。高邑驚恐，只得將龐易收監。朱翊父子繼續上告，歷行五十日，途經十餘地，控告十餘次，可謂歷盡艱難。最後直至總衙門，總制章溢將狀詞批發按察司。然龐易再次行賄，註銷批示。朱翊無奈，只得購一寶劍，欲親刃仇人。待翊尋仇至蘇州，經報本庵老僧鶴洲片言點化，頓時領悟，遂歸葬其父骨骸，削髮出家。雷部神伍子胥查知此案，乃行陰判，令判官勾

拿龐易、卓韋、高邑、須隆等人至陰司審問，進行冥誅，或送至刀
山劍樹、抽腸拔舌、鑊湯鋸解地獄，或罰作牛馬，永世不得爲人。
另一面，朱翊雖出家，復仇之心未泯，決心赴死，化爲厲鬼以追索
仇人。故來至亡父墳前，慟哭七晝夜，淚盡而逝，頓時陰風颯颯，
黑雲漫漫，大雪紛紛。朱翊之魂升至天界，與父相會。上帝命二人
遍遊佛國，同上天宮。朱翊死時，盛暑降雪，官府聞知其事，遂爲
頒「純孝格天」匾額。而朱音亦以貢監出身，得授府學訓導，姻聯
宗氏。

　　此劇劇情本清初嫽城孝子爲父復仇之實事而作，只對姓氏里居
稍加改易。[116] 劇中人朱挺即原案中之朱琦（字廷奇），朱翊即原案
之朱羽吉，仇家龐易則爲龐衡。朱氏一案延續數十年，轟動一時。
作者爲避忌，特將此案背景改寫爲明初洪武年間事。作者自述作意
云：

　　　　崔硯塵封，鸞箋蟲蝕，十年不秉春秋筆。偶拈別錄聽聲冤，
　　　　心傷孝子青衫濕。

　　　　屈陷難平，悲哀罔極，補天孰鍊媧皇石？憤呼斗酒譜宮商，
　　　　助君楚冢鞭三百。[117]

又云：

　　　　董狐直筆書純孝，比不得歌謠捏造，直抵做信史流傳千秋壽
　　　　梨棗。[118]

蓋頗有欲借戲文託為史筆之意。查慎行康熙二十八年（1689）因《長生殿》案，革去國學生籍，其云「雀厭塵封，鷺篆蟲蝕，十年不秉春秋筆，」則此劇當作於康熙三十八年（1699）以後。劇中朱挺冤死，其子朱翊為父申冤，輾轉投訴，卻宕延二十五年之久而無法翻案，陽判不公若此，故作者撰著此劇，欲使「仇黨盡伏冥誅」，明顯寄有「補恨」的作用。對於本劇結局，主角朱翊最終受老僧鶴洲片言點化而頓悟出家，而雷部神伍子胥行使陰判，令龐易、卓韋等人一一伏誅，長松下散人評之云：

> 天地間多缺陷事，天地不能自補，而俟人補之。人何以補之？補之以事，補之以心。事則華袞斧鉞，其權伸，其事快；心則呼天搶地，其勢屈，其心痛。……由是枉者伸，覆者發，潛德闡，奸諛誅，向之大痛於心者，究竟大快於事，而天地一缺陷於是坦坦平平。此《陰陽判》傳奇所以不得不作也。余諦觀朱孝子矢志報讎，既不能駢戮讎黨，復不能劊刀讎腹，則是父讎終未報也。獨其枕戈待旦，須臾不忘。雖海有時枯，石有時爛，而此志耿耿不磨。歷二十五年，仇黨盡伏冥誅，卒以戴天為恨，一慟而絕。119

作者之意，是希望「為人子者，閱是而知親之不可忘；為人臣者，閱是而知法之不可枉；貪暴邪淫者，鑑此而迴頭苦海，好剛任氣者，感此而斧底抽薪。」若然，則本劇之撰著，不但「為孝子補缺陷之事，併能為天下後世補缺陷之心，」更是「合天下後世百千萬

人之公怒、公罵、公樂以報孝子欲報之冤。」[120]

　　本劇全本共二十八齣，朱挺遭毆至死的命案發生在第七齣，案情並不複雜，也沒有什麼啓人疑竇之處，故劇情重點不在查案，而在如何判案。然而值得注意的是，朱挺雖然冤死，他臨終前叮囑兒子務必雪冤的話，其中所透露的「復仇意志」，卻深深烙印在其子心中，所以雖然朱翊投訴屢屢受挫，其爲父報仇之決心卻無一絲動搖，成爲劇本情節進展的基本動力。朱挺臨死前道：

　　　我死之後，你做兒子的若報此讎不得透徹，我死在九泉也不
　　瞑目。[121]

還說：

　　　你看龐賊一門，種類繁，勢力大，機變深，欲報此讎，非同
　　小可，容易把群兇殺盡，償還你爹爹一命。[122]

並進而誓言即使成了陰靈也絕不饒恕龐賊，而且會襄助兒子復仇：

　　　那龐賊如此胡爲，料應滅除不久，我泉下有靈，不道的便饒
　　恕了他，他撞著我天生骨鯁，我湊著他惡貫充盈，兒呵，你莫
　　把復讎志中道更，更扶助你自有那半空中一點陰靈。[123]

劇情此下極力鋪敘朱翊、朱音父子數次投訴無效之曲折歷程，充分

呈顯陽間不義之可恨。然而由於龐家大兒子龐洪，在監禁期間，因受驚嚇而中了暑氣，瘐死獄中，龐家於是反而捏造了朱挺父子因「賣花起釁相毆，沿途截殺，」傷了龐洪，致使其暴斃獄中的誣告，並賄賂了縣令。

第一個審理此案而受賄的，是武進縣令卓韋，他所代表的是保守怕事，糊塗辦案，無法抗拒利誘的庸吏典型。在〈營漏〉一齣中，劇作家寫出了卓韋這一類庸吏善惡不明，是非不辨的醜陋。卓韋上場便道：

> 雖然人命是真，何忍多兇駢抵，意欲少通情面，延捵觀望，
> 叵耐人言籍籍，又是地方公程，又是紳衿公檄，又是鄰邦遊客
> 致書切責，又是本處校連露涵傳達，下官不覺大慚，正欲盡法
> 研審，昨日龐易又託我門子餽送千金，要下官辜開一面，只將
> 監斃龐洪抵命，重犯一概超豁，下官想來受賄枉殺，這便有礙
> 天理，若曲全生命，卻也何媿於心？只得從寬審結便了。[124]

他因為收了龐家的賄賂，有意放水，所以對龐易一家的罪行，居然判決以負傷監斃的龐洪來抵命，其他人則罪減一等：

> 龐易這般老邁，料無行兇毆打情由，只你父親慘死，凡係共
> 毆下手，諸兇法合一體，擬抵龐洪倡始行兇，罪應大辟，今已
> 監斃在獄，上蒼所以速其報也，准其抵命，助毆諸兇理合減
> 等，龐易召保候詳，龐舛等還監候擬便了。[125]

朱翊聽判後大哭，抗議龐易等人「殺人償命罪須該，昭昭憲典難寬貸，」並哭訴道：「十人打死一人，十人償命。還求爺爺執法。群兇作難，同為禍胎，一兇漏網，終生屬階，若得按律究治，冤魂泉夏天恩戴。」然而卓韋卻堅持：

> 兇黨朋謀殺害，按律條首從並斬，只那龐易如此龍鍾，如何揮拳攘臂，其未行兇可知。[126]

卓韋甚至還自詡是明鏡高懸，他說道：

> 龐洪實係渠魁，理合准斬，今已死於獄底，無論朱翊士父子趕打是否，依律抵命，夫復何憾？其助毆諸兇本縣自有明斷，明懸一鑑，聽親裁商置，三面姑為解。[127]

結果竟令將龐易等無罪釋放。

由於朱家沈冤未雪，朱翊病重，其子朱音續至應天巡撫衙門告狀，御使袁泰准狀，批發常州府嚴審。但常州府高邑亦收了龐家三千銀子的賄款，還自道：

> 我清似水，白如面，
> 早難道錢神恁地多靈變，權在守，儘施展。[128]

他想用嚴刑拷打逼迫朱翊強認曾打傷龐洪，然而朱翊不畏嚴刑，發

誓「殺父之讎，與龐易誓不俱生，」就是打死他，「任屍橫三尺，
階前趕上森羅寶殿，也須向閻羅天子明白敷宣。」[129] 高邑只好饒
打，思量道：

> 招內有沿途截殺字樣，只把朱傳（朱挺姪兒）難爲起來，待
> 供認了曾打龐洪，便好牽制朱立山的眞命，那龐氏一門便可保
> 全了。[130]

明明是個貪贓枉法的庸吏，居然卻還以「解枉施仁，素有成、湯願」
來自我標榜，難怪朱傳被迫畫供之後，突然雷電交加，風雨遽變，
天神亦爲之憤恨不已。雷部神伍子胥顯靈明諭：

> 今有朱氏父子聽鞫，公堂問官，暗昧事理，橫加榜掠，吾神
> 奏知上帝，即著統領雷部統領前往示警，務使墨吏寒心，豪惡
> 喪膽。[131]

高邑大爲驚恐，只得將龐易收監。

　　劇情發展至第二十齣朱翊得悟出家，安葬其父入土之後，朱挺
命案亦終在第二十一齣〈陰拘〉進入「公正判決」的階段。陰司十
殿冥王奉雷部神伍子胥之令，勾拏「恃勢殺人，得錢枉法」[132] 的
一干犯人至冥庭受審，而在第二十二齣〈神判〉中，雷部神伍子胥
親自主持陰判，一上場就表明自己「手提尺劍拓封疆，兄父深仇夙
已償。」[133] 作者之意，是要將伍子胥這一歷史上「忠孝兩無虧，

報深仇，一朝覆楚鞭屍」[134] 的典型忠孝形象，在劇中轉化為象徵
具有「不可侵犯性」的正義之神，替朱翊完成為父報仇的使命，
「將貪官污吏行賄舞文惡黨一併勾提到來，」[135] 在冥司一一審奪，
討回公道。而在冥司法庭中，伍子胥首先命鬼族帶「貪員」高邑、
卓韋聽審，斥責他們道：

> 你世受國恩，身叨民牧，自應存公秉直，與民間理枉伸冤，
> 何敢暗肆苞苴，妄填案卷？你食君祿，任民牧，須打辦別獎鼇
> 奸，雪枉昭誣，可知道暗室有神鬼瞙訶？當時有口碑爰削，後
> 世有史筆誅鋤，盡地裡頂烏紗，頓忘了衣冠故，我見黃金早昧
> 卻面目當初，律例模糊，獻語枝梧，眼睜睜枉漏吞舟，哪裡管
> 鬼哭冥途？[136]

這番話道出了奉君祿任民牧者應該存公秉直，為民喉舌的天職。可
惱的是兩位貪官卻毫無悔意，還大言不慚地喊冤辯稱：「我二人
呵，屋漏心無愧，堂階政不苛，怎敢貪泉試飲，改卻燈窗素？」又
說：「上天有好生之德，《尚書》言：寧失不經，姑容一面，開商
罟，當下兩情甘服，並未捏造招詞，又若個潛通賄賂。」似這等
「佔花封公道無」、「踞黃堂良心忤」的貪官污吏，不僅視民命為
「輕而賤」，而且覷王章為「迂且疏」，合當教他「析骨挨奇楚」，或
使他「分屍受殘屠」，故伍子胥毫不猶豫地將此二吏判入「刀山劍
樹地獄」中去。[137]

　　至於罪魁禍首的龐易、龐舜、龐洪父子三人，由於犯下「朋謀

活殺善良，至令析骨檢驗」的罪孽，被罰作牛馬轉生人世，好教他
們嘗受「碌碌的南疇辛苦，纍纍的長途載負，頻頻的鞭箠謾詈，哀
哀的刀砧痛楚」的折磨。而龐洪下手獨重，「姑念其死於獄底，已
伏天誅，罰爲犬子代人司閽」，且三人經此重判此後亦再難重得人
身。所謂「禍淫福善無差錯，歷歷天曹報不誣，」朱翊父子的三世
沈冤於是終獲洗雪。[138] 而爲了凸顯惡果之可憐與可怖，在〈神判〉
之後，劇作家還安排了〈冥嘆〉一齣，敘寫被罰做牛馬的龐易、龐
舛的鬼魂，在押解到陽世托生途中，迫於鬼使的逼問，只好歷數自
己的罪行，坦承罪孽深重，面對轉世淪爲牛馬的苦楚，只有慨嘆：
「似這等算無遺策，眞堪恨，似這等死有餘刑，實可哀，何日得嘗
盡輪迴債？」[139] 「端則爲生前一念虧，免不得身沈萬劫災，寄語
天下造惡的人，覷了俺的這旁生異類，索把那牛馬般的肺腸大家
改。」而這種懲罰，確係「自家作孽，怨不得冥府差排。」[140] 這
些皆是爲了彰顯所謂「輪迴果報不差分，暗室之中有鬼神，若使陰
司無報應，世間落得做兇人」的果報觀念。不過有趣的是，以犯行
來說，龐家父子是正犯，卻僅得罰入畜生道的輕罪，而作爲幫犯的
貪員，卻反得了墮入地獄的極刑。這說明了在作者，或者說大多數
民眾的感受來說，惡人誠可惡，爲了一點私利竟然蔑棄了自己崇高
的責任，助紂爲虐，且正義若不得伸張，卻仍然給自己尋找藉口，
不自見其惡的爲官之人，才更是可恨。查愼行在此處作出這種安
排，實有一種讀書人面對枉讀聖賢之書的同輩之人的忿恨，流露其
中。

　　除此之外，朱素臣另一部傳奇《未央天》，亦是一部因陽判不

公，而靠屈死的鬼魂向通陰陽的判官訴冤，終獲天上神明襄助而平反冤屈的故事；彰顯的也是冥法無私，善惡結果終有報的觀念。該劇敘寫書生米新圖受奸人誣陷，被判死罪，原訂於某日寅時三刻（五更）斬首，因冤情重大感動了上天，玉帝遂降旨延緩米新圖五個時辰的性命，命令諸神救護，致使天一直不亮，直到打了九更，朝廷派來複查此案的官員趕到，才昭雪了冤案。本劇之取名，係因傳言人間每日之十二時辰，分別由天庭之十二宮主宰統攝，主管寅時之神祇的住所為未央天宮，所以題曰《未央天》；又名《九更天》。這件故事未見於史傳、筆記，根據學者考訂，其所敘寫應是明末之事，特假託於前代。[141] 本劇通過這件冤案，抨擊了當時吏治的腐敗與官場的黑暗，反映了民眾在惡勢力的迫害下含冤受屈的苦痛。同時，憑藉著著作者在劇情結構上的創意，作者亦生動地表達了掙扎於死亡線上的人們，對於改變悲慘命運的幻想，與對於清明政治的渴望。

本劇劇情始自書生米新圖於元宵節籌辦家宴時，出現家中房樑墮鼠打碎器皿、鍋中米湯化為血水等凶兆；其子世修還夢見家中貼有「避禍逾千里，留人到九更」的對聯，因恐在家得禍，決定離家遠走以避禍。適逢在南京經商的哥哥米新國患病，新圖於是帶了老僕馬義前往南京。未料這一去竟惹禍上身，不幸牽連到一個命案，開始了一場劫難。這個命案源於新國臨終時囑咐弟弟將嫂子陶氏帶回原籍。然陶氏風流成性，夜間勾引新圖遭拒，故不願隨他返鄉。由於陶氏素與鄰居侯花嘴有私，兩人因而密謀殺了侯妻李氏春兒，焚其首，以陶氏之衣衣李氏之屍，假充陶氏的屍身，嫁禍給米新

圖。次日鄉人發覺，侯花嘴一口咬定米新圖姦嫂不遂而殺之，遂告之於秣陵縣令褚無良。褚無良下令拘捕新圖，嚴刑逼供，新圖被迫屈招，定為死罪。而花嘴與陶氏，則奸計得逞，逍遙法外。新圖之僕馬義，痛其主身負沈冤，欲代為申訴。而褚無良以女首未得，三日輒重拷新圖，反覆用刑，新圖不勝痛楚，欲服砒礵自盡，為馬義探監時撞見，奪走砒礵。馬義歸家後，其妻臧婆問明情由，竟乘馬義外出，逕自吞下砒礵自盡。馬義忍痛將臧氏首級割下，冒充陶氏，送交官府，並身入京師，為主人訴冤。新圖之子世修則欲賣身為僮，以供養獄中父親。適有縣令殷銘新偕女瑤貞入京，途經秣陵，遂買世修為書僮。而侯花嘴恐事情敗露，不敢長期窩藏陶氏在家，亦將陶氏賣於殷府，為瑤貞之養娘。馬義至京擊鼓訴冤，承值官員為御使聞朗，他問明情由，又讓馬義滾釘板，馬義毅然就板，橫臥釘上。聞朗知有冤情，於是為奏聞皇上，領得御劍金牌，親赴南京複審冤案。此時，秣陵縣已將案卷報過朝廷批覆，定於某日天亮寅時將米新圖處決。然而行刑之際，打過五更天仍不亮，結果一直打過九更，天色仍然昏闇如故。依律，監斬官必俟天亮方可行刑。此時聞朗派遣的差官及時趕到，傳令停刑，天始大明，聞朗遂夜釋新圖，另潛往金陵尋陶氏。另一面，由於世修聽聞新圖將斬，欲夜赴法場與父親訣別，遂稟報殷銘新，殷銘新問明情由，將他收為義子，帶往京中讀書，令其應試。世修登第，授婁江縣令，銘新亦遷官太守。新圖赴金陵途中，抵臨江驛，遇銘新及世修，並認出其家養娘為陶氏。於是同赴南京，向聞朗稟明始末。聞朗遂逮捕侯花嘴與陶氏，將之斬首正法，並奏請將秣陵知縣褚無良革職為民。

米新圖父子、妻媳及馬義等，俱受封贈與表彰。[142]

　　相較於上論數劇，本劇冤案之能洗雪，皆因神通。劇中寫判官聞朗，謂乃殷朝太師聞仲的後裔，生得「金容鐵髮，三眼猙獰，中間一眼，視徹幽冥，恐驚神鬼，從不妄開，」[143] 而且為官清正廉能，不畏權勢，向來是「專執法似孔子春秋，保護著蒼生赤子；判生死仗蕭何律法，那怕他將相侯王。」[144]《曲海總目提要》云：

> 　　閩明季時有兄弟二人，皆擅才思，其一作《未央天》，其一作《瑞霓夢》。《瑞霓夢》用包拯以銅算誅豪惡事，而《未央天》則用聞朗以丁板恤冤。拯黑面，朗金面，兩相對照。[145]

〈烏臺〉一齣即寫聞朗來到秣陵縣，夜宿城隍廟，廟中之城隍神即米新國。聞朗於時交亥子，神人正可相通之際，睜開第三眼開視，察照案情，結果看見臧婆與李氏二鬼，竟成了「哀鳴泣夜廊，血淋淋斷首娘，」[146] 向他行禮喊冤。又見一座花園，滿園花樹，桃紅李白，開得十分爛漫，然「霎時間李花枯死，桃花早結下一子，」[147] 猛然跳出一白猿銜花跳舞做偷桃狀，並有「殺人者非別，乃我也，君卿之下，將相之旁，花開葉落，李代桃僵」[148] 之語。聞朗看此境界，如此分明，抑且白猿口吐人言，朗朗可記，對於這樁公案的線索，已察覺出蛛絲馬跡。次日審案，見證人中有侯花嘴，因而悟出此侯（猴）即殺人兇手。於是聞朗設巧計派官妓李蓮仙扮作李氏鬼魂，尋侯花嘴索命，誘使侯某說出真情。聞朗因陶氏未獲，暗地將米新圖釋放，並贈他盤纏，讓他進京求官，尋找陶氏下落；而對

外則宣稱米新圖已在獄中氣絕身亡。這使得侯花嘴洋洋得意，自以為從此可以高枕無憂，毫不設防。而聞朗則好整以暇，以靜制動，佈設羅網，只待拿到陶氏，與侯花嘴一同名正典刑。

此外，劇中米新國雖係一介凡人，然由於「生前正直」，死後得昇仙，受封爲城隍。鑑於其弟新圖因暗室不欺，反遭冤獄羅網，而處決之期，訂在十七日寅時三刻，米新國作爲社神，不避嫌疑，特奏聞上帝，緩其弟三個時辰之死。由於上帝以十二時辰，分馭晝夜百刻，故設十二宮主宰統攝。〈拯救〉一齣，寫帝君召來十二宮眾神，明示「善惡到頭終須報，只爭來早與來遲」之法旨，責令行刑當日眾神須救護米新圖免其一死，於是行刑之刻，只見「天昏黑地，石走砂飛。未刻移爲辰卯界，法場改作未央天。」[149] 這一切都顯示這件冤案「怨氣迷人世，冤情達帝閭，膈中咫尺天心近，」[150] 唯其怨氣升天，其情可憫，故眾神「正好翻騰山海威聲振，瀰漫宇宙光芒隱。直使譙樓閣卻五更天，向刀門搶出冤魂緊」。[151] 劇作家在虛空中幻化出伸張正義的眾神，無非是爲了顯示一旦「獄底有冤民，」天宮必將「動至尊」，即使「顛倒乾坤，轉換晨昏，」也要將冤案平反。此雖是「虛幻成文」，誠所謂：

> 非眞是眞，這因果非眞是眞。休疑休信，這就裡休疑休信。
> 且莫訝道虛無說鬼神。[152]

接續而來的〈法場〉一齣，寫法場行刑之時已至，然而直打到九更，天還昏黑如故，果眞是：「風颯颯，露茫茫，飛亂石，哭寒

螫，冤情事，感蒼蒼。」[153] 值得注意的是，這場戲中，法場裡還有許多圍觀的眾百姓，共同見證了這場展現「天理昭昭，冥法無私」的奇景，並不約而同地去替米新圖求情：

> 我們是本城士民，今日老爺監斬決囚，不意上干天怒。現報到八更，天還未曉。明明是受冤太慘，故此上天出此警報。求老爺暫且停刑，報上憲出疏保留。不然紅日永不束升，萬古深如長夜，叫我們百姓合何營活？[154]

這番話也是作者意欲透過眾人之口，傳達「公道自在人心」的道理，顯示社會對於正義的判斷自有一番公評的觀念；如果合乎天理、人情，則法理亦自有其權變的空間。亦唯其如此，正義終能伸張，不因一時人為的貪贓枉法而有所影響。

本劇除了命案與查案、斷案的描繪，其實對於世道人情，尤其是人與人之間的情意關係，與離合際遇，也有不少的著墨。如〈雪冤〉一齣，聞朗捕獲陶氏與侯花嘴後，在出堂覆審之際所說的一番話：

> 下官自夜釋米生之後，一月掩門不出，僥倖天網恢恢，竟於途中得遇陶氏。昨宵米生投見，已經細得其情。孝子榮歸，豈非皇天善報？方纔殷氏翁婿到門，陶氏亦是送死前來。為此下官出堂覆審，使他一家骨肉，再得完聚。想將起來，公道在人，難以泯滅。米新圖深夜不欺，貞也；周氏死控夫冤，節

也；米世修爲父賣身，孝也；馬義捨身訴冤，忠也；臧婆殺身
救主，義也。越古超今，不示勸懲，何以風世？已經據實奏
聞，求請褒典。155

如果說「法」是外在防閑人的規範，則此處所強調的米新圖暗室不
欺之「貞」、米世修爲父賣身之「孝」、馬義爲主捨身訴冤之
「忠」，以及臧婆殺身救主之「義」諸德行，才是免人於犯罪的眞正
屏障，也是人可以獲得善報的保證。156

結語

從上論可知，公案劇的發展，從元至明、清，大致呈顯出兩種
趨向：一種趨向，是著重描寫清正的官吏，爲受迫害的人伸雪冤
屈，刻畫他們的智慧，與不畏權勢的剛直性格；並且通過平民百姓
的受迫害，暴露了世間的黑暗。另一種趨向，雖也描寫清官折獄斷
案，但篇幅明顯減少，全劇的主旨，在於描寫社會人情百態因罪案
所引起的種種變化。換言之，公案劇發展至清初，已經逐漸走向
「社會劇」的形式，呈現出一種寫實性較高的高模仿模式。不僅罪
案所發生的背景，其社會面擴大，罪案本身作爲社會情境中所發生
的事件，其相應而來的人際關係，也複雜得多。其次，清初公案劇
中所呈現的社會結構亦與元代明顯有別。不僅辦案的官吏形態增
多，除了是非不明、善惡不辦、馬虎辦案的無能庸吏與貪官污吏，
還透過辦案的能耐與機謀，突出了「清官能吏」與「清官循吏」的

差別。並對於官場文化有所著墨。至於辦案的過程中，劇作家更善於藉情節設計舖敘判官如何推理斷案，判案時除了定罪之外，還試圖將「正義」原則加以一番闡釋。而正因在其整體趨向上有此趨勢，所以原本公案劇中因描繪人物所存在的「英雄性」、「神話性」之外，也出現了神話色彩降低而更寫實的「官場性」描述。此外，涉案的角色，也從權豪勢要、皇親國戚更趨向平民化，因此判官所欲伸張的「社會正義」，所面臨的不僅是「權勢」的壓迫，而是面向更廣的「社會不義」。這也使得公案劇的劇本更加走向「世情化」的方向。至於「冥判」與「果報」觀念的依舊留存，除了彰顯公案劇的創作，是為了「勸善懲惡」的教化意圖外，更是基於戲劇中所謂「文學正義」的要求。事實上，作為一種藝術的象徵手法，在冥法的映襯參照下，人間「公義」的執行顯得更為莊嚴神聖；在超現實時空與現實世界的對比中，邪惡醜陋與善良美好之間的反差愈加昭然強烈。此種「幻想式的司法正義」，除了凸顯正義之「不可侵犯性」外，也在某種程度上，強化了公案劇懲惡揚善的勸誡旨趣，並將其彰顯正義的力量，拓展至更廣闊的領域。

　　就戲曲形式表現公案題材的社會效力而言，戲曲傳奇不僅能以其獨擅勝場的形式，強化、渲染公案劇懲惡揚善的主題，還每每以奇幻的情節，補償人們因冤屈未雪產生的憾恨不滿，這就是研究者所常常提起所謂的「雪恨傳奇」、「補恨傳奇」。這類作品，為冤死的善良靈魂翻案，憑空構築一個理想化的結局。戲曲屬於文學與藝術參融互補的新型表現形式，其敘事與抒情相結合的特點，正有傳統詩文形式所不及的方便。狄德羅曾說：「任何一個民族總有一些

偏見有待剷除，有些罪惡有待追究，有些可笑的事情有待排斥，並且需要適合他們的戲劇。即是政府在修改某項法律，或者取締某項習俗的時候，善於利用戲劇，那將是多麼有效的移風易俗的手段啊！」[157] 事實上，戲臺本身就是演員們的一個心理生活空間，劇場則是觀眾與演員共同的心理生活空間；而具有善惡與正義價值取向的倫理型社會，則是這小空間外的一個較大的心理生活空間。演員在臺上有自己的愛憎寄託，觀眾在臺下更有群情一致的期待要求。不論是冤情昭雪奸兇伏誅，使觀眾願望滿足；還是惡人肆虐好人蒙冤，導致人心理緊張，都具有無窮的戲劇性。而傳統善惡有報的事蹟傳聞與現實社會生活的種種，又時時將劇場效應反饋回來，增大這種戲劇性的敏感度與聯想機制。在敷演「抒情的正義」的過程中，對於劇中人蒙冤未雪生不如死者，觀眾也甘願在藝術幻覺中假戲眞看地爲之一掬同情之淚。趙翼〈揚州觀劇〉其四詠歎：

> 今古茫茫貉一丘，恩仇事已隔千秋。
> 不知於我干何事？聽到傷心也淚流。[158]

眞情的投入不僅是一種主觀的「體驗」的作用，也是特定的「心理場」激發使然。因爲接受主體不光是眼中見，且耳中聽；聽到的又不只是演員的唱辭道白，更有戲場中其他觀眾的情感表現、聲響動作，所以感人特深。如長松下散人序《陰陽判》即指出：

> 吾知觀劇者，見其儺之狠毒也，將群然而怒，是即孝子之掬

臠飲血而怒之者也；見其儺之狡脫也，將群然而罵，是即孝子
之決眥衝髮而罵之者也；見其儺之燖於冥誅入於異類也，終且
群然而樂，是即孝子之食肉寢皮，破涕為笑而樂之者也。是編
一日不磨，則是事一日不朽，合天下後世百千萬人之公怒、公
罵、公樂以報孝子欲報之冤，而孝子之心畢矣，而孝子之事畢
矣，《陰陽判》如之何可以不作？[159]

可見，正是劇場中的戲劇感染力與心理衝擊，及其循環反饋，最終
使觀眾進入到一種群體心理氛圍中。特定的劇場效應，使接受主體
眼見耳聞的，不光是演員的唱詞道白，更有其他觀眾的感嘆欷噓、
憤呼怒罵，以及所煥發出的深層心理的道德認同。

　　大體言之，中國的公案劇，如上所述，在伸張「社會正義」的
訴求引領下，並不靠查凶緝惡的懸念吸引人，其存在於中國社會，
有其長期的背景，與重要的文化意涵，值得探究與分析。

註釋

[1] 灌園耐得翁，《都城紀勝》、《南宋古蹟考》（杭州：浙江人民出版社，
1983），頁88。

[2] 吳自牧，《夢粱錄》、《筆記小說大觀》（揚州：江蘇廣陵古籍刻印社，
1995），第三冊，頁713。

[3] 羅燁，《醉翁談錄》甲集卷一〈舌耕敘引‧小說開闢〉，將當時小說分為八
類，列有十六個名目，該條本項敘云：「夫小說者，雖為末學，尤務多

聞。……有靈怪、煙粉、傳奇、公案、兼朴刀、捍棒、妖術、神仙。自然使席上生風，不枉教坐間星拱。……言石頭孫立、姜女尋夫、憂（疑是「夏」）小十、轤埭兒、商氏兒、三現身、火杴籠、八角井、藥巴子、獨行虎、鐵秤槌、河沙院、戴嗣宗、大朝國寺、聖手二郎，此乃謂之公案。」羅氏此文，臚列頗詳，惜有目無書，無法判斷他所謂「公案」類小說的確切內容。大體而言，宋元時期的公案故事可分為四種形態，即：文言公案集、文言筆記中的公案散篇、話本中的公案小說，以及介於話本與法家類書之間的「說公案」。

4 此處「社會正義」是指依社會共同價值與規範而產生的是非原則及其維護，與直接依據宗教或道德信仰建立的正義觀，在指意的立場上有所不同。但就多數的人來說，「道德正義」與「社會正義」常被視為一體。

5 早在元雜劇包公故事中，包公就因其是世俗正義的化身而在一定程度上具有了神界的權威，比如《盆兒鬼》對包公的形容：「人人說你白日斷陽間，到得晚時又把陰司理；」《生金閣》說：「千難萬難得見南衙包待制，你本上天一座殺人星，除了日間剖斷陽間事，到得晚間還要斷陰靈。只願老爺懷中高揣軒轅鏡，照察我這悲悲痛痛，酸酸楚楚，說無休，訴不盡的冤負屈情。」參見無名氏撰，《盆兒鬼》，收入臧晉叔編，《元曲選》（北京：中華書局，1989），第4冊，頁1407；武漢臣撰，《生金閣》，收入臧晉叔編，《元曲選》，第4冊，頁1733。

6 參見 Northrop Frye, *Anatomy of Criticism* (Princeton: Princeton University Press, 1957), pp. 33-34.

7 譬如在「包公案」的系列故事中，主人公擁有御賜的寶器（如尚方寶劍、免死金牌、桃樹枷梢）與刑具（如黑木枷梢、銅枷鐵扭、御棍、銅鍘），可以不受政治權力系統的控制，即是一種「豁免」的條件。

8 公案劇所以能在其主人公之虛構中將之「神話化」，主要因為「神仙道化」的情節，於六朝及唐代的志怪小說或傳奇中，本已存在，故作者與觀眾在接受它成為一種模式時，皆無困難。

9 魯迅，《中國小說史略》、《魯迅全集》，第9卷（北京：人民文學出版社，1987），頁272。

10 韋慶遠主編，《中國政治制度史》（北京：中國人民大學出版社，1989），

頁 266-267。

11 如《明史・刑法志一》載云：「始，太祖懲元縱弛之後，刑用重典，然特取決一時，非以為則。後屢詔釐正，至三十年使申畫一之制，所以斟酌損益之者，至纖至悉，令子孫守之。群臣有稍議更改，即坐以變亂祖制之罪。而後乃滋弊者，由於人不知律，妄意律舉大綱，不足以盡情偽之變，於是因律起例，因例生例，例愈紛而弊愈無窮。初詔內外風憲官，以講讀律令一條，考校有司。其不能曉晰者，罰有差。庶幾人知律意。因循日久，視為具文。由此奸吏玩法，任意輕重。至於律有取自上裁、臨時處治者，因罪在八議不得擅自勾問，與一切疑獄罪名難定、及律無正文者設，非謂朝廷可任情生殺之也。英、憲以後，欽恤之意微，偵伺之風熾。巨惡大憝，案如山積，而旨從中下，縱之不問；或本無死理，而片紙付詔獄，為禍尤烈。故綜明代刑法大略，而以廠衛終之。廠豎姓名，傳不備載，列之於此，始有所考焉。」參見張廷玉等撰，《新校本明史並附編六種・志第六十九・刑法一》（臺北：鼎文書局，1982），第6冊，卷93，頁2279-2290。

12 孟德斯鳩著，張雁深譯，《論法的精神》（北京：商務印書館，1978），上冊，第1卷第5章，頁66。

13 在明代，即是職司監察的官員，自己也都要俯首聽命於權門。這種對權力完全失去制約的政治與法律環境，又反過來極大地刺激了權勢者倚仗皇權的橫行不法。《明法・刑法志》上說：「刑法有創自明，不衷古制者，廷杖、東西廠、錦衣衛、鎮撫司獄是已。是數者，殺人至慘而不麗於法。踵而行之，至末而極。舉朝野命，一聽之武夫、宦豎之手，良可嘆也。」（參見張廷玉等撰，《新校本明史並附編六種・刑法志三》，第4冊，卷95，頁2329

14 參見張廷玉等撰，《新校本明史並附編六種・張羽傳》，第7冊，卷192，頁5087。事實上，嘉靖萬曆前後，國家監察與司法制度在橫行的權勢面前更成了具文，明人于慎行曾云：「本朝姑息之政甚於宋代，但其體嚴耳。宋時，待下有禮，然至於兵敗必誅，贓罪必刑，未有姑息遷就以全體面者。本朝無其恩禮，而法亦不行，甚至敗軍之將，可以不死；贓吏巨萬，僅得罷官，是吞舟之漏也。至於小小刑名，毫不假借，反有凝脂之密，則

重輕胥失之矣。」參見于慎行，《穀山筆塵‧國體》，《筆記小說大觀》
（四十編）（臺北：新興書局，1990），卷3，頁385。。

15 張廷玉等撰，《新校本明史並附編六種‧邱舜傳》，第8冊，卷226，頁
5935。

16 張廷玉等撰，《新校本明史並附編六種‧呂坤傳》，第8冊，卷226，頁
5938。

17 曾羽王著，吳貴芳標點，《乙酉筆記》（上海：上海人民出版社，1982），
頁127。

18 龔自珍著，劉逸生、周錫馥注，《龔自珍編年詩注‧詠史》（杭州：浙江古
籍出版社，1995），頁204。

19 鄒式金《雜劇三集‧小引》中曾言：「邇來世變滄桑，人多感懷，或抑鬱
幽憂，抒其黍離銅駝之怨；或憤懣激烈，寫其擊壺彈鋏之思；或月露風
雲，寄其飲醇近婦之情；或蛇神牛鬼，發其問天遊仙之夢。」參見鄒式金
編，《雜劇三集‧小引》（合肥：黃山書社，1992），頁5。

20 如朱素臣《秦樓月‧得信》一齣寫蘇州有幾位編新戲的相公，對陶吃子
說：「老陶，你近日無聊，我每個人有幾簇新的好戲在此，聞得浙江一
路，也學蘇州，甚興新戲，拿去賣些銀子用用。」蘇州派劇作家大體便屬
於這種「編新戲的相公」。他們創作的劇本很多，但刊印的卻很少，大部分
是以手抄本的形式流傳。這也反映出他們社會地位的低下與經濟狀況的拮
据。

21 關於蘇州劇作家的相關研究，參見康保成，《蘇州劇派研究》（廣州：花城
出版社，1993）；郭英德，《明清傳奇史》，頁352-383；李玫，《明清之
際蘇州作家群研究》（北京：中國社會科學出版社，2000）。其中李玫認為
以「蘇州作家群」而非「蘇州派」作家，來稱明末清初蘇州地區出現的這
批劇作家較為恰切，因為「作為文學流派的『派』，往往具有更嚴格的含
義，作為流派成員的共同點往往更具確定性，」她指出：「當研究者以地
域為標準來劃分文學集團時，著眼點並不是地域與作家們精神性格的內在
聯繫以及地域對作品的文化內涵的決定作用，作家生活的地域實際上被作
為一種整合、牽繫、把握文學現象的線索。這類流派的劃分標準中，風格
仍然是重要標準之一。『蘇州作家群』以及類似的說法的提出，一面承繼

傳統思考問題的方法，延續了傳統的思路，另方面又具有特殊性。其特殊性在於，這批劇作家被看作作家集團或流派，最初的因素是他們之間客觀的、天然的聯繫。……這批劇作家的作品儘管表現出若干共同傾向，但同時，他們又呈現出色彩繽紛的個性差異。」參見氏著，《明清之際蘇州作家群研究》，頁13-14。

22 Foster（1879-1970）在其 *Aspects of the Novel*（《小說面面觀》）一書中所謂的「扁平」人物（flat character）與「圓型」人物（round character），是就同一部作品中人物塑造之深淺比較而言，而此處則乃取其相對意義，以說明較之早期公案劇，清初劇作在人物刻畫之豐富性與立體性方面的突破。參見 E. M. Forster., edited by Oliver Stallybrass Foster, *Aspects of the Novel* (New York : Penguin Books, 1979).

23 即在現今世界戲劇之各種主題類型中，以「訟案」為基本情節架構之作品亦仍是一吸引創作者與觀賞者之重要項目，即是一證。

24 朱萬曙，《包公故事源流考》（合肥：安徽文藝出版社，1995）。

25 就《元曲選》、《元曲選續編》看來，現存元人劇本約一百六十多本，其中屬於公案類型的劇本約二十四、五種，約佔總數六分之一。現存元公案劇若依其題材內容分，可有以下幾類：一、屬於豪右欺壓平民，清官敢於抑制豪右者，有《包待制智斬魯齋郎》、《包待制三勘蝴蝶夢》、《包待制陳州糶米》、《包待制智賺生金閣》、《宋上皇御斷金鳳釵》、《馮玉蘭夜月泣江舟》、《望江亭中秋切膾》、《黑旋風雙獻頭》等。二、屬於弟兄爭產、妻妾相妒、計害本夫等家庭倫理糾紛而成案者，如《神奴兒大鬧開封府》、《包待制智賺合同文字》、《楊氏女殺狗勸夫》、《包待制智勘後庭花》、《鄭孔目風雪酷寒亭》、《張千替殺妻》等。三、屬於搶劫、強姦、謀財害命者有：《張孔目智勘磨合羅》、《玎玎璫璫盆兒鬼》、《包待制智勘緋衣夢》、《救孝子烈母不認屍》等。四、屬於男女愛戀而成為案情者，如《王月英元夜留鞋記》、《臨江驛瀟湘夜雨》等。關於包公研究，請參見 Yau-woon Ma, "The Pao-kung Tradition in Chinese Popular Literature," (Ph. D. Dissertation of Yale University, 1971)；翁靜文，《包拯故事研究》（輔仁大學中文研究所碩士論文，1989）；朱萬曙，《包公故事源流考》；丁肇琴，《俗文學中的包公》（臺北：文津出版社，2000）。

26 清代則有《于公案奇聞》、《彭公案》、《施公案》與《狄公案》等與此類似的小說。

27 清代幾乎各級治民的主官皆可理刑，從中央到地方，約可分為四級：第一級為縣和州；第二級為府；第三級為省（設行政長官，巡撫或總督，或同時設巡撫和總督，有些總督兼轄兩省，而每一省皆有自己的巡撫）；第四級即北京中央政府。一般而言，一個案件的調查與初審先由州縣審理。州縣官只執行限於笞、杖刑的案子，其他較大的案件皆必一級一級往上報。州縣官初審後，附上意見，呈報給「府」。「府」只負責轉報「省」。「省」由按察使司受理後，須經總督及巡撫核准。總督或巡撫再將案子及意見匯集，定期向刑部呈報。涉案較嚴重的案子如屬殺人案件，則須隨即呈報，由刑部再審，作出最後判決。對於死刑案，還須上報「三法司」，再由「三法司」呈皇帝，由皇帝批准後，死刑判決才算正式生效。由此可見，幾乎每一級職官均是法官，所有審判必須由法官親自來審判。參見D‧布迪 & C‧莫理斯著，朱勇譯，《中華帝國的法律》（南京，江蘇人民出版社，1993），頁3（原書頁碼 pp. 113-114）；Derk Bodde and Clarence Morris, *Law in Imperial China: Exemplified by 190 Ch'ing Dynasty Cases* (Philadelphia : University of Pennsylvania Press , 1973).

28 如《竇娥冤》中兩淮提刑肅政廉訪使竇天章唱：「從今後把金牌勢劍從頭擺，將濫官污吏都殺壞，與天子分憂，萬民除害！」（參見關漢卿，《感天動地竇娥冤》，第4折，臧晉叔，《元曲選》，第4冊，頁1517）；《包待制陳州糶米》中包公唱：「叩金鑾親奉帝王差，到陳州與民除害。威名連地震，殺氣和霜來，手持著勢劍金牌，哎，你個劉衙內且休怪！」（參見無名氏撰，《陳州糶米》，第4折，臧晉叔編，《元曲選》，第1冊，頁50）；以及《魔合羅》中府尹所說：「兀那廝，你聽者：聖人為你這河南府官濁吏弊，敕賜老父勢劍金牌，先斬後奏。若你那文卷有半點差錯，著勢劍金牌，先斬你那顆頭顱！」，都是類似的例子。（參見孟漢卿，《張孔目智勘魔合羅》，臧晉叔，《元曲選》，第4冊，頁13。）

29 無名氏撰，《包待制陳州糶米》，收入臧晉叔編，《元曲選》，第1冊，頁52。

30 清官文化與清官故事由元代的一度流行，到明代初年的逐漸消歇，再到嘉

靖以後的高度繁盛，這一發展經歷了Ｕ字型過程。孫楷第先生說：「大概包公故事的傳說，起於北宋而氾濫于南宋與金元，至元朝則名公才子都來造作包公的故事。……（元代包公劇）實在不少。到了明朝洪武以後，以包公案故事入劇的風氣似乎消歇下去了，但至嘉靖以後包公案故事又復興起來。」參見孫楷第，〈包公案與包公案故事〉，《滄洲後集》（北京：中華書局，1985），頁78。

31 如《金瓶梅》中曾提到：「（巡按御使曾孝序）即是個清廉正氣的官。……開了（衙門）大門，曾御使坐廳。頭面牌出來，大書：『各親王、皇親、駙馬、豪勢之家。』第二面牌出來，『告都、步、按並軍衛有司官吏』。第三面牌出來，才是『百姓戶婚田土詞訟之事』。」這位清官巡按如此大張旗鼓地標舉自己的職責，即在於究彈枉法害民的權貴勢要，並向皇帝上本參劾西門慶等人的貪肆不法。未料西門慶從內線得知奏章的內容之後，便有對策，書中云：「西門慶道：『常言兵來將擋，水來土掩。事到其間，道在人為。少不得你我打點禮物，早差人上東京，央及（蔡太師）老爺那裡去。』」而隨後便有了這樣的結果：「（西門慶家人）回稟道：『翟爹看了爹的書，便說：「此事不打緊，教你爹放心。……等他本上時，等我對老爺說了，隨他本上參的怎麼重，只批該部知道。老爺這裡再拿帖兒吩咐兵部余尚書，只把他的本立了案，不覆上去。隨他有撼天關本事也無妨！」』」於是曾巡按的參劾，非但不能損西門慶等流氓貪官的毫髮，反使自己大禍臨頭：「太師陰令（宋）盤究劾其私事，逮其家人，鍛鍊成獄，將（曾）孝序除名竄於嶺表，以報其仇。」參見蘭陵笑笑生著，李漁評，黃霖、張兵、顧越點校，《新刻繡像批評金瓶梅》，收入《李漁全集》（杭州：浙江古籍出版社，1982），第48回-49回。

32 馮夢龍，《警世通言》，收入魏同賢主編，《馮夢龍全集》（上海：上海古籍出版社，1993），頁669。

33 題漢孔安國傳、唐孔穎達等正義，《尚書正義》，收入《十三經注疏》（臺北：藝文印書館，1976），第1冊，卷14，頁202。

34 佚名著，谷秀華點校，《新民公案·新民錄引》，收入《中國古代珍稀本小說續》（瀋陽：春風文藝出版社，1997），第10冊，頁201。

35 朱確，字素臣，號笙庵，以字行，吳縣（今屬江蘇）人。約生於明天啟

（1621-1627）年間，卒於康熙四十年（1701）以後。出身寒素，未出仕，喜度曲，善吹笙。與李漁友善，與吳綺、尤侗等亦有交往。所撰戲曲二十種，其中傳奇十七種，今存《錦衣歸》、《未央天》、《聚寶盆》、《十五貫》、《文星觀》、《龍鳳錢》、《俊猊璧》、《忠孝闥》、《四聖手》等十種。此外，與葉時章、畢魏共同編定李玉《清忠譜》傳奇，朱佐朝等四人合著《四奇觀》傳奇，與丘園等四人合作《四大慶》傳奇，皆存。《新傳奇品》稱其詞如「八音縱鳴，時見節奏」。

36 《曲海總目提要》「雙熊夢」條載：「一名《十五貫》，聞係近時人撰，或云亦尤侗筆也。記中熊友蘭、友蕙皆以重罪，蘇州守況鍾禱於神，夢雙熊訴冤，因為研審而出其罪，故曰《雙熊夢》。友蘭、友蕙皆因十五貫鈔，無端罹罪，故又曰《十五貫》。其情節甚緊湊，唱演最動人，然大抵皆鑿空也。」參見黃文暘著，《曲海總目提要》（天津：天津古籍出版社，1992影印本），下冊，卷46，頁1955。

37 俞樾，《春在堂隨筆》、《筆記小說大觀》（揚州：江蘇廣陵古籍刻印社，1995），卷10，頁58。

38 馮夢龍著，魏同賢主編，《醒世恆言·十五貫戲言成巧禍》，收入《馮夢龍全集》，第25冊，頁1977-2022。

39 張廷玉等撰，《新校本明史並附編六種·況鍾傳》，第7冊，卷161，頁4379-4381。

40 引自郭英德，《明清傳奇綜錄》，上冊，頁643。

41 關於老鼠銜走錢物的故事，據《曲海總目提要》「雙熊夢」條載，最早出現於《後漢書·李敬傳》中，其中記載：「汝南李敬為趙相奴，於鼠穴中得繫珠瑠珥相連，以問主簿，對曰：『前相夫人昔亡三珠，疑子婦竊之，因去其婦。』敬乃送珠付前相，相慚，追去婦還。」參見黃文暘著，《曲海總目提要》，下冊，卷46，頁1956。

42 朱素臣著，張燕瑾、彌松頤注，《十五貫校注·夢警第十三》（上海：上海古籍出版社，1983），頁84。

43 朱素臣著，張燕瑾、彌松頤注，《十五貫校注·夜訊第十五》，頁100。

44 朱素臣著，張燕瑾、彌松頤注，《十五貫校注·夢警第十三》，頁84。

45 朱素臣著，張燕瑾、彌松頤注，《十五貫校注·夜訊第十五》，頁100-

101。

46 朱素臣著,張燕瑾、彌松頤注,《十五貫校注·乞命第十六》,頁106。
47 同前註,頁107。
48 同前註,頁108。
49 同前註。
50 同前註,頁107。
51 同前註,頁108。
52 朱素臣著,張燕瑾、彌松頤注,《十五貫校注·恩判第二十》,頁137。
53 朱素臣著,張燕瑾、彌松頤注,《十五貫校注·夜訊第十五》,頁99。
54 朱素臣著,張燕瑾、彌松頤注,《十五貫校注·拜香第二十五》,頁169。
55 周駿富編,《清史列傳》、《清代傳記叢刊》(臺北:明文書局,1985),第97冊,卷12,頁315。
56 同前註,第97冊,卷11,頁283-284。
57 關於這點可參考錢穆《中國近三百年學術史》,第七章論張伯行一段。參見錢穆,《中國近三百年學術史》(臺北:臺灣商務印書館,1976),頁266。
58 [清]佚名等編著,《狄公案》(北京:新華書店,1998),頁3-4。
59 劉鶚,《老殘遊記》(臺北:聯經出版事業公司,1976),第16回回末總評,頁154。
60 朱素臣著,張燕瑾、彌松頤注,《十五貫校注·陷辟第七》,頁41。
61 同前註,頁42。
62 同前註,頁43。
63 同前註。
64 同前註,頁44。
65 朱素臣著,張燕瑾、彌松頤注,《十五貫校注·如詳第十一》,頁70。
66 同前註。
67 同前註,頁71。
68 同前註,頁71-72。
69 朱素臣著,張燕瑾、彌松頤注,《十五貫校注·謁師第二十三》,頁153。
70 同前註,頁154。

71 張廷玉等撰，《新校本明史並附編六種·周忱傳》，第6冊，卷153，頁
4211-4217。

72 趙錄，《桐橋倚櫂錄》，清道光間刊本，引自郭英德，《明清傳奇綜錄》，
上冊，頁644。

73 朱素臣著，張燕瑾、彌松頤注，《十五貫校注·乞命第十六》，頁108。

74 同前註。

75 同前註。

76 同前註，頁108-109。

77 同前註，頁109。

78 孟漢卿，《張孔目智勘魔合羅》，收入臧晉叔，《元曲選》，第4冊，頁
1368-1388。

79 孫仲章，《河南府張鼎勘頭巾》，收入臧晉叔，《元曲選》，第2冊，頁668-
686。

80 《魯齋郎》敘寫權豪魯齋郎霸佔銀匠李四之妻。鄭州府衙的六案都孔目張
珪本思為李四申冤，然聽聞原告為齋郎，遂噤不敢言，且勸李四忍氣吞
聲。未久張珪也遇同樣厄運，齋郎亦命張珪獻妻，張珪不敢抗命，遂落得
妻離子散，出家為僧。李四與張珪的兩雙兒女後為包拯所收養。包拯為治
魯齋郎之惡，因此設計，上奏天子云，有「魚齊即」者，苦害良民，罪不
容赦。於是天子如其所請，御批「斬」字，包拯乃將聖旨所書「魚齊即」
三字，添改數筆，遂成「魯齋郎」，然後「遵旨」將齋郎「正法」。詳見關
漢卿，《包待制智斬魯齋郎》，收入臧晉叔編，《元曲選》，第2冊，頁842-
857。

81 關漢卿，《包待制三勘蝴蝶夢》，收入臧晉叔編，《元曲選》，第2冊，頁
632。

82 例如寫包公遇無頭案時於夢境中得讖語與神啟，或祈拜求神而得神助的，
有《警世通言·三現身包龍圖斷案》、《包公案》中的〈觀音菩薩托夢〉、
〈鎖匙〉、〈龍騎龍背試梅花〉、〈免戴帽〉；《詳情公案》中的〈夢黃龍盤
柱〉等極多的故事；寫清官夢中的神啟與讖語並由此而擒得殺人盜賊的有
《拍案驚奇·李公佐巧解夢中言　謝小娥智擒船上盜》、《二刻拍案驚奇·
許察院感夢擒僧　王氏子因風獲盜》等；寫清官白日得神示，則有《別本

二刻拍案驚奇・奸淫漢殺李移桃　神明官追尸斷鬼》中的黃參政。甚至還
有更神奇的，如《明鏡公案》上卷〈舒推府判風吹「休」字〉、〈項理刑辨
鳥叫好〉、〈曹察院蜘蛛食卷〉，以及《西湖二集・周城隍辨冤斷獄》等
等，以空中平白吹來的讖語、鳥鳴、蒼蠅的飛集不去、蜘蛛在紙上啃食出
的痕跡之類代表天意，而標示出破案線索等等，其例不勝枚舉。

83　比如《警世通言・李謫仙醉草嚇蠻書》故事中的李白，「打扮作秀才模
樣，身邊藏了御賜金牌，……聽得人言華陰知縣貪財害民，李白生計，要
去治他」，他故意唐突縣官，入獄之後才亮出御手調羹的身分與金牌聖旨，
結果驚嚇縣官磕頭求饒等等；再如《古今小說・陳御史巧勘金釵鈿》中的
陳御史，獨自裝扮陳布商偷偷從衙門中出外四處打探，遂發現真正的罪
犯，並堪破其詐偽。至於公案小說集中的清官，同以此類方式方得以破案
除奸者亦夥，比如《包公案》中的〈包袱〉、〈廚子做酒〉等皆是。

84　作者在發展情節、營造可能發生案件的情境時，大量運用了「誤會」與
「巧合」的藝術手法。例如友蕙、三姑一案，兩人都為避嫌，不約而同地移
進只有一牆之隔的內室；三姑的金環被老鼠銜至熊家；熊家毒鼠的炊餅被
銜至馮家，恰好被馮錦郎拾取而食等情節，都帶有偶然性。至於馮家丟失
的寶鈔，與游葫蘆借來的銅錢金額皆為十五貫；熊友蘭與蘇戌娟偶然相
遇，相偕同行；友蘭與友蕙、戌娟與三姑在應天巡撫監獄，又恰好關在一
起，則更是巧合。

85　關於十五貫錢的價值多少，根據劇本所述，熊友蘭作船上艄公，每月工資
半貫（第二齣）；一、二貫錢可吃脂油一兩年（第八齣）；十五貫錢有
六、七十斤重（第九齣）。由此可見，十五貫相當於當時漁船工三十個月的
工資，確是一筆不小的數目。

86　朱素臣著，張燕瑾、彌松頤注，《十五貫校注・夢警第十三》，頁85。

87　朱素臣著，張燕瑾、彌松頤注，《十五貫校注・夜訊第十六》，頁98。

88　同前註，頁99。

89　同前註，頁100。

90　同前註。

91　朱素臣著，張燕瑾、彌松頤注，《十五貫校注・踏勘第十七》，頁116。

92　同前註。

93 同前註。

94 同前註，頁 116-117。

95 同前註，頁 117。

96 朱素臣著，張燕瑾、彌松頤注，《十五貫校注·廉訪第十八》，頁 125。

97 同前註，頁 127。

98 朱素臣著，張燕瑾、彌松頤注，《十五貫校注·恩判第二十》，頁 136-137。

99 同前註，頁 137。

100 同前註，頁 138。

101 朱佐朝，字良卿，吳縣人。生卒年不詳，生平事跡亦不可考。《曲海總目提要·未央天》條：「聞明季時有兄弟二人，皆擅才思，其一作《未央天》、其一作《瑞霓羅》。」據學者考證，《未央天》爲朱素臣所作，《瑞霓羅》爲朱佐朝所作，可知朱素臣與朱佐朝爲兄弟，時稱「二朱」。朱佐朝所撰傳奇二十五種，今存《石麟鏡》、《錦衣衷》、《九蓮燈》、《豔雲亭》、《萬壽冠》等十六種；此外，與李玉合作《一品爵》、《埋輪亭》傳奇，與朱確等四人合著《四奇觀》傳奇，改訂朱雲從《龍燈賺》爲《軒轅鏡》傳奇，皆存。參見黃文暘著，《曲海總目提要》，上冊，卷 18，頁 821；郭英德，《明清傳奇綜錄》，頁 664。

102 參見郭英德，《明清傳奇綜錄》，上冊，頁 684-685。

103 朱佐朝，《吉慶圖·產決》，《全明傳奇續編》（臺北：天一出版社，1996），下卷，頁 127a。

104 朱佐朝，《吉慶圖·歸忿》，《全明傳奇續編》，下卷，頁 140b-141a。

105 同前註，頁 141a-b。

106 朱佐朝，《吉慶圖·直控》，《全明傳奇續編》，下卷，頁 147a。

107 朱佐朝，《吉慶圖·義斷》，《全明傳奇續編》，下卷，頁 165a。

108 同前註，頁 166a。

109 同前註，169b-170a。

110 同前註，170b。

111 同前註。

112 黑格爾著，朱光潛譯，《美學》（北京：商務印書館，1979），第 1 卷，頁

235-236。

113 凌濛初，《初刻拍案驚奇》，（臺北：世界書局，1989），下冊，卷30，頁555。

114 劉斧，《青瑣高議・後集・陳叔文》，《筆記小說大觀》（臺北：新興書局，1988），卷4，頁3084。

115 查慎行，初名嗣璉，字夏重，號查田，別署初白老人、他山老人、煙波釣徒。海寧人。生於清順治七年（1650），卒於雍正五年（1727）。少即穎慧，及長，遊於黃宗羲之門，所學益進。年甫壯出遊，足跡半天下。康熙二十八年（1689），因國喪期間京師內聚班演《長生殿》一案，革去國學生籍，遂改名慎行，字餘悔，號他山，又號初白。康熙三十二年，始舉順天鄉試。四十一年（1702），因荐入直內廷南書房。次年（1703），特賜進士出身，授翰林院編修。康熙帝曾賜其堂額曰「敬業」。五十二年（1713）告歸，杜門著書。雍正五年（1727），因弟嗣庭訕謗案，以家長失教獲罪，被逮入京，帝識其端謹，特赦放歸，歸未兩月而卒。查慎行詩名甚著，「平生所作，不下萬首」，後經他自己刪定為四千六百餘首，編為《敬業堂詩集》、《續集》；另有《詞集》、《周易玩辭集解》、《蘇詩補注》，所撰傳奇《陰陽判》今存。參見郭英德，《明清傳奇綜錄》，下冊，頁788。

116 長松下散人〈跋〉云：「此傳之作，三吳諸君子讀〈聲怨〉、〈憫冤〉二錄，悲練川挺奇朱公之慘死，孝子羽吉之百控不得伸而作也。陽判不公，自有陰判，理所固然，至姓氏里居稍加改易，亦有梨園子弟之登場地耳。」參見長松下人，《陰陽判・跋》，《古本戲曲叢刊五集》（上海：上海古籍出版社，1986），卷下，頁54a。

117 查慎行，《陰陽判・弁言第一》，卷上，頁1a。

118 查慎行，《陰陽判・旌圓第二十八》，卷下，頁54a。

119 長松下散人《陰陽判傳奇・序》又云：「……且夫天下顛仆不破者，理為已耳，陽判不公，而至決之以陰判，孰不以為誕妄無憑？然而苟苴難用於夜臺，請託不行於雷部，積惡餘殃，到頭結案，斷斷如此。奈何不認作照膽鏡，而以為莫須有、想當然乎？」參見長松下散人，《陰陽判・跋》卷上，頁序1a-3a。

120 查慎行，《陰陽判・序》，頁序3b-序4a。

121 查慎行，《陰陽判・矚訣第八》，《古本戲曲叢刊五集》（上海：上海古籍出版社，1986），卷上，頁27b。

122 同前註，頁28a。

123 同前註，頁28b。

124 查慎行，《陰陽判・營漏第十二》，卷上，頁42a-42b。

125 同前註，頁44b-45a。

126 同前註，頁45b。

127 同前註，頁44b-45b。

128 查慎行，《陰陽判・雷警第十四》，卷上，頁55b。

129 同前註。

130 同前註，頁55b-56a。

131 同前註，頁58b。

132 查慎行，《陰陽判・陰拘第二十一》，卷下，頁25a。

133 查慎行，《陰陽判・神判第二十二》，卷下，頁29a。

134 查慎行，《陰陽判・祀神第二》，卷上，頁3b。

135 查慎行，《陰陽判・神判第二十二》，卷下，頁29b。

136 同前註，頁30a-30b。

137 同前註，頁30b-31a。

138 查慎行，《陰陽判・神判第二十二》，卷下，頁33a-34a。

139 查慎行，《陰陽判・冥嘆第二十三》，卷下，頁37b。

140 同前註，頁38a。

141 如李修生《古本戲曲劇目提要・未央天》云：「《曲海總目提要・未央天》謂江寧水西門有不打五更的規矩，據說就是因為此處曾發生過這麼一件冤案。《七修類稿》卷四『六更鼓』一則，引汪元量詩『亂點傳籌殺六更』及楊萬里詩『天上歸來已六更』等句，知宋時已有打六更的說法，但似與冤案無關。談遷《棗林雜俎》和集『從贅』有『南京不打五更』一則，謂宋時打六更源於朝廷規矩，又稱『蝦蟆更』，又說明尚有不打五更的作法，是因為太祖朱元璋『常夢人求還地，許之五更頭，遲遲其刻』。這裡的解釋亦未提及冤案。作者大概只是借用這些傳說編造故事，並無實據。劇中寫縣名秣陵，東都為長安，故事似為漢代事；而所謂『登聞院鼓』是唐代以

後才設立的,則故事似又發生在唐代以後;又根據劇中某些細節描寫,如第十八齣某百姓自云家中書房裡擺著自鳴鐘等,則故事背景又像是明代後期。實際上,劇中所述當是明代現實,而假託於前代。」參見李修生主編,《古本戲曲劇目提要》(北京:文化藝術出版社,1997),頁437。

[142] 黃文暘著,《曲海總目提要》,上冊,卷18,頁821-823。

[143] 朱素臣撰,王永寬點校,《未央天‧擊鼓第十五》,(北京:中華書局,1989),頁40。

[144] 朱素臣撰,王永寬點校,《未央天‧法場第十八》,頁52。

[145] 黃文暘著,《曲海總目提要》,上冊,卷18,頁821。

[146] 朱素臣撰,王永寬點校,《未央天‧烏臺第二十》,頁53。

[147] 同前註。

[148] 同前註,頁54。

[149] 朱素臣撰,王永寬點校,《未央天‧拯救第十七》,頁45。

[150] 同前註。

[151] 同前註。

[152] 同前註。

[153] 朱素臣撰,王永寬點校,《未央天‧法場第十八》,頁48。

[154] 同前註,頁49。

[155] 朱素臣撰,王永寬點校,《未央天‧雪冤第二十八》,頁74。

[156] 本劇有此意旨,故〈尾聲〉中說:「事關風化人欽羨,揮毫譜出《未央天》,節孝忠貞萬古傳。」同前註,頁78。

[157] 狄德羅,《狄德羅美學論文選》(北京:人民文學出版社,1986),頁114。

[158] 趙翼,《趙翼詩編年全集》(天津:天津古籍出版社,1996),第3冊,卷37,頁1143。

[159] 查慎行,《陰陽判‧序》,頁序3a—序4b。

圖 2-1

2

當頭棒喝

禪宗文學之公案

李玉珍 *

一、前言

　　「幡動、風動，抑是心動」、「平常心是道」、「日日是好日」這些耳熟能詳的話語是禪宗祖師在公案裡留給後世的智慧。趙州諗坐禪成佛，譬如磨磚能做鏡；南泉斬貓，活生生將貓砍殺成血淋淋的兩半，要弟子立即悟道；有人問臨濟義玄：「如何是無位真人？」他舉手便打：「無位真人是什麼乾屎橛！」[1] 見魔殺魔、見佛殺佛，這些突兀難解的言行，被視為禪宗接引後人直悟本心的獨特法門，於佛教界外亦傳誦不已。其實我們對整部禪宗史的認識，常常是一則一則禪師的機鋒貫串而成的。不像天台宗、華嚴宗終究引我們入《法華經》和《華嚴經》的深邃經海註箋，禪宗感覺上是活潑平易的，甚至充滿語言的趣味。雖是日常語言，卻又在語言扭曲處，異峰突起，引人入勝。[2]

　　仔細分析我們對禪宗的印象和了解，發現這些禪師的風範和歷史片段都是以公案的形式呈現。說整部禪宗史是由公案編織而成，亦不為過。雖然和《高僧傳》之類的歷代僧傳一樣旨在記錄僧人的行誼，禪宗的語錄、燈史皆以公案為主要論述方式，生動地捕捉禪師的法語、軼聞和教誨。[3] 尚且不論幅秩浩瀚的語錄如何透過叢林教育，於歷史上傳遞禪宗宗師的智慧，委迤不絕。即便是現代學者研究禪宗和教導學生，基本資料仍是公案。[4] 最值得注目的是，佛教各宗派都有基礎典籍，藉以傳遞中心思想和綿延宗師法脈，但是罕見像公案如此大量流傳又不失其宗派特色的文類。[5] 中國歷代文學家多以禪風入詩，並與禪僧機鋒來往之眾（如柳宗元，白居易與蘇軾），即是極佳的例子。[6]

　　公案膾炙人口，流傳之廣甚至成為禪宗的代名詞。這固然可以歸功於其精采的寓言形式和遊戲語言的趣味性，但是公案強調直接觸及個人的證悟經驗，恐怕才是使公案平易近人的真正原因。禪宗標榜「教外別傳」、「不立文字」，提出不依靠經典註釋、非以語言文字達到證悟，而是「以心傳心」，祖師將體悟的道理透過機緣，傳授給弟子。[7] 此機緣為隨機逗教的法語配合身體語言和情境，即公案的起源和勝處。為了激發個人的體驗，公案不是用來背而必須參。因此公案採用問答形式而不提供標準答案，公案提出問題，甚至錯落問答的邏輯，以便打破原有的思想格局。小疑小悟，大疑大悟。要讀懂公案不必引經據典，但是這種錯愕離奇的閱讀方式，以及重視個人體驗的解答方式卻引人入勝。一旦起疑，公案即開始於讀者和聽者的心中作用，說公案的禪師精神和其所以證悟的禪理，

即深植其心中，等待其個人之機緣發芽成長。雖然歷史上屢有譏諷野狐禪，批評參公案者假裝證悟，實則漫天說謊的，但是公案之奧妙即在於此：公案提出了禪宗的問題，讓讀者自己去尋找答案，而且不論答案如何，讀者還往往歸功於自己對禪宗的認識。

所謂「直接經驗／體認」是西方學者追溯現代知識系統建立的重要線索之一，關鍵在於科學實驗產生的「事實」取代經典的詮釋，於是對於知識的產生和有效性產生不同於中古時代的認定方式。當西方學者轉向探討中國知識生產的模式時，他們發現中國充斥著各種案類（case）──例如公案、學案、醫案、刑案。雖然我們還不清楚這些案類對中國的知識系統的整體性影響，但是至少這些案類的陳述方式都是建立於個人證實的特殊經驗上。費俠莉即認為當案類研究（case study）成為一種知識系統，它本身所激發的推理方式，將使得案類成為推翻既存的知識定義規則和生產事實的機制。[8] 如果案類研究果真是中國知識生產的一種範疇，那麼一般公認為最早出現的案類──禪宗公案（public case）──就值得重新研究。就「經驗」對知識生產、累積、運作的功能而言，禪宗公案正好提供一個由經典傳統建構的知識系統，過渡到重視個人經驗的轉折點。而從知識生產的觀點著手，亦將提供一個研究禪宗公案的新視野。

二、公案與禪宗史研究

何謂公案？禪宗僧徒如何定義公案？現在我們認識的公案和唐

宋人心目中的公案一樣嗎？為了確定公案是一種系統性的知識建構
方式，我們必須先釐清這些問題。公案是一個稱呼官府案牘的普通
詞語，在禪宗的實踐脈絡中獲得特殊的意義，進而豐富它的意涵，
例如明清的公案小說，就結合禪宗解謎和清官辦案的雙重意旨。雖
然公案這個詞早在唐代的禪宗文獻中出現，但是唐代佛教仍然籠罩
在依經論解疏的義學中，唐代的禪師仍然必須以《金剛經》或《楞
伽經》立論，解釋佛性。使用公案的方式，比較接近我們心目中隨
機逗教的語言遊戲的，要到晚唐的馬祖道一（709-788）才出現；至
於禪宗對公案的標準定義要遲到宋代圓悟克勤的《碧巖錄》。

　　《碧巖錄》開章明義於序中定義公案，將公案比擬為官府案
牘，強調公案為格式化的法律，綱領佛祖機緣的正理。其全文如
下：

　　　　嘗謂，祖教之書，謂知公案者，倡於唐，而盛於宋，其來尚
　　矣。二字，乃世間法中吏牘語。其用有三：面壁功成，行腳事
　　了，定槃之星難明，野狐之趣易墮，具眼為之勘辨，一呵一
　　喝，要見實詣，如老吏據獄讞罪，底裡悉見，情款不遺，一
　　也。其次，則嶺南初來，西江未吸，亡羊之其易泣，指海之針
　　必南，悲心為之接引，一棒一痕，要令證悟，如庭尉執法，平
　　反出人於死，二也。又其次，則犯稼憂深，繫驢事重，學奕之
　　志須專，染絲之色亦易悲，大善知識，為之付囑，俾之心死蒲
　　團，一動一參，如官府頒示條令，令人讀律知法，惡念才生，
　　旋即寢滅，三也。具方冊，作案底，陳機境，為格令，與世間

所謂《金科玉條》，《清明對越》諸書，出何以異？祖師所以立爲公案，留示叢林者，意或取此。[9]

上文標示公案的作用有三。第一是禪子面壁、行腳——即修習坐禪、和參學四方名師——之後，若能有一具法眼者幫他勘查、檢視所學，譬如老練的官吏依以前的刑案判罪一樣，鉅細靡遺，就能使他開悟。第二是禪子初入門習禪時，容易迷失，如果有人能發慈悲心、一聲棒喝、一道痕跡，都能打破他原來錯誤的認知，像廷尉依律平反死罪一樣。第三是讓禪子平息初學時的徬徨易感，專心致志，不受情境、習俗影響，要靠有正知正見的人交付正確的佛法，像宣示法律條文一樣，使他明察錯誤的觀念，進退有據。

這三個作用都和禪子的修行過程相關，而且不斷強調教導者在訓示公案時的重要角色。坐禪、參學、接引、付囑是禪宗叢林的學習過程，而具有法眼者、要令證悟者和大善知識，便都是引領禪子入門的大禪師。

因爲禪宗視證悟經驗爲相當個人的，如人飲水，冷暖自知，無法言喻，電光火石，霎那了然於心，無法傳遞複製。而一旦能夠體會到這個經驗的，即已經到達彼岸，與成佛境界融合，加入證悟者的行列。所以禪師只能藉公案製造情境，引導弟子自己去開悟。但是在人人皆有佛性的前提之下，證悟經驗卻又具有普遍性，禪師證悟的軌跡仍然可循，有理則可依，即是可參的公案。其關鍵便在於已經證悟的禪師，依據自己的例證，帶領弟子勘辨不同的案例，並且判斷弟子的體驗是否合乎佛理。因此禪宗才視公案如法律案例，

而非固定條文，其意義即在「以心傳心」，因此公案亦兼具學習和
驗證的雙重功能。

禪宗立教究竟無法不離語言文字，因此公案的特殊語言邏輯，
反而成爲中國佛教重新詮釋證悟體驗的契機。吊詭的是，公案提升
的「個人」經驗，仍舊必須靠語言流傳下去，否則連公案本身都無
法保存，如何保留這些寶貴的經驗？因此公案是禪宗重要的教學機
制，它的語言功能並不能離開實踐。尤其對僧團而言，集體修行、
克期爲功的參禪、講課，以公案爲參照對象，不僅是關照實踐層
面，更是考量到僧團存續、維繫法脈的問題。這也是公案研究不能
獨立於禪宗研究之外的重要原因。

禪宗史一般分爲三期：(一)初唐到中唐爲禪宗的興起；對應禪
宗譜系，即是第一祖師菩提達摩到五祖弘忍的年代。表面上禪宗如
何確立自己由印度到中國的法脈是此時期的關鍵問題，但是考諸唐
宋禪宗文獻，菩提達摩的祖師地位直到宋代才成定論。[10] 所以筆者
傾向認爲「禪宗師徒」如何建立其宗派地位才是此一時期禪宗發展
的重點。[11] 基本上學界對於此時期的研究，也集中於六祖慧能和建
立慧能祖師地位的神會。[12]

(二)唐末的會昌法難（843-845）前後到五代、北宋初，爲禪宗
五家七宗出現的時期，日本學界循禪宗史觀，稱此時期爲禪宗鼎盛
時期，或者直稱「唐代（754-906）爲禪宗的黃金時期」；五家七
宗依其開山祖師之年代爲：(1)曹洞宗：洞山良价（807-869）和曹
山本寂（840-900）；(2)雲門宗：雲門文偃（864-949）；(3)法眼
宗：清涼文益（885-958）；(4)爲仰宗：仰山慧寂（814-890）；(5)

臨濟宗：臨記義玄（？-867）；(6)（臨濟宗）黃龍派：黃龍慧山
（？-1069）；(7)（臨濟宗）楊岐派：偽山靈祐（771-853）和楊岐
方會（？-1049）。

(三)宋（960-1279）以後迄今，相較於黃金時期，這段時期被
視爲衰落時期。日本佛學研究泰斗柳田聖山認爲「唐代的禪從批判
的世間退卻下來讓與宋學，」因爲宋代不復見如公案中充滿機鋒的
唐代禪師，而僅存形式化的公案。[13] 禪宗至此的發展，往往被簡化
爲禪淨融合。

禪宗論述其歷史的單位即是公案，這些唐代禪師的教誨、軼
聞、風範，亦是經由公案流傳下來，栩栩如生地構成祖師譜系，成
爲後代學者研究的基礎。而這個三段式分期法（崛起／興盛／衰敗）
可以提供讀者一個很方便的禪宗史的輪廓。但是值得注意的是：公
案編纂成語錄和燈史，甚至被收入大藏經，成爲國家正式承認的宗
派法脈皆完成於宋代。[14] 不僅禪宗在唐人記載的僧史《續高僧傳》
和《宋高僧傳》前期中僅具宗派雛形，最早三部有關公案的集成，
《祖堂集》、《寶林集》、《景德傳燈錄》，也都不是成書於唐代。從
公案系統化的歷史脈絡而言，唐代禪師彼此的師承關係甚至可能是
經由後代對公案的認識而確立的。按照這個邏輯推論，唐代禪宗史
可能是宋代佛教歷史／宗派意識的產物。

唐代的禪宗法脈和宗派意識和宋代的公案集結存在密切的關
係，是無庸置疑的，問題是如何尋求一個平衡點。而分析公案和禪
宗宗派意識的建立，需要重新整理禪宗公案的集結過程，工程浩
大，不是短短一篇論文能爬梳完成的。本文的設計是介紹近二十年

來,美國學者對日本學者的中國禪宗研究的翻案。由於台灣佛教研究的學風向來和日本相似,回顧美國學界的研究成果,或許也可以提供我們一些不同的研究觀點。

三、美、日學者公案觀點之紛歧

日本學者在中國禪宗的研究領域中的主導地位,近年來逐漸受到地位歐美學者的挑戰。以往許多流傳於日本學界的「定論」備受評擊,最明顯的就是禪宗史的三段分期法。早期胡適與鈴木大拙於夏威夷《東西文化哲學期刊》發生爭議,已經衝擊到禪宗有六祖傳承的說法。胡適以敦煌的史料建議,所謂禪宗的南北之爭,是荷澤神會(670-762)為建立其宗主地位而創造出來的。後來雖有柳田聖山致力於敦煌禪籍的研究,但是馬克瑞(John R. McRae)在柳田的基礎上重新建構北宗的歷史,卻赫然發現南北宗的差異並非如神會所強調的如此巨大,甚至還彼此互相借用。[15] 因而馬克瑞稱呼禪宗六祖代代相承的系譜,為「串珠式的」(string of pearls approach to Ch'an history)歷史描述原則。[16]

日本學者不是沒有反省到禪宗的歷史觀和禪宗的歷史之間,存在差距;譬如中村元即質疑「語錄和公案所載並不一定都是證明禪宗發展的證據,特別是從初祖達摩到二祖,比較《景德傳燈錄》(宋代道原撰於一〇〇四年)和早三六〇年唐道宣著《續高僧傳》可知。……中國禪宗漸趨隆盛,祖師的傳記所以會產生如此變化。」[17] 但是一如柏納德‧佛爾(Bernard Faure)所提出的觀察,

禪宗研究所以能於日本佛學界享有主導地位，主要拜各佛教大學之全力支持；而這些佛教大學堅持的正統教派觀，也使得日本學者傾向於接受傳統禪宗典籍的歷史敘述。[18]

日本學者對禪宗史的三段式分期，其關鍵在於如何解釋會昌法難之後，禪宗何以獨盛？另外，唐宋之際的禪宗何以產生如此巨大的分歧？日本學者傳統的說法是歸結到禪宗不立文字、自食其力的宗風上。因為不依賴經典，宗風樸實，因而使得禪宗能在會昌法難的浩劫後，遭遇到比注重經典的天台、華嚴等宗派較輕的損失，而且不過分依賴王室支持，榮辱亦不隨之具毀，得以生存。這種佛法依王法而立的看法，至今仍可在許多著作中發現。早期吳經熊和史丹利・外因斯坦（Stanley Weinstein）的作品，也都引此說法。[19]

日本學者強調社會政治的變遷對於禪宗宗派興起的影響，和強調了解公案的神祕經驗，是一體兩面的說法。（此處筆者指涉的是一九六〇年代以來，鈴木大拙標榜為東方神祕經驗的禪在西方的轟動。[20]）日本學者預設禪的證悟是一個本質性的經驗，只有天賦異稟的禪師，能夠探觸到禪宗的本質。一旦時空環境改變，擁有此證悟經驗的唐代祖師逝去，後來的中國禪師、居士便無法再捕捉這種體驗。[21] 正因為禪的律動是天然活潑、無法以語言、制度規範的，只有能感受到與萬物合一的天然律動，才能體驗到禪的純粹精神，為禪宗的真正繼承人。而宋代禪師藉公案的語言遊戲攀緣，與士大夫唱和，讓政治和經濟力量影響其修行，所以很難一窺禪的究竟。

美日學者對於公案的不同史觀，使得他們對唐宋禪宗的評價差異相當大。日本學者一般歸咎禪宗「不立文字」使中國佛教的經典

詮釋傳統於唐代十宗之後無以爲繼，缺乏精神的創造性，轉而受到儒家、道家的影響，流於世俗化。[22] 即使宋代禪宗藉公案接引士大夫，於政府規制的寺院制度中極佔優勢，日本學者也認爲宋禪玩弄文字，將禪的實踐與語言分離，而將宋禪歸類於居士佛教，不若唐代祖師禪的純粹。循此脈絡，宋禪甚至要爲中國佛教於唐代以後「衰落」負責，而公案更成爲衆矢之的。

以下，筆者將根據公案衍生的詮釋典範，文類和宗派意識來介紹美國學者對於日本學者的辯駁。

（一）公案：新的詮釋典範

相較於日本學者對宋禪的嚴苛批判，美國學者對宋代的公案賦予相當的肯定。羅勃‧鮑斯威爾（Robert E. Buswell）從佛教如來藏的發展理路出發，視宋代文字禪爲中國佛教徒對佛教解脫實踐發展出來的新詮釋方式；他甚至以就禪宗公案文學的質量和制度化程度而言指證禪宗的「黃金時期」並非唐代，而是北宋。[23] 他解釋唐代禪師受到極度重視，被視爲衆善所歸，主要是中國傳統貴古賤今的心態所致。[24] 鮑氏從佛教詮釋學的角度切入，指出公案是促成禪宗中國化的重要論述方式。從宗教的解脫論而言，禪宗有別於先前的中國佛教宗派，因爲它對佛教的基本問題——成佛的可能性和方法——提出它獨特的典範；此即「直指人心」和「人人皆有佛性」。禪宗以證悟來自於直接的精神體驗，是內在本性的顯現和披露，而非外來緣飾的概念。這是唐代禪宗南北之爭能夠以頓漸之別成立的原因。《六祖壇經》謂神秀和慧能對證悟經驗的不同解釋爲「身是

菩提樹，心如明鏡台，時時勤拂拭，勿使惹塵埃」和「菩提本無樹，明鏡亦非台，本來無一物，何處惹塵埃」，而以慧能爲勝。這段公案本身即在標誌禪宗解脫論的基礎在於佛性。

就修行而言，因爲認定解脫證悟的本性（佛性）乃不依外緣，特定的修行方式，甚至修行與否，都不是決定證悟的因素。受不受戒、知識多寡、功德多寡，也都無法保證達到證悟的境界。只有直接體驗證悟，才是禪宗追尋的目標。在確定佛性存在的前提之下，禪宗提倡修行是不受方式和時地限制，當下刹那間顯現即是，每一時刻、每一動作皆是重要契機，皆須當心，不容輕放。如此一來，神聖至禪堂打坐參證，平凡如擔水挑柴、吃喝拉撒，因其體驗的本質，皆爲禪宗視爲修行。

佛性發揮到極致，證悟甚至不是修行的果位，而是每個人天生具有的本性直覺。因此所有人的一言一行、這些意識和行動所對應的萬物，莫不是佛法的展現。而公案的種種設施，不過是要激發這種了解，電光火石之間，炯然洞徹「自己」本身的佛性。鮑氏以大慧宗杲的看話禪爲例，說明強調頓悟的基礎上，禪宗運用話頭所要激發的意識活動是懷疑，而非信仰。禪宗的參公案因此不同於印度的參禪，並非定意、止觀、息念，而是時時專注懸念，注意腳下，步步爲營。如此蓄勢待發，一旦機鋒逆轉，驀然回首，「他人」自在燈火闌珊處，得來全不費工夫。因爲佛性不假外求，所以禪宗談頓悟不是講信仰；正因爲佛性存在不容置疑，全靠心證，所以用公案攻疑處，期於不能有疑處起疑。小疑小悟，大疑大悟。

鮑氏認爲禪宗重視切實體驗到證悟，並未獨立於當時佛教發展

的脈絡，只是禪宗發明公案這樣新的宗教語言，使它自己有別於其他印度和中國的宗派。雖然問法和重點不同，禪宗所面對的問題仍然是佛教一貫的關懷，諸如文字的工具性在證悟過程中，能夠伸展到何種程度？僧團運行的戒律和規條，如何幫助個人修行？而公案的傳授，注重師徒印心，發揚佛教重師承的傳統，其反諷突兀的語言邏輯，又形成禪宗獨特的教學系統，參公案甚至成為禪宗的修行方式。因此公案正是禪宗對佛教提出的新詮釋方式。而且禪宗的公案代表一套修行機制，其重視重當下的義理，給予修行者更廣闊的空間。佛教的信仰者可以不用拋棄世俗的角色和責任──特別是儒家的忠孝──在家修行。中國佛教發展到宋禪，終於在教義和實踐上與中國社會融合。[25] 鮑氏的貢獻在於將公案的研究提升到歷史、修行實踐、叢林制度各個層面，並且在義理和實踐之間找到聯繫點。[26]

（二）宗教文類（genre）與宗教經驗的陳述：公案的語言風格

鮑氏重視宋代禪，因為宋代開創公案，建立中國佛教獨特詮釋解脫和佛性的義理。鮑氏的宗教時間觀，不同於日本三段式衰退論，顯然是視佛教為不斷衍生的過程。而柏琳（Judith A. Berling）對公案的解釋，則更進一步探討語言風格於宗教變遷過程中，如何融會、翻新舊的經典傳統。[27] 換句話說，日本學者的三段式說，標誌著宋代的文字禪為唐代禪宗的變質，品質低落；鮑氏則認為宋禪延續佛教的根本問題，只是提出的回答不同。而柏琳根本認為唐、宋佛教是斷裂的，只是公案提供新的文類，使得新舊典範得以銜

接。新舊風格牽涉的是經典象徵權力的轉移，而和內容關係不大。

所謂的新文類是一種制度化的讀寫結構和風格，能夠反應當時代的特殊預期，主宰當時代的論述方式，重新詮釋代表權威性、正當性和神聖性的資源。吊詭的是，新論述風格必須連貫舊論述風格的某種格式（或者說，新論述風格必須能在任何時空中都有效，）因為其作者和讀者必然都警覺到它不同習俗的斷裂性。換句話說，新文類不會憑空出現，其新在於「翻新」舊的論述風格，汲取轉化原始核心經典傳統的論述方式，合理化它對終極問題提出的新答案。柏琳認為公案作為一種新的佛教文類是透過語錄而建立的，即是新論述風格，造成唐宋之際中國佛教的改變。[28]

宗教經典傳統的建立與穩固，至少含有兩層意義。一指「原始」和核心經典系統的權威確立，一指詮釋與表達此一經典權威的論述方式之確立。[29] 兩者關係密切，一如基本教義問答，構成此宗教之基本特質。相較於前者代表此宗教最終極的問題（譬如人神關係的定位和救贖的可能性，）不容輕易改變；後者則因詮釋與表達的時空差異性而有別。此差異不僅能標示宗派之別，甚至成為宗教改變的契機，此即柏琳所稱的新宗教文類。[30]

柏琳援用濟威坦‧投多爾威（Tzvetan Todorov）對文學文類的詮釋，比較原始佛教、大乘佛教的經典和語錄的文體。他認為部派佛教能夠將佛教最終的權威由佛陀的話，轉變為經典，因為佛陀要轉法輪，記載佛陀聲音的經典，就等同於佛陀。而且這些說法的基本方式，都是對話。而大乘經典的論述風格就是沿用對話，更進一步將對話＝佛陀／弟子＝說法者／聽道者的結構變成辯論＝辯論的

兩造／裁判＝說法者／聽道者＝弟子／佛陀。《維摩詰經》就爲這種轉變的絕佳例子。如此一來，大乘經典容許更多的說法者出現，而且成功地將佛陀的宗教權威分給諸多的經典本身。禪宗早期的經典《六祖壇經》基本上亦遵循大乘的風格，由慧能取代佛陀說法者的地位，仍然稱經，但是已經將佛陀的角色，從經中除去。但是怕琳強調語錄的系統眞正確立，要到宋代。他舉八五八年出版的《黃蘗傳心法要》爲例，指出唐代的禪師於答問中，仍然以教義爲主題，不脫以往詮釋經典的風格。只有宋代的語錄才眞正以著名的禪師爲主角，來呈現一則奇怪的對話（公案）。而禪師的說法（以對話方式進行）和偈（心得、評論）也代替平鋪直述的宣說教義，成爲禪宗的論述風格。

從論述風格而言，公案中禪師和弟子的對話問難方式，是佛教徒熟悉的經文中情境，佛陀應對弟子的疑惑，以問難開始，而以譬喻進行之。（筆者認爲公案甚至比譬喻文學葡萄藤式的故事結構更加精簡，呈現更加親暱的師徒關係。[31]）而公案中的禪師取代佛陀說法的角色，這些中國佛祖用中國的語言成道、教化，甚至彌補中國人的於傳統佛經中無法感受到驕傲。這種認同感，加上禪宗公案活潑生動的口語，使得公案在中國社會中大受歡迎。

以文類來檢驗禪宗文獻，柏琳認爲公案至宋代越形重要，因爲公案是以軼聞傳奇的方式來記載禪師的對話。而宋代禪師教授公案不是提供定義，而是確保聽者有自己的空間，只有這重空間，可以讓聽者激發他們自己的經驗。相對地，語錄和燈史裡的公案也爲個別禪師樹立獨特的風格。[32] 一般重要的禪師都會有幾個重要的公

案，以供後人參學。但是強調各有特色的結果，便是很難形成一個明確的祖師譜系。柏琳認為這即是早期禪宗歷史如《景德傳燈錄》的問題，禪宗的譜系一直要到《佛祖統記》才統一。這也證明公案作為一種論述風格要到宋代才被普遍接受。而公案中風格獨特的禪師「既非凡人、又非超人」，些成為宋代以後文學中的新典範。[33]

柏琳以公案成為一種普遍接受的文類，推斷禪宗成熟於宋代的理論，和葛兆光的研究有很多地方不謀而合。葛兆光提出禪宗的五宗時期為後溯，因為當禪宗越來越強調從日常生活來實踐佛理之後，禪宗語言出現一種「轉向」。葛兆光定義此「語言學轉向」為：「從表面上看，是經典中的書面語言被生活中的日常語言所替代，生活中的日常語言又被各種特意變易和扭曲的語言所替代，這種語言又逐漸轉向充滿機智和巧喻的藝術語言，但是從思想深層看，是語言從承載意義的符號變成意義，從傳遞真理的工具變成真理本身，大乘佛教關於真理並不是在語言中的傳統思路，在這時候轉了一個很大的彎子，似乎真理恰恰就在語言之內，於是各種暴虐、怪異、矛盾，充滿機鋒以及有意誤解的對話紛紛出現，在這種看似奇特的話語中凸顯著更深刻與直接的真理。」[34] 這種語言轉向，明顯指涉公案的對話形式和語言邏輯；此外，葛兆光還將禪僧的詩偈亦包括在語言轉向之內。他發現十世紀前的禪師，仍然大量運用經典的文字，而當禪的語言由公案、詩偈轉向詩的語言，正好和唐末以來世俗的語言藝術和生活趣味相合，受到文人的喜愛。

簡而言之，傳統的佛教語言觀認為語言為了解佛法不能避免的工具（世諦），但是要達到證悟的目標，就必須得魚忘筌，專注於

語言承載的眞理（眞諦），而將語言隨用隨丟。禪宗更進一步，以語言本身的象徵性——而非其工具性——爲悟道的主要對象，專注於語言的象徵作用，藉語言而勘破證悟經驗。兩者雖然都從語言的有限性著手，但是前者了解的對象是語言象徵的意義，而後者則是將語言等同於象徵本身（即證悟），一旦勘破語言的象徵，證悟的體驗即顯露出來。兩者雖然都從語言的有限性著手，但是對認知過程的定義並不相同。禪宗認爲證悟的基礎在顯露本性，所以顚撲語言的限制不須再隔一層，鑽進語言承載的對象，而是直接轉向破除使用語言、受語言層層捆綁的使用者——參公案者。而且禪宗強調突破文字語言障礙的過程，並非一個認知的過程，而是直接體驗證悟，是直接躍升、與證悟境界結合的過程。禪宗公案之引人入勝，咸認爲在其語言遊戲的撲朔迷離。

宋代禪師以公案接引士大夫，還因此被批評爲耽溺於語言遊戲，不重實修，使佛教世俗化。但是柏琳和葛兆光從文學理論入手，探討佛教語言的內在邏輯，擴大我們對公案的了解。公案作爲宗教解脫和認知的表述風格，受到士大夫的歡迎，並非囿於弘法權勢的衡量。而在於它能凌駕先前佛教以經典注釋爲主的語言風格，並且與當代的文學思想相互影響。當我們就政治社經條件改變、佛教世俗化來看唐宋禪宗的差異時，這樣細緻的文學風格分析，幫我們彌補許多重要的環節。

（三）宗派意識與祖師法脈

上述學者就公案的詮釋作用和風格來凸顯宋代禪宗的重要性，

而福氏（Griffith Foulk）則根據禪宗的叢林制度於宋代確立，反駁
「唐爲禪宗的黃金時代」此一說法，他甚至提出禪宗的宗派意識爲
宋代禪宗制度的產物，主要爲合法化方丈傳法儀式而設。[35] 他指出
達摩到五祖弘忍在禪宗譜系中的位置，要到宋代的禪宗語錄、燈史
中才統一，而此「法脈」和百丈清規一樣，是宋代叢林創造的神
話。[36] 福氏認爲所謂百丈懷海首創的叢林制度，基本上是唐代寺院
的通制，而於宋代被制度化爲十方寺院，但是官方正式認定其規模
爲禪宗叢林。爲了證明自己的優越代表性，禪宗必確立其宗派定
位，以便有別於其他佛教宗派。而公案不僅能夠代表禪宗爲中國化
佛教宗派的新論述風格，使得禪宗比天台宗、華嚴宗、律宗更能爲
社會廣泛接受，對內還能維繫禪宗本身的宗派意識，顧及法脈傳承
和禪僧的養成。這是爲什麼唐代雖無禪宗叢林和其他寺院之別，而
公案的唐代主角的背景卻是叢林生活，而且這些背景是宋代的禪宗
叢林規模。

　　從宋代的僧院制度和佛教宗派定義而言，福氏根本懷疑唐代禪
宗法脈的眞實性。公案亦構成一個禪宗特殊的歷史建構方式，即以
一則則禪師的隨機教案代替僧人對經典論議知識的淵博精辨，直接
以證悟經驗爲禪師傳承。透過公案編纂而成的語錄、燈史不同於僧
傳，並非只記載僧人的行誼和異行高節作爲典範，而是以公案爲
證，記載禪師們證悟的過程和體驗。換句話說，入載僧傳的標準爲
聖徒，而燈史所錄的僧人則已成佛。但是禪宗法脈是否能延續，端
賴承認以前的祖師，並且承認它的現在代表——通常是得到心印認
可的住持。[37] 換句話說，禪宗法脈只有死人和最近的繼承者，但是

他們亦必須擠身祖師之列，成為祖先。因此公案的主角只能是過去的祖師。對宋代禪師而言，「祖師」即是唐和五代的先人。追認前代的祖先、族望以建立光榮血統，合法化目前的優越地位，是宗教發展史上常見的現象。如此一來，公案編纂而成的語錄、燈史，便如此構成禪宗有別於僧傳系統的獨立歷史和法脈。

公案雖然以唐代的「禪宗祖師」為主角，但是大部分公案編纂於宋代，而且是用作叢林的教科書，指導禪門弟子（不論僧俗）尋求證悟的工具。另外，透過公案呈現的禪宗祖師（更適切地說，師承法脈，）使得公案本身亦有禪宗史的功能。唐代的禪師事蹟是經由宋代的公案文學納入禪院的教學系統，保留創造唐代禪師典範的宋代禪師卻遭到貶抑。一般作品編纂前賢事蹟，以為學習典範，往往是為了證明自己傳承的正統可信，何況是如《碧巖錄》、《無門關》這樣帶有強烈宗門色彩的教科書。從知識建構的角度而言，公案提供禪宗歷史化其法脈、傳遞其養成教育（discipline）的重要依據。禪宗於佛教各宗派中脫穎而出，要歸功於公案標誌其陳述風格和推理方式的重要作用。

新文類寓新詮釋於教育體系

行文至此，筆者覺得有必要介紹宋代圓悟克勤編的《碧巖錄》的結構。《碧巖錄》乃編錄圓悟講評雪竇重顯的《百則頌古》而成，每則公案呈現的方式為：(一)引介：提示該則公案的綱要；(二)公案內容：夾雜評註；(三)評唱：解說此則公案；(四)雪竇的頌古詩：即雪竇的評唱；(五)解說評述雪竇的頌古詩。公案並非單獨

成立，而是像《碧巖錄》一樣，不斷講解、評論公案的寺院教科書。除了對話本身之外，雪竇、克勤這些編者亦是說法施教者，將自己體悟的方法，層層累累的加到公案上。當然更不能忘記，講解參詳公案的情境中，這些禪師還必須以公案驗證弟子的了解，甚至以公案的詮釋傳法卷，擇定繼承人。《碧巖錄》的編纂使得公案成為中國禪師系統性的教學工具，圓悟克勤亦因此被視為首開文字禪風氣者。但是檢查宋元時期的禪院、叢林教本可知，不論宋代無門慧開的《無門關》和元代萬松行秀的《從容錄》，公案數量或有多寡，公案之後加評論和偈頌已成定式。至遲在宋代，公案已經是禪宗叢林修行演練的文本。

由禪宗教科書定義公案，涉及叢林修習制度和重視師徒傳承（非傳戒，而是傳法），可資佐證福氏所謂公案創造證悟者的系譜之義。相較之下，日本學者如阿部肇一，解釋唐代、五代以地域為區分的禪宗派別，和宋代出現禪宗道統的現象之別，源於與士大夫交涉而來的派閥、系統意識，就比較注重外緣。[38] 唐與五代的禪宗宗派定位不顯，一個重要的關鍵在於公案文類到宋代才成立，未必是宋代的禪師比唐代的禪師更會結交權貴所致。以禪宗的「五家七宗」為例，楊惠南發現他們彼此思想上的分歧不大，皆以佛性為基礎，而其「家風」各異則依其公案運用風格而定。而歷來判斷家風的基本資料，即是各派祖師的公案。楊的研究指出禪宗派別之分，決的定於「開宗立派者的個人風格」。[39] 筆者認為公案和祖師「個人」的風格之因果關係，很難區分，因為祖師的形象本來就是透過這些留下來的公案描述而成的。作為禪宗特有的論述方式，公案與禪宗

的宗派意識發展相輔相成。不同公案的運作方式——如祖師禪、棒喝、文字禪、看話禪、參話頭——往往標幟禪宗不同派別和不同階段的發展,即是顯著的例證。

四、結論

案類研究行成某一種知識系統的過程中,能否建構所謂個人經驗的權威,成爲知識再生產(reproduce)的模式,是此新文類重新建構知識分類的關鍵。本文將宋代公案重現的唐代禪宗史和法脈置於中國佛教詮釋證悟經驗的歷史脈絡,因此不探討禪宗語言機鋒本身的內容,而分析公案作爲禪宗的陳述風格(the genre of narrative),如何發揮證悟經驗的典範功能。本文並且以公案作爲詮釋典範、文類和宗派意識的三個範疇,介紹了近年來美國學界的研究成果。

藉由公案的三個面向,本文試圖釐清宋代禪宗和公案的關係。宋代禪宗有別其他印度和中國佛教宗派,端賴公案創造的新論述風格。但是由公案創造出來的唐代禪宗祖師傳奇的譜系,卻取代宋代禪宗的歷史地位。尤其在日本傳統學界重視宗教道統的學風之下,宋代禪宗被貶抑爲中國佛教衰落之始,而唐代禪宗發展的軌跡,反而爲公案的論述方式所錯置。影響所及,連宋代禪院叢林的規制亦被轉載到唐代,而造成唐代禪宗非常光輝卻又無法證明的歷史地位。這種歷史的吊詭性,使得宋代禪宗的公案文學本身即是一椿公案。

公案於宋代禪宗成爲中國化佛教宗派的過程中,兼具傳記、證

據和案例三種功能。禪宗標榜「教外別傳」、「不立文字」，在佛教的經典注疏傳統之外，必須另闢新的論述風格，詮釋它對證悟的本質、過程和可能性的新實踐哲學，而且這個新論述方式必須能使禪宗以宗派的方式，有別於其他佛教組織。公案即提供宋代禪宗新的論述風格，以「實際的」案例來強調「直指本心」的證悟經驗和可能性。而公案的主角是提出新命題、證得佛性自然的祖師，所以公案的編纂，也締造了禪宗的歷史傳承。原本新表述風格能夠被說法者和聽眾接受，是因為他們彼此有共同的經驗範疇，但是禪宗強調證悟經驗的教義和公案吊詭的語言邏輯，產生一個過渡的模糊地帶，使得公案的了解和被接受可以兩分，而公案表述的法脈傳承和生動例子，以「不證自明」的神祕經驗，加重聽眾的責任。

就實際運作而言，公案又和叢林的訓練過程結合，變成各個組織的特色（家風）和傳法的繼承制度。對外，透過語錄、燈史，公案成為社會認同禪宗此一宗派的標誌。吊詭的是，公案建構的宗派歷史往前推、活潑生動的祖師機鋒又如此引人入勝，不斷地重複這些證悟的典範，結果使得公案只能創造「死的」祖師來證明活的經驗。換句話說，禪宗提倡的宗教經驗復振，只能乘載「過去的」內容。因例證的證據性而限制新例證的產生，才能維持一個典範的存在，這是宋代禪宗公案無法超越唐代祖師禪的最重要原因。

對照案類研究在西方現代知識系統中的作用，公案的確因為合理化個人（個別成佛的祖師）的證悟經驗而取代原有的經典權威。[40] 由於重視經驗知識，公案本身懸疑離奇卻充滿解密線索的陳述風格，的確也成為其他案類援用的陳述方式。並非醫案、學案和刑案

模仿公案的文類，而是公案這個詞成為一種特殊的表達範疇，其注重推理的共通性反而取代如刑案這樣的文類，我們不稱公案小說為偵探小說或刑案紀錄就是一個絕佳的例子。這點突顯出，公案作為一種文類而蘊含的宗派象徵和道統意識，或許這才是公案得以和醫案、學案和刑案並列為產生知識／事實系統的更重要因素。本文將公案的制度化從晚唐推展到北宋——一個相當重視道統的時代，並非偶然，當時代的智識氛圍和佛教的發展一向不即不離。公案的推理方式是否就此影響到中國現代知識系統之成立，筆者認為還需要更進一步地研究。

註釋

* 本文寫作之契機始於 1999 年十月應熊秉眞教授之邀，於中研院明清研究會介紹西方研究中國禪學的學術著作。次年十二月，終於以論文的形式，在明清研究會「讓證據說話：案類在中國」學術研討會宣讀。與會當天，承蒙張珣和呂妙芬教授指正，發表前又有不具名評審給予懇切的批評，在此一併致謝。「案類在中國」學術討論群激發筆者以知識建構的觀點，重新審視禪宗語錄和公案的傳統，因此文中多有觸發之處，必須感謝諸位評審的鼓勵，長篇和筆者討論細節，筆者獲益非淺。而文中尚有疏漏之處，由筆者負責。
* 清華大學中國文學系助理教授

1 〈鎭州臨濟義玄禪師傳〉，《景德傳燈錄》，《大正新修大正藏》（以下簡稱 T）T 2067. 51: 290c。
2 歷來語言為公案研究的重要一支，但是本文不打算從語言著手分析公案。
3 關於禪宗語錄所創造的新佛教傳記體裁，請參考 Yun-hua Jan, "Buddhist

Historiography in Sung China." Zeitschrift der deutsche norgenlandiscen
Gesellschaft 114, 2: 360-381.

4 有關中國禪宗的教科書，不論中外，皆以公案的集結爲主幹。以 Heinrich S.
J. Dumoulin 的爲例，A History of Zen Buddhism (New York: Random House,
1963)，此書爲美國通用的大學教科書。全書分九章談中國禪宗史，自慧能
以下五章，皆以公案爲主要素材。日本石井修道的《中國禪宗史話》（京
都：禪文化研究所，1988）分爲四十話，起於世尊和摩訶迦葉捻花微笑到
法眼文益，也都是以公案爲主。台灣從台灣商務印書館於 1969 年出版吳經
熊著，吳怡譯的《禪學的黃金時代》起，至今天坊間流行的蔡志忠漫畫版
《六祖壇經》，以及佛光書局出版的一系列漫畫高僧傳記，公案仍是闡述禪
宗最重要的──可能也是最受歡迎的──資料來源和呈現方式。

5 關於禪與文學，以詩爲例，重要作品有杜松柏的《禪學與唐宋詩學》（臺
北：黎明文化，1976）提出 [以禪入詩]；蕭麗華，《唐代詩歌與禪學》（臺
北：東大，1997）則引用公案中 [交涉] 的語言觀研究禪與唐詩的關係；同
類的作品尚有平野顯照，張桐生譯，《唐代文學與佛教》（台北：華宇，
1986）；陳允吉，《唐詩中的佛教思想》（臺北：商務文化，1993）；孫昌
武，《唐代文學与佛教》（台北：谷風，1987），及氏著《詩與禪》（台北：
東大，1994）；以及周裕鍇，《中國禪宗與詩歌》（上海：人民出版社，
1992）及氏著《文字禪與宋代詩學》（成都：高等教育，1998）。

6 有關唐宋文人和禪僧往來的研究請見，蕭麗華，《唐代詩歌與禪學》，11-
14；郭紹琳，《唐代士大夫與佛教》（台北：谷風，1989）。

7 此過程即所謂「印心」，而「機緣」以隨機逗教的法語爲主。關於「印
心」，楊惠南著〈禪宗的兩大思想──般若與佛性〉，《禪史與禪思》（台
北：東大，1995），頁 1-2，註 3 有相當詳盡的解說。

8 Charlotte Furth, "Thinking in Cases,"「讓證據說話：案類在中國」學術研討會
論文，12/28/00，中央研究院，台北南港。費俠莉定義案類研究的原文爲
"a narrative of a particular situation or circumstances constructed to demonstrate the
facts of some matter, based on evidence and reasoning"（一種特殊情形或條件的
陳述被建構出來，以便根據證據和理性以展示某些事物爲事實。）推衍
Thomas Kuhn 和 Bruno Latour 科學典範的創造理論，她認爲案類研究能夠挑

戰原有定義科學和知識範疇的權威，因爲案類是基於實證經驗，偏重田野
經驗的推理方式（styles of reasoning）。

9 無著道忠著，杜曉勤釋譯，《禪林象器箋》（高雄：佛光書局，1997），頁
   580-587。

10 Bernard Faure, "Bodhidharma as Textual and Religious Paradigm," *History of Religions* 25, 3(1986): 187-198.

11 Griffith Foulk 認爲除非我們將唐代個別收徒的禪師都視爲一個禪宗的宗派，
   否則有組織的禪宗團體應始於洪洲派馬祖道一師徒，繼承馬祖衣鉢的百丈
   懷海（749-814）甚至被推爲叢林清規的創始者。相較之下，以往禪師雖聚
   徒而居，但都是個別寺院，甚至個人的非常制聚集，並無宗派意識之建
   立。請參考 T. Griffith Foulk, "Myth, Ritual, and Monastic Practice in Sung Ch'an Buddhism," in Patricia Buckley Ebrey and Peter N. Gregory eds. *Religion and Society in T'ang and Sung China* (Honolulu: University of Hawaii Press, 1993), pp. 147-148.

   此處亦正可回應本文評審所質疑的：「然考之禪史文獻，唐代宗派意識與
   法脈之爭確已存在，」所以唐代的禪宗派別和法脈建構不可能如美國學者
   Griffith Foulk 所謂的「宋人創造的神話」。筆者承認唐代禪宗的確有宗派意
   識與法脈之爭，但是筆者關切的不是這些不同佛教團體之間的競爭，而是
   他們不約而同地標榜自己爲新的實踐方式，而且他們的法脈之爭也被承
   認，被提上了檯面，這正表示禪宗（或其他名字的宗派亦可）已經挑戰了
   原有佛教宗派詮釋證悟的意義和修行方式。唐代這些佛教團體奮鬥在先，
   並且新的佛教潮流已經出現，當繼承唐代禪師資產的宋代禪師考量他們自
   己的歷史地位時，建構唐代的禪宗法脈雖然意義不同，但是仍然是當務之
   急。何況宗派競爭——譬如宋代的天台宗和禪宗的爭執——是每個朝代都
   在進行的。

12 有關南北禪宗較近的英文研究有：Robert M. Gimello and Peter N. Gregory eds. *Studies in Ch'an and Hua-yet* (Honolulu: University of Hawaii Press, 1983); Peter N. Gregory ed. *Traditions of Mediation in Chinese Buddhism* (Honolulu: University of Hawaii Press, 1986); John R. McRae, *The Northern School and the Formation of Early Ch'an Buddhism* (Honolulu: University of Hawaii Press, 1986);

Peter N. Gregory, *Sudden and Gradual Approaches to Enlightenment in Chinese Thought* (Honolulu: University of Hawaii Press, 1987); Robert E. Buswell, *The Formation of Ch'an Ideology in China and Korea: The Vajrasamâdhi-Sûtra, Apocryphon* (Princeton: Princeton University Press, 1989); Bernard Faure, *The Rhetoric of Immediacy: A Cultural Critique of Chan/Zen Buddhism* (Princeton: Princeton University Press, 1991); Robert E. Buswell and Robert M. Gimello eds. *Paths to Liberation: The Mârga and Its Transformations in Buddhist Thought* (Honolulu: University of Hawaii Press, 1992); Griffith Foulk, *Ch'an Myths and Realities in Medieval Chinese Buddhism* (Stanford: Stanford University Press, forthcoming); and Bernard Faure, *The Will to Orthodoxy: A Critical Genealogy of Northern Chan Buddhism* (Stanford: Stanford University Press, 1997).

[13] 柳田聖山著，默澤譯，〈中國禪之成立〉，《內明》第1020期（1980年 九月），頁8。

[14] 宋代燈史開始入藏，有《景德傳燈錄》、《天聖廣燈錄》、《建中靖國續燈錄》，柳田聖山認爲這代表禪宗在宋代已經成爲官方和社會接受的中國佛教的代表。見氏著《中國禪思想史》，吳汝均譯，（台北：台灣商務印書館，1992），頁181。

[15] John R. McRae, *The Northern School and the Formation of Early Chan Buddhism* (Honolulu: Hawaii University Press, 1986), pp. 94, 302.

[16] 同上，pp. 7-8.

[17] 中村元著，于萬居譯《中國佛教發展史》（台北：天華，1984），頁417-418.

[18] Bernard Faure, "Bodhidharma as Textual and Religious Paradigm," *History of Religions* 25, 3(1986): 187-198.

[19] Stanley Weinstein, *Buddhism under the T'ang* (Cambridge: Cambridge University Press, 1987)；吳經熊著，吳怡譯，《禪學的黃金時代》（台北：台灣商務印書館，1969）；楊新瑛注意到會昌法難（843-845）之後二十年間，重要的禪宗祖師如潙山靈佑（-853）、黃蘗希運（-855）、德山宣鑒（-865）、臨濟義玄（-866）、洞山良价（-869）盡皆凋零。楊並未質疑這些禪宗祖師如何在法難之後，一切凋敝又如此短暫的時間之內，紛紛建立自己的宗派，使

得禪宗花開五葉（五宗），反而宣稱這些祖師的早逝即因建立宗派太辛苦所致。見楊新瑛，《禪宗無門觀重要公案之研究》（高雄：佛光書局，1989），頁96。

[20] Bernard Faure, *Chan Insights and Oversights: An Epistemological Critique of the Chan Tradition* (Princeton: Princeton University Press, 1993), pp. 89-92.

[21] 換句話說，只有像道元這樣的日本禪師，才能再體驗到禪的「真實」精神。換句話說，這是日本禪宗對中國的東方主義，請參考 Bernard Faure, *Chan Insights and Oversights: An Epistemological Critique of the Chan Tradition* (Princeton: Princeton University Press, 1993), pp. 89-92.

[22] 阿部肇一著，關世謙譯，《中國禪宗史：南宗禪成立以後的政治社會史的考察》（台北：東大，1991），頁147-154。

[23] Robert E. Buswell, "The 'Short-cut' Approach of K'an-hua Meditation: the Evolution of a Practical Subitism in Chinese Ch'an Buddhism," in Peter N. Gregory ed., *Sudden and Gradual: Approaches to Enlightenment in Chinese Thought* (Honolulu: University of Hawaii Press, 1987), pp. 321-377.

[24] Buswell 的原文為：Frankly, from my own study, I believe that if Ch'an had any such "golden age," it was the Sung. Of course, the Chinese traditionally have looked back to some idyllic earlier time as the source of all that was good in their world. For perspective on this issue, it is worth noting that even during the time of Lin-chi I-hsün (d. 866), perhaps the quintessential T'ang Ch'an master, there was a tendency to see the ancient masters as far superior to contemporary people..." 見 Robert E. Buswell, "The [Short-cut] Approach of K'an-hua Meditation: the Evolution of a Practical Subitism in Chinese Ch'an Buddhism," in Peter N. Gregory ed., *Sudden and Gradual: Approaches to Enlightenment in Chinese Thought* (Honolulu: University of Hawaii Press, 1987), pp. 59-360.

[25] Buswell, "Short-cut Approach of K'an-hua Meditation," p. 354.

[26] 鮑氏本身就是嬉皮時代，年輕人追求東方宗教神祕主義的縮影。他大一接觸佛教課程後，隨即出走亞洲尋道。輾轉經泰國、香港，終於在韓國禪宗叢林修行五年的生活經驗，使得他清楚了解到禪修的制度化生活。之後，他回美攻讀佛學碩博士學位，出版《禪的寺院經驗》（*The Monastic Experience*

of Zen），此書是近十年來美國學術界同類書籍中的暢銷書。鮑氏著作等身，梵文，韓文，日文和中文造詣皆佳，目前爲加州大學洛杉磯分校東亞系系主任。Robert E. Buswell, Jr., *The Monastic Experience of Zen* (Princeton: Princeton University Press, 1992).

[27] Judith A. Berling, "Bring the Buddha down to Earth: Notes on the Emergence of Yu-lu as a Buddhist Genre." *History of Religions* 21, 1: 56-88.

[28] 同上。

[29] 此處用原始一詞用 Mircea Eliade 的 illud tempus 定義，指基本的信仰和修行必須源於最初的神聖時間。

[30] Judith A. Berling, "Bring the Buddha down to Earth: Notes on the Emergence of Yu-lu as a Buddhist Genre," 56-60.

[31] 關於佛經故事以葡萄藤式的方式開展，請參考丁敏，《佛教譬喻文學研究》（台北：東初，1996），頁 472。

[32] Judith A. Berling, *op. cit.*, pp. 75, 77.

[33] 同上，p. 86.

[34] 葛兆光，〈語言與意義──九至十世紀禪思想史的一個側面〉，收錄於鄭志明主編，《兩岸當代禪學論文集》（嘉義：南華大學宗教中心，1999），頁 347。

[35] T. Griffith Foulk, "Myth, Ritual, and Monastic Practice in Sung Ch'an Buddhism," in Patricia Buckley Ebrey and Peter N. Gregory eds., *Religion and Society in T'ang and Sung China* (Honolulu: University of Hawaii Press, 1993), pp. 147-148.

[36] Griffith Foulk, "The 'Ch'an School' and Its Place in the Buddhist Monastic Tradition" (Ph. D Dissertation, University of Michigan, 1987), pp. 171-179.

[37] 同上，p. 163.

[38] 阿部肇一，《中國禪宗史》，頁 838-839。

[39] 楊惠南，〈五家七宗之禪法初探〉，《禪史與禪思》，頁 119-160。

[40] 從這個角度來看，《六祖壇經》是中國佛教最後的一部稱經的經典，不是沒有道理的。

圖 3-1

3

真相大白

明清刑案中的法律推理 *

邱澎生 *

前言

　　明清政府原本主要根據「律、例」等成文法典進行審判，因此，無論政府或是民間書商在編輯刊印法律書籍時，多以律、例法條為主。但是，由於發生在全國各地司法案件的案情差異，以及司法人員解釋與運用法條的學識才能不同，「成案」也逐漸成為各級司法人員據以判案的重要基礎。一方面是各地司法審判所累積的「成案」愈來愈多、愈來愈紛歧；另一方面，則是中央審判機構對地方政府上呈判決內容採取愈來愈嚴格的「審轉」制度，逐步確立了各級司法機構之間的覆審程序，經由上級審判機構核定通行的重要刑案判決結果，便經常補充甚或修訂了成文法典「律、例」，從而影響司法人員的審判工作。因而，「律、例、案」三者，便逐漸成為明清司法審判的主要法源，不僅出現更多講究司法個案的專門

法律人才；政府官員和書坊商人在印行律例書籍之外，也更重視刊印「案」類法律書籍。

明朝初年刊印《大明律》、明朝中期刊印《問刑條例》，兩者原本單獨印行；但自十六世紀後，「律、例」合刊的法學書籍編輯與刊印體例已大致確立。然而，經中央政府核定通行的「案」，不僅編輯刊布時間較晚，刊行體例也較不確定，直到十九世紀前期《刑案匯覽》流行後，才使「刑案匯編」成為更具官方核可色彩的法律文類，並使這類法律文類成為傳遞、討論與累積法律知識的更重要媒介。

然而，《刑案匯覽》並非「刑案匯編」法律文類的唯一形式。至少自十六世紀開始，民間即已流傳、刊印不同體例的刑案匯編。而且，即使在《刑案匯覽》流行後，也仍有不同編輯體例的刑案匯編。本文挑選三種刑案匯編：十六世紀編成的《折獄明珠》、十九世紀前期編成的《刑案匯覽》，以及十九世紀後期編成的《審看擬式》，首先，介紹三種刑案匯編的編輯體例，並分析其各自產生的不同制度性背景；其次，進而探究三種刑案匯編所運用的主要「法律推理」（legal reasoning），檢視不同編者在編選、排比、討論司法案件時，對於諸如有關重建案情事實、引用法律條文、解釋法條文義、發現法條矛盾，或是處理法律漏洞等問題，這些刑案匯編的編者，究竟如何進行說理與推論？

比較三種刑案匯編產生的制度背景，及其所運用的法律推理，本文討論的核心議題是：這些法律書籍如何教人找尋、收集、看待與處理案情的「真相」？在運用法律條文處理案情「真相」時，這

些法律書籍展現的主要法律推理方式，是否出現某種由「建構事實」
到形成「客觀知識」的特殊模式？

法律知識的生產：刑案匯編的編輯體例與制度背景

明清「刑案匯編」是當時存在眾多不同法律文類中的一類，其
基本特色是將法律案件分門別類‧集成書，藉以討論「法律個案、
法律條文」之間的關係，既有別於律例、會典、則例、省例等政府
公布成文法典，[1] 也不同於律例註釋、[2] 幕學指南[3] 等等私家法學
著述，無論政府官員或是民間人士，都曾編輯這類「刑案匯編」，
並形成不同的風格特色與編輯體例。[4]

如何區分刑案匯編的風格特色？本文依「法內／法外」、「平
常／疑難」二組判別標準，將明清「刑案匯編」分為四類：「法內
平常」刑案匯編、「法內疑難」刑案匯編、「法外平常」刑案匯
編、「法外疑難」刑案匯編。「法內」刑案匯編，意指所收案件多
為本朝的原始審判紀錄，所收案件具有當代政府認可的合法地位，
可以直接提供官員檢索並做量刑參考。「法內」刑案匯編又可細分
為兩種：一是專收容易援引既有法律條文或法律程序做成判決的
「平常」案件，《審看擬式》即為此種刑案匯編；二是特別收羅不
易澄清案情真相與困難決斷適用法律的「疑難」案件（hard
cases），《刑案匯覽》即為此種刑案匯編。「法外」刑案匯編，則
指所收案件無法直接為官員檢索與援引，在現行司法制度上未具合
法地位，但卻為訟師或其他民眾與官員私下廣為閱讀。「法外」刑

案匯編也可細分兩種：專收一般「平常」案件與特殊「疑難」案件兩種，前者如《折獄明珠》，後者如《疑獄箋》。[5]

《審看擬式》、《刑案匯覽》、《折獄明珠》等三種分屬「法內平常、法內疑難、法外平常」刑案匯編，都具有較強的實用手冊性質，分別爲地方官員、中央官員與民間訟師用做訓練、檢索上的參考。但是，相對而言，《疑獄箋》這種「法外疑難」刑案匯編，則主要更接近純粹閱讀的性質。本文只討論前三種刑案匯編。

區分明清刑案匯編的不同風格特色後，以下則簡介《折獄明珠》、《刑案匯覽》、《審看擬式》的編輯體例；其後，再分析三種刑案匯編編輯出版的主要制度背景。

（一）

《折獄明珠》約成書於明萬曆三十年（1602），[6] 全書在每卷起始則刻上一串更長的「書名」：《新刻摘選增補註釋法家要覽折獄明珠》，很符合明末以來書坊商人刊印書籍的作風，基本上可視爲一種吸引讀者的書籍命名與行銷策略。《折獄明珠》共計四卷，每卷都採取兩欄式編排，全書分「上層、下層」兩欄；《折獄明珠》上層較短，多收〈六律總括歌〉、〈六律碎語〉以及田土、水利、姦情、婚姻、人命等不同案件狀詞可用的「法律套語」；《折獄明珠》下層內容一般較長，是全書主要內容（參見附圖3-2）。《折獄明珠》內容同屬日後被政府明令查禁的「訟師秘本」，而該書編者署名「清波逸叟」，也似「訟師秘本」作者不具眞實姓名的風格。

《折獄明珠》上層內容所收法律套語包含甚廣，有簡詞，如

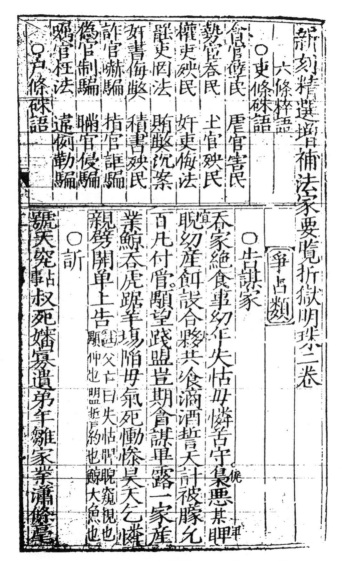

圖3-2　利用上、下欄的書籍格式設計，《折獄明珠》使有志「訟學」者可以系統地學習政府法典等各種法學知識。

「酷官、污吏、縣霸、學霸」等；有單句，如「勢宦吞民、奸吏侮法、囑官枉法」等；有複句，如「私債騙害，違禁取利」、「一夫一婦，豈容姦占」、「違律教唆，扛幫健訟」等，大致都是狀詞上可經常套用的詞庫與成語。

《折獄明珠》下層內容可分兩大部分：第一部分，是對政府法律所做的摘要以及對書寫訟狀所做的提綱，前者如〈六律輯要〉、〈六辨異〉、〈七殺辨異〉、〈八字須知〉、〈五服喪制〉等法律摘要，後者如〈十段錦〉、〈十不可箴規〉、〈法家管見〉等訟狀提綱。第二部分則分類收錄法律案件狀詞、判語以及各類執照等書寫範本，收錄法律案件分為十類：爭占（12件）、盜賊（6件）、人命（12件）、戶役（5件）、繼立（3件）、婚娶（7件）、姦情（4件）、負債（7件）、商賈（4件）、衙門，[7] 共計至少六十餘件案例。以分量看，下層內容的第二部分，也就是收錄的十類法律案件狀詞與判語，是《折獄明珠》的最主要內容。

《刑案匯覽》成書於道光十四年（1834），收錄乾隆元年至道光十四年（1736-1834）九十九年間經中央司法機關處理之五千六百四十餘件刑案，[8] 本書署名祝慶祺（原籍浙江會稽縣）「編次」、鮑書芸（原籍安徽歙縣）「參定」，兩人共同編輯、討論與校正此書，但祝氏花費氣力最久最多，鮑氏稱其「殫精疲神者，閱十餘載」。祝慶祺在道光初年任職刑部雲南清吏司時開始編輯此書，後因轉任閩浙總督孫爾準幕友而暫停編務，道光十二年（1832）離職，與同樣長期任官刑部的鮑書芸，在揚州共同完成本書的定稿與出版工作。[9]

　　《刑案匯覽》將所收五千六百四十餘件刑案，依照大清律例分編分章分門名稱，分別匯錄，其中主要包括了因為疑難司法案件而產生的法律解釋與法條修改，可以區分為「說帖、成案、通行」三大類。「說帖」為刑部律例館官員針對「例無專條、情節疑似」案件所做的討論與說明，共錄兩千八百餘件，時間包括乾隆四十九年至道光十三年。「成案」專收「例無專條、援引比附、加減定擬」案件，共錄一千四百餘件。「通行」係針對「例無專條」而由刑部建請皇帝核准增入全國通行條例的案件，大概總計六百餘件，此外，還有祝慶祺任職刑部期間「遇案自行記存」五百餘件，以及分別選錄自「邸鈔」與坊本《所見集》、《平反節要》、《駁案彙鈔》等書的三百四十餘件「例無專條」案件。同時，還在書末收入「例無專條之案，有情同議異、介在疑似者」二十九案，錄成《拾遺備考》。[10] 《刑案匯覽》主要收錄「例無專條、情節疑似」的法律案件，可謂是中央司法官員對全國疑難司法案件的解釋匯編。

　　《審看擬式》成書於光緒十三年（1887）左右，[11] 是剛毅在山西巡撫任內，選擇平日「與僚屬切磋問難、擬題考試」中可供州縣官員審判參考的案例，交由幕友葛士達校訂刊印，發給山西各級地方官，「教以治獄之楷則」。[12] 葛氏特別強調本書收錄案件「皆係州縣衙門尋常習見之案，」並不收錄「疑難案件」。[13]

　　《審看擬式》也以收錄刑案為主體，並依大清律例編目格式，將所收八十三則刑案依序排比：名例（1種1則）、吏律（1種2則）、戶律（7種10則）、禮律（2種4則）、兵律（2種3則）、刑律（47種63則）。在收錄案例之外，《審看擬式》又在卷首收入三篇

文章：〈論律義〉、〈論案情〉與〈論敘供〉，並在卷末附錄〈審看論略〉十則。

《折獄明珠》、《刑案匯覽》與《審看擬式》三類刑案匯編，各有其產生的制度背景，以下分別討論。

（二）

由明末以來書坊商人刊刻發售的三十餘種「訟師秘本」看來，[14] 這些影響訟師「養成教育」的重要書籍，的確有一些內容表現出對各類法律知識的講究，並且經常以收集各類案例的相關訟狀為主要內容。儘管有些訟師秘本對收錄案件的實際原、被告姓名不太仔細，甚至完全略掉案例內人名，但是，這些訟狀一般應是轉錄實際發生的案件。不過，也的確存在內容粗糙的訟師秘本，[15] 所錄案件與訟狀，可能早已轉錄多手，對「案情」與「法條」間關係根本不講究，這和《折獄明珠》這些用心編輯的書籍，對法律知識的重視，高下相去遠甚，不可同日而語。

編輯者與刊印書商用心講究與否，會對「訟師秘本」造成不小的內部差異，不能一概而論。然而，大致說來，不管是否認真編輯與刊印，明末清初以來的訟師秘本，其編輯體例已大體確定，成為一種固定的法律文類。訟師秘本主要體例如下：收集曾經發生的案件，添入相關控訴、抗告的狀詞，做成應用範本；同時，將不同刑案分門別類，一般分人命、姦情、賊盜、婚姻、田產、戶役、騙害、鬥毆、繼立等類。這些編印內容當然是為了用於打官司，被假想為打官司「被告」身分的對象，主要是一般平民，但也包含以

「貪官、污吏、豪強」為對象的被告。另外，不少訟師秘本也收集
助人申請官方執照文書的寫作範本，像是申請擔任保證人、牙行、
米鋪等。這些內容含有大量實用的法律知識，因而為民間所重視。
然而，與民間重視這類法律知識的態度相反，不少明清官員都十分
敵視這些訟師秘本。

「訟師秘本」其實是政府對這類民間刑案匯編書籍的敵視稱
呼，儘管政府明文禁止，但仍可由政府禁令看出這類書籍在民間社
會的廣泛流行。乾隆七年（1742），四川按察使李如蘭上奏禁止書
商刊印「訟師秘本」，經中央官員討論、皇帝同意後，李氏奏議的
要旨乃成為頒行全國的新修例文：

> 坊肆所刊訟師秘本，如《驚天雷》、《相角》、《法家新
> 書》、《刑台秦鏡》等一切搆訟之書，盡行查禁銷毀，不許售
> 賣。有仍行刻印者，照淫詞小說例，杖一百，流三千里。[16]

然而，政府事實上無法禁阻訟師秘本的刊印與流傳。薛允升在清朝
光緒年間的觀察仍是：「刻本可禁，而抄本不可禁；且私行傳習，
仍復不少，猶淫詞小說之終不能禁絕也。」[17]

政府禁止訟師秘本的心態，其實主要和「無訟」的理想有關，
許多官員內心深處總是不喜歡藉助「打官司」來解決民間糾紛，認
為「無訟」的和諧狀態才是處理公共事務的理想政治。然而，「無
訟」其實在很大程度上只是部分官方人士表達的「理想」，由眾多
明清方志與司法檔案看來，無訟的理想其實與當時不少民眾在實際

生活中經常和法律打交道，有著不小距離。[18] 不僅「無訟」只是部分官員的不切實際理想，「刁訟、健訟」反而才是不少地方官公開指責的社會常態。民眾何以「刁訟、健訟」？如何解決這些司法與社會問題？有官員直指這是「刁徒、訟師」惹的禍，[19] 解決之道是以究治嚴懲爲第一要務。十五世紀明朝官員況鍾（1384-1442）留下的〈況公下車各政〉十七條，即標示：「訟棍訪著即辦，須在下車時，遲則無濟矣！」[20] 主旨是勸告官員一赴新地就任（「下車」），必得馬上調查與找抓「訟棍」。由明到清，不僅中央政府明令公布處罰「教唆詞訟」的法律，[21] 更屢有官員提倡各類對付訟棍的實際辦法，[22] 以清代最負盛名的司法人員汪輝祖爲例，他在任官寧遠縣時，曾經執行如下辦法：

> （地棍訟師）黨羽鉤連，被累之人，懼有後累，往往不敢顯與爲仇，重辦亦頗不易。鼐在寧遠，邑素健訟，上官命余嚴辦，余廉得數名，時時留意。兩月後，有更名具辭者，當堂鎖繫，一面檢其訟案，分別示審；一面繫之堂柱，令觀理事。隔一日，審其所訟一事，則薄予杖懲，繫柱如故。不過半月，德不可支。所犯未審之案，亦多求息。蓋跪與枷，皆可弊混；而繫柱挺立，有目共見，又隔日受杖，宜其德也。哀籲悔罪，從寬保釋；已挈家他徙，後無更犯者，訟牘遂日減矣。[23]

訟師的存在確是造成不少地方訴訟數量的增加；然而，以汪輝祖對司法實務之熟悉，訟師雖然不敢在他任知縣境內活動，但依然可以

「挈家他徙」，繼續到別處活動。總的看來，訟師在明清司法實務上的作用總是存在，簡直是禁無可禁。

何以訟師無法禁絕？這其中不僅僅是因為訟師善於躲藏或是與地方不肖胥吏勾結而已，民眾面對財產損失與人事糾紛而不得不訴諸司法的實際需要，其實也是重要因素。不少明清官員也確能面對民間司法訴訟需求而「反求諸己」，強調官員必須要認真處理民間各式不涉人命、強盜「重案」的戶婚、田土「細事」，才是正本清源之道。如明代官員海瑞（1514-1587）所說：

> 刁訟，惟江南為甚，略無上事，百端架証，蓋不啻十狀而九也……刁訟日甚，非府州縣官召之使來也耶？又，告狀人往往稱府、縣官告不受理。軍民，赤子；府州縣官，父母也。凡爭鬥戶婚，雖是小節，當為剖分；衣食等項，當為處理……為此再行曉諭，今後，凡民間小訟，州縣官俱要一一與之問理。[24]

海瑞不將「刁訟」一律歸咎訟師，反而同時要求所屬地方官更要勤於理訟，即使「民間小訟」也不得輕視。到了清代，中央政府更不斷定訂法律節制各級地方官員要在限期內審結民眾訟案，命案、盜案、姦案，乃至戶婚、田土、錢債案件，依不同案件、不同審判級別，都制訂不同的結案期限。[25] 清光緒年間流行的一部政書即記載「自理、命盜搶竊等案、情重命案」等三類案件的「審限」罰則，其中「自理」類的「州縣自理戶婚田土等項案件」，其審結期限處罰如下：「限二十日完結。違限，不及一月，罰俸三個月；一月以

上者，罰俸一年；半年以上者，罰俸二年；一年以上者，降一級留
任。」[26]

　　嚴格的審案限期規定，固然逼使地方官重視包含戶婚田土「民
間小訟」在內的各類訟案，官員審案不認真將會直接面臨「罰俸、
降級」等行政處罰，看似可以加速司法案件的解決效率，既能減少
民間涉訟的金錢與心力花費，也可能減少訟師干預謀利的機會。[27]
然而，官員被迫限期內結案的壓力日增，其實也同時讓熟悉司法實
務的訟師增加了可供操持的籌碼。

　　姑且不管清代加嚴的審案期限罰則有效性如何，就算官員多能
認真審案，民眾也依然要花費時間、金錢來打官司。既然要打官
司，而且多半是想打贏官司，則和司法勝訴的相關要訣與技巧，便
成為切身實用的「法律知識」。從提供法律諮詢、書寫合用而有效
的狀紙、揣擬法庭審判時有利於己的應答，到預估涉訟對方的策
略，都成為實用價值很高的法律知識。這些知識基本上都不可能由
職司調查、調解與審判工作的政府官員來提供，若有熟悉此方面問
題的訟師可以提供幫助，涉訟民眾當然願意花錢購買這些法律「服
務」。[28] 明清政府固然也理解民眾在這方面的司法實務需要，然
而，卻一直不能在國家法制上承認訟師職業的合法地位，政府的主
要因應之道，則是設立「官代書」以解決涉訟民眾的實際需求。

　　早自宋代，政府即設有協助民眾書寫狀紙與其他證明文件的
「書鋪」，[29] 元代仍存此制。然而，到明代初年，「書鋪」卻似乎自
政府法令中消失，可能只零星存於部分地方審判機構中，時稱「代
書人」。十六世紀，明代官員呂坤（1536-1618）曾設法提振「代書

人」功能，任官山西時，下令全省：「凡各府州縣受詞衙門，責令
代書人等」為民眾書寫狀紙；同時，呂坤更進一步將不同案件「類
型化」，設計了二十七種標準狀詞格式，內容包含「人命告辜式、
人命告檢式……告姦情狀式……告地土狀式……告財產狀式、告錢
債狀式……」等等。[30] 不過，這個狀詞格式「類型化」的司法改
革，似乎並未擴散與持續。到了十八世紀初，清代中央政府也只是
通令全國各地方政府依考選辦法設立「官代書」，協助民眾書寫狀
詞，[31] 雖然官代書的設置在全國似乎得到更有效的落實，但是，並
未見到類似呂坤創制的「類型化」狀詞格式。

即使政府採行嚴禁訟師與設立官代書的雙管齊下政策，但是，
不少涉訟民眾依然找訟師幫忙。其中原因，固然可能和各地官代書
人數可能少於實際需要有關；更重要的是，一般官代書不僅少能提
供書寫狀詞以外的服務，而且，也多半只能書寫較「平凡無奇」的
狀詞；許多涉訟民眾寧願多花錢聘請各地著名訟師，以得到更好、
更多的法律諮商與司法協助。

明清訟師人數愈來愈多。以十六、十七世紀明朝末年江南地區
為例，該地訟師不僅人數可觀，甚至還依個人勝訴能力與名氣大小
而出現等第差別：

> 甚矣！吳人之健訟也。俗既健訟，故訟師最多。然亦有等第
> 高下，最高者名曰狀元，最低者曰大麥。然不但「狀元」以此
> 道獲豐利、成家業；即「大麥」者，亦以三寸不律，足衣食、
> 贍俯仰，從無有落莫饑餓死者。[32]

這是對明末江南地區民眾流行雇請訟師的具體描寫。這些訟師收費標準不同，分成外號「狀元」的高級大訟師，以及較次等級的「大麥」（大概是蘇州地區的方言）。蘇州府嘉定縣外岡鎮，在明末十七世紀初年也出現不少聞名本地的訟師，當地人稱「狀元」或「會元」：「沈天池、楊玉川，有狀元、會元之號。近金荊石、潘心逸、周道卿、陳心卿，較之沈、楊雖不逮，然自是能品……至湮沒者，不可勝數。」[33] 明末外岡鎮，其實只是一個人口有限的小城鎮，但也擁有眾多名氣不等、姓名或傳或不傳的大、小訟師，可見訟師確已發展爲明清社會頗爲顯著的行業，藉此行業而發財、出名者，應是不少。

訟師成爲一個官方無由禁絕而又獲利頗厚的行業，不僅反映訟師實際上成爲明清司法制度實際運作中不可或缺的一環，也成爲《折獄明珠》訟師秘本這類刑案匯編得以編輯、流行的制度背景。

（三）

《刑案匯覽》、《審看擬式》兩類刑案匯編的編輯與出版，則與明清司法體系逐步完善的「審轉」制度有密切關連。

明清審轉制度是在司法行政實務工作中逐步形成的。這個制度發展到清代，已能更完整而有效地運作，這個制度大致如下：全國司法案件依罪名大小與刑度輕重，分爲「州縣自理細事、上司審轉重案」兩大類，前者主要包括刑度在笞、杖以下的「細事」案件，後者包括徒刑及徒刑以上的犯罪「重案」。因爲全國司法案件眾多，加上社會變遷，案情差異總會多少衝擊既有「細事」與「重案」

的界限，兩者不一定總能清楚區劃。大致說來，所謂「戶、婚、田土、錢債」等案件，通常被劃入刑度較低的「細事」；至於人命、強盜、鬥毆、聚眾、「謀反」，以及當事人涉及尊卑長幼「人倫」關係的人身傷害或言語辱罵案件，則一般屬於「重案」。儘管明清法律體系並未使用類似現代意義「民法、刑法」法典區分來嚴格界劃「細事」與「重案」，但兩類案件在明清司法體系的處理流程上則確有很大不同。清代對細事、重案的規定已很明確：細事可由州縣官審結，只需每月造冊送上司備查，無需將案卷移送府級和府級以上司法機構覆審，故細案也經常被稱為是「（州縣）自理案件、自理詞訟」。[34] 在「重案」部分，州縣官做成判決後，要將相關案件卷宗與人犯、證人、證物等，提交府、道、按察司（臬司），由這些地方上級司法機構審核案情是否有疑、引用法條是否失當。其中徒罪以上等「命、盜重案」及「謀反等十惡」罪案則再由省級最高長官總督或巡撫將相關案卷送至刑部，再度審核案情與法條等是否可疑，此即「審轉」制度大略。[35]

在審轉制度運作下，中央與地方上級長官都對各級下屬地方官審理案件造成莫大壓力。特別是「斷罪引律令」的規定，也在審轉制度發展過程中得到更嚴格的落實。[36] 儘管戶婚田土等「細事」審判，官員在判決時較少直接引用律例條文；但是，地方官員對「重案」的審理，則確實不斷在審轉過程中受到上級司法機構依照「斷罪引律令」規定而予以嚴格制約。[37]

這個發展趨勢，其實也與當時「刑名幕友」角色日益重要有密切關係。那些專精法律條文的「刑名幕友」，他們日益在明清地方

司法行政體系中得到各級官員的信任與依賴，[38] 不僅便利審轉制度中「斷罪引律令」規定的有效落實，也使講究法律條文與探討法律知識的風氣更加普及。

在審轉制度壓力下，地方和中央司法機構其實處於一種既緊張、又協調的關係。透過向刑部主動諮詢疑難刑案，地方督撫可以要求刑部官員對特殊個案所帶來的法律適用難題，預先做出說明與裁量，這種情形便比較接近地方與中央司法機構的相互協調關係。反之，若是在完成所有州縣、府、道乃至按察司、巡撫、總督的全部審轉作業流程，送交刑部，才被刑部等中央審判官員以案情有疑或是援引法條失誤等理由而駁回原判，這便是所謂的「部駁」，地方各級司法官員即要因此遭到懲處，「部駁」正是中央與地方司法機關間緊張關係的典型表現。

清代各省每年都要上呈數量眾多的刑案，其中預先主動諮商刑部的案件畢竟所佔份量較少，因此，審轉之後而可能遭到部駁的緊張關係才是中央與地方司法機關的常態。地方督撫接到部駁後，並不是一定要照單全收，也可以和刑部官員覆文討論，但是，若「刑部駁至三次，督撫不酌量情、罪改正，仍執原議題覆，」則「刑部自行改擬，將承審各官，並督撫，俱照〈失入、失出〉各本例議處。」[39]

為了免於遭到部駁而受懲處，地方各級司法官員及其所聘幕友，自然要留意審轉上呈的刑案格式及內容，《刑案匯覽》與《審看擬式》這兩類法律書籍，正適合官員藉以參酌撰寫符合格式及內容的標準判案，從這個意義看，兩書可謂是審轉制度壓力下的產

物。

在部駁壓力下，做爲基層審判機構的州縣官員，他們的審案紀錄格式便十分重要，光緒年間在山西省主導《審看擬式》編輯工作的剛毅，對此有清楚說明：

> 獄訟之情僞，始於州縣，成於司（按察司）、院（巡撫），定
> 於刑部。州縣審看不當，解司、申院、達部而後，即使駁議平
> 反，而民之拖累含冤者，已自不淺，況文致增減、是非淆亂而
> 莫由譏詰者，正復無限。則州縣之審看，其所關尤重也。[40]

州縣審案不夠愼重，遭到刑部駁回重審，不僅民眾受累、案情眞相也受蹉跎而更難明白。同時，部駁更會連累省級官員，萬一省級官員未能查明州縣判案疏失而逕送中央，則也會一體遭到刑部的駁回與處罰。在審轉制度有效運作下，講究個別案情的眞相，以及對法條的援引適用，成爲省、府、州、縣職司審判官員的共同利益，在此情勢下，編輯符合標準的刑案「範本」，便很有實用價值。

審轉制度既對地方司法官員造成「部駁」壓力，也對中央司法官員帶來必須更加講究與論辯法律知識的「以理服人」壓力。表面上看，中央司法機構固然可依〈官司出入人罪〉等律例，有權對各級地方司法官員加以懲處；但事實上，這些懲處卻絕對必須要有法律知識方面的合理論辯爲後盾，必需要針對司法個案進行案情眞相探究、法條適用解釋等方面的合理論辯過程，才能「以理服人」。審轉制度的有效運作，雖然確立了刑部成爲全國司法審查體系的中

心地位，但也增加了中央司法官員以書面文字進行法律論辯的壓力，他們不僅要寫成要求地方官員改正重審的「部駁」文字，更要針對疑難案件撰寫「說帖」。[41] 無論部駁或是說帖，都需要刑部官員辨明相關案件的法條適用、文義解釋等問題，有時更要進一步發現法律相互衝突或是未予規範的法律漏洞，撰寫較詳細的法律見解。在審轉制度有效運作下，刑部累積了大量部駁、說帖等書面形式的法律見解；同時，有能力撰寫部駁、說帖的專門法律人才，也更加集中刑部，使清代刑部逐漸成為全國最權威的法律知識生產中心。

《刑案匯覽》即是專門收錄以刑部為主體而產生的法律知識，特別是針對其中的「說帖」。說帖在當時居於全國法律知識體系的中心地位，這不僅有審轉制度上行政權力運作的原因，也有相對而言較為純粹的說理論辨上的理由。嘉慶十六年（1812），有官員描述說帖如何撰成的實際過程：

> 僕濫竽刑曹十年，蓋灼然有以見夫用刑之難也。天下大矣，生民情偽日滋，作姦犯科，百出而不窮，苦于人不能先知而偏防也。三尺法所不能盡，而窘於議擬者，往往而有……自雲坡胡大司寇為少寇時，始以此等案交「律例館」查核，權衡至當，而後行之，至於今不衰。其查核也，旁參他條，詳檢成案，剖別疑似，辨析微茫，折衷而歸于是，然後繕具「說帖」，備陳是非之旨，蓋近於古之參經義以斷獄者。自茲以往，其可以通律法所未備，而無畸輕畸重之患矣。[42]

文中所謂：「旁參他條，詳檢成案，剖別疑似，辨析微茫，折衷而歸于是，」大致描寫了刑部官員撰寫說帖時所進行的「法律推理」。

在《刑案匯覽》出版前，至少在十八世紀末，即已有人開始編輯名爲《說帖》、《通行》、《駁案彙鈔》、《平反節要》等刑案匯編，這些都成爲書市上流通販售的法律文類。《刑案匯覽》的最大特色，應是其力求匯整成更完備、更通貫的刑案匯編，鮑書芸在《刑案匯覽》〈序〉中所謂：「於廣搜博採之中，寓共貫同條之義。臚陳案以爲依據，徵說帖以爲要歸，一切謹按、通行，無不備具。散見者會之，繁稱者簡之。其有未盡，更緝拾遺，以備參考。門分類別，條理秩然。以是見祝（慶祺）君刑名之精而用心之苦也。」[43]這裡面當然也多少帶有一些區別《刑案匯覽》與其他書市上已經販賣銷售刑案匯編書籍的「廣告」用意；但由《刑案匯覽》內容，及其出版後所獲回響看來，《刑案匯覽》一書的編輯出版，應可標誌「刑案匯編」在十九世紀前期正式成爲中國一種明確而獨特的法律文類。

由十六到十九世紀之間，刑案匯編逐漸成爲明清流行的一種特殊法律文類，《折獄明珠》、《刑案匯覽》與《審看擬式》三種不同刑案匯編，各有其不同風格特色與編排體例，也各有其產生與流傳的制度背景。

案情真相的建構：刑案匯編的預設讀者與法律推理

基本上，《折獄明珠》是以訟師為預設的主要讀者；《刑案匯覽》與《審看擬式》則是以職司審判工作的官員與幕友為主要讀者。[44] 預設讀者的不同，不僅影響各書所經常使用的法律推理，也產生了各自對待「案情真相」的不同態度。

《折獄明珠》在三類刑案匯編中的出現時間最早，編者清波逸叟在《折獄明珠》〈引〉中訴諸的編輯理想是：「天下之物，不得其平則鳴……苟不鳴，則曲直不分、涇渭共涵，下情不得上通，是安得不假于詞以鳴！」《刑案匯覽》出現在後，編者宣稱的理想是：能使各類疑難案件呈現的法律問題討論，達到既能「窮其理於律例之中」又能「通其意於律例之外」的目標。[45] 《審看擬式》出現時間最晚，主要是為州縣官員提供上呈省級長官的標準判決書格式。三書有各自的預設讀者，以及隨之而來的對法律推理與案情真相的不同態度。

（一）

《折獄明珠》主要包含法律條文摘要與案件訟狀選編兩類內容。明清時代出版的訟師秘本，並非都像《折獄明珠》一般列入較詳細的法律條文摘要，這涉及編者的法律素養或是書商的出版態度。由現存明清訟師秘本看來，在收羅訟狀陳詞之外也同時協助讀者熟讀法律條文的作品確實存在，《折獄明珠》也是典型代表。這

類訟師秘本之所以協助讀者熟讀法律條文，當然是爲了想要打贏官司，究竟熟讀法律條文對打贏官司有何重要性？另一訟師秘本《詞訟指南》也有清楚說明：

> 凡作狀，先須觀其事理、情勢輕重大小緩急，而後用其律意。符合某條，乃從某條，止揀其緊要字眼切於事情者，較達其詞，使人一看，便知其冤抑、誣告或牽連之類。務要周詳……徒取刁名，無益於事，明者辯之。[46]

分析個別案件的「事理、情勢」，注重法律條文的「律意」，配合能真正打動法官理解與同情當事人冤屈的「文詞」，三者同等重要。等而下之的訟師，才會亂套罪名誇張狀詞。所謂「徒取刁名，無益於事，」並非《折獄明珠》這類訟師秘本的編輯目標，[47] 書中所收〈六律輯要〉、〈六贓辨異〉、〈七殺辨異〉、〈八字須知〉、〈五服喪制〉等內容，具體反映著編者希望讀者掌握現行法律條文中各種「罪名、刑度」關係的用心。

然而，訟師秘本畢竟不是以政府官員或是刑名幕友爲預設讀者，全書對法律知識的理解與操作，仍然有其獨特的風格。以《折獄明珠》爲例，儘管其中教導傳授的「六贓、七殺、八字、五服」等法學術語，並不異於當時官員、幕友主要理解與運用的法律知識，然而，這些法律知識畢竟只是訟師用來書寫訟狀的重要工具之一。訟師應用法律知識的主要目標，是協助涉訟當事人勝訴，無論所協助的當事人究竟是原告或是被告。當然，訟師秘本編者也可以

訴諸較堂皇的理由，如《折獄明珠》編者「清波逸叟」所說：「下情不能上通，是安得不假于詞以鳴！」但是，如何寫成能使當事人勝訴的有效訟狀？才是編者意欲教讀者領會的關鍵，在如何勝訴的大目標下，「事理、律意、文詞」三者同時成為訟師秘本考量的要素。這是《折獄明珠》看待法律條文的基本態度，也是其教人體會各類案件背後相關「律意」的主要宗旨。

構成《折獄明珠》的最主要內容，是對案件兩造訴訟狀詞與官員判決審語的選輯。以這些法律案件為主要教材，配合本朝法律條文為輔助教材，《折獄明珠》編選了十類司法案件，約計六十餘案。各案大體上都同時包含三份文件：原告〈告詞〉、被告〈訴詞〉以及承審官員〈審語〉。透過〈告詞〉與〈訴詞〉對司法個案相關「事實」的不同描述，以及承審官員斷定或懷疑案件「真相」的處理方式，訟師秘本最少可教給讀者兩種重要技巧：第一，如何熟練地操作不同的法律術語，由正面與反面兩種不同的可能面向，來書寫同一樁案件的「真相」？第二，當書寫不同正、反立場的狀詞後，承審官員可能會如何判斷案件的「真相」？這兩種技巧其實都涉及對「事理、律意、文詞」三要素的操作，正是訟師手冊要傳授的官司致勝秘訣。

第一種技巧，既訓練自己書寫狀詞，也可以對付敵對的訟師。《折獄明珠》收錄的做狀〈十段錦〉，要讀者首先體會的重點是：「作詞之狀，慎毋苟且，必須斟酌。機有隱顯、奇正；罪有出入、重輕……如良將用兵，百戰百勝，無不快意。」[48] 而在所錄〈法家管見〉文章中，則教人揣測訴訟對手或是敵對訟師的策略：

> 凡與人詰告，必先料彼之所恃者何事。如所恃者在勢力，先當破其勢力之計。所恃者欲到官，先當破其到官之計，引而申之，虛虛實實，實實虛虛，人之變詐盡矣。[49]

第二種技巧則是針對司法官員對各種狀詞寫法的可能反應，要求讀者體會狀詞中如何「起、承、轉、合」的種種細微訣竅：

> 茲列十段錦之法，以爲法家機軸，使學者有所效持……八曰「截語」，乃一狀中之總斷，務要句句合局、字字精奇，言語壯麗。狀中有一段，名曰「門閉狀」，府縣見之，易爲決斷；無此一段，名曰「開門狀」，人犯窺之，易爲辨變也。都中之狀，不可閉門，恐上司難辨；上司之狀，不可開門，恐人犯乘隙瞰入有變。大抵作狀之法，不可太開門，亦不可太閉門，惟半開半閉者，始稱妙手。九曰「結尾」，乃一狀之鎖鑰，先要遵奉有司，後要闡明律法，用者務宜詳審……[50]

這些被稱爲「十段錦」的書寫狀詞訣竅，並非《折獄明珠》編者的首創，而是當時流傳的訟師「專業技術」，《折獄明珠》編者將其收錄而已。然而，這裡重要的不是知識的原創性，而是操作的實用性。如何讓讀者在收錄案例中體會到種種訟師必備的「專業技術」？如何寫成兼擅「事理、律意、文詞」的有效狀詞？訓練有志訟師者能在代人作狀之際，找到「機有隱顯、奇正，罪有出入、重輕」的關鍵，以使地方官做成對自己訴訟當事人有利的司法處理或

是審判結果。而當訴訟對手也有訟師相幫時，還要能顧及各種虛實相間的敵情判斷與應對策略。

　　本文無法詳細分析《折獄明珠》所收六十餘件案例，這裡主要是提供一點索引，介紹案例中如何表現上述〈做狀十段錦〉、〈法家管見〉等文字所指稱的作狀精義。

　　「姦情類」收錄一則伯父告姪兒強姦其媳婦的案件，我認為即很富典型意義。原告指陳被告強姦其媳婦（即被告的嫂嫂），為原告妻子吳氏撞見，原告聲稱握有其媳婦當天被強姦未遂而被撕裂的裙子，並在〈告詞〉末段文字寫道：「切思，嫂、叔分嚴，強姦罪重。若不剪懲，倫風掃地。上告。」被告〈訴詞〉末段道：「不思菜園非行姦之所，白晝豈捉姦之時。仇口稱誣，難逃洞察。上訴。」〈孔侯審語〉則說：「審得：姦從姑捉，理固然也。吳氏既稱姦媳，胡不捉姦於房幃而乃捉姦于菜園乎？若區區以裂裙作證，吾恐白晝之事未可以絕纓例論也。情涉狐疑，姑免究。」[51] 以前述〈十段錦〉引文為例，〈告詞〉中的「嫂、叔分嚴，強姦罪重」以及〈訴詞〉中的「不思菜園非行姦之所，白晝豈捉姦之時。仇口稱誣，難逃洞察，」大概即是同時結合了所謂的「截語」與「結尾」。以這個案例來看，該名孔姓知縣採用了〈訴詞〉的截語要旨：「菜園非行姦之所，白晝豈捉姦之時，」雖稱不上「字字精奇，言語壯麗，」但仍能算是「句句合局」。而由「府縣見之，易為決斷」的標準看，這份〈訴詞〉大概屬於「鬥閉狀」吧？

　　再如「債負類」收錄一則「告取財本」的商業合夥人間債務訴訟。該案的原告胡佩，與被告倪遂之間原本有商業合夥關係，後

來，因為倪逐購買一塊土地而發生債務糾紛，胡氏〈告詞〉寫道：
「吞本坑生事。倪某領身本銀一千兩，貿易五載，獲利萬金，廣置
地基。取銀，稱說分地；求地，又約還銀。延今，銀不還，地不
分。伊富身貧，情極可憫。乞提給判，上告。」倪逐的〈訴詞〉則
稱：「妬謀重騙事。胡某將銀千兩付某營覓，五年，不過一千七百
餘兩，親筆領存。豈豪妬買地基，計誣吞本謀分。不思：月尚有虧
盈，商豈無得失？虎口難填，乞杜騙謀，上訴。」[52] 原告胡珮著重
的是：倪逐「吞本」而使「伊富身貧」，故意「隱晦」倪逐五年來
借入自己資金而獲利還本的實際數字，並且力圖將被告「獲利萬
金，廣置地基」的「事實」連繫到自己的借本合夥；被告倪逐則強
調：胡珮「妬忌、謀騙」自己的購地利潤，「凸顯」自己五年來還
本「一千七百餘兩」而且胡珮更已「親筆領存」。據《折獄明珠》
收錄承審官員李姓知縣的〈審語〉：「審得，倪逐付本銀一千兩，
秉心于胡珮，合夥貿易。僅五載，已還銀一千七百兩。若倪逐者，
亦知恩稱報之偉人也。今為一片地基，切齒仇爭，是二人者，又易
反易覆之小人也。仰中、親速為允釋。」[53] 倪逐〈訴詞〉具體提到
的五年還本一千七百兩，看來確令這位知縣印象深刻，但是，大概
很難判定涉訟雙方在買地行為上是否仍為兩人原訂「合夥貿易」的
內涵，李知縣的判決是先請雙方「中人、親友」調處。

　　這件案子並未援用法條判決，另一件船戶盜賣客商棉布案件則
有不同。客商李雪在〈告詞〉上說：「盜貨事。船戶某，攬身某
貨，議載某處交卸。殊惡欺孤，沿途盜賣；論阻，成仇，且言：身
在伊船，財命任由佈置。遭此強徒，禍患莫測。乞提追給盜貨，駁

船保命。上告。」這位被告船戶張風則在〈訴詞〉中描述了另一套事件的「眞相」:「誣騙船價事。刁客僱船載貨,議至某處交卸,舡價十兩,付三存七,餘約抵岸,方行湊足。豈意刁商中途架身盜貨。不思:貨有稅單可查,指盜何贓可據!叩天算追舡價,電誣超貧。上告。」[54] 客商李雪應是在經商的沿途提出這件告訴,承審的劉姓知縣在調查各項證據後做成判決:「客人李雪販布,誤募張風之船裝載,憑牙立價,船錢當付一半,餘議到彼湊足。豈(張)風半途竊貨魖賣。李雪幸覺,此天道之所不容者也。及研審,反以船價不償,誑付其咎。深爲可恨。合以:盜賣他人物業者,計贓擬徒。其貨物,理合追還。」[55] 看來,張風〈訴詞〉所用「截語」雖然言詞不凡:「貨有稅單可查,指盜何贓可據,」但承審劉知縣仍是對他引法判刑。

上述客商告船戶的案件,可以實際看到當時法律對民間商業運輸契約的保障,以及船業牙行在這類運輸契約中的法律角色。[56] 同時,承審官員也在〈審語〉中提及了「此天道之所不容者也,」似乎是將客商財貨受到船戶盜賣的財產損失,提昇到某種具有「天道」價值的層次。然而,什麼是「天道」?也許仍是包含劉知縣、《折獄明珠》編者等當時人只能意會而無法言傳的道理,這些道理具體展現在這種客商告船戶「經濟事務」的司法個案中。另一件糖業商人控告牙行商人的案子,則更加凸顯了「經濟事務」在司法案件中的地位。

該案中,糖商耿文「揭本買糖,往蘇(州)貿易,」在蘇州碰到牙人朱秀「口稱高價,攔河餌接,囑稍撐載貨船彎至伊家發賣,」

然而賣完糖斤，耿文卻遲遲收不到貨款：「議限十日帳完，延今半載無取，」耿文在〈告詞〉上寫道：「孤客牢籠，號天追給。上告。」朱秀在〈訴詞〉中辯稱是仲介費用起衝突而遭糖商誣告：「刁客耿某將糖投賣，現價交易，並無賒帳。因取牙用餘錢，算銀八兩。梟圖白騙，黑心反誣。乞准明查，若係吞騙，罪甘斧劈。上訴。」葉姓知府查明案情後，宣判：「夫糖曰五十兩，亦已多矣。價曰六十兩，不爲少矣。豈惡令無恥棍徒，一概鯨吞，而俾異鄉孤客，纍纍然如喪家狗耶！理合追還，疏通客路。朱秀量問〈不應〉。」[57] 明清兩代蘇州是全國經濟中心，該地客商與牙人間商業糾紛很多，也因此發生不少司法訟案。[58] 前案客商告船戶，與本案客商告牙人，這兩案都是當時「經濟事務」進入司法審判的典型案件，前案與後案分別援引了不同法條斷案：〈盜賣他人物業〉與〈不應〉，然而，除了法條之外，承審官員也都強調了某種似乎可做爲法律「原則」的道理，一是「此天道之所不容者也」，一是「疏通客路」，相比之下，後者更加明確地點出承審官員進行「法律推理」時同時作用的論證理由。這些論語理由，不僅表現在當時官員的〈審語〉中，也透過《折獄明珠》這類訟師秘本而流傳推廣。

　　基本上，《折獄明珠》並不透過所收案例討論特定法條是否更適用個案的法律文義解釋問題，更不涉及如何填補「既有法條」與「個別刑案」間可能存在「法律漏洞」的問題；但是，在個別案例同時收錄相關「告詞、訴詞、審語」文字的過程中，編者預先揣想著：何種法律條文最能配合案情？如何寫成一份兼顧「事理、律意、文詞」的訟狀？這裡面確實寓含對相關法律知識與法律條文的

運用，這種運用法律條文的表現方式，或可稱之為寓「律意」於「訟狀」之中。但是，「律意」與司法個案間的關係如何？《折獄明珠》只是要讀者在文字中自行體會與揣想，如何勝訴才是關鍵目標，至於政府現行法條究該如何統一解釋？如何修補法典中現存的法律漏洞？都不是《折獄明珠》編者期待提供讀者的「法律推理」內容。

（二）

《刑案匯覽》則明顯地運用與討論各種法律條文，無論是在解釋既有法條的文字定義與適用範圍，或是在發現與修補既有法律漏洞以期創修法條等方面，都表現出更明顯的「就案論法、就法論案」作風。基本上，《刑案匯覽》就是要透過處理「例無專條」的疑難刑案，來尋求「法條文字」與「刑案事實」間的一致性與通貫性，那是《刑案匯覽》設定的理想目標，要提供全國任職政府部門法律專家檢索與參考的法律知識。

鮑書芸強調《刑案匯覽》的特色是：「於廣搜博採之中，寓共貫同條之義。」[59] 由《刑案匯覽》收錄五千六百餘件案例的龐大數量，以及《刑案匯覽》〈凡例〉徵採刪錄各類眾多刑案來源看，「廣搜博採」應是毋庸置疑；問題在於如何在這麼多案例中做到「寓共貫同條之義」？「參定」此書編輯工作的鮑書芸對此有所描寫：

　　《易》曰：「君子以明慎用刑，而不留獄。」[60] 至哉言！不

窮其理於律例之中，未足爲明愼也；不通其意於律例之外，亦
未足爲明愼也。天下刑名匯於刑部，凡直省題達各案，刑部詳
加核議，苟有可疑，必援彼證此、稱物而類比之，剖析毫釐。
律、例之用，於是乎盡；情與法，皆兩得矣。[61]

這段話可謂是鮑氏心目中理想的「法律推理」，這有兩個標準，一
是要能「窮其理於律例之中」，一是要能「通其意於律例之外」。如
何能在全國司法案件中同時發現法律體系中的「法理」與「法
意」？鮑氏稱許的實際作法即是：「苟有可疑，必援彼證此、稱物
而類比之，剖析毫釐，」這種實際作法的最高目標就是要使「律、
例之用，於是乎盡；情與法，皆兩得矣。」若是做個大略比較，
「援彼證此」可能接近對法律適用問題進行合宜的「法律文義解
釋」，而「稱物而類比」則接近於在缺乏適當法律條文可用時所進
行的「類推適用」。[62] 以下，我將依「法律文義解釋」與「類推適
用」兩類法律推理，討論《刑案滙覽》收錄的幾則案例。

　　我在這裡所指的「法律文義解釋」，主要是指進行審判時對於
特定個案究竟應該如何適用法律條文的討論，但這裡面至少又包括
兩個不同層次：一是釐清案情「眞相」，二是確定援引法條的文義
界定範圍。這兩個層次有很密切的關係，特別是《刑案匯覽》的特
殊性質。《刑案匯覽》並非專門解釋法條文義的律例註譯書籍，撰
寫「部駁、說帖」等刑部官員一般也不眞正「開堂」審理案情，而
是透過審轉制度下的「文書作業」形式，針對各地審轉上呈的審判
記錄或是地方督撫諮請解釋的案件，對「案情」與「法條」間關係

做成說明。因此，雖然「法律文義解釋」至少可以區分成兩個不同層次：釐清案情「眞相」，以及確定援引法條文義範圍，但兩者在實際案例的討論中，也經常關連在一起。

如清嘉慶十年（1805）貴州巡撫審轉題送「陳因搶奪傅朝貴等行李、復將其妻劉氏等搶回姦污」一案，貴州巡撫認爲陳恩等人所犯搶奪罪行，因爲犯罪人「僅止二人」，在犯罪人數的界定上，「固與聚衆夥謀搶奪路行婦女」律例有別，因此，貴州官員判決陳恩「絞監候」。上呈刑部，官員審轉結果則爲：「聚衆夥謀搶奪路行婦女」律例的規範重點，在於「因搶奪財物，而將人婦女搶回姦污，」並不在於是否符合「聚衆」的人數條件。因此，刑部官員認爲此案判刑「尙覺情浮於法」，要求貴州巡撫重新按例擬罪後再題交刑部覆審。[63] 本案中，刑部「部駁」貴州承審官員的法律推理方式，表面上用的是「情浮於法」的理由，但實際上，則是刑部官員通過「法律文義解釋」方式，對本案所用法律條文的適用範圍做成不同於貴州承審官員的解釋。更値得注意的是：本案中，貴州官員強調案情的「眞相」是犯罪人與法律規定「聚衆」定義不合，而刑部官員則強調案情「眞相」中的確有「因搶奪財物，而將人婦女搶回姦污。」

刑部對本案所做的「部駁」，究竟是否符合法條文字的明確定義？這可能要回到當時法律體系是否眞對「聚衆」有一個嚴格的定義。嚴格來看，刑部對本案所做的部駁判決，其實已超過相對單純的解釋法條文字（文理解釋），其訴諸的理由是「立法原意」而非「聚衆」人數的限定，因而，這已相當於是既有法律文字中的「法

律漏洞」所做的修補。而無論是解釋法條文字或是填補法律漏洞，這都是因為特殊案例而對既有法條所做的法律推理。

《刑案匯覽》也收錄一些特別著墨如何探討案情「真相」的案例。清道光五年（1825），刑部直隸司針對一件據信是姦夫「調姦」不成而殺死「姦婦」的審轉案件，提出了和承審直隸官員大不相同的案情「真相」。刑部對本案提出的不同見解，並不直接表現在地方官所引用的〈鬥殺〉法條是否錯誤，而是刑部官員依審判記錄，推斷該名被殺身亡婦人王何氏，其實應非「姦婦」，而反而是被凶手強姦不成而慘遭殺害的受害人。刑部官員從兩點推論案情的「真相」：第一，凶手王隨罄辯稱，他原是和王何氏約定到王何氏夫家通姦，但突然被王何氏小叔王四書撞見，因而心慌逃走，忙亂中拿出隨身小刀扎傷王四書，同時，更錯手殺死王何氏。但是，刑部官員認為，婦人屍體不僅「疊扎多傷」，依凶手初次口供，「該犯目擊王何氏氣絕，始行走避」，刑部官員以此推定：凶手不是錯手殺死王何氏，而其實是「顯有不死不休之勢，謂非有心欲殺，殊難憑信」。若真約會通姦，是否會如此狠心下手殺人？此可疑者一。第二，在王何氏公公王同芳的口供中，提及他是約略同時聽到小兒子王四書和王何氏大聲呼叫，才由睡夢中起身察看，當他到達隔避房間現場時，已看到小兒子受傷倒地而媳婦王何氏則已受傷身死。然而，刑部官員同時在直隸官員問案「看語」內讀到：「王四書喊嚷，在堵門捕捉之時；王何氏聲喊，在王四書受傷之後。且該氏被扎多傷，時非傾刻，何以王同芳聞喊往視，該氏業經氣絕？」刑部官員認為證人供詞與官員審問之間明顯矛盾（「供、看尤屬支

離」)。

　　由地方官的審判記錄中，刑部官員推論了一個新的案情「真相」，並對地方承審官員做成部駁：「案關姦匪逞凶，一死一傷。孰先孰後，最為緊要關鍵。承審各官並不詳悉根究，僅將王隨馨照〈鬥殺〉律問擬繮首，殊未平允」。在刑部官員仔細推敲審判記錄文字後，事關「姦匪」而非「姦婦」，也算是要還王何氏一個死後清白。然而，「真相」似乎仍然無法澄清，因為直隸官員接到部駁重審再行題覆後，仍然強調：「遵駁覆審，並無別故，仍照原擬題結」。[64] 王何氏是否「清白」？看來若是夫家不再持續上告，大概也很難被「平反」吧？也許，刑部官員以純粹案情「真相」進行部駁時，地方官「文過飾非」的可能性應是較高的。這也許是《刑案匯覽》收錄部駁案件多屬法條釋義結合實際案情的重要原因。然而，這份道光五年刑部直隸司官員所做的案情「真相」推論，仍令後世讀者印像深刻。

　　再舉一份清乾隆五十六年（1791）說帖為例。江蘇巡撫主動諮請刑部說明「祁二等拐帶王朝銀兩潛逃擬流一案」的法條適用問題，刑部官員分析案情與法條後，撰成「說帖」如下：「查，祁二販賣糧食為生，與王朝素識交好，時為王朝寄帶銀信、件物，從無錯誤。王朝復將攬帶銀信一千五百餘兩，託伊轉寄。該犯因見銀多，起意逃匿。是祁二代人寄送銀信、中途拐逃、贓至一千餘兩，固不便僅以〈費用受寄財物〉律科斷，但究由王朝所託非人致，較之店家、船戶為商民倚靠、乘間伺竊、為害商旅者，情罪為輕，似應照覆」。[65] 這份說帖同意江蘇巡撫的審轉見判決，但刑部官員在

撰作說帖時，也論證了本案疑似涉及三條不同法條的法律罪刑及其
間的區別標準：

> 　　查律載，「費用受寄他人財物」者，坐贓論，減一等，罪止
> 杖九十、徒二年半。「誆騙拐帶人財物」者，計贓，准竊盜
> 論，罪止杖一百、流三千里。至實犯〈竊盜〉，贓至一百二十
> 兩以上，罪即應擬絞候。推原律意，蓋以「竊盜」乘間肤篋、
> 爲事主防範所不及，故贓數逾貫，即應縣首。至「費用受寄財
> 物」及「拐帶財物」，究由寄託者之昧於審擇、信任非人，以
> 致該犯得乘機所用，是以，不論贓數多寡，罪止徒、流，不與
> 實犯〈竊盜〉一律問擬也。[66]

這裡涉及清律〈費用受寄財產〉本律、[67]〈詐欺官私取財〉律文第
三款〈冒認及誆賺局騙拐帶人財物〉、[68]〈竊盜〉本律（或〈竊盜〉
律附例「店家、船戶、腳夫、車夫有行竊商民及糾合匪類竊贓朋分
者」）[69] 等三條法律的文義解釋。這些法條處罰不同犯罪行爲，並
以「六贓」中不同的「罪行輕重、刑度高低」規定，[70] 分別適用對
於「費用受寄財產、冒認及誆賺局騙拐帶人財物、竊盜」三種犯罪
行爲的處罰，第一種犯罪行爲以「坐贓」論，第二種「計贓，准竊
盜（贓）」論，第三種「竊盜贓」；前二種「不論贓數多寡，罪止
徒、流」，第三種刑度最嚴：「贓至一百二十兩以上，罪即應擬絞
候」。本案討論焦點，即在「祁二代人（王朝）寄送銀信、中途拐
逃、贓至一千餘兩」一案，究竟屬於上開三種罪行的哪一種？江蘇

官員擬處「流」刑，顯然是當作第二種（坐贓刑度最高至徒三年、杖一百，竊盜贓以本案一千餘兩計算則可至斬刑）。刑部官員在對法律文義加以解釋後，同意江蘇承審官員的原判。由本案運用法律文義解釋的方式看來，刑部官員是以「爲事主防範所不及」，做爲界定「竊盜」犯行的關鍵判準；並以「究由寄託者之昧於審擇、信任非人，以致該犯得乘機所用」，用來界定「費用受寄財物」或是「拐帶財物」。這裡面存在一種透過法律文義解釋而重新確立犯罪行爲界限的法律推理。

清道光元年（1821），江蘇巡撫再以一件同類案件請求刑部解釋，刑部官員撰寫說帖，以類似理由「照覆」同意了將犯罪人「依拐帶人財物律，計贓，擬流，免刺」的原判。這件案子大略是「楊撝吉與王冠群合雇船隻」同行，王氏因上岸追討欠債，託楊氏保管自己行李箱和開箱鎖匙，楊氏乘機開箱將箱中部分白銀掉包成價值較少的銅錢。事發若干日後，王氏追獲並控告原已潛逃他地的楊氏。江蘇地方官雖然是依〈拐帶人財物〉律判處楊氏流刑，但可能還是覺得無法確定「拐帶」與「盜竊」的界限，所以仍請刑部解釋。刑部官員所撰說帖，以兩個理由支持原判，兩個理由分別是：

> 《集解》云：攜帶人財物、乘便取去，曰拐帶，等語。是拐帶與竊盜，迹相類而實不同，罪名亦有生死之別。誠以拐帶財物雖亦係取非其有，惟究由事主所託，非人所致，不得與實犯竊盜同科，故贓數逾貫，擬罪止於滿流。[71]
>
> 該犯本係商販生理，並非積慣掉匪，且與王冠群素識相好，

其乘便竊取王冠群箱貯銀兩，究由王冠群信任不當、妄託照管、並將鎖匙交付收執所致，與實犯偷竊者有間。[72]

這和前引清乾隆五十六年說帖的意見基本一致，都強調區分「事主防範所不及」和「事主信任不當」是判斷「竊盜」犯罪行為的重要標準。不過，這份說帖直接徵引了書市販賣流傳的《大清律集解》，引用該書對「拐帶」法律名詞的定義，可以看到民間法律註釋書籍對政府實際審案的影響。[73] 這都反映《刑案匯覽》透過法律文義解釋所進行的法律推理。

綜合上引兩份說帖，可看到《刑案匯覽》中的刑部官員，在解釋「竊盜」行為成立與否時，不僅考慮犯罪人的身分職業（「係商販生理，並非積慣掉匪，」）也考慮被害人是否也該負起一定「責任」（「究由寄託者之昧於審擇、信任非人；信任不當、妄託照管、並將鎖匙交付收執。」）被害人當然不可能因為這種類似「道義責任」的「責任」而受罰，但是，加害人卻可能因為這種「道義責任」有無而直接面臨或生或死的刑度（所謂「拐帶與竊盜，迹相類而實不同，罪名亦有生死之別。」）[74] 表面上看，因為清律對「竊盜」罪行的處罰刑度上限太重，一般偷竊得財等罪，只要滿一百二十兩，即處以「絞監候」死刑。這麼重的刑度，可能會使承審官員用來定罪量刑時較易心生猶豫，不願輕易使用，只好透過法律「文義解釋」來重新界定「竊盜」的構成要件。但深一層看，其實這未嘗不是反映既有〈竊盜〉法律條文，已無法使審案官員「心安理得」地運用在許多「形似而實不同」的罪行上。因此，官員在審案過程

中，嚴格限制「竊盜」罪的適用範圍，甚至一併考量財物受侵害人的「道義責任」，這可能也是官員有意限制〈竊盜〉重刑法律條文適用範圍的結果。

以上都是刑部官員試圖縮減「竊盜」罪適用範圍所做的法律文義解釋，從中可以看出各級承審法官希望減輕一般人侵犯財物罪刑時的基本態度。但在某些侵犯財物罪的案例中，刑部官員卻以法律推理加重對侵犯商人財物的定罪與量刑。清乾隆五十六年（1791）的另一份說帖，刑部官員除重申「竊盜、詿騙、拐帶、費用受寄財物」四種犯罪行為的文義區別外，更針對商人財物受到運輸與旅店業者的不法侵害，做成比一般民眾財物受侵犯更嚴厲的判決，並建議根據本案判決結果修改原有的法律條文：

> 　客商投行雇夫，所有貨物，悉交運送，即與店户、船户為客途所依賴者，情事無異。一被拐挑，則血本罄盡，進退無門，其情節較之尋常鼠竊為可惡，是以各省有因為害商旅即照實犯〈竊盜〉律定擬者。通查彙核，詳加參酌，似應以腳夫挑負運送客民行李財物中途潛逃、贓至逾貫、實係為害商旅者，俱照〈竊盜〉治罪。若非行路客商，止係託帶銀信、寄送貨物、致被拐逃者，悉照〈拐逃〉律科斷。謹具說帖，候示。[75]

這其實是以被害人職業是否屬於為標準，區分出「竊盜」重罪或是「拐逃」等其他較輕罪行的法律適用範圍，加強對於侵犯「行路客商」財物者的刑罰。這份說帖除了強調「為害商旅」其實是「情節

較之尋常鼠竊爲可惡」的罪行之外，更運用了一種「類推適用」的法律推理：「客商投行雇夫」所發生的商人財物損失嚴重程度，也可類推爲「店家、船戶爲客途所依賴者，」兩者「情事無異」，因此，都可依〈竊盜〉律例治罪。這可謂是一種「類推適用」的法律推理方式。[76]

由這份加強保護商人經商財物安全案例而撰寫的說帖看來，很可以表現出明清中國商人經商與市場發展現象對既有法律體系的具體影響。一般研究中國法制史學者對明清中國的經濟發展太過陌生，總輕率將明清中國歸類爲「農業社會」，從而理所當然地認定與商業發展有關的法律一直沒有變化。[77] 這種刻板印象嚴重阻礙對明清經濟與法律領域間實際變化的深入理解。單由《刑案匯覽》案例中的法律推理看來，至遲在十八世紀末，針對商人財物受損的「竊盜」罪，其實反而是被漸趨嚴格定罪的，這和明清商人在市場上活動日益頻繁，[78] 有著直接關係。

以「竊盜」罪刑引發的法條適用疑難案件爲例，各級承審官員其實在臨案審判時，都可能產生現行法典處罰規定過重或是過輕的法律認知或是情緒感受，《刑案匯覽》面對此種情形一般會出現兩種不同作法：一是在來不及建議修法的情形下，官員可能迂迴地發展出某種諸如兼顧被害人「道義責任」的「法律文義解釋」；一是透過類推適用，形成日後足以填補法律漏洞的修法建議，諸如增入因應商人經商財物受不法侵害的相關條例。

除此之外，刑部官員甚至可以直接透過案例，建議皇帝修法。[79] 清道光十三年（1833），透過一件「房主人等失於查察」容留犯罪

人私鑄鉛錢的案子，官員便直接提出修法建議：既有法律規定私鑄
銅錢的處罰，比私鑄鉛錢爲重；但是，私鑄銅錢未成之「房主人
等」，卻可以因爲「不知情者，不坐」規定而除罪，可是，私鑄鉛
錢未成的不知情房主人，卻反而得依法「杖八十，遞減科斷。」官
員認爲，如此刑罰，則「較私鑄銅錢之案，辦理轉重，不足以示持
平，自應將例文酌加修改，應請於例內未成、爲從及房主人等之
下，添入知而不首四字；於遞減科斷之下，添入不知情者不坐六
字，以便引用。」[80] 這裡幾乎沒有法律文義釋義的問題，就是單純
的修改法條藉以填補法律漏洞，這也是《刑案匯覽》使用的法律推
理。

（三）

《審看擬式》一般不收錄疑難案件，其目的是爲地方州縣官員
提供上呈省級判決書的標準格式，這些標準格式可分三大類：州縣
自理刑案之一、州縣自理刑案之二、命盜審轉重案。第一類處理戶
婚田土案件中不涉及判罪擬刑結果者，其格式大略如下：「（某）
府（某）縣知縣（某）審看得：（……包含「人名、案由」……）
一案。緣，（……包含呈詞大略，以及簡要案情……）。經卑職傳
集（……呈請相關人與證人姓名；簡要證詞；處理經過；官員斷處
結果與雙方和息允狀……。）所有審斷緣由，理合詳請憲台查核立
案。」第二類處理戶婚田土案件中涉及判罪擬刑結果者，其格式大
略如下：「（某）府（某）縣知縣（某）審看得：（……包含「人
名、案由」……）一案。緣，（……包含控詞大略，以及簡要案情

……）。經卑職傳集研訊（……涉案人與證人姓名；簡要供詞與證詞），殊屬不合，自應按律問擬，（……判刑人姓名……）合依（……某條律例罪名，判處某種刑度……），擬（……笞、杖刑罰……），折責發落。（……相關人證……），訊非知情，應毋庸議（……若有贓物，則發還原主……）。除將人犯管押候示外，所有審擬緣由，是否允協，擬合詳呈憲台查核示遵。」第三類命盜重案格式大略如下：「（某）府（某）縣知縣（某）審看得：（……包含「人名、案由」……）一案。緣，（……包含控詞大略，以及簡要案情……）。報經卑職詣驗，（……驗屍、驗傷或檢查失物結果；涉案人與證人姓名；簡要供詞與證詞……。）案無遁飾，查律載：（……某條律例罪名，判處某種刑度……，）此案（……符合該條律例罪名要點……，）自應按律問擬（……判刑人姓名……。）（……相關人證……，）訊非知情，應毋庸議，無干省釋（……若有凶器或贓物，則發解存庫或交還原主……。）是否允協，理合連犯解候憲台審轉。」以《審看擬式》收錄案例看，第一類格式數量最少，第三類最多。

這是一種非常標準的審案格式，雖然收錄案例確屬實際發生，但因為太過「規格化」，也許是剛毅等人在編輯《審看擬式》時即已通盤潤修過原案文字。本書大部分案例，都極為注重對法律條文做「精確」的援引。如所收「劉玉挪用王安寄存銀兩」一案，在署名某知州所寫的判決書文末，出現以下文字：「此案劉玉因置貨無錢，輒將王安寄存銀四十兩挪移費用，日久不還，殊屬不合，自應按律問擬：劉玉，合依『受寄人財而輒費用，坐贓論，減一等，』

應於坐贓四十兩、杖六十律上，減一等，擬笞五十，折責發落。挪用銀兩，勒限追還給主。所有審擬原由，是否允協？伏候憲台查核。」[81] 這種刑案判決書所表現的主要精神，正是對清代法律條文的「精確」援引。

然而，《審看擬式》對法律條文的「精確」援引，其實主要是表現在「形式」上而非「內容」上。在所錄案件的判決書文字中，編者更加注重的，是在判決書的適當位置援引了適當法條原文的「論證形式」，而不是在精確剖析案情與法條間的可能矛盾究該如何克服的「論證內容」。為了追求「論證形式」的精確，即使發生法條與案情間的矛盾，《審看擬式》也只是用兩案並陳的方式來解決，書中「賣空買空」案類所收錄的兩起案例，最為典型。

兩案同屬商民在貨幣市場上進行「遠期」交易，一案經過如下：錢鋪商人趙甲「因逐日（銀、錢）市價大有漲落，起意售賣空銀，得利花用。即於是月某日在市上聲言：按照時估，願賣空銀二千兩。經某（錢鋪）號錢乙如數承買，立時過帳，約定十日為期，無論輸贏，屆時清結。至二十日，銀價增長，計趙甲應賠錢一百二十千文，趙甲應無錢付給，央一月後再行歸償，錢乙應允，各先記帳而散。即經卑職訪聞，差拏一干人證，起獲帳簿到案。」另案經過如下：錢鋪商人王長盛「探知各處現錢缺少，意料銀價必落。起意售賣空銀，得利花用。適李進財欲買空銀，即於是月十五日，按照本日市價，王長盛空賣足銀一萬兩，李進財全數承買，議定：對月毋論輸贏，屆時結算，遂各登帳。至四月十五日，銀價減落，王長盛與李進財算帳，李進財應賠制錢一百六十千文，李進財無錢央

緩，王長盛不允。正在爭論間，適卑縣巡役踵至，問明情由，拿獲兩造，並調起帳簿，送案。」[82] 表面上看，這兩案同樣屬於預先買賣白銀（文中所謂的「空銀」）的貨幣交易犯罪，最後援引法條也完全相同，但在認定與處理這筆「空銀」交易「贓款」問題上則發生不小差異。

清朝政府希望維持銅錢和白銀間的穩定比價，[83] 所以不容許不當貨幣交易過度干擾銀錢比價，咸豐七年（1857），在山西巡撫王慶雲條奏並經刑部等官員討論後，皇帝下令增添如下條例：「姦民賣空買空、設局誘人、賭賽市價長落，其賣空者，照用計詐欺局騙人財物律，計贓，准竊盜論，罪止杖一百、流三千里；買空之犯，照為從律，減一等，」[84] 上述《審看擬式》收錄兩案全引此例文，但是，對於「空銀」贓款的處理則不同：前案是「趙甲應賠錢文，係彼此俱罪之贓，照追，入官冊報，」後案則是：

> 王長盛……賣空圖利，計應得錢一百六十千文，應作銀一百
> 六十兩，贓已逾貫，[85] 實屬不法，惟贓未入手，係屬虛贓，自
> 應酌減問擬……李進財應賠錢文，既係虛贓，應免著追。[86]

前案趙甲與錢乙買賣「空銀」雖也未「清結完帳」，但審案官員卻認定賬目上既已記載，則這次貨幣交易行為即已全部完成，所以充分符合該條罪刑，「計贓，准竊盜論」當然要追繳公庫。後案官員雖然也認為王長盛與李進財觸犯該條法律，但既然只入賬目而未真正交款，所以「贓未入手，係屬虛贓，自應酌減問擬。」《審看擬

式》編者並未討論兩案在解釋法條與判別「俱罪之贓、虛贓」標準上的差異，只是羅列兩案。相信編者應是發現兩者的差異，只是並不嘗試針對法律適用問題做解釋，而只簡單地羅列兩案。

這是對兩案內部用法差異「存而不論」的兩案並陳方式，此外，《審看擬式》也針對案情稍有不同但卻「類推」同等處理的案件，這即是所謂的「援引比附」案件。基本上，《審看擬式》編者應是將這些案件，視爲是雖有法律適用困難但卻可在上級審轉允許範圍內大致解決的案件，並非是那些眞正需要呈送刑部說明的疑難案件。《審看擬式》收錄某知縣對「強占良家妻女」一案的如下判決文字：「查，律載：豪勢之人強奪良家妻女，姦占爲妻妾者，絞監候。又，例載：強奪良家妻女，尚未姦污者，照已被姦占律，減一等定擬。又，律載，斷罪無正條，援引他律，比附定擬。各等語。此案，張某因李某之妻何氏少艾，意圖姦占爲妾，向何氏調戲不從，起意強霸，勒逼李某寫立約據、賣給爲妾。殊屬不法。查：該犯強占何氏爲妾，並非強奪，亦無姦污情事。遍查律例，並無強占良家婦爲妾、並未姦污、作何治罪專條。惟，強占與強奪，情事相同，自應比例問擬。張某應比依強奪良家妻女、尚未姦污者，照已被姦占、律減一等例，擬杖一百，流三千里，到配，折責安置。何氏訊無被污情事，仍交本夫領回完聚。無干省釋。是否允協？擬合連犯解候憲台審轉。」[87] 對承審官員來說，這個案子所以「遍查律例」無法可引而需「比例問擬」的原因，在於出現在判決書前段的如下案情事實：加害人張某，與被害人李某之妻何氏，在日常生活上有著特別的關係：「某年月間，張某雇李某之妻何氏，作針

夥，言明每月工錢一千文，平日爾我相稱，並無主僕名份。[88] 何氏向在張某家住宿。張某見何氏少艾，意圖姦占為妾。」[89] 因為本來因職業關係而同居，所以，承審官員覺得此行為雖然確是「殊屬不法」，但在法律文義解釋上，卻不符合律例懲罰罪刑構成要件中的「強奪」意含，最後乃依「強占與強奪，情事相同」的類推方式，將張某「比例問擬」。

無論是對兩案內部差異的「存而不論」，或是逕行「援引比附」，《審看擬式》編者所要提供的，是各類「平常案件」的標準判案格式。這當然是因為論證法律適用問題、發現並修補法律漏洞，並非《審看擬式》收錄案件的編輯主旨，提供州縣官員足以避免錯誤、分歧的標準判決書格式，以免連累省級官員遭到部駁，這才是《審看擬式》編者的直接關懷。因此，《審看擬式》的確在案例中極注重援引法條文字，但其真正重視的，畢竟仍是如何讓法條文字出現在判決書適當位置的「論證形式」，而非如何發現法條與案情矛盾的「論證內容」。《審看擬式》運用法條，是要寫成「形式完美」的審案記錄，有別於《刑案匯覽》慣用的法律推理。

結論：「真相」如何大白？

綜合《折獄明珠》、《刑案匯覽》與《審看擬式》三書慣用的法律推理做比較，三書都試圖在「案例」與「法條」間架構出某種關連性；同時，對於如何對待案情的「真相」，三書其實也各自帶有不同的考量。

《折獄明珠》編者寓「律意」於「訟狀」之中，其所架構出來的「案例」與「法條」關係是：預先揣想何種法律條文最能配合案情，從而寫成一份足以兼顧「事理、律意、文詞」的訟狀，進而說服承審官員打贏官司，可謂是「以案例為主，法條為客。」《刑案匯覽》注重「案例」與「法條」間如何協調與貫通，既調整法條解釋內容以使涉案當事人的刑責輕重合宜，甚至要主動發現法律漏洞、增修法律條文，可謂是「主、客互用」。《審看擬式》則強調如何將「法條」合宜地擺放在「案例」中，至於兩者是否真在內容上通貫協調，便不是真正編者真正措意的重點，可謂是「以法條為主，案例為客。」這三種對「案例」與「法條」關係的不同定位，正是三書運用法律推理時的主要差異。

三書既對「案例」與「法條」關係有不同的定位方式，那麼，這些刑案匯編書籍是否也展現出對待「法學知識」的特殊立場呢？大致說來，無論法律條文在法律推理中是「主」是「客」，《折獄明珠》和《審看擬式》二書在看待法學知識的基本態度上，其實是殊途同歸：「法律」只是一種合用的工具，前者用法學知識來贏取勝訴，後者則用法學知識來避免部駁。然而，對《刑案匯覽》編者而言，「法律知識」則是在「主、客互用」的法條與案例交互論證過程中，展現出某種追求「客觀知識」的法學知識偏好。參與《刑案匯覽》編輯工作的祝慶祺、鮑書芸等人，在他們所整理出來的部駁、說帖文字中，展現出許多清代中央司法官員追求「客觀」法學知識的集體努力。雖然，這裡所指的「客觀」法學知識並非當時人習慣的用語，用他們自己的術語說，主要指的是：在司法個案與法

律條文之間，追求「法理」與「法意」的均衡。

每件送上刑部審轉覆核或是撰寫說帖答詢的司法疑難案件，在《刑案匯覽》中撰文的官員眼中，大都是需要仔細運用法律推理的知識挑戰。追求「法理、法意」間的均衡，不僅需要進行法律文義解釋或是類推適用等法律論證（legal argumentation），同時，也經常需要在各省送上判決書的「供語、看語」文字，重建案情的「眞相」。案情「眞相」與法律「眞義」一樣，都沒有簡單的答案，而是需要仔細的推敲與耐心地疏通。透過努力建構案情「眞相」以及論證法律「眞義」，「法理」與「法意」間的均衡才能達成，客觀的法學知識才能不斷地累積與成長。至少，這應該是《刑案匯覽》這類刑案匯編所展現的信念。[90]

至於《審看擬式》與《折獄明珠》，則主要只是工具性地看待法律條文，對這兩類書籍的編者而言，法律條文的重要性不在於法律文義的「眞義」究竟何在，而更是如何才能幫助當事人勝訴，或是下級承審官員的判決書如何才能通過審轉覆核。兩種刑案匯編雖然也視實際需要而述說案情的「眞相」，但是，《折獄明珠》反覆練習著如何依原告、被告不同立場述說多種「眞相」，《審看擬式》則教育官員寫出那種上級長官無可懷疑的一種「眞相」。

當然，追求「法理、法意」間的均衡，仍然只是《刑案匯覽》編者宣稱的理想，在《刑案匯覽》收錄的五千六百多件案例中，究竟能夠實踐到什麼程度？以及其他多種多樣的法律推理究竟如何運作？這些問題都需要做更全面而仔細的分析，這不是本文有限篇幅所能做到。然而，由本文分析的案例來看，我認爲，目前學界對傳

統中國法律推理的理解，不僅單薄，也太片面，幾乎都只集中在與近代歐洲「罪刑法定主義」異同問題的討論。[91]

　　明清政府一方面明確規定判案必須「斷罪引律令」，[92] 但另一方面也容許在「斷罪無正條」時可以「援引他律比附，應加應減，定擬罪名，申該上司，議定奏聞。」[93] 這種「援引他律比附，應加應減，定擬罪名」的法律推理，即是學者通稱的「援引比附」。有學者早已指出：除了針對謀反、謀叛等少數罪刑外，一般而言，清代法律體系中所運用的「援引比附」，大體表現出「一致性、規則性與公平性」。[94] 張偉仁先生也指出：清代司法審判中的「比附」，政府在法律規定上的限制極嚴，最後都要經過中央司法官司及皇帝的認可，「經過此種程序，便與立法無異。雖然所立的是溯及既往之法，有不教而誅之嫌（原註：西方法制中雖有所謂 nulla poena sine leges 的原則，但仍有很多 ex post facto 的法律，）[95] 但不能算是司法權的氾濫。」[96] 由本文對《刑案匯覽》案例的分析看來，「援引比附」不僅在具體案例中受到尚稱嚴謹法律文義解釋的制約；同時，無論是「部駁、說帖」中出現的對案情、法條關係的用心論辯，或是對案情「真相」所做的仔細推敲，這些豐富細緻的法律推理，都不是簡單一句「援引比附」所能概括。[97]

　　總有學者喜歡片面強調「援引比附」在傳統中國法律推理中的重要性及負面性，並喜歡將傳統中國法律推理視為是近代歐洲「罪刑法定主義」進步法學的對立面。這裡面至少存在可能原因，一種是出於純粹學術研究上的論斷，一種則是出於現實政治評論的需要。「援引比附」與「罪刑法定主義」問題涉及學術討論中的材料

證據與是否充分以及推論是否有效等問題，這需要更多研究與論辯才能進一步解決。然而，基於某種關懷現實中國法治發展前景，帶著某種「以古諷今」心態，也是其中的關鍵原因。突顯「援引比附」結合「君主專制」的作用，這類學者藉此對人權保障問題提出嚴肅的批判，既針對傳統中國，也針對清末民國以來君權、黨權不受節制的惡劣國內政治局勢。因為關心未來法治發展與人權保障的前途，這些學者恐怕已經混淆了「現實批判」與「史實討論」之間不能不謹慎維持的分際。

然而，即使是為了提倡保障人權、批判專制政治，這種將「援引比附」與「罪刑法定主義」相互對立的預設，其實充滿了對近代歐洲「罪刑法定主義」歷史發展過程的片面簡化與輕率美化。

影響十八世紀中期以後歐洲法典化運動甚鉅的「古典自然法哲學」，其倡導者相信：「僅用理性的力量，人們能夠發現一個理想的法律體系，」因此，這派學者與立法者都「力圖系統地規劃出各種各樣的自然法規則與原則，並將他們全部納入一部法典之中，」為當代法學家盛稱的《普魯士腓特烈大帝法典》（1794）、《拿破崙法典》（1804）、《奧地利法典》（1811）、《德國民法典》（1896）、《瑞士民法典》（1907），都在「通過賦予其效力範圍內所有人以一定的自由、平等和安全，」而實現了古典自然法學派所提出的理想法律的基本要求。[98]「罪刑法定主義」正是這波近代歐洲「理性」立法運動下的一項重要訴求，「刑法上所謂的禁止類推」也於焉出現，刑法條文只能被適當的解釋，但卻不能「類推」。然而，在一位當代著名德國法哲學家看來，「只要查閱一下相關文獻，對於可

允許的解釋與被禁止的類推」之間是否眞能區別？不少法學家只能承認：「根本性質上，二者無從區分。」那種「無法律，無犯罪，無刑罰」的罪刑法定原則，其實是十八、十九世紀自然法哲學與實證法哲學在「理性主義哲學體系」下的共同匯合與展演。[99] 而若變換一個角度觀察近代歐洲「理性」影響下的「罪刑法定主義」與法典化運動，則在當時眾多法學家與立法者筆下，無論是「制定法典、確定違法行爲、確定刑罰尺度、制定程序規則，確定司法官的職能，」除了使用包含保障人權等「啓蒙思想家已經建構的話語」之外，其實同時也是「一種關於精密、有效和經濟的權力技術學」。這些十八、十九世紀的歐洲立法者與法學家們，透過精心設計出來的諸如「最少原則、充分想像原則、側面效果原則、絕對確定原則、共同眞理原則、詳盡規定原則，」重新安排更有效的懲罰策略與技術，這也是當時歐洲「刑法改革」的重要根源之一。[100]

當代學者在看待傳統中國法律推理問題時，固然不少人也有批判現實專制政治的良善願望，但卻是以兩個結果爲代價：一是因爲過度強調「罪刑法定主義」的優越性，簡化與美化了歐洲近代理性主義如何促使「法學昌明」的西方法制史；一則是過度凸顯與貶抑「援引比附」在明清司法審判中的作用，簡化與醜化了傳統中國的法律推理。

大力稱揚近代歐洲法學長處的清末修法關鍵人物沈家本（1840-1913），因爲希望在《大清新刑律》確立「罪刑法定」理想，而極力論證「援引比附」對傳統中國司法審判公正性的嚴重危害。[101] 然而，沈家本同時也是《刑案匯編三編》的編者，雖然該

書最後未能出版，[102] 但在編成該書而自撰的序文中，沈家本回想
自己任官刑部三十年來與同僚官員針對各類「難似難決之案」，而
長期「互相講求，頗獲切磋之益，」並明白表示編輯此書是承續祝
慶祺、鮑書芸《刑案匯覽》的傳統：

> 《(刑案) 匯覽》一書，固所以尋繹前人之成說，以為要歸；
> 參考舊日之案情，以為依據者也。晰疑辨似，回惑祛，而游移
> 定。故法家多取決焉。顧或者曰：今日法理之學，日有新發明，
> 窮變通久，氣運將至，此編雖詳備，陳迹耳！故紙耳！余謂：
> 理固有日新之機，然新理者，學士之論說也；若人之情偽，五
> 洲攸殊，有非學士之所能盡發其覆者。故就前人之成說而推闡
> 之，就舊日之案情而比附之，大可與新學說互相發明。[103]

寫序這年，沈家本五十九歲，並已由刑部官員外放直隸保定府知
府，[104] 對當時中國司法實務中的法律推理已甚為熟悉。即使日後
因為接觸西方法學日深、主持修訂《大清新刑律》而引來政策論辯
與官場鬥爭，以及國內外時局轉變等因素，可能改變了沈氏對傳統
中國法律思想的評價，但是，透過久任刑部審轉案件工作的長期思
索與相互討論，沈家本仍然深信：刑部官員長期累積的部駁、說
帖，這些「前人之成說、舊日之案情」，即使面對西方「日有新發
明」的「法理之學、學士之論說」，還是保存著「大可與新學說互
相發明」的可能性。而其中出現的那些所謂「晰疑辨似」的法律推
理，其實正是明清法學知識在特殊制度背景與審判實務過程中所長

期累積的集體努力。

　　儘管《折獄明珠》與《審看擬式》對於案情「真相」的探究，不若《刑案匯覽》的講究與細緻，三書慣用的法律推理的確有所差異。然而，從三書編輯方式看，卻同樣都是藉由編選法律案例以討論「案情、法條」間的適用關係，這又使三書具有共通性，都是一種提升「案例」重要性的法學知識，同屬十六至十九世紀之間傳統中國新興的法律文類。

　　值得注意的是，這些法律文類重視「案例」絕非是孤立的現象，法學的重視案例，和當時醫學與其他領域知識的重視案例，其實極可能是相互影響。十六世紀刑部官員王樵（1526-1590）在強調法律案例的重要性時，即謂：「治獄之難，在得情。嘗譬之醫，治律如按方，鞫事如診病。有人方書雖明，而不中病；如人明法，而不能得情。則所謂明，竟亦何用？」[105] 王樵以醫學與法學相互類比，而到了他的兒子王肯堂（1549-1613），則更是同時兼擅律例註釋與各科醫學，著作豐富，並且聞名明清兩代的法學界與醫學界。清光緒十一年（1885），彭祖賢在警告官員不可單讀法條而忽略「成案」時，也做了以下比方：「居官者，固無弗讀律例矣，而歷年成案，或不暇一覽；此猶醫家之僅熟《素問》、《靈樞》，兵家之僅熟《陰符》、《六韜》，當未知其果堪一試否也？」他為《刑案匯覽續編》作序，勸官員熟讀這套刑案匯編，他的說詞是：「有斷獄之責者，既熟讀律例後，更得是編覽之；亦猶各家醫案、歷代兵事，後之人雖不必過泥其迹，而所以剖別是非、權衡輕重，大致固不越乎是矣！」[106] 無論是法學或醫學，在這些傳統中國的法學專

家看來，「案例」都正是這兩種學問的關鍵。在法學領域內，必須要藉由案例的收羅與研讀，才能發現案情的「真相」。這種對案例重要性的認知，構成了十六世紀以後傳統中國法學知識建構的重要一環。

註釋

* 謝謝 Thomas Byoue（步德茂）、熊秉真、沈松僑、賴惠敏、巫仁恕、Peter Zalow（沙培德）對本文初稿所做的啟發性提問。宋家復、黃瑞祥、林文凱、劉靜怡、邱明弘、盧靜怡、劉嵐棪、耿暄，也曾惠賜寶貴意見或是代查難得書文，一併致謝。

* 中央研究院歷史語言研究所助研究員

1 有關明清律例、會典、則例、省例等各類法律文獻的比較與分析，可參考：蘇亦工，《明清律典與條例》（北京：中國政法大學出版社，2000），頁 167-246。

2 明清私家注釋律例的傳統與種類，可見：張晉藩，〈清代私家注律的解析〉，氏著《清律研究》（北京：法律出版社，1992），頁 164-188。何敏，〈從清代私家注律看傳統注釋律學的實用價值〉，收入梁治平編《法律解釋問題》（北京：法律出版社，1998），頁 323-350。

3 有關「幕學」的深入研究，可見：繆全吉，《清代幕府人事制度》（台北：中國人事行政月刊社，1971），〈幕才培養〉，頁 143-168；James H. Cole, *Shaohsing: Competition and Cooperation in Nineteenth-Century China.* (Tucson: The University of Arizona Press, 1986)；張偉仁，〈清代法學教育〉下，《國立台灣大學法學論叢》，18,2(1989)：1-55；高浣月，《清代刑名幕友研究》（北京：中國政法大學出版社，2000），頁 142-171。曾經親歷幕友訓練及實務工作的當代回憶錄，則可見：陳天錫，〈清代幕賓中刑名錢穀與本人業此經過〉，收入《慶祝蔣慰堂先生七十榮慶論文集》（台北：台灣學生書局，

1968），頁 161-175。

4 傳統中國「刑案匯編」的源流與簡介，可見：何勤華，〈明清案例匯編及其時代特徵〉，《上海社會科學院學術季刊》，2000,3(2000)：107-115。何氏將明清官員的「判牘」也列於他定義的「案例匯編」，一律視爲是「記載和匯編判例的作品」（頁107）。本文則不處理判牘與「刑案匯編」的關連。雖然明清判牘也影響部分官員的審判實務，但我認爲，其體例更接近官員個人的「文集」；即使彙刊多位官員判牘的書籍，編輯用意也仍近於表揚名家判案的「合集」。相對而言，這些判牘偏重表彰審判者個人善於書寫判詞的名氣與才能，而本文處理的「刑案匯編」則偏重「案情、法律」間的適用關係，兩者差異較大。明清判牘的專門研究，可見：濱島敦俊，〈明代の判牘〉，收入滋賀秀三編，《中國法制史：基本資料の研究》（東京：東京大學出版會，1993），頁 509-538（中譯：〈明代的判牘〉，徐世紅、鄭顯文譯，收入中國政法大學法律古籍整理研究所編，《中國古代法律文獻研究》，巴蜀書社，1999，頁 196-222）；森田成滿，〈清代の判語〉，收入滋賀秀三編，《中國法制史：基本資料の研究》，頁 739-757；童光政，《明代民事判牘研究》（廣西師範大學出版社，1999）。

5 陳芳生，《疑獄箋》（影印清康熙三十年（1691）刻本，收入《四庫全書存目叢書》，台北：莊嚴文化公司，1995，子部冊 37，頁 780-909），該書區分兩類「疑獄之屬」：「情事之疑、法律之疑」（頁 780），作者自承，編輯此書，其實是追續五代和凝、和蒙父子《疑獄集》乃至明代張景《補疑獄集》的著書傳統（頁 909）。

6 本文所用《折獄明珠》，應是十八世紀重刊本（中央研究院歷史語言研究所傅斯年圖書館所藏微捲，據日本內閣文庫藏本攝影），該書末葉有「辛丑仲秋刊行」字樣，有學者斷定其爲康熙六十年（辛丑年，1721）刊本（張偉仁，《中國法制史書目》，台北：中央研究院歷史語言研究所，1976，第一冊，頁 320）。另有學者推測該日本內閣文庫藏本爲萬曆二十九年（辛丑年，1601）刊本（東京大學東洋文化研究所編，《仁井田文庫漢籍目錄》，東京：東京大學東洋文化研究所，1999，頁 34），本文採張偉仁先生看法。

7 最後的「衙門」類，因爲兼收案件狀詞與執照範本，較難確定案件數目。

[8] 本文所用版本：（清）祝慶祺編次、（清）鮑書芸參定，《刑案匯覽》，影印清光緒十二年（1886）刊本，台北：成文出版社，1968。對《刑案匯覽》全書的專門分析，可見：Derk Bodde and Clarence Morris, *Law in Imperial China: Exemplified by 190 Ch'ing Dynasty Case*. Cambridge, Mass.: Harvard University Press, 1973.（中譯：朱勇譯，《中華帝國的法律》，江蘇人民出版社，1993）；中村茂夫，〈清代の刑案：《刑案匯覽》を主として〉，收入滋賀秀三編，《中國法制史：基本資料の研究》，頁715-737。

[9] 祝氏與鮑氏生平簡介，可見：Derk Bodde and Clarence Morris, *Law in Imperial China: Exemplified by 190 Ch'ing Dynasty Case*. p.148；張偉仁，《中國法制史書目》，第一冊，頁310。

[10] 《刑案匯覽》，〈凡例〉，頁8。

[11] 本文所用《審看擬式》為光緒己丑年（十五年，1889）江蘇書局刊本（中央研究院歷史語言研究所傅斯年圖書館藏），書前有光緒十三年剛毅〈自序〉，書末則有光緒十三年葛士達〈跋〉。

[12] 剛毅，《審看擬式》〈自序〉。葛士達《審看擬式》〈跋〉。

[13] 葛士達，〈附審看論略十則〉：「是編所輯無多，皆係州縣衙門尋常習見之案……其疑難案件既不多有，亦非憑空所能懸揣，未暇悉備。」（《審看擬式》，卷末，頁5）。

[14] 夫馬進，〈訟師秘本の世界〉，收入小野和子編《明末清初の社會と文化》（京都：京都大學人文科學研究所，1996），頁189-238。

[15] 例如：管見子編《新刻法家蕭曹兩造雪案鳴冤律》（清刻本，中央研究院歷史語言研究所傅斯年圖書館藏），即遠較粗糙。

[16] 薛允升著，黃靜嘉校，《讀例存疑（重刊本）》（台北：成文出版社，1970），冊4，頁1021。

[17] 薛允升，《讀例存疑（重刊本）》，冊4，頁1021。

[18] 對這種官方「表達」與司法「實踐」之間矛盾現象的較仔細分析，可見：黃宗智著，劉昶、李懷印譯，《民事審判與民間調解：清代的表達與實踐》，北京：中國社會科學出版社，1998，頁191-212。明清時代，訴諸國家審判與經由民間調解，兩者其實是「多元的結合關係」，而非互斥的選擇。此有明末清初的上海實例可證，見：岸本美緒，〈清初上海的審判與

調解——以《歷年記》為例〉，收入中央研究院近代史研究所編，《近世家族與政治比較歷史論文集》（台北：中央研究院近代史研究所，1992），上冊，頁241-257。

[19] 「訟師」在中國的歷史至少早自宋代開始，當時一些地方已出現專門協助民眾訴訟的「健訟之徒、譁徒訟師」；甚至在現今江西省等地方，更已出現教人打官司的「訟學」。宋代訟師與「訟學」情形，可見：陳智超，〈宋代的書鋪與訟師〉，收入《劉子健博士頌壽紀念宋史研究論集》（東京：同朋舍，1989），頁113-119；郭東旭，〈宋代之訟學〉，收入漆俠編《宋史研究論叢》（保定：河北大學出版社，1990），頁133-147。

[20] （清）覺羅烏爾通阿，《居官日省錄》（影印清咸豐二年（1852）刊本，收入《官箴書集成》，合肥：黃山書社，1997，第八冊），頁9。

[21] 《大清律例》〈刑律〉編〈訴訟〉章〈教唆詞訟〉條律文：「凡教唆詞訟，及為人作詞狀，增減情罪誣告人者，與犯人同罪（至死者，減一等）；若受雇誣告人者，與自誣告同（至死者，不減等）；受財者，計贓，以枉法從重論。其見人愚而不能伸冤，教令得實，及為人書寫詞狀而罪無增減者，勿論（姦夫教令姦婦誣告某子不孝，依謀殺人造意律。）薛允升注：「此仍明律，順治三年添入小註，乾隆五年刪定」（薛允升，《讀例存疑（重刊本）》，卷39-40，冊4，頁1019）。

[22] 明代官員余自強倡導如下對付訟師的辦法，是先向上司透露本案可能會有訟師介入：「凡自理詞訟，遇刁徒強項訟師，不服縣官責罰者，察言觀色，覺有可異，即將此起申招府堂，詳內云：事干刁棍重情，合應申達本府。本府詳允後，如此人再告上司，批府，亦難反汗致謗縣官；如批各廳，彼亦相諒，決不相反。亦諧世中一制奸法也。」（《治譜》，影印明崇禎十二年（1639）重刊本，收入《官箴書集成》，第二冊，頁114-115）。

[23] 汪輝祖，《學治臆說》（影印清同治十年（1871）慎間堂刻《汪龍莊先生遺書》刊本，收入《官箴書集成》，第五冊），〈治地棍訟師之法〉條，頁282。

[24] （明）海瑞，《海忠介公全集》（收入《丘海二公合集》，清康熙四十七年（1708）刊本，中央研究院歷史語言研究所傅斯年圖書館藏），卷二〈告示〉，〈示府縣狀不受理〉。

25 由清代雍正到道光年間，詳細的審案期限規定及其細部變化，可見：（清）
崑岡等奉敕著，《清會典事例》（影印清光緒二十五年（1899）石印本，北
京：中華書局，1991），卷122，〈吏部：處份例：外省承審事件〉，冊2，
頁578-591。

26 （清）方大湜，《平平言》（影印清光緒十八年（1892）刊本，收入《官箴
書集成》，第七冊），卷2，〈審案限期〉條，頁636。

27 方大湜對司法訴訟之費錢傷財，有具體陳述：「兩造搆訟，自進城做詞之
日起，至出結歸家之日止，無一日不花錢。拖延日久，則花錢愈多；花錢
愈多，則富者必窮，窮者必死。故早結一日之案，即早釋一日之累。早釋
一日之累，即少花一日之費。」至於訟棍如何藉入干預與謀取金錢，也有
生動描寫：「戶婚、田土、錢債，及一切口角細故，乃民間常有之事，本
人雖然嘔氣，未必一定告狀；棍徒從中挑唆，輒自謂熟識衙門：門丁、書
役，與我相好，我可包告、包准；既可出氣，又不必多花錢文。迨既告之
後，百般盤剝，卻不怕他不花錢、不由他不多花錢。借債、賣田，案猶未
結；傾家蕩產，職此之由。」（《平平言》，卷2，〈為百姓省錢〉條，頁
638-639）。

28 對明清訟師實際功能及其對司法影響，可見以下專門研究：夫馬進，〈明
清時代の訟師と訴訟制度〉，梅原郁編，《中國近世の法制と社會》，京
都：京都大學人文科學研究所，1993，頁437-483（中譯：〈明清時代的訟
師與訴訟制度〉，王亞新譯，收入王亞新・梁治平編《明清時期的民事審判
與民間契約》，北京：法律出版社，頁389-430）；Melissa, Macauley, *Social
Power and Legal Culture: Litigation Masters in Late Imperial China*. Stanford,
California: Stanford University Press, 1998.

29 戴建國，〈宋代的公證機構——書鋪〉，《中國史研究》，1988,4 (1988):
137-144。

30 （明）呂坤，《新吾呂先生實政錄》（影印明末鈔本，收入《官箴書集
成》，第一冊），《風憲約》，卷6，頁555-558。

31 《大清律例》〈刑律〉編〈訴訟〉章〈教唆詞訟〉條所附例文十二條，第十
條規定「考取代書」如下：「內外刑名衙門，務擇里民中之誠實識字者，
考取代書；凡有呈狀，皆令其照本人情詞據實謄寫。呈後，登記代書姓

名，該衙門驗明，方許收受。無代書姓名，即嚴行查究；其有教唆增減者，照律治罪。」薛允升云：「此條係雍正七年（1729）及十三年（1735）例，乾隆六年（1741）改定。謹按：此專為考取代書而設。鄉民不能自寫呈詞者頗多，覓人代寫，則增減情節者，比比皆是矣。代書之設，所以不容已也。現在外省有代書，而京城仍未遵行。」（薛允升，《讀例存疑（重刊本）》，冊4，卷40，頁1022）。

32 （明）徐復祚，《花當閣叢談》（又名《邨老委談》，影印清嘉慶十三年（1808）黃廷鑑重刊本，收入《叢書集成新編》，台北：新文豐，1985，冊85），卷三，〈朱應舉〉條，頁561。

33 （明）殷聘尹纂，《外岡志》（收入《中國地方志集成：鎮志專集》，上海：上海書店，1992，冊2），頁893。

34 儘管州縣官可以審結這些「細事」案件無須上司覆，但爭訟兩造仍可以不服向府級或省級官員再次申告，此稱「上控」。清代法律雖然禁止「越訴」（「凡軍民詞訟，皆須自下而上陳告；若越本管官司，輒赴上司稱訴者，笞五十」、「詞訟未經該管衙門控告，輒赴控院、司、道、府，如院、司、道、府濫行准理，照例議處。」），但是，「其業經在該管衙門控理，復行上控，先將原告窮詰，果情理近實，始行准理。如審理屬虛，除照〈誣告〉加等律治罪外，先將該犯枷號一箇月示眾。」（《大清律例》〈刑律〉編〈訴訟〉章〈越訴〉條，見：薛允升，《讀例存疑（重刊本）》，冊4，卷39，頁977、982）。由清代地方審判實務看，「上控」確實也會影響州縣「細事」的審判，清道光年間著名官員劉衡，即勸告州縣官遇到審判錯誤時，應該「自行改正，以免上控，」即使是那些無須上級覆審的「自理案件」也該如此，否則，上控紛陳，則將會「既累民，又自累也。」（《庸吏庸言》，有清道光十年（1827）自序，影印清同治七年（1868）楚北崇文書局刊本，收入《官箴書集成》，第六冊，上卷，〈理訟十條〉，頁196）。

35 清代審轉制度規定如下：「各省戶、婚、田土及笞、杖輕罪，由州縣完結，例稱自理詞訟；每月設立循環簿，由送督、撫、司、道查考；巡道巡歷所至，提簿查核，如有未完，勒限催審。徒以上解府、道、臬司審轉，徒罪由督撫彙案咨結。有關人命及流以上，專咨由部彙題。死罪係謀反、大逆……罪干凌遲、斬、梟者，專摺具奏，交部速議。殺一家二命之案，

交部速題。其餘斬、絞，俱專本具題，分送揭帖於法司科道，內閣票擬，交三法司核議。如情罪不符及引律錯誤者，或駁令覆審，或逕行改正，合則如擬核定。議上立決，命下，釘封飛遞各州縣正印官或佐貳，會同武職行刑。監候則入秋審。」（《清史稿》，台北：鼎文書局，新校本，1981，卷142，〈刑法志〉三，頁4206-4207）。對此制度的詳細介紹，可見：那思陸，《清代中央司法審判制度》（台北：文史哲出版社，1992），頁193-294，作者稱審轉制度為「案件覆核程序」。

36 《大清律例》〈刑律〉編〈斷獄〉章〈斷罪引律令〉條：「凡官司斷罪，皆須具引律例。違者，如不具引，笞三十；若律有數事共一條，官司止引所犯本罪者，聽。其特旨斷罪，臨時處治，不為定律者，不得引比為律。若輒引比，致斷罪有出入者，以故失論。故行引比者，以故出入人全罪，及所增減坐之。失于引比者，以失出入人罪，減等坐之。」乾隆三年（1738）定例：「除正律、正例而外，凡屬成案未經通行著為定例，一概嚴禁，毋得混行牽引，致罪有出入。如督撫辦理案件，果有與舊案相合可援為例者，許于本內聲明，刑部詳加查核，附請著為定例。」（薛允升，《讀例存疑（重刊本）》，冊5，卷49，頁1276-1277）。

37 到了清代，處罰官員判案援引法條失當的相關法令十分繁細，由康熙以至咸豐年間的各項罰則規定，可見：（清）崑岡等奉敕著，《清會典事例》，卷123，〈吏部：處份例：官員斷獄不當〉，冊2，頁592-610。

38 到了清代，官員上任時謹慎聘請幕友，已成為最重要的準備工作之一。如所謂：「幕友一席，最為要緊。至好者推薦，不可遽許，亦不可遽辭，務細訪察所薦之友品學何如。擇其善者，延之赴任；有期拜見，下關書。聘金一項，量缺致送……加以水禮八色，隨時配合。其起程船腳，或我備，或折價，商酌辦理。各處情形不同，隨時酌奪。」（褚瑛，《州縣初仕小補》，影印清光緒十年（1884）森寶閣排印本，收入《官箴書集成》，第八冊，卷上，〈聘請幕友〉條，頁739）。幕友的重要性日增，也為這個職業人士形成更明顯的新自覺，如：「幕與官相表裡，有能治之官，尤賴有知治之幕，而後措施無失，相與有成也。」（張廷驤，〈序〉，見：萬維翰，《幕學舉要》，影印清光緒十八年（1892）浙江書局刊本，收入《官箴書集成》，第四冊，頁730）。

39 （清）方大湜，《平平言》，卷4，〈公事錯誤須改正〉條，頁698。〈官司出入人罪〉律文內容很長，規範了官員司法判決時引用法條「刑度」與案件事實「罪名」不一致的處罰，除分別「全出全入、增輕作重、減重作輕」不同情形外，更對「笞、杖、徒、流、死」等五刑不同刑度的誤判情形，對承審官員分別定訂罰則。詳見：薛允升，《讀例存疑（重刊本）》，冊5，卷49，頁1229-1232）。清嘉慶五年（1800），更對遭到部駁議處的不同層級地方司法官員，分別對待：「凡駁飭改正之案，刑部即檢查該府州縣原詳，據實核辦：如原詳本無錯誤，經上司飭駁，致錯擬罪名者，將該上司議處。如原詳未奉飭駁，該上司代為承當，除原擬之員，仍按例處分外，將該管上司，照徇庇例，嚴議。」（薛允升，《讀例存疑（重刊本）》，頁1234）。

40 剛毅，《審看擬式》〈自序〉。

41 自清乾隆四十九年（1784）起，刑部正式將那些較詳細的法律見解定型化，形成主要由刑部「律例館」負責撰寫詳細法律意見書的「說帖」（陳廷桂，〈說帖輯要敘〉，收入《說帖輯要》，中央研究院歷史語言研究所傅斯年圖書館藏鈔本）。說帖制度的簡介，可見：Derk Bodde and Clarence Morris, *Law in Imperial China: Exemplified by 190 Ch'ing Dynasty Case*. pp. 130-131.

42 陳廷桂，《說帖輯要》〈敘〉。

43 鮑書芸，《刑案匯覽》〈序〉，頁3。

44 如鮑書芸在《續增刑案匯覽》〈序〉（道光二十年，1840）所指出，祝慶祺在編輯《刑案匯覽》時，「殫精疲神者，閱十餘載，因說帖、議案，層見疊出，皆司法者所欲比引參考，乃復續纂此帙。」（《續增刑案匯覽》，台北：成文出版社，1968，冊9，頁3811）。剛毅希望《審看擬式》能使「為牧令者，人置一編，」以期「治獄庶有眉目，不至仰幕、胥之鼻息，而官能自主，獄無滯留。」（剛毅，《審看擬式》〈自序〉。葛士達，《審看擬式》〈跋〉）。

45 語見鮑書芸《刑案匯覽》〈序〉，頁3。

46 《詞訟指南》，收入不著撰人，《新刻法筆新春》（又名《刑台秦鏡》，清刊本，日本東京大學東洋文化研究所「大木文庫」藏），頁1。

47 以訟師宋世杰為主角的明代戲曲《四進士》，在劇本中也出現劇中人物「河

南八府巡按」毛朋所引用諺語：「牛吃房上草，風吹千斤石；狀子入公門，無賴不成詞。」（收入劉烈茂、蘇寰中、郭精銳主編，《車王府曲本菁華》冊五，廣州：中山大學出版社，1991，頁259），反映當時人（特別是官員）對訟師胡亂寫狀的惡劣印像。然而，並非所有訟師秘本都在教人撰寫「賴詞」，援用法條的能力其實也是《折獄明珠》這類訟師秘本提供的基礎訓練。

48 《折獄明珠》，卷1，〈十段錦〉。

49 《折獄明珠》，卷1，〈法家管見〉。

50 《折獄明珠》，卷1，〈十段錦〉。

51 《折獄明珠》，卷3，「姦情類」，〈告強姦〉案。

52 《折獄明珠》，卷4，「債負類」，〈告取財本〉案。

53 《折獄明珠》，卷4，「債負類」，〈告取財本〉案。

54 《折獄明珠》，卷4，「商賈類」，〈告船戶〉案。

55 《折獄明珠》，卷4，「商賈類」，〈告船戶〉案。

56 明清船行牙人（時稱「埠頭」）在商業運輸中的「寫字」契約等法律規範，可見：Ts'ui-jung Liu（劉翠溶），*Trade on the Han River and Its Impact on Economic Development, c. 1800-1911* (Taipei: The Institute of Economics, Academia Sinica, 1980), pp. 28-32；邱澎生，〈由市廛律例演變看明清政府對市場的法律規範〉，收入國立台灣大學歷史系編《史學：傳承與變遷學術研討會論文集》（台北：國立台灣大學歷史學系，1998，頁291-334），頁325-326。

57 《折獄明珠》，卷4，「商賈類」，〈告經紀〉案。

58 拙文對此有些介紹：邱澎生，〈由蘇州經商衝突事件看清代前期的官商關係〉，《文史哲學報》，（台北），43（1995）：37-92，特別見頁66-72。

59 鮑書芸，《刑案匯覽》〈序〉，頁3。

60 語出《易經》〈旅〉卦象辭：「象曰：山上有火，旅。君子以明慎用刑，而不留獄。」

61 鮑書芸，《刑案匯覽》〈序〉，頁3。

62 這裡面固然帶有現代法律體系下的法律推理分類概念，但我認為，這樣的分類其實仍對本文以下討論《刑案匯覽》若干案例有所幫助。現代法律體系如何區分與討論「法律文義解釋」與「類推適用」，可見：王澤鑑，〈舉

重明輕、衡平原則與類推適用〉，收入氏著《民法學說與判例研究》第八冊（台北：自印本，1996），頁1-98；王文宇，〈論類推適用與法律解釋〉，氏著《民商法理論與經濟分析》（台北：元照出版公司，2000），頁279-300。

63 《刑案匯覽》，卷15，頁1106。

64 《刑案匯覽》，冊8，卷52，頁3279-3281。

65 《刑案匯覽》，冊3，卷19，頁1357。

66 《刑案匯覽》，冊3，卷19，頁1357。

67 《大清律例》〈戶律〉編〈錢債〉章〈費用受寄財產〉條（薛允升，《讀例存疑（重刊本）》，冊3，卷16，頁401）。

68 《大清律例》〈刑律〉編〈賊盜〉章〈詐欺官私取財〉條（薛允升，《讀例存疑（重刊本）》，冊4，卷30，頁721）。本條律文的第三款，規定對「冒認及誆賺局騙拐帶人財物」行為的處罰，許多清代法律書籍也將此款條文簡稱為「誆騙律」。

69 《大清律例》〈刑律〉編〈賊盜〉章〈竊盜〉條（薛允升，《讀例存疑（重刊本）》，冊3，卷28，頁649-650）；同條附例「店家、船戶、腳夫、車夫有行竊商民及糾合匪類竊贓朋分者」（乾隆二年‧1737例，嘉慶十三年‧1808改定。見：薛允升，《讀例存疑（重刊本）》，冊3，卷28，頁663）。

70 明清「六贓」為監守盜贓、常人盜贓、枉法贓、竊盜贓、不枉法贓與坐贓，是對侵奪財物犯罪行為的六種「罪行輕重」與「刑度高低」標準，刑度分四級，各級刑度又以受「贓」金額多寡而再做細分。清代情形如下：「監守盜贓」最重，刑度可至斬刑；「常人盜贓」與「枉法贓」刑度大體同級，可至絞刑；「竊盜贓」與「不枉法贓」刑度同級，最重至流三千里、杖一百；「坐贓」最輕，刑度至於徒三年、杖一百。清代註律名家沈之奇對所謂的〈六贓圖〉有仔細說明，見：沈之奇注，洪弘緒訂，《大清律集解附例》，影印清乾隆朝刊本，收入《續修四庫全書》（北京：中華書局，1997），冊863，頁254-256。何以要區分不同標準的「贓」罪？有清代法學家提出理由：「所以明差等、便觀覽，兼以發人恥心之萌，而自動其羞惡之良也。」（王明德，《讀律佩觿》，影印清康熙十五年（1676）王氏冷然閣重刻本，收入《四庫全書存目叢書》（台北：莊嚴文化公司，1995），子部，冊37，頁569。

71 《刑案匯覽》，冊 3，卷 19，頁 1356。

72 《刑案匯覽》，冊 3，卷 19，頁 1357。

73 討論法律註釋書籍對《刑案匯覽》法律解釋的影響，可見：何敏，〈從清代私家注律看傳統注釋律學的實用價值〉，收入梁治平編《法律解釋問題》，頁 345-350。

74 即使現今刑法規定法官可將「犯人與被害人平日之關係」列為酌科加減刑度的「情狀」（參見：現行《中華民國刑法》第 57 條規定「科刑時，應審酌一切情狀，尤應注意左例事項，為科刑輕重之標準」，所列十件事項第八項即為「犯人與被害人平日之關係」），但兩者仍有很大不同。

75 《刑案匯覽》，冊 3，卷 17，頁 1213-1214。

76 類推適用做為法律推理的特色，在於「相類似者，應為相同之處理」（王澤鑑，前引文，頁 68），它是以「類似性」（likeness）做為法律推理時藉以比附援引的基礎，是一種「由特殊到特殊、由個別到個別」的推理方式，既非「由一般到特殊」的演繹推理，也非「由特殊到一般」的歸納推理（王文宇，前引文，頁 280-281；吳家麟，《法律邏輯學》，台北：五南圖書公司，1993，頁 263-265）。

77 早在晚清，強調中國為「農業社會」而不能發展歐美「工商之國」法律體系的論述，即已漸露端倪。清宣統二年（1900），勞乃宣（1844-1927）即謂：「法律何自生乎？生於政體。政體何自生乎？生於禮教。禮教何自生乎？生於風俗。風俗何自生乎？生於生計。宇內人民生計，其大類有三：曰農桑，曰獵牧，曰工商。」在勞氏的「法律—生計」分類學中，中國屬於「農桑之國」，因此，「其禮教、政體，皆自家法而生，」「一切法律，皆以維持家法為重。」歐美屬於「工商之國」，因而，「其禮教、政體，皆自商法而生，」「一切法律，皆以商法相表裡。」（《新刑律修正案彙錄》〈序〉，收入氏著《桐鄉勞先生遺稿》，影印 1927 年桐鄉盧氏校刊本，台北：藝文印書館，1964，頁 1-2）。勞氏立論，固然有其做為清末針對《大清新刑律》而來的「禮、法爭議」為背景（可參考：黃源盛，〈大清新刑律的禮法爭議〉，氏著《中國傳統法制與思想》，台北：自印本，1998，頁 335-367），具有濃厚的為「禮教派」尋求「理論基礎」的論述意含；然而，勞氏論述也可謂是典型的法律變遷「經濟決定論」。近代很多在法律改革上稱

揚沈家本「變法派」的法制史學者，其實在中、西法律變遷的基本認識
上，卻可算是勞乃宣「經濟決定論」的同道。

[78] 半世紀來，明清經濟史已對當時商人貿易與市場經濟擴張累積了豐富成
果，此處只能簡略提供基本讀物：張海鵬、張海瀛編，《中國十大商幫》
（合肥：黃山書社，1993），該書介紹明清山西、陝西、寧波、山東、廣
東、福建、洞庭、江右、龍游、徽州等地商幫的活動概況。對十六至十九
世紀明清市場經濟成長的數量估計，可見：吳承明，〈論明代國內市場和
商人資本〉、〈論清代前期我國國內市場〉，氏著《中國資本主義與國內市
場》（北京：中國社會科學出版社，1985），頁217-246；247-265；李伯
重，〈中國全國市場的形成，1500-1840〉，《清華大學學報（哲學社會科
學版）》，14,4(1999)：48-54。

[79] 清代將重要判決變為拘束全國司法官員法律條文的主要途徑有三：由皇帝
敕刑部通行；由刑部奏准通行；由刑部發給所屬各司遵行（張偉仁，〈研
究計劃概述〉，收入氏編《清代法制研究》，台北：中央研究院歷史語言研
究所，1983，第一輯第一冊，頁75註11）。但是，增刪《大清律例》現行
條文的正式管道，則只有前兩種。

[80] 《刑案匯覽》，冊7，卷51，頁3217。

[81] 《審看擬式》，卷1，〈戶律〉類，「費用受寄財產」，頁14。

[82] 《審看擬式》，卷4，〈刑律〉類，「賣空買空」，頁19-20。

[83] 清朝貨幣供給包含銅錢、白銀與「私票」三大部門，銅錢由政府合法制錢
與民間非法私鑄構成，白銀則由國內外生產銀錠與晚清進口外國銀幣構
成，私票則主要由錢莊與票號發行。錢鋪主要職能在買進政府鑄造制錢，
以及提供民眾銅錢以找換白銀。白銀、銅錢間的找換比價，經常發生市場
波動。有關清代貨幣與信用供給的精要介紹與分析，可見：王業鍵，《中
國近代貨幣與銀行的演進（1644-1937）》（台北：中央研究院經濟研究所，
1981），頁5-37。

[84] 《大清律例》〈刑律〉編〈賊盜〉章〈詐欺官私取財〉條附例（薛允升，
《讀例存疑（重刊本）》，冊4，卷30，頁726）。

[85] 按：指其數額已超過計算「竊盜贓」最高額度的白銀一百二十兩。

[86] 《審看擬式》，卷4，〈刑律〉類，「賣空買空」，頁20。

87 《審看擬式》，卷1，〈戶律〉類，「強占良家妻女」，頁10。

88 這段文字涉及明代萬曆年間以迄清代乾隆年間有關〈雇工人〉條例的長期法律修訂過程，其間發生的中央與地方官員法律論辯，相當精采。這方面研究可見：經君健，〈明清兩代「雇工人」的法律地位問題〉、〈明清兩代農業雇工法律上人身隸屬關係的解放〉，二文皆收入李文治、魏金玉、經君健編《明清時代的農業資本主義萌芽問題》（北京：中國社會科學出版社，1983），頁243-260；261-317。

89 《審看擬式》，卷1，〈戶律〉類，「強占良家妻女」，頁10。

90 楊鴻烈先生對清代學術有下面的觀察：「數學與法學，可說是有清一代科學方法的總源頭。清代最大多數的漢學家不是深懂得勾股開方，就是擅長刑律。數學之為科學方法，可毋庸多說；而法律的本身最是講究條理的明晰，而在審判案件應用牠的時候，又最注重蒐集及調查證據，」（楊鴻烈，《大思想家袁枚評傳》，上海：商務印書館，1927，頁168-169）。固然可以深究楊氏所謂「科學方法」何指，然而，楊氏上述觀察仍可提供檢證清代法律推理與學科建構的線索。

91 針對傳統中國法律有無「罪刑法定主義」的眾多研究，黃源盛先生將其區分為四種見解：有此趨向，但不能認其確實存在；間接承認其存在；根本不存在；古代曾有類似思想存在，但自漢代「決事比」開始消失，以迄清朝皆無「罪刑法定主義」可言（黃源盛，〈傳統中國「罪刑法定」的歷史發展〉，收入氏著《中國傳統法制與思想》，頁427）。

92 薛允升，《讀例存疑（重刊本）》，冊5，卷49，頁1276-1277。

93 薛允升，《讀例存疑（重刊本）》，冊2，卷5，頁138。

94 Fu-Mei Chang Chen（陳張富美），"On analogy in Ch'ing Law," Harvard Journal of Asian Studies 30(1970): 223-224.

95 nulla poena sine lege 與 ex post facto 兩詞，皆為拉丁文法學用語，前者意指「法無明文規定者不為罪」，後者意指「有追溯效力的」（參見：Elizabeth A. Martin編，蔣一平、趙文伋譯，余振龍審譯，《牛津法律詞典》，上海：上海翻譯出版公司，1991，頁339、194）。

96 張偉仁，〈研究計劃概述〉，收入氏編《清代法制研究》，第一輯第一冊，頁75註10。

97 如有學者根據清代「比照大逆律，凌遲處死」的部分案例，即結論道：
「罪名也比附，刑罰也比附……罪、刑之判斷，毫無標準，犯罪無定加上刑
罰無定，雪上加霜，法之安定性與平等性徹底瓦解，法而無法，徒有法
制，而無法治，乃爲當時之最佳寫照。」（鄭逸哲，〈沈家本之「罪刑法定
主義」思想〉，《台大法學論叢》，19,1(1989)，頁56）。

98 Edgar Bodenheimer 著，結構群審譯，《法理學：法哲學及其方法》（台北：
結構群出版社，1990），頁81-82。

99 Arthur Kaufmann 著，吳從周譯，顏厥安審校，《類推與「事物本質」——
兼論類型理論》（台北：學林文化公司，1999），頁7-21、35。

100 Michel Foucault 著，劉北成、楊遠嬰譯，《規訓與懲罰：監獄的誕生》（北
京：三聯書店，1999），頁104-113、89-90。

101 沈氏對「援引比附」害處的廣泛論證，及與清末官員間對此問題的辯論，
可見：黃源盛，〈傳統中國「罪刑法定」的歷史發展〉，氏著《中國傳統法
制與思想》，頁435-445。

102 該書編成於清光緒二十五年（1899），正文有一百二十四卷，後附中外交涉
案件。但因八國聯軍侵華事件而未能刊行。稿本現藏北京圖書館（李貴連
編著，張國華審訂，《沈家本年譜長編》，台北：成文出版公司，1992，
頁79），據云刻正安排出版中。

103 沈家本，《寄簃文存》（影刊本，台北：台灣商務印書館，1976），下冊，
卷6，〈刑案匯覽三編序〉，頁17-19。

104 李貴連編著，張國華審訂，《沈家本年譜長編》，頁69。沈氏生平及其學
術與事業的全面介紹，可見：黃源盛，〈晚清修律大臣沈家本〉，收入氏著
《中國傳統法制與思想》，頁307-334；李貴連，《沈家本傳》（北京：法律
出版社，2000）。

105 （明）王樵《方麓集》（影印文淵閣四庫全書本，台北：台灣商務印書館，
1983，冊1285），卷6，〈西曹記〉，頁225。

106 （清）彭祖賢，〈敘〉，收入薛允升鑑定、吳潮、何錫儼彙纂，《刑案匯覽
續編》（影印清光緒二十六年（1900）成都重刊本，台北：文海出版社，
1970，冊1），頁17-18。

圖4-1　〈宋李唐灸艾圖〉

4

案據確鑿

醫案之傳承與傳奇

熊秉真

一、前言

　　數世紀來，全球各地主流文化先來後至地發現並接受了近代式的實證科學。舉世所隨之臣服的，不只是實驗室中儀器操作式的理性與權威，還包括對其背後所挾抽象客觀的「科學精神」之膜拜，與日常所謂中立、無菌似的「實證文化」之敬重。此洶湧澎湃的「近代文明」或近代主義的遺緒之一，包括知識界對科學（或有名之為「自然科學」、「實證科學」）與非科學（譬如人文、藝術等未必無涉自然，卻偶然枘居人文社會科學，）或有進而稱之為小說類（舊稱之傳奇或杜撰，英文冠以 Fiction）與非小說類（即 Non-fiction）之區別與等差對待。

　　對於此範疇性界定之時空特質，若摒近現代一時一地之認知，摘人類長期科技發展，還諸漫長歷史軌跡、景象相照下之意涵，不

負令人震懾。首先，類之知識論上的大假設，於眼光和價值觀上將文化或科技上的「現代性」建立於「西方」特質與經驗之上（主要是西歐，後來轉而包括美國，）其一隅之囿不言可喻。其次，細察深思此認知上的鴻溝分劃，任何熟悉科技與人文精義者，均知此假設之大膽，求證上的偏執有餘，而謙沖不足。最重要的，是此類知識性質上之根本分際，雖亦略得科學與人文若干性質異趨之梗概，匆促大意之間，卻也虛擬、誤判，因而隔絕、妨礙了兩者在人類漫長求知過程中許多共同、神似、相近際遇，隨而泯滅了彼此澆灌依存，相繫、相通的關係，而一昧強調兩者相違、迥別的部分。

類此知識內容上「實證」相對於「杜撰」，敘說形式上載錄相對於創造或「捏造」，本質上科學之相對於文藝，究是毫釐之差或千里之違，此等大問題，本非一二人心、數只書文可以面對。下面的習作只在舉一具體的載錄性文獻——中醫幼科醫案——發展過程為例，提供學者進一步思辯時若干細節上之援引。

二、幼科發軔前後之案類載記

依目前可見之文獻，中國的幼科似乎自始即有某種案類式載記，且意圖傳遞出一種臨床臨診的現場式氛圍。大家比較熟知的，是一向被奉為幼科鼻祖的錢乙（1032-1113），所流傳下來習稱《小兒藥證直訣》三卷（以後簡稱《直訣》）中，除了四十七條醫論，一百一十四只醫方之外，上卷所包括的二十三項案例。[1] 當然，典籍上以「論」、「案」、「方」鼎足而三地支撐出傳統醫家類的認知

世界，到了錢乙所活動的宋代，早有傳承，自成體制，未必發軔於幼科，亦不代表錢乙及其生徒之作為。然而，舉之與一般習稱為中國醫家案類文獻濫觴的《史記》〈扁鵲倉公列傳〉相比，其內容與形式上卻有不少重要的變化。

司馬遷於其《史記》〈扁鵲倉公列傳〉中所載二十五項淳于意自述而成的所謂「診籍」，[2] 其陳述內容，已包括病家之背景（姓名、出身、籍貫等），罹病之徵候、脈象，醫者之判斷、診治，以及疾病最後之變化，患者之生死等等。不但在一案一則，數量上超過了錢乙所遺「嘗所治病二十三證」，而且敘述上出自醫家第一人稱之表達（然後再由史家以第三者之筆觸轉錄），較之目前所見《直訣》中，作者閻季忠以第三人稱立場，傳寫他自認為足為治證的二十三個錢乙曾親自診療過的小兒病例，[3] 歷史年代與醫療「發展」上的後起、「專精」者，於文獻流傳上似乎未必確有「進境」。

然再細覽《直訣》所留下的二十三個範例，又發現由漢而宋，自史籍如《史記》至醫籍如《直訣》，記實式的敘說在中文世界裡其實還是發生了一些重要的變化。一則，關於「事主」的描述詳細了不少。對錢乙所長的幼科而言，每條治證始於對病童（患者）的介紹，包括患童之姓氏（有時有名）、其監護者之身分（通常是男性家長如父親或祖父等之職稱、地位）。隨並提及患童與家長間的人倫關係（於及某童某人之三子或姪女某某時，自然亦透露了患童的性別）、自身年齡。接著，才依序夾評夾敘地述及患者的一般健康狀況，以及他（她）目前具體徵候，和醫者的臨床判斷、處方療

治。單就敘事風格而言，漢之醫籍除醫經外個別撰述多佚，難舉其逐項醫案的處理與史籍如《史記》等相較。但唐宋間醫籍類著述益增，與史籍並存至今的亦不少見。就知識與文化生產而言，其自成文類的形式愈來愈明顯。這與醫療活動（包括識求面與市場面）的成長，和文化、知識產業本身的蓬勃，都有關係。不過，《直訣》所示「治證」與史記〈扁鵲倉公列傳〉所述診籍，在敘事風格上仍可見若干連續，顯示中國醫籍類和他類的記事書寫，在大傳承上都沿襲了上古以來官方典籍以及其後所衍出的史傳體書寫方式。尤其是「夾敘夾論」的文體，以論辯解說與載記敘述兩種性質的文字交錯融會而運用，一方面製造了事件敘說與讀者之間某種虛擬式的對話空間，另方面卻又似乎模糊化了後世所強調的個別詮釋性見解與純粹客觀性描述之間應有的理性距離，也容易引起後世閱讀此類載記時，對其是否於所謂「實證性」與「科學性」風格上略有缺陷，乃生非議。然而，如後文所示，此類早期（上古至中古）載記性文字的「夾敘夾論」之風，沿至近世，尤其當技術性文獻進一步「專門化」（specialization）或「專業化」（professionalization）以後，即有逐漸減弱之勢，而呈現「簡略化」（simplification）、「標準化」（standarization）等制式性發展之走向。這樣的發展，於醫籍、於幼科、於西方、於中國，都各有其或長或短的歷史背景，與各處具體歷史環境淵源亦深。至於敘事體上如此之轉變是否就代表了「客觀科學」與「愚昧迷信」的差別，近世某一種文獻上的走勢，是否就代表人類歷史上實證、理性、進步的力量，一舉而擊敗、取代了落後、偏執、主觀、非理性的因素，因而印證了集體文明之「單線行

進」發展，似乎又完全是另外一個問題。

以《直訣》與〈倉公列傳〉相較，另外一項值得注意的特徵，是兩者均非傳自醫者直錄或第一人稱之載記。《史記》固為史官司馬遷蒐集訊息，虛擬轉而筆述淳于意的自辯之辭。[4] 號稱代表幼科鼻祖錢乙行醫事蹟及其幼醫見解的《直訣》三卷，其實也是他人之轉載。只不過輯錄而書寫完成《直訣》一書的「作者」，若真如原序所示，為其舊識晚輩大梁閻氏季忠，則閻季忠似乎是一位較司馬遷對醫道，尤其是錢氏幼科更感興趣，對內情也有部分「內行式」了解的輯錄型作者。序言中，他除了簡述小兒醫之難為，小兒方書之汗漫難求，以明其著述此專集之難得與切要外，也屢述其得識錢乙醫術，並立意為其留下文獻傳世的一番淵源與動機。序稱：

> 太醫丞錢乙，字仲陽，汝上人。其治小兒，該括古今，又多自得，著名于時。其法簡易精審如指諸掌。先子治平中登第，調須城尉，識之。余五、六歲時，病驚疳癖痕，屢至危殆，皆仲陽拯之良愈。[5]

隨後閻氏又說明了當時不輕易以醫術示人的風氣，一位有興趣得其術道的圈外人，如何婉轉採證，經多年蒐羅，乃輯成書的不易：

> 是時（其志業初盛），仲陽年尚少，不肯輕傳其書，余家所傳者纔十餘方耳。大觀初，余筮仕汝海，而仲陽老矣，于親舊間始得說證數十條。後六年，又得雜方。蓋晚年所得益妙。[6]

　　所以閻家以兩代舊識，傳寫或抄自著名醫家如錢乙者之醫方，據稱起初也不過是間或求得的十幾個方子。待醫者年邁，仕者顯貴，兩者相對地位再易，閻氏方又從錢乙素常往來的親人故舊中訪得了幾十條「說證」。這幾十條「說證」，可能就包括後來錄入上卷的「脈證治法」，及收入中卷的「記嘗所治病二十三證」。至於陸續收到的「雜方」，大約就會同整理成了下卷所見的「諸方」（一一七條）。

　　不過閻季忠接著還說，就在他用心努力，勤收錢氏方證之時，在京師已見「別本」流傳。雖則在他的眼裡，這些坊間流傳的其他有關錢乙及幼醫的著述，是「旋著旋傳，皆雜亂。」[7] 而且相較之下，已經問世的文獻比自己懷中的資料顯得「初無紀律，互有得失。」[8] 作為一個志於輯述代筆的著述人，他還是很謹慎地做了一番比對參校的功夫。「其先後則次之，重複則削之，謬誤則正之，俚語則易之。」[9] 從這類敘述中所了解的，近代所謂「知識革命」和「科學革命」發生前，世界各地長存的文化活動中，所有「實證性文獻」的出現，其形制和體裁特質，及其刊刻流布的過程，顯然是還有不少值得仔細挖掘、推敲的內情。更何況此類根本之質疑及至近現代科技文獻出現後，未必就得到任何一了百了的答案。

　　總之，依閻序所稱，《直訣》初成及目前所見的形式看來，敘述者均直言其載記上之「間接」性質，且以第三人稱口吻完成。《直訣》中所見治證，呈現的主角——錢乙，不過是閒雜於諸醫（涉及醫療活動的職業或非職業人士）中的一位。《直訣》中的幼科案例，則僅代表作者從一位信服景仰者的角度，對這位心中筆下

的傑出幼醫曾流傳或留下的若干範例型診治活動的一種「追述」。
此追述過程採分條別立形式，於醫類文獻早有先例可循，或可視為
「有實無名」的幼科「醫案」。然因此知識誕生背景，作者在敘說角
度、立場上乃與主治者（錢乙）保持了相當的理性、認知與敘述上
的距離，在書寫以存留錢乙之醫療活動或幼科判斷時，採「錢曰」
或「錢用」等辭彙為標誌。[10]

　　這種敘說與書寫方式，進而說明了第三個值得後世注意的特徵，
就是此部分錢乙臨證診治的幼科醫療記錄，其內容選樣，所影響的
知識代表性問題。也就是說，以錢乙這般行醫半百的專業生涯中，
其景仰記錄者僅取二十三個範例，為其一生治證中值得載錄傳世之
跡。如今已難稽此二十三例是否如作者閻氏所稱，為僅能擷得樣本
之全部，最少舉之與同書上卷脈證治法中的四十七條「醫論式」內
容相較，[11] 或衡之其後下卷諸方中所羅一百一十七條處籤相比。[12]
這逐人逐證逐條而成的治證案例，難當豐實之名。然以一位好醫而
非醫的收錄者而言，著作者又謂盡此「而書以全」，[13]「于是古今
治小兒之法，不可以加矣。」也就是說從閻季忠的立場，他對向讀
者宣稱此幼科案例之全備性與代表性時並未覺嚴重闕失或遺憾。論
著之序並無習慣性的自謙與自滿。這二十三個案例，既未完全或均
衡代表當時幼醫或醫界一般流行的驚、疳、瀉、疹等主症要疾，也
未見呼應前後醫論醫方部分內容所及錢乙專長之幼兒健康問題。[14]

　　然而，盱之後世醫家對「醫案」類文獻的理想要求，《直訣》
中所見的錢氏治證的內容與體裁卻又表現不俗。何以言之？十六世
紀明代醫家韓懋所著《醫通》（1522）一書中，曾以「六法兼施」

爲標準，責求醫案中之上選者。要求其內容體裁除「望形色」、「聞音聲」、「問情狀」、「切脈理」傳統四診之法外，還應包括醫者對該案「論病原」的推敲，及「治方術」的斟酌。[15] 若依此爲據，閻季忠對距《醫通》問世四百年前錢乙幼科的案例載記，確可稱爲水準以上的專業文獻。不但作到了數世紀後醫案蔚爲流行時論者韓懋歸納的著述典範，且對後世所關懷，而劃歸病理、病史、療程、臨床診治結果等近現代醫學類案例經常要求的敘述項目，也多留下相當詳盡的訊息。通覽卷中整篇的記載，固有不少治癒而足爲自豪的病例，也有不少坦稱束手或以死症告終的例子。[16] 如此這般距近代或實證主義與科學精神崛起前近千年的文獻遺跡，其所描述的事件與經驗可說是「夙昔日遠」，所援用的一般語言、醫療辭彙，及通篇構句、行文，自然有不少「古奧」與「非現代」或者「不進步」的氣息。然而，凡此種種，與所謂「實證論述」、「科學精神」在精義、特質與範疇、類別上的差別或偶同究竟何在？又該如何爲之閱讀、檢視、評斷？

在閻氏自稱書寫、集輯、流傳有關錢氏臨診的二十三個治證中，作者敘述之主線，《直訣》一書的主角（agent）、主動力（subjectivity）、錢乙所代表的意見與作爲，並不是案例發生場景中唯一的「聲音」或「動作」來源。蓋錢乙這般醫者現身之時，幼醫雖是醫療分支中的後起之秀，但各類醫者川流坊間市集，比比皆見，且流派雜見，競爭劇烈。閻氏筆下的「錢氏」不過是穿梭於名流貴宦廳院的「諸醫」、「數醫」或「衆醫」之一位。敘述中的錢乙固似薄有醫名，力爭上游，最後也側身太醫之列，成爲官府封認

（officiating）的醫療體系、醫學知識掛勾之一環。但面對患者呻吟
輾轉，病家交相指責，諸醫滔滔不絕，醫案的主角在攻訐傾軋，紛
紛擾擾之中，罕得一個「主控全場」、「獨撐大局」的地位。當時
醫療活動尚未經近現代科技貴宙之洗禮，患者家屬自己亦尚未發展
出對醫學唯唯諾諾、恭謹聽命的卑微。百姓眾人皆知醫，醫學、醫
者又尚未定於任何之一尊。擠身其間，力圖建立大行（醫者）小業
（幼科）尊嚴的錢乙，與其景仰者閻季忠一樣，正操持著一場場逆
水行舟的搏鬥。而其治證，一如前後之醫論處方，正是可能賦予他
們一線知性、職場生機的孤槳扁舟。

三、十六世紀的新景象

　　錢乙行醫及《直訣》問世後的數百年間，中國的醫學傳統及其
分支——幼科醫療活動——都有相當曲折的變化與發展。[17] 然而就
案類文獻而言，不論是對整個中國醫學傳承，或者單就幼科載錄，
都要到十六世紀，也就是相當於明代（1368-1644）中葉以後，才
在刊刻流傳等痕跡上，見到具體日增之勢。本節將擇羅田幼醫萬全
（1495-1580）所著《幼科發揮》，[18] 以及曾任職太醫院的薛氏父子
（薛己、薛鎧）傳世的《保嬰全書》[19] 為例，以二著中所呈現的幼
科案類文獻為資料，一則上擬四百年前閻氏所記錢乙《直訣》中的
內容與書寫，二則引出下文所希討論，醫案類文獻在十六世紀中國
醫界呈現質量劇變，內容與體裁之重塑，其背景及意涵所在。

　　當然，粗就形制體例而言，萬全與薛氏的著述，較《直訣》之

面貌已迥然有別。因為不論是「論」、「方」或兩者所包括的「案」類文字，均以醫家第一人稱直述方式端出。個別臨證診治，似乎也向醫籍讀者暗示，這是醫者在臨證對付兒童健康問題當時，經直截觀察、分析、判斷、處置所成的一份記錄。其間活動、載記均未假手他人，應可視為「直接」的「技術性」文獻。

以十六世紀中國的文化產業而言，這些與個別幼醫診治活動相關的文獻，待其浮世付梓，無論是作者（某種知識與文化商品的生產供應者）、讀者（假設中的廣大文化消費群眾及醫藥儒學界的消費「小眾」）之互動，及刊刻流布（所有捲入抄寫、編輯、出版、銷售人等）之關係，種種因素都使得這些有關兒童健康與疾病的個案載記，會循當時某種對疾病分類認識，依其知性秩序出現，不再依特出醫家之表現紛雜羅列，拼湊成卷。

當時這些個別的幼科醫案資料，在取材、內容、精神、目標上，其實都是一個更寬廣的醫家文獻上有關「案類」載記的一部分。因之任何涓滴成流之蹊徑，難免不與醫案醫論類文獻在此時期先先後後已匯聚而成的案類文獻巨流，交相作用，彼此效尤，爭競、排擠、匯合，而共同形塑。

（一）萬全的診療記錄

當世及後世所見萬全所著四卷的《幼科發揮》一書中，總共集有一百四十七個幼科相關案例。分置三十二種健康問題（或稱「疾病」）之下，每一條目下可見一至十二項不等的「病例」。除了這附有具體案例的三十二條幼科問題外，書中另有二十條醫論未見附任

何萬全本人的臨證資料。兩類現象對照之下，附有個別病例的三十
二條幼科項目，似為全書主旨重點所在。未附個案的二十條問題，
或是古奧而當時少見的幼科沿用術語（如「天鉤似癇」、「白虎證
似癇」），[20] 或者傾向理論與幼科概念討論（譬如「小兒正訣指南
賦」），[21] 與「實證性」案例似較牽不上關係。或已另繫病例於更合
適的大範疇內（如「肝所生病」及「肝經主病」等條目下均未附案
例，但「肝經兼證」之下收有兩個病例。[22] 討論心、肺、脾臟的相
關問題上，也出現類似的情況。[23] 與腎相關的疾病，其實例均列表
於「腎所生病」條下，「腎臟主病」或「腎臟兼證」項下則僅有論
述。）總之，在作者的心目中，這些附或不附案例的條目或健康範
疇，除了有今與古、實際與抽象的性質差異外，可能還有知識規範
上大小（或寬窄）與高下（臣屬）等的不同。不過，即便如此考
慮，書中有些條目下未見任何臨證記錄，仍讓人納悶難解。譬如萬
全在卷下對「嘔吐」、「傷食」、「痢疾」等嬰幼兒常見毛病均發表
了詳實的議論，評析前人之說，提出獨到見解，附有多種處方，唯
不見任何臨床案例。[24] 不論為對照他所表達的具體見解，或衡量當
時他懸壺執業地方的人口，要說醫者萬全竭其一生從未見過這類疾
病，因之了無任何個別案例足供舉證，似乎頗難讓人置信。

就內容組合和敘述風格看來，《幼科發揮》中所見案例十分駁
雜。粗略而言，型態上分兩大類。一是「簡述型」案例，有四十九
個個案，比例上大約為所有案例總數的三分之一（近33%）。這類
簡述型案例，敘說上常以「一兒」如何如何為始，既無姓氏，也無
家庭、身分、社會背景。隨即提及患兒（無性別指標）之大略症

狀，並記下醫者萬全的診斷、處方、療法，及最後的結果（「癒」
或「亡」）。此類簡案，既無任何四診（望、聞、問、切）之類當時
臨床醫療上常有的訊息細節，也沒醫者對患兒罹病、療程、處方、
用藥等分析。原文多僅於數十字內結束。不論刊版或重印，不過寥
寥數行。

　　另外一類，則較近似《史記》〈扁鵲倉公列傳〉和《直訣》中
有關錢乙的案類載記款式，屬於一種比較「繁複型」的醫案。這類
內容豐富、敘述曲折的案例，在萬全的《幼科發揮》中有九十八
例，佔總數的三分之二（67%）。其中不但載明患者個人與出身資
料（姓氏、性別、年齡、親長身分、地域等），還長篇大論地闡述
罹病之初情狀，初診時醫者審視之發現，一切四診所得結果，及步
步臨證觀察、問訊、推敲的過程。然後述及醫者的初步判斷，夾雜
著此醫與彼醫（其他的「業醫」或「時醫」）的爭辯角力，諸醫與
家屬之間對辯證，論治的商榷、爭執，以及此後患兒病情與療治上
的多番曲折、難測變幻。當然，對醫者所開處方，其個別成分、炮
製方法與預期療效，也有正面析述。最後，此案結局如何，應有一
個直截了當的交待。若患者得癒，案尾免不了一番自豪炫耀，一如
萬全自稱治癒孫姓官員之女，所獲十兩紋銀之謝儀與「冠帶儒醫」
四字大匾。[25] 總之，這類「繁複型」醫案，內容豐富，敘說起來像
演藝故事般曲折，閱讀或聽講間不免帶有幾分動人的戲劇性高潮或
低迴。敘述篇幅，動輒數百上千言，一兩頁的抄寫刊刻是說不盡其
中案情、訴不完內裡實況的。

　　近代閱覽舊日醫案文獻者，往往視彼用語而得聞知一斑，並由

其描述環境之大概，兼及當時認知氛圍與「科學革命」後所執現代實證精神之睽違，從而益信這些「傳統醫學」的個案記錄所代表的，是科學進步、啓蒙眞知浮現地表以前，人類對眞正臨床論證仍處於開發或開化前茫然、落後、黑暗時代下之知性世界。間有醫案，所載錄之現場記錄、眞實事件，或爲可疑可議的主觀意識所驅使（如印證神鬼魔力或標榜、炫耀某派一己所長），或爲漫無標準、信口雌黃之臆言詿語，遂益堅近代指摘者之評點。要正視此類現代式的質疑（或偏執），誠非三言兩語能斷之。即如《幼科發揮》中所見萬全呈現的小兒臨診記錄爲例，醫案後半沾沾註明治癒蒙謝的例子固然不少，但一百四十七個案例綜觀之下，也絕非一體爲張揚作者技藝超群而立。最明顯的反證，是書中僅留八個有關小兒「腹病」的記載，其中竟有七案在萬全診視醫治後，以死證告終。如此驚人的失敗率，不但完全不符唐宋以來官方科考醫事人員之最低標準，更難擔負宣揚醫名之功。除非自述錄寫案例的醫者，其醫技醫術、自知自信，早已超越流俗之水準，其醫界地位亦固若金湯，無懼於任何蜚短流長之撼動。如此，則看來似屬自暴其短之愚行，或竟正是其進而更加樹立彼等高人一階之名醫身分，與專業醫學權威之異常。或者，確如其序言所揭，作者本人對專業倫理（醫學或幼醫界的求眞求行、精益求精）與某種眞知灼見之堅持，鼓舞護衛了他欲留下點滴實情，以謀整體技藝之精進。而此一念之執，復得當時特殊文化環境之支撐（如整體醫學或湖北一地的幼科發展，與一般閱讀出版、流傳醫療書刊之條件），得堅其志。

對於此等沈吟推敲，萬氏《幼科發揮》醫書中爲小兒「急驚風」

一證所作的論述與案例舉證，或可提供若干線索，對上述問題，可試進一步辯解深思。

　　蓋《發揮》中，「五臟主病」項下，有「肝所生病」一目，附萬氏對「急驚風」之討論及處方。[26] 分述急驚、慢驚，並申明前賢（如錢乙）古方（如治慢驚的醒脾散、觀音散）相對於己見（新藥）之對照。後附散、丸、丹等十種不同療法，[27] 夾有（虛擬之）問答。[28] 隨有急驚三因（外因、內因、不內外因）之論並附方，始列實例九則。[29] 此九則案例之書寫，篇幅上有長有短，關係上有近有遠。病因病況，有危急複雜者，亦有簡單易治者。綜而言之，從萬氏所舉各種小兒「發搐」例證看來，他之所以欲列諸案為例，是因為環繞這些林林總總的小兒發搐事件周圍，除了他欲排紛解難、一顯身手的意圖外，還常有其他醫者在場（不論是他口中一般的「有醫」、「彼醫」，或者大謬以為不然，卻又深知對方挾帶莫大權威壓力的「邑中儒醫」。）而這些知識、技術與職場上常相左右的異類競爭者，往往是他當下析疑，事後書寫示眾最主要的爭辯對象。至於眼見兒孫罹驚心焦如焚、心亂如麻的父母家長，面對紛紛擾擾又一是莫衷的眾口諸醫，如上時下市面上及後世民眾難免不患是症、不處此景的芸芸眾生，當然是當時有志欲伸，有技欲施，有見解欲展示而地位未定的初出道幼醫萬全，正思努力折服，事後極希說動的廣大「想像的」關鍵性聽眾。這個歷史背景與文化論述上兼有「虛擬」與「實作」性場域，如何絲絲入扣、一字一句地牽動著萬全在《發揮》一書中，就驚風醫案的論述和書寫，全無庸字裡行間之揣摩暗想，實寄託於其文字書寫上直截之表達。在載記一個小兒

「發搐痰壅」的案例中，萬氏到場時，有醫已循錢氏下痰神方——「白餅子」——三下而不退，一見患兒當時「病益深，合目昏睡，不哭不乳，喉中氣鳴，上氣喘促，大便時下」的情狀，萬氏說他立即發表了自己對病家曁同其他醫者已施療法判斷之失誤。當在場「彼醫」搬出大家共奉的幼科鼻祖錢乙祖訓相對時，萬全又說他毫不猶豫地擲下了「盡信書不如無書」的豪語（至少這些都是他事後重建《發揮》一書的案類記錄時，「重現」過去之事件與場景），並且大膽地補上他個人對數百年來幼醫奉為圭臬的錢乙小兒醫籍之攻訐：說《直訣》之類流傳於市面上附驥錢氏醫名之下的著述，其實「皆出於門人附會之說也！」[30] 如果積極習醫行醫、活躍於十五世紀幼科杏壇、市場上的重要醫者如萬全，心目中不但常浮「盡信書不如無書」的感慨，而且竊疑市面相傳醫界權威如錢乙等的相關議論、決斷、處方、治案，可能竟是「門人附會」的結果，那麼不但他在行醫論辯、臨床下藥時必須堅持己見，事後豈不更不能不挺身而出，勇敢詳實地載錄個人身歷親治的個別案例，好讓幼科實例，一一作為他自創聲名地位的堅實「見證」。並使他與所寫下、付梓，四下流傳的幼科醫案，共同肩負起釐清、樹立某種不可或缺的灼見真知，永遠為醫界「客觀」發言申訴保持一種專科行業上由「我執」出發，又不失理念的知性聲音？

上則小兒發搐痰壅的例子，經過一翻辯爭折騰，最後不幸仍以「死」症告終。[31] 只是萬全與周圍專業職場，知識領域的糾葛，未艾方興。他所面對的競爭者，有掌握「治病奇方」，唯性太執、不知變通的「邑中儒醫」，也不乏善行小兒推拿揣摩的民間術士。面

對如此紛雜混亂的一個治療局面與醫病關係，[32] 萬全自己也是膏湯丸散、針刺火烙無所不施。他所留下的醫案實例，講起話來常說自己是這個競爭場域中的後到神仙，雖懷後見之高明，往往又扼腕於大勢之半去。醫案、或者萬全《幼科發揮》中的醫案，大半就是如此這般一個活動場域與述說世界中應運而生的現象與故事。

對這樣一個個人於專業職場上的際遇，萬氏本人倒不是沒有相當警覺，或自知之明。在一篇題為「小兒正訣指南賦」中，他發為感懷地再申自己對行醫幼科辨證下方時的立場。而這個立場與他眼中認定的幼科醫案性質，以及明代中葉（十六世紀）幼醫發展的處境，很有關係。用他的語言說：「小兒方術，是曰啞科。口不能言，脈無所視，唯形色以為憑，竭心思而施治。」[33] 也就是說面對言語有限，脈息微弱的稚齡幼兒，幼科醫生日常診視患者的工作未較一般醫者捉摸飄忽難解的人身安恙更為棘手。而通常家長或幼兒的保育照顧者，據萬全的說詞大抵只分兩類，有「善養子者，似養龍以調護。」有「不善養子者，如舐犢之愛惜，愛之愈深，害之愈切。」[34] 姑不論其引喻是否失當，全篇議論，除了說各種幼科病症判斷診治之外，萬全隨之托出的是對幼科知識技能發展處境上的三方面陳詞：一是幼科相對於成人醫學領域在知識操作上之高難度。幼兒患者安危，難知難測，且「差之毫厘，失之千里。」[35] 二是「父母何知，看承太重，」[36] 病家不但舉措失衡，且常疑神疑鬼，驚懼慌張，「聞異聲，見異物，失以提防，深其居，簡其出，固于周密。未期而行立兮，喜其長成。無事而喜笑兮，謂之聰明。」[37] 總之，種種異常措施、異常之精神心理狀況，讓作者描述中追求「理

性選擇」、「實證路線」的醫療事業與行醫人員——如他本人及所務之幼醫行業——常處於掙扎搏鬥，眾怒難平的地位。三者，百姓民眾，「一但病生，而人心戚，不信醫而信巫，不求藥而求鬼。」[38]再困於醫界或當時幼科，錯亂混沌。既有外觀揣知內因的習慣，不免衍出「如煤之黑，中惡之因，似橘之黃，脾虛之謂」[39] 等等說法。然依萬全氣急敗壞的申述，「雖察色以知鳥，豈按圖而索驥。」[40]許多代代相傳的問診論治辦法，其實都是「枉費精神」、「空勞心力」。[41] 不單說患兒的「氣色改移，形容變易，」[42] 行醫或嘗試照護嬰幼孩童，若非要以成敗論英雄，用成果判定得失，則萬全積累多年經驗與挫折後的呼聲是：「苟瞑眩而弗瘳，從神仙而何益。」[43]這麼一來，配合論述、處方而羅列的上百醫案，在一個醫書傳抄刊刻，醫技紛競囂擾，專家與民眾爭相議論的時代，也就在作者與出版者、各色醫療文化消費者的心目中，逐漸交織出一番新的需要網絡與資訊市場供應上的意義。

（二）薛氏保嬰全書的案例整理

目前所見薛鎧具名的《保嬰全書》二十卷，[44] 內附案類形式的「治驗」一千五百八十二則之多，分附於全書二百二十類討論兒童疾病與健康的項目之下。統計起來，書中醫病項目十分之九（一百九十七項）均附此類臨診案例。另外二十三項未見任何案例附於驥尾的，有些似屬「理論性」議論，重點不在臨證。（如「心臟症」、[45]「肝臟症」[46] 之大項總論，）有的或偏日常瑣細照護，醫者臨症少及（如「嬰兒護養法」[47]）。有些似為過時舊論或不再常見之疾

病，因少活躍於臨床層面（如傳聞中的嬰兒「變蒸」現象[48]）。近覺晦澀難稽的詞彙概念（如中世紀以來曾沿用一陣但爲新說取代了的「噤風撮口臍風」[49]），或某種超出當時幼醫執業範圍的扶幼問題（如唐即倡言，宋以後幼醫書刊仍習慣流傳的所謂照護新生嬰兒的「初誕法」[50]，到了明代中葉，幼醫對其議論及民間風俗可能還有若干「古早」習氣，但臨床上已罕有任何親身的經驗，）也就難見具體案例條列。

另有一些問題，是薛鎧《保嬰全書》中顯示作者確有主張，但未見徵引親身經歷之例證。譬如涉及嬰幼兒發育成長的「龜胸龜背」[51]，以及「潰瘍」[52]、「漆瘡」[53]之類的問題。或作者醫療生涯中確有經驗，但經驗不深，像見於嬰幼兒身上的「胎驚」[54]、「目動咬牙」[55]，以及小兒發牙時的「齒遲」現象，[56] 書中所列舉的「治驗」都僅見一、兩條在案。

薛氏《保嬰全書》書中，單項疾病列舉病例最多的，屬當時所稱「目內症」，項下作者一口氣附了三十七條個別案例。[57] 倒是依舊時分卷和作者原組織架構看來，二十卷的《保嬰全書》中，以第十五卷內所列舉的治驗最多，而此卷恰是一個多類雜病的組合。故有一百二十七則病例分列該卷十四種健康問題之下（從「作嘔不止」、「小便不通」，到「服敗毒藥」、「敷寒涼藥」[58] 等等。）包含案例最少的，是全書開卷明義的第一卷，因內容偏向理論性析述，加上明代幼醫甚少涉足的新生兒照護等討論，全卷總共僅見案例式舉證十三則。[59] 其他各卷，則各見四十到百則實際「治驗」，每項幼科議題或疾病之下因各含十至數十則不等。[60] 類此分卷、逐

項下所作的一書案類數量分布之評比，本身未必有任何重大意義，唯對案類資料在醫學文獻知識整體結構上的相對位置，其具體面貌、書寫風格、與專業功能間的關係，可能有側面窺悉之益。

　　與當時幼醫界所見其他案例性文獻相較，薛鎧《保嬰全書》書中所列案類型載記——「治驗」——展現幾個突出的特徵。首先，這些書寫上疑似現場醫者自述的臨診記錄，在資料類型上較接近萬全《幼科發揮》中言寥意賅的「簡案」，而迥別於錢乙的他述型案例，或萬全另一類綿綿複複的「繁案」。除少數例外，薛氏《保嬰全書》書中的案例大部分帶有強烈的「通泛」（generic）文獻性格。也就是說，一千五百多件治驗中，雖偶有病患的個別性指認，[61] 多半案件均以一般性用語「一兒」為起端。既不及任何家屬背景資料，也無患兒之性別、年齡、姓名。對臨證性訊息，則大抵循序作三方面之交代：首先是患兒身心不適之徵狀或主要的疾病症候，其次是醫者薛氏對此醫療問題所作簡潔判斷，第三部分則記錄了當時決定採取的療法、處方，以及一個寥寥一、二短語的診治——最終不是「安」、「而癒」，就是「卒」、「不起」。[62]

　　如此簡明扼要、體例劃一、載述明朗的薛氏幼科案例，透露出幾方面不尋常的訊息。從最表面的現象上來說，一千五百例以上的數量，就當時而言是一個單科臨床治驗上首見且僅有之罕例。其次，就體例上而言，薛氏《保嬰全書》中所見的幼科案例，其記錄書寫方式、涵括內容、組織陳述的方法，都較前此所見醫學方面案例要「有系統」地多。也就是說，前文中介紹治驗時所提到其於形制內容上呈現的「簡化」、「制式」等**趨勢**，固使案例顯得寥寥數

行，無情寡趣，直截了當而無曲折引人之故事，也正是明代幼科醫學進一步「專業化」、朝「科學」、「理性」、「中立」、「客觀」等方面轉動之明燈。尤其像薛己、薛鎧這般位居要津（太醫院使），名高望重，權傾一時的碩學名醫，其陳事上要言不煩，摘名去姓，化娓娓之敘說爲扼要之擇述，正是要向世人及同業顯明彼等醫療專業上的學識造詣，早已由繁入簡、條理分明。用後世的觀點看來，一如由「說部」之傳講，登堂入室，提升到了血肉全無，情緒消毒，以精鍊之專家言語說明、紀錄一件只有內行人才能領會、了解、賞識、評析、表示贊同、參佐援用或駁斥謬誤、力爭其右的「科技式的資料」。這種專門引導內行，爲同業及專家所備的科技資訊，在氣象上和性質上，自然想脫離傳奇故事的主觀敘說，以與純屬杜撰的小說演義區隔出來，而特別標明一種靠內容積累、嚴謹推理、系統資料、中性陳述，漸漸形成的新知識權威。這個知識權威，及其仗爲器使的醫療「案類」型文獻，互爲表裡，二者在明代中葉均正由無而有，自立傳承，建立起一番日隆月昇、與時俱進的行業尊嚴與理性身價。

此外，與萬氏《幼科發揮》書中案例與治療處方關係間的比對重建，也可看出實證類訊息在十六世紀後中國之發展走向。因《保嬰全書》一書中，不但治驗均繫於雜病或醫問而不繫於個別患者。連其所附醫方，也一體隨疾病與醫學問題分類。不再依過去習慣將單方、複方，個別醫家所開醫方、藥方（不論是號稱祖傳的秘方，流用傳製已久的經方、局方，或者醫者個人獨創單沽的別方、要訣）等，一概隨病主附驥其後。尤有進者，《保嬰全書》書中伴從

案例立於病、類之後的醫方、藥方，都已制式地以某湯、某丸等固定名稱出現。其後雖亦有處方藥昧成份、炮製、服用方法等指示，然一如「治驗」案例之化繁為簡，走向精練摘要式的標準記錄體與制式報導，同樣地處方用藥也有標準化與制式化走向。不論在名稱、內容、及使用方法上都有化約統合之勢。二者或者均代表明代中葉後，精英（識字者）與上層醫者的活動世界中，不但科技專業知識正在迅速統合之中，各地主要醫藥供應市場，本草湯頭等相關領域也有連鎖一統效應。湯頭藥劑的名稱、用法，其與醫家、患者、療程間的關係，也在往標準制式的方向挪動。

總之，從上述諸般現象觀察，到了十六世紀或者明代中期以後，中國醫學場域中，任何有經驗而稍有地位的醫者，其知識技術及行業實踐上都與「案類」型態的訊息發生了密不可分的關係。不但業醫者之職業訓練、師徒父子之代代相傳，在醫經、醫論、醫方之外，必須兼而涉獵、掌握醫案。略有知識與工作企圖的醫家自己，也莫不以讀醫案、論醫案，而且在某種程度上，依某種自選方式，撰留案類訊息，將之集輯出版，去迎合粗估新滋的市面（行家和凡人）需要。一旦帶有案類的醫書刻梓問世，為利者謀利，好名爭勢者亦搏得一個聲譽影響上的風頭。只是這些案例，仍附「論」後「方」前，尚未以「案」為名，也尚未見專輯出現。

倒是這麼一個有實無名的醫案文類之萌發，值此醫療行業蛻變轉型之際，有更上層樓的表現。而醫案文類之正式登場，與上述「治驗」類記載面目上已有的標準化與正規化走向，乃是二而為一的現象。因之，這些醫學案類書寫在知識、文化、及社會上所占有

的地位，發生的功能，彼此間不是完全沒有個別（醫家或案例上）意義，然而最重要的價值與作用，似仍繫於整體（知識、影響力）上之發揮。這個趨向，兩漢及宋的古代階段暫時不論，由宋而明的一路伸延則十分清楚。因爲這樣一個長期以來醫類案例在數量上的巨幅成長，知識組織上的重新整理，敘事風格及內容方面「質」的轉化，加上出版文化上的大肆介入，結果大家所看到的，就是後代認識當時社會上一幅全新的景象。

　　整體而言，這個新景象在知識文化宏觀上的意義，絕不亞於其特定專業或個別案例（不論是醫者、患者、疾病或藥方上）的重要。因爲從寬闊的社會文化史視野看來，像薛氏《保嬰全書》中所留下的一千五百多個「治驗」，聚而觀之，確如前論，一方面可以從歷史知識論角度分析其於幼科醫案發展上所佔特殊位置，另一方面亦可分析其醫學、疾病、藥學知識分類上的演變，甚至將就其既有醫療認識上的假設，將計就計地利用此以近代前標準留下數量可觀的「專業」資訊，進一步對所指稱的疾病、健康、醫療服務，幼科活動等作某種「歷史流行病學」（historical epidemiology）與醫療文化史上的交叉分析。這樣的嘗試，仍需面對並克服歷史語言學、疾病史、醫療與健康史，乃至文化生態學上的困難與挑戰。但此類嘗試並非完全站不住腳（因其資訊供應系統上內在理路之一致性，部分矯正了其與後代或現代科學認知方面的落差，）即便收穫有限，未必完全沒有意義。更重要的，是這外部而宏觀的視角，與其內部而微觀的檢視，都需要相互支援、交替討論，乃得彰顯各自及共同的歷史意涵。

　　因從微觀角度，推敲檢閱個別案例，讓我們意識到，此類有關人類疾病、健康與醫療的個別載記、具體敘述，（無論是前此之宋，或是眼前之明，）對中國歷史或世界歷史座標，都是難得而罕有的訊息。要對此特殊資料經語言、歷史情境、文化場景之形塑，穿過時空所能代表的意涵作某種未必全然謬誤的解讀，當然是一個高難度、高風險，而且很可能得一個誤差過於了解的嘗試。但此類材料的形式、性質、內容、生產背景、與積累流傳至今的過程，又讓我們不能不對專執近代（源於西歐，但早已風行全球）實證知識與科學方法之獨步世界，前無古人，後僅代代仿效者的一個大假設，興起若干根本之喟歎與質疑。古今西東對實證精神、科技知識，乃至田野資料、現況報導的定義與處理既然容或有異，全盤的執今以非古，以近世遠西一時之標竿為千百年來遠東以及人類知識、歷史發展之總標的，即便終於皈依臣服，是否可能實為對啟蒙以來一時一地（近代歐美）文化傳承與科技傳奇上某種過度之樂觀與童騃式信奉？附於各章醫論之下，其間夾有醫方的薛氏《保嬰》治驗，提供了我們另一種反思解惑的個體例證。

四、醫案的歷史脈絡 ── 實至名歸或名實錯落？

　　略悉中醫幼科由宋而明醫籍中治證治驗等案類例證演變後，值得進一步追究的問題尚有二端，一是此幼科案例型文獻發展與十六世紀以後中醫案類文獻勃興，其間有無牽繫？關係為何？二是此案類資料的內容與形制，在中醫醫案以及中國科技文化史兩大脈絡

下，意義何在？此節先以明代中晚期醫案類文獻之突湧，瞻前顧後，一析幼科醫籍間之案例類資料，淘名淘實，與整個中醫文獻和醫療知識體系發展大脈動間的聯繫。下節再重覽幼科醫籍案例類資料之細部內容，就其實證性訊息以及敘事背後之文化預設兩個面象，試析此特殊歷史文獻之裡層與表面，在健康疾病史以及科技文化史雙方面所展現的意義。

　　首先，目前若要對千年以上過去中醫文獻中案類性資料的問世與影響，重新評量。可試以宏觀角度勾其輪廓，用倖存至今中醫古籍之整體，作一背景，以觀案類型知識成形、出土、與消長大勢之一斑。即先以成書案類醫籍為對象，依當今中國醫史學術分類為準，藉二種主要工具書——一九九一年北京中醫古籍所出的《全國中醫圖書聯合目錄》及一九九六年中國中醫研究院圖書館委北京中醫古籍所刊行的《館藏線裝書目錄》——中列舉公布書籍為準，[63] 除極少散見他類之資料不計，綜合訪查下，共得六百六十八種可視為廣義「醫案」的相關書刊。整體觀之，此「醫案」知識在概念與刊刻上淘屬明代中葉後之類別與現象。蓋依百年一世紀為時間軸作為評量尺度，在西曆十六世紀之前，勉強可歸入相關項目的書刊只有四項：其中公元前，及十三、十四、十五世紀等四時段僅各推出一例。[64] 此四項發生於明代中葉以前的「醫案」類相關文獻中，最值得一提的是刊於一四四三年的《丹溪醫按》。[65] 「案」與「按」在中文歷史語言學中的演變，何大安先生另有專文論析。[66]「醫案」與「醫按」二詞於中文知識傳承與語彙層次的交替作用，亦須另待專文評議。此處我們應當注意的，是這四項誕生於明代中葉以前，

或可附屬於近似「醫案」的出版品，不論是輯自《史記》的《倉公診籍》，元代羅天益的《羅謙甫治驗案》（1281），朱震亨的《怪痾單》（1281），或者歸於朱所化名的《丹溪醫按》（1443），[67]若單從「名」的角度觀察，「診籍」、「治驗案」、「痾單」，乃至「醫按」，嚴謹而言，與隨後在醫療資料上出土的「醫案」均非同一系統之產品，性質亦非一事。前三者與後來所出現、了解的「醫案」性質較近，唯以異名行世。一如前述幼科典籍錢乙《直訣》中所用的「嘗所治病二十三證」或薛鎧《保嬰》中所稱的「治驗」，均屬一個寬泛而言早已存在的「醫案」類知識活動。唯此有實之事，一時尚無精確、統一、慣用之「名」貫之。至於載記型為主的「醫案」與評議性較強的「醫按」之間的交錯互動，前述實例略及，後將再議。

　　總之，實至名歸，後世所習知的「醫案」類文獻，確於明代中葉（即十六世紀以後）始大量湧現，是一個新的知識文化現象。一五一九年問世的汪機所著《石山醫案》，與十年後刊行，同為三卷本而署名薛己之《薛氏醫案》，[68]可謂此現象之早見範例。自此以後，醫案類醫籍產品進入了一個文化生產上的穩定高峰。因為十六、十七、十八三世紀間，中文世界中各有十、二十九和五十七部相關著作存世。當時此階段醫案類文獻的問世，與後來十九、二十世紀近現代的發展（各有一百四十八和四百二十部項下著作）相較，當然不可同日而語。[69]雖然，有了名實相符的「醫案」類作品後，中國醫案中名與實兩方面的問題並未完全劃一統合。有很長一段時間，名實間的拉扯仍然相當混雜，表裡互異。使我們想要了解

醫學「案類」知識與傳統中國「實證」型文化活動間的問題，內情益形複雜而引人。

　　蓋明代中葉後坊間流傳的中醫文獻，名目上冠「醫案」之詞者，核其內容未必皆爲臨證個案資料或醫者實際主治經歷。譬如清代名醫葉大椿之弟子，援其師名，於一七三二年刊行了《痘疹指南醫案》一書（又名《痘學眞傳》）。視其內容，八卷中僅有一卷以「古人醫案」爲名，蒐集前人流傳而編者以爲有參考價值的臨證案例。其他七卷，全是葉氏的醫學議論（醫論），和各種常用處方（醫方）。[70] 同此，十多年後問世的《葉天士幼科醫案》（1746），也非醫者自撰之臨床案例，而是當時江南名醫葉桂（天士）的仰慕者，收集資料，援引葉氏醫名編纂而成。內容主要是各種號稱代表葉氏幼科醫學見解論述，無涉任何醫案形式或性質之文獻。

　　由此側見，一則當十六世紀以後，「醫案」之詞語、概念及其所代表的醫學知識在中國的文化市場上傳開後，關於「醫案」之「名」、「實」問題仍然混亂複雜。對當時尋書、抄書、或者出書、購書的人而言，他們並不能顧名思義，於坊間得一冠「醫案」書名的醫籍，遂如期索得臨床案例類的資訊。因爲雖則當時其背後所隱含的「個別臨床醫療記錄」這個狹義、專業、較精確的詞語與知識意涵正在迅速形成之中，「醫案」作爲一種文獻知識的標誌，意涵還相當寬泛、模糊。所以，另一方面，市面上也才有不少梓人、編者，作者、讀者，乃至醫者、病家，都興趣濃厚地推動著這個現象的進一步成熟。總之，一種狹義而名實相符的「醫案」類書籍、文獻，正在悄悄地月滋歲長，漸有伸展佔據醫部文化市場之走勢。同

時欲挾其新近打造的學識力量、職場權威，吸引著其他場域（如儒學、刑律界）的有識之士，躍躍一試，仿醫界案類之名實、其敘說之體裁、知識之內容與呈現方式（包括用「案」類之名整理、包裝、編輯、刊刻、問世，）重新樹立起各領域對內對外的新形象與新勢力。

反之，十六世紀以來，各種有實而無名的醫部案類型文獻，其實也是上述大文化現象中，另一種推波助瀾的參與者，與醫療知識更新形塑過程中的側面映影。即以本文上節所提，萬全《幼科發揮》和薛鎧《保嬰全書》為例。二書所蘊大量而清晰的案類訊息，其形制及內容均提供了醫界乃至一般讀者前所未有的幼醫具體「實證」。其書名、章名及知識分類上雖未嘗標誌「醫案」之籤，究竟無損其實質意義。憑其知識編纂、流傳狀況判斷，其所含這部分臨證個案資料，對當時此類書籍之圈內行家與普通讀者的「消費興致」而言，應是有增無損，益多而害少。也就是說，相對於「名詞」上的混淆不清，在醫療知識的「實質享用」上，帶有強烈實證性質的醫者臨床診治之個別案例紀錄，在明代中葉以後的專業與世俗讀者群中（professional and lay audiences），都漸佔一席之地。或許正是因為此類現象之持續發酵，到了清代，當十八世紀初葉氏醫者的門生信徒想要推出心目中醫界大師的見解貢獻之時，雖無當場臨證案例可提供坊間讀者參閱，為了尊師、敬業、及銷售等多方面的考慮，卻仍然決定「挪用」（竊取？）「痘疹指南醫案」、「葉天士幼科醫案」等類名。而此等作為所引起後世學界之困惑迷失，恰足凸顯當時編纂、刊梓者希望能成功誤導已滋嶄新知識興趣的讀者（消費群）

一種另類策略。

　　當然，這裡點出的，只是醫界方興未艾的「案類」知識場域中諸般繁複曲折之一、二。因為在明清當時林林總總有實而無名的案類作品中，還潛藏不少其他聲東而擊西，有意失之東隅而收之桑榆的論著與商品。十七世紀中醫界聞人喻昌的《寓意草》一書（1647），就是如此一部寓意深遠的著作。這部企圖心旺，希望挑起醫學上重要論辯的小書，包括不少夾論夾證、夾說夾引，醫論與醫案交相援引、錯落出現的情況。喻氏這樣一個敘事方式，和援用、流傳醫學上已有實際案例的辦法，代表的是醫案類文獻在中文知識世界裡的又一種現象，與另一階段的發展。

　　其實明代中葉到清代晚期，正值十六到十九世紀的四、五百年間，當時「醫案」知識典範已經出現，但尚未以近、現代醫學的形制與面貌統御中醫文獻與臨床界。其名實之爭，以及由有實無名至有名而無實的種種交互擦身而過的情況，恰足以白描出此種科技實證記錄，在中文世界與中國社會中衍變間之迂迴歷程。今再舉晚明與晚清的兩個例子為對照，一窺「案類」文獻由近世而近代形貌之變化，從而回眸反觀幼科案類文獻之積累與流傳。

　　前及喻昌（嘉言）所著之《寓意草》，序言中循「醫者意也」古訓，提出自己以為療治雜病的特殊驗案六十多項。夾敘夾論，以辯疑問難的方式就教大方。[71] 但書中緊接首篇「先議論後用藥」，第二篇就是有些突兀的「與門人定議病式」。[72] 直截了當地訂出了他理想中的「醫案」體例款式，從「某年、某月、某地。某人年紀若干、形之肥瘦、長短若何……人之行志、苦樂若何？病始何日？

初服何藥？次後再服何藥？某藥稍效？某藥不效？……飲食、喜惡多寡？二便滑澀有無？脈之三部九候？何候獨異？」[73] 不但涵括了「望、聞、問、切」的內容，還有「汗、吐、下、和、溫、補、瀉」等施治過程。這一番「議病式」的釐定，據作者喻氏闡述在期「若是則醫案之在人者，工拙自定，積之數十年，治千萬人而不爽也。」[74] 也就是說當醫案在醫界的紀錄、訓練、知識傳統、經驗積累上，因內容規格化而扮演起關鍵性舉證工具的功能，有識之士如喻昌亦對其理想形制內容有了些特定的構思。這番構想與前述薛氏《保嬰全書》書中簡化幼科案例的細節不完全一致，但制式化和標準畫一化的呼籲則是共同的走向。這個走向所顯示的特徵，去倉公診籍與錢氏的治驗顯然是與時俱遠了。

另一方面，看十六、十七世紀案類文獻在醫界功能、聲名大噪以來，類似萬全、薛氏的嘗試，乃至喻昌等人的議論不計，有關實質內容的發展，卻沒有任何進展。制度面、政府公權力、或某種知識權威、市場律法機制的介入，一直到十九世紀，對於醫案類文獻的名與實仍有各種不相協調的牽制，卻又無整體的動向。譬如直到王士雄（1808-1868）活躍時的晚清，他《證齋醫學叢書》中的《王氏醫案》，原稱《回春錄》，其《王氏醫案續編》，原名《仁術志》，[75] 顯示「醫案」這個文獻類別與醫學知識典範出現市面三百年後，還有各家梓者題名出版時，於正其名為「醫案」與稱為他銜中仍然搖擺猶豫。而且立案論說，憑案評點的作法，讓人繼續用「輯要」（如《女科輯要》）、「醫話」（如《校定愿體醫話良方》、《柳州醫話良方》），及種種醒目文名（如《歸硯錄》、《雞鳴錄》、

《醫砭》等）推出。也正是在這些晚清醫界耆老，不斷選案、輯案、評案、按案下，乃有像《洄溪醫案按》、《古今醫案按選》、《業案批謬》這類醫案的選輯、評點本出現。職場專業的制約，專門的法規管理，及其所假設的讀者群都正在醞釀發動獨立、高標公評下的案類文獻在中文世界裡的現身轉型，而此轉型必須在一個既有彈性又帶混雜的公共空間中翻騰、晉陞。[76]

　　從這一串知識發展與文化生產的軌跡看來，自易體會後代圖書編目的專家，為什麼會質、量一併考慮，把「醫案、醫論、醫話」歸為醫學文獻類別上的同宗。只有從此角度審視十六世紀後醫療活動在中國社會、經濟、科技面的成長，及與同時發生於出版、刊刻、閱讀等文化商場上的變化，才能體會各方面因素如何共同影響形成了一個與醫論、醫話、方案、乃至長篇筆記雜錄不分（如署名王士雄的《重慶堂隨筆》[77]）的認識世界與文化景像。

　　撇開這個熙熙攘攘、名實錯落的醫案醫話世界不論。再歸正傳，檢視一下幼科方面到底留下了多少名實一致的「醫案」類專著或資料，調查所得也頗值沈吟。因為直到二十世紀之前，據目前圖書文獻所知，僅有四筆冠有「醫案」書名的漢文幼科書刊。除去十八世紀版於日本的一部不論外，[78] 其餘三部，一是署名葉天士的《葉天士幼科醫案》，[79] 另外兩部是清中期葉大椿的《痘疹指南醫案》（1732），[80] 和齊有堂的《痘麻醫案》（1806）。[81] 當然，除了這些以「案」為書名的專刊，其他幼科醫籍中不少也載有相當分量、數目的「案類」性材料。前文所析萬全的《幼科發揮》和薛鎧的《保嬰全書》就是兩個類典型的範例。而這個案類文獻在幼科發展的整

體趨勢，其實與醫案資料或專輯在整個中醫醫籍發展的型態大抵相當。因爲就至今仍見整個中國醫部典籍看來，分科醫案專書本始於明代。像具名內科唯一的一部，歸薛己所編的《彙輯薛氏內科醫案》（1642）。[82] 婦科方面的三部案類專著，則包括王綸的《節齋公胎產醫案》（1492），徐大椿的《女科醫案》（1764），和署名葉天士的《葉天士女科醫案》（1746）。[83] 顯示分科醫案專書的出現，主要是一個明清以後的現象。已知外科方面最早的醫案專著是十九世紀初高秉鈞的《謙益齋外科醫案》（1805），不過此後總共七部全是十九世紀末的出版品。[84] 而各種針灸方面的醫案專書則全是二十世紀的產品。

由此角度考察，幼科案類專書既然總數不多，問世又是明代中期以後的現象，幼科一般醫籍卻又常含有案類性內容，那麼從幼醫發展與案類型信息的互動而言，盛清朝廷集眾力所纂成的《古今圖書集成》中幼科各門所附案例資料就特別值得重視了。因爲《古今圖書集成》幼科百卷內容中，共計留下了一千一百七十則醫案。而這些循全書性質輯錄歷代不同幼醫文獻中的個案，分屬幼科二十六門中的二十四門。[85] 各門中含實例最多的是「小兒痘疹門」下的三百三十三則。[86] 像「小兒瘡瘍門」的一百六十二案，[87] 「小兒驚癇門」中的一百三十個醫案，[88] 居次而接近中數。純論醫理診技的「小兒診視門」和「小兒臟腑形證門」完全沒有附案例。[89] 而「小兒初生養護門」和「小兒諸卒中門」僅各附一案，反映近世幼醫臨床閱歷及其知識傳承上的具體落差。這一千一百多則兒科的醫案，涵括六個世紀不同地區兒童的疾病健康史、醫療史、社會史和文化

史等多方面意涵，有待仔細分析。舉之與近世幼科個別醫者（如萬全）、醫著（如薛氏《保嬰全書》）留下或多或少的案類訊息比照推敲，不論曲折而考掘其實證性資料，或互讀而解悉其築構上經營，這個大部頭的資料庫都是個值得一訪再訪的寶藏，雖不免艱難繁瑣，然晦澀枯燥中不無熠熠誘人之處。

五、實證式書寫與科技中的傳奇

前述近世幼科文獻的析縷中，可知不論是整個中國醫學或其下重要的分支專技（如幼科），自宋而明清，都有一個記案立據的傳統。而這個綿延七、八百年（公元十二至十八、九世紀）的載錄傳統中，所謂「案類」資料，不論是名實之變如何曲折（從有實而無名漸趨實至名歸，由名實各異到形制內容之畫一，）盛衰之勢（案類宋明由無漸有，由少轉多，而明清又由盛轉弱，由創制編纂到機械性地重輯濫售，）質量、形式、內容各方面如何變化，一一回顧，細細分析時必須兼顧這些文字資料記載之體裁（書寫形式）之轉變與其實際功能（知識內容）之發展。這層釐清，狹義而言與科技上客觀、實證性敘述或主觀、杜撰性渲染間的界分有關。更宏觀、長遠地看，其實與知識論上所謂廣義的「科學精神」、歷史上的「進步理念」乃至晚近「近代性」（modernity）等辯論均密不可分。

西方學界當下對於各類證據式資料之討論，[90] 尤其是醫學文獻中「案類型」資料之發展與流變，[91] 特別舉出此綿長之憑案論證，

依據立說的傳統，在近代後的一路發展與整個社會大環境之結構性、制度面變化，及文化論述上的新價值取向，都是一體之諸面。而這個最近一、二百年的多面歷史發展中，歷史淵源雖遠，但案類式文獻之說理與知識權威之樹立，則一方面衍自整個西方科技知識在近代之興起，另方面還與西方敘述說理方式之演變，以及大量「客觀」記錄所造成訊息上的「集體效度」很有關係。也就是說，這類知識憑案論證而假設其對聽眾、讀者會帶來某種自然而然的說服力，是因為近代科技式思潮與重視統計、數據式證據的流風餘韻（即大家一般所稱的近代式「實證精神」，）在十九、二十世紀間，不知不覺已由專家間的激辯化為無庸置疑的普遍「信仰」。因之，案類式的資訊在社會文化上乃挾威力愈大，也愈來愈成必備。一方面成了某種特別有價值的訊息（即便枯燥乏味而艱澀難懂），另方面又是各種現代化職場、日常工作中不可或缺的一種保存資料、載錄活動的格式。

由此角度重新回顧過去數世紀來中國幼科案類型文獻所透露的專業或一般訊息，所經歷的發展軌跡，所憑仗使力的文化場域，以及所滋生的學理與宣傳上效應，尤饒錯綜複雜之趣。首先，作為某種「古典型」（非現代或近代以前）的實證性記載而言，近世幼科案類資料雖則書寫風格與內容組成與後代類似文獻有別，但在性質、功能上卻相當接近任何「實證性文書」。也就是說，這些醫者臨證當時或事後所留下的個別案例，基本上是當時文化理解裡的某一種「應用學科」的記錄。目的在藉具體個別案例之載錄，積累經驗，與原先傳承之理論假說相印證，彼此間形成一個交叉檢驗的知

識網絡。同時聚少成多，最後於時序和數量上構成一種集體論說與相互質疑的力量，從而成爲業者樹立個人、專業權威與門派聲勢之基石。

因之，幼科一如整個醫學，其案例與醫論，案例與醫方（不論單方、複方、祕方、驗方、經方、口訣），一如醫論對於醫方，彼此間永遠存在一種交向辯駁，又互相支撐、互爲輔佐的關係。而這一恆久鼎足而三，互動互繫的關係，正是形成當時傳統中國醫療文化及醫學論述的最重要主軸。不但醫論中談的病因、症狀（主證、次證、兼證）靠具體案例來支持。實際上也可以說是案例個別經驗在背後長期之聚集，一方面驗正處方之功效，另方面精練後概念化也可抽象昇華成爲醫論。換言之，醫療知識與照料技術上的更迭變化，化爲實踐，其實也就是案例間所看到的個別療程與療效，在證明、強化或挑戰、推翻流行醫學思想、治療處方上的原有預設、舊日權威。

幼科醫學上以近世醫者之經驗、累積之案例，質疑而更新過去醫論的例子比比皆是。粗略而觀，中國醫療文化過去雖易予人一萬變不離其宗的陳滯印象，在推動科技近代化與以全盤西化爲進步論者的口中，更是長久僵化難動的千年落後、封建、非理性之殘餘。但細查其內部肌里，波瀾變動絕非罕見。而這個具體而動態的醫療文化圖像，藉案例較循醫理、藥方所見之情景，尤爲微細鮮活。種種醫者帶有疑怯之嘗試，與夾著實踐經驗的論說，交織成了所謂傳統中醫療文化理論、傳承的一個敘說面，與試驗、活動的另一個敘說面。兩個敘說面的交融，才合成了中醫之混成（embodiment），

和論述（discourse）之文化上呈現（cultural representation）。

　　舉例來說，當宋代不知名的醫者，在數百年「臍風」、「胎毒」說的籠罩下，提出新生兒之出世第四日出現而三亡後殤亡的疾病（當時多稱為「四六風」或「四七風」），仔細觀察起來，與「成人因破傷而感風」[92]，其實罹病過程，表現之症狀變化，殊無二致。從而由瘍科處理外傷傷口之習，輾轉研發得一「烙臍」封口的主意。就是在「實證精神」指引下的具體觀察，對過去「傳統理論」所衝出的一個重要決口。這個挑戰舊說的新理，目前未見個別案例為佐，當時也未嘗能以短時間反覆驗證而說服所有幼醫、村嫗。但援宋至元明幼醫對新生兒斷臍方法，新舊說交陳並列之大勢，以及民間口訣之發展走向看來，臍風之新說終而緩緩取代舊論。其背後以積累實例、具體觀察支撐新見的風格，與近代科技發展上所謂之實證原則（empirical principle）相當近似，其間若有古今東西之別，應非重點。而這種論證、說理的方式，既挾有論辯上的說服力，是否也就代表至少在宋至明清的醫療文化中，不論專家與庶民，對任何個別爭議、理論、或傳說（如「臍風」），雖不免有沿襲之成見，卻也可能秉持具體實證向之挑戰。因而整個大論述之系統與知識可能保持若干「開放」與「鬆動」之契機？我們可以就此而揣測「傳統」文化中「近代」萌動之機關嗎？

　　再舉一例：風行中醫千年以上的嬰兒「變蒸」之說，十六世紀因少數醫者援證推理，而受撼動搖。這個魏晉隋唐醫籍上人云亦云的「變蒸」理論，對出生嬰兒前兩年生理上的階段性發育，提出一套數字式的排比與揣測（每三十二日一變、六十四日一蒸則漸生臟

腑等等。）[93] 後數百年臨證醫生雖不乏對此套精美的機械性推理瞠呼其奇者，但始終沒能舉出任何有力的反證，以爲挑戰。到了明代中葉，醫界聞人孫一奎（1522-1619）於其名著《赤水元珠》（1584）一書的〈變蒸篇〉中，卻提出了一些基於觀察的疑問。他先以己度（自謙「愚謂」）與舊論（稱爲「古謂」，然僅舉其要旨「大意」）相對，最後則執臨床經驗爲推翻舊說之基礎，說：

> 觀今之嬰孩，未嘗月月如其（變蒸之說）所云，三十二日必
> 一變，六十四日必一蒸也。發寒熱者，百僅一、二耳。間或有
> 之，亦不過將息失宜，或傷風傷乳而偶與時會耳。……昔謂生
> 臟生腑之助，則甚謬也，不辯自知。[94]

孫氏此處認爲「不辯自知」的長年謬誤，是建立在他「觀今之嬰孩」的案類式推理之上的。而且他的理之直、氣之壯，是建立在他對其讀者（不論是同業之醫家或有識之民衆）自然會聽信、折服這種「案類型」推理的信念之上。

再過四十年左右，晚明另一儒醫張介賓（1563-1640）在《景岳全書》中也發表了他對舊日嬰兒變蒸說的質疑，以：

> 小兒病與不病，余所見所治者蓋亦不少。凡屬違和，則不因
> 外感，必以內傷。初未聞有無因而病者，豈眞變蒸之謂耶？又
> 見保護得宜，而自生至長毫無疾痛者不少，亦又何也？雖有暗
> 變之說，終亦不能信然。[95]

所以張氏的動搖「變蒸」舊說，憑仗的也是他「所見所治」案例之綜合，使他歸納得了一個「以余觀之，則似有未必然者」的新結論。[96] 不論孫一奎以「百僅一、二」之比例，懷疑「變蒸」說的不可靠，或者張介賓考慮「小兒病與不病」，「初未聞有無因而病」，倒有「不少」「自生至長毫無疾痛者，」以爲「暗變」之說「不能信」，其立論成說的著力點、堅持的都是一種對「案據確鑿」、「聚少成多」，讓證據說話的態度。

今日再回顧這些世代累積的案類證據，案類式推理說理，當然透露的訊息不只一端。就其內容所反映的情事而言，既可見歷代醫者之活動與醫療發展軌跡，亦可間知疾病健康在中國不同地域間的盤據與發展。就其書寫技巧、敘說體例而言，亦有相當偏重實證、理性，就是記事上「科技式書寫」，以及夾敘夾說，載錄與情節混用，編織所成的一篇篇動人而帶有幾分傳奇的「醫療故事」。所以，一方面，我們可以將所有的醫學案類資料匯集整理，勾畫出一個中國醫療疾病史某種面像之梗概。另方面也可以深入剖析、反覆推敲這種特殊的敘說傳統，作爲一種「文化生產」，其所顯示的說理手法，理解、說服上的技巧與心態，乃至更寬廣的一個醞生、托出這一番理解、敘說方式，其周邊的文化體系、社會生態。

就前者而言，以近世中國的幼醫爲例。因爲宋代以來「專理小兒科」[97] 的業者逐漸遍及南北集鎮、街市，其觸診所及固以富貴中上人家子弟爲多，亦頗有貧賤告急者（清明上河圖招牌下乃有「貧不計利」四個小字。）因而重要、明顯的兒童健康問題，不易脫其眼底，多少留下些蛛絲馬跡。十六到十九世紀間，天花肆虐中國，

痘疹醫書之案類載記，當如此做並列齊觀。[98] 黑死病橫行歐洲時，中國史書醫籍雖有各種「疫疾」猖獗，但不見類似腺型鼠疫全面爆發之描寫，案類文書載錄上之付之闕如，不能不視為一個重要的間接線索。

反面而觀之，以當今流行病學的眼光來衡量，中國的醫籍和案類記載雖常會記載、保存、流傳個別病人的求診記錄，卻沒有「每案必錄」、「回回記載」的習慣。因之，綜而觀之，固有助於提供具體疾病「發生」（incidence）之訊息，卻很難據之而得到任何盛行率或罹患之流行性（prevalence）方面精確的估計。也就是說，我們比較容易從這些描述性統計資料得到兒童健康型態、疾病之大勢，卻不易掌握準確的、基於數字統計式（mathematical statistics）的景像。這中間的問題，不只涉及古今疾病病名同異、疾病與健康的文化定義、社會意涵上的經常轉換，更涉及載錄醫療類訊息的書寫習慣，敘說性質上的古今之變。

讓我們再舉一些近世幼科上較突出的例子作說明。中國幼科醫籍有七、八百年常談小兒「疳」的問題，[99] 這個包含各種「缺乏性疾病」（deficiency diseases）問題在內的健康與疾病概念，本身在近世中國就經歷了相當曲折的變化。而從其「案類」型載記與醫論、醫方中窺見之情況合併揣摩，可推知此健康問題在明清社會間顯然牽扯出不少貧富貴賤子女健康走勢不同的「階級」之別的問題。概括言之，富家幼兒據載因多食肥甘，不能消化，常成「疳積」。貧家子女則確罹饑饉、飲食供應嚴重不足，也可能出現同樣虛弱無力，精神倦怠，無法承受米水的情況。至於中等家庭之兒童，則不

乏父母縱溺，飲食不當，甚至過用醫藥，竟因藥餌傷害（當時稱爲「藥傷」）致現「疳」症。[100] 這是參佐案類記載，可以側忖的「實證」型訊息之一。

再舉近世小兒「驚風」的醫、病、與載記間的複雜辯證關係爲另一例。因漫長歷史中，醫療方針、疾病文化的型態、定義，各自都不斷發生著或多或少、或快或慢的變化。同時，敘說、登錄、流傳這些現象與活動的載記性文體，又承受另外一些因素影響，衍生形形色色，大大小小的轉變。兩方面變化交織，就可能出現種種複雜情事，非單線式追蹤、理解、陳述的史學故技容易捕捉。至少七、八世紀以後延續了千年以上的有關小兒「驚風」的各種報導，到了十三、十四世紀，突然在文獻上呈現一度中斷的跡象。細考其背後緣故，意會到原來這類案例敘說上的忽然銷聲匿跡，未必來自於此類兒童健康問題（如突受驚嚇，急性抽搐等）本身的消長，實與十三世紀初部分醫者開始視小兒「受驚」與「抽搐」爲兩方面不同的現象（有點類似晚近對「精神性」異常與「神經性」病變的粗類分劃，）因將前者案例挪出此項之外，另歸其他項類討論，造成此類訊息在「量」上的明顯殞落和某種「質」上的細部變遷。[101]

因之若將中國醫學中帶有「案類推理」訊息——即憑個別病患之疾病及診療資料，思索醫學上的問題——全部視爲一種資料之整體，而嘗試作某種文化生產現象之解碼或判讀的話，需要納入考慮範圍的問題確實很多，內情也常出人意表。然此演練過程可以導引、解釋出來的關於醫、病等社會、文化動態，不謂不豐盈而可喜，且非他徑易代。即如上述小兒「驚風」個案記載所引出的實情

與爭辯，內部曲折繁複，有些情況不易完全斷定，卻十分引人。如將幼醫文獻載述「驚風」個別案例與醫論中相關論述作長期觀察比對，所得之景象與疑問，其實提供出一個歷史認識上相當開放的思辯空間。萬全在談「急驚風有三因」的議論中，細敘了他自己初習醫未出道時遇到的一個棘手例子。在有幾分驚險的情況下，以灸艾與「家傳治驚方」救甦了一位兩歲「發搐致死」的幼兒。當時（十五世紀）在他三代掛「萬氏幼科」之牌的湖北省羅田縣，這位年輕幼醫的表現據他自稱頗讓正傳業給他的父親（菊軒先生）寬懷。萬老先生對兒子這番表現引以爲傲向其母讚嘆曰：「吾有子矣。」[102]但是三百年後的幼科醫籍《福幼編》的刊刻序言上，莊一夔卻抱怨說：「世之醫者，妄云小兒無補法，」遺禍幼兒。所舉的例證，是醫者對「身熱惡食」，「遭風寒外邪」之小兒，動輒施以苦寒驅風之藥，導致出汗傷胃。受此消伐，慢驚由致。卻「不亟思補偏救弊之法……殺人毒手，未有慘於此者。」[103] 以這前後兩項意有所指的「驚風」實證文獻相比，反思過去近世幼醫傳言「急驚風十生一死，慢驚風十死一生」之說，[104] 是否暗示幼兒的疾病、健康，與幼醫的醫療文化、醫學敘說在這段時間都發生了相當的轉變？以致萬全在十五世紀救亡圖存的成功，頗得其業醫之父的讚賞。同時像他一般對急慢驚風看法與診治的發展，一則造成了後世莊一夔描述的「慢驚之症，源於小兒吐瀉得之爲最多。或久虐久痢，或痘後疹後。或因風寒飲食積滯……或因急驚而用藥攻降太甚，或失於調理，皆可致此症也。」[105] 也就是說：莊氏的敘說中，各種近世幼兒流行重症的後遺症，加上藥餌之傷，匯成了十八世紀常見的慢驚

之症的大勢，已不是十二世紀以後錢乙所說小兒急性發熱抽搐（當時所稱「急驚」）拖延而致（故死亡率奇高，而諸醫束手）的景況。案例內情之變化，與疾病、健康、醫療、敘說間的緣由牽扯，絲縷如此紛雜，判斷自然曲折而不易。也許正是萬全等元明醫者在錢乙的提示和研發之下，扭轉了小兒急慢驚風發病之型態與趨勢，才同時改寫了後來清代醫者的立論之基（包括舊式急驚演為「慢驚」類型之式微，新式幼科流行病肆虐餘緒，與併行的江浙溫補派醫者藉之抨論寒下派用藥之誤。）

　　學者循跡斷事，有謂不過是一種帶有涵養工夫的揣測（educated guess work）。上述醫病實況與敘說技巧的相互作用又同時質變，即提供了案情複雜的案類文獻產生時的多重肌里。同時也營造出層層後世讀者重新造訪古蹟、閱讀記錄時的文化屏障與渠道。今再以近世幼兒「吐」、「痢」二症之實證式書寫為例，試析此中玄機。今若綜理實案病歷，十二到十三世紀，及十六到十七世紀的兩大時段中，小兒「吐」的載記議論頻頻皆是。案例文獻中，許多是伴隨發燒和腹瀉的類似急性嘔吐描述，不斷出現在中國境內南北各地區的幼醫記錄之中，夏季尤其顯著。過去醫家往往夾敘夾議間，將之歸咎於病家於伏暑之時縱容幼兒攝取生冷。類之載記，應視為中國物質生活與環境變化互動之音訊嗎？亦或雜有醫學概念、醫藥文化、醫科論述，乃至影響所及的載錄習慣之演變？後代史家是否可舉之對照當時飲食烹飪習俗變遷之其他資料，拼湊窺見近世幼兒之健康如何於生物、物質、與文化（包括醫療）的多重變化中，得其喘息生長之契機，同時亦直接、間接透露並影響其處境際

遇之大勢？史學另要更進層樓思索上述這類疑惑，案類資料，連同對其優劣長短種種特質之揣摩，是至今少用卻不能不屑的一種微妙的工具與隱性寶藏。

幼醫綿長的有關小兒「瀉」與「痢」載記中，一到十三、十四世紀後，直至十六世紀中，小兒急慢性腹瀉病歷逐漸增見。其資料面趨勢，除可能夾雜醫學概念、文化論述方面的變革外，是否也可能透露著某種小兒下消化道流行疾病演化之景象？甚至不排除外在物質、生物環境量變與質變之因素？十六世紀中，「瀉」與「痢」的記述中，某種季節性發作劇烈的「時疫痢」和「疫毒痢」浮現幼醫文獻，指爲暑後秋冬之際常見之小兒疾疫。相關醫案，屢見不鮮。其間固有近世醫籍間彼此傳抄之故，也確有不少坊間醫家新作與診療記錄，代表某種當時的田野記錄與臨診實況。這類資料，從近世中國幼兒健康與醫療史上的角度上，當作如何之閱讀？從晚近「社會生態學」與歷史人類學，乃至環境生物史的立場，又可能爲後世攜來何等之訊息？人口史上幼齡人口之疫疾演變大勢，是歷史學者可以、願意涉足的新領域嗎？由古而今，生物、微生物在任何一地域、社群中，與社會、文化、物質、人群之互動，是史學上應該擴大考慮的範圍嗎？中國歷史之變遷，有沒有屬於「物」、「生物」，乃至「微生物」活動的一個面象？至今乏人問津，但未來人文、社會與自然學者若重新整隊出發，此類問惑之疑仍會是全然飄渺、抽象的問題嗎？

六、結語

上文對數百年來中醫幼科案類文獻的衍生、發展，不免叨絮，卻難數盡其間曲折情致，更難窺清背後千年以上中國醫療健康個案記錄面貌之種種。然而，綿延婉轉之大勢依稀可見：這是一種既帶有代代內在「傳承」，同時又不斷展現其敘說「傳奇」的特殊文化載體。

就其「實證」氣質而言，姑不論《史記》〈倉公列傳〉中所載淳于意的數十件療治經歷，即自宋代以後，閻季忠為錢乙所留下的「嘗所治證」中，幼科案類書寫的發生與傳統即漸見「職業性」與「敘說性」上的雙重濫觴。此一面貌，在明代幼醫盛展之際，由萬全、薛鎧的案類載記，可見各種不同變化。不論娓娓道來，或簡扼摘述，醫案類文獻到了十六世紀，名實俱存，在職場與流傳上功能與影響互彰。醫者論其要旨時雖未必全衷一是，卻無人不曉其「市場」、「效益」所繫。不論是喻昌的《寓意草》或江瓘《名醫類案》都更進一步表達了中醫案類文獻在明清時期「專業供應」與「廣大需求」間不斷互援的消息。由之，文獻書寫、組織內容、或文化論述上，幼科醫案或一般醫案，均有其值得再論再析之「傳承」。也就是說，這番多重意義的醫療案類記錄，毫無疑問帶有某種技術類（過去所說的「方伎」式）文獻不能沒有的特殊「實用」與「實證」，甚或「科學」氣質。

然而從微觀與個別例證的角度，一一檢視這些林林總總的案例

文獻，不論是第一人稱的自載，或第三人稱事後的追述，不論文體上是曲折豐盈或簡單明瞭，這些「傳統」時期中國醫療科技類案例，又往往帶有極高的「故事」性，與傳奇式的趣味色彩。這些與現代醫療案例相形之下顯得特別「多餘」、「主觀」與「非理性」，因之容易被斥為「不甚科學」（無味、無嗅、無菌、方程式般的標準化記載。）萬全述其治療案例，特別囑告讀者、與他看法不同的另一位醫家其實彼此間過去嘗有素怨（因之不懷好意而意見特別不可靠？）薛氏父子案例雖多半走向俐落之制式記載，偶或仍有長篇敘說治療自家親人孩兒的「動人」細節。十六世紀以後，案類資料對醫家診斷、辯論、傳藝、上市等具體功用已十分明顯。種種論其精義、形式、標準的意見也此起彼落。但這些要求大家（作者、讀者、商人、專家）重其理性特質、科技「傳承」的聲音，一時也尚未壓倒或制服種種「傳奇」性展演之聲音。當時最有威望的醫界權威，如張介賓，其循案辯證精神，似乎完全不忤個人偶然傳奇式的敘事習慣。同時朱丹溪、孫一奎等儒醫式的哲理、筆記小說家般的揮灑，好像也絲毫無損其經驗、資訊在醫藥「科技」界不容小視的客觀價值或崇高地位。

這形形色色的現象，誠然都屬於一個「前近代」的世界。是否在近代的科技文化或社會意識規制中，一度被抨擊而失勢，遂如滔浪之去，永遠不復能返？如今於現代時空或近尾聲之際，又將對大家展演何許另類神態，向著種種陳舊或者互存古典的人文—與科技—情致，表達如何一番姿勢？

現代中國，科學、民主之呼聲曾挾理性、實證之浪潮，凌御天

下，一度勢不可擋。頓時一併席捲了大眾的求知理性與消費感性。胡適高舉全盤西化之大纛時，也曾嘶喊：「有幾分證據，說幾分話，有七分證據，不說八分話。」並以英式實證主義爲人類普世清醒之先驅，直指歐美賢哲如羅素（B. Russel）、杜威（J. Dewey）以前，愚昧黑暗之中國且全不知邏輯推理、實證精神爲何物。如今重思全球現代此種特殊形制下的存證、推理、求知之信仰，上溯向時明清或更早案類文獻及其背後認知系統之思想脈絡、實務淵源，細索其周圍更寬廣的社會文化環境。一方面在時間刻度映照下，對人類理性認知之各種專執，可有一番不同的「知己知彼」的了然。同時，重覽百千年來各種不同案類文書，無論其形制、內容、功能、用意，都可能既持其特殊行業、領域之傳承，復不免兼有有敘述事故原委時拋出的一股「傳奇」神韻。這知性傳承與感性傳奇兩股力量的雜揉，不斷以各種組合，現身於中國醫案文獻，同時亦展露於禪宗公案、宋明學案、近世刑案，乃及卜算星案，甚至間而托出了公案戲曲與案類筆記小說的誕生。[106] 其間情致，顯然是古已有之，於今未息。這些重要的案類文獻之文化生產，作者間彼此對對方的專業心知肚明，常有借鑑較技之心，職業或訊息市場遂有競爭援引之意。再加上許多不以「案」爲名，卻自帶有「案類」性質的書寫（最明顯的是史籍、傳記，及其他藝技之個案卷宗，）絲絲入扣，主客因素交錯，遠近環境互倚，形成了中國往時「論證」與「憑據」在資料與思考雙方面共同營構而成的一個推理文化的世界。

　　這個「中國式」的特殊「推理文化」世界，到了近現代，雖另

有一番戲劇化轉折與變化。但這最近一階段的轉折變化，既不能全歸功於西方「科學文明」之輸入，更難怪罪（或感謝）過去千年來中國冥頑不靈因而付之闕如的「實證精神」。今日中國案類文獻在知識考掘學上的重新出土，提供了大家一個重新「識古」並「知今」的機緣。

當今全球認知界域之規劃，常有以理性對感性、科學對人文，現實對抽象，乃至非小說文學類之杜撰（Non-Fiction）對小說傳奇（Fiction）之類別。此一近代知識與文化上的「奇風異俗」，經過醫案及傳統中國案類文獻長期發展與細部容貌之映照，正催促著我們重新思索、反覆評量在人類綿延繁複的知性活動發展史中，「現代性」知識分割所代表，許多特殊的「有意」與「無稽」。

註釋

[1] 錢乙，《小兒藥證直訣》，閻季忠編（台北：新文豐，1985），頁2。
[2] 司馬遷，〈扁鵲倉公列傳〉，《史記》，卷105（臺北：鼎文，1980），頁2785-2820。
[3] 錢乙，〈記嘗所治病二十三證〉，《小兒藥證直訣》，卷中，頁21-26。
[4] 倉公列傳之首，示其文體夾有轉錄及自述雙重手法。
[5] 錢乙，《小兒藥證直訣》，閻季忠編（台北：新文豐，1985），頁1。
[6] 錢乙，《小兒藥證直訣》，頁1。
[7] 錢乙，《小兒藥證直訣》，頁1。
[8] 錢乙，《小兒藥證直訣》，頁1。
[9] 錢乙，《小兒藥證直訣》，頁1。

10 錢乙，〈記嘗所治病二十三證〉，《小兒藥證直訣》，卷中，參見第二與第三個病例，頁21-22。

11 錢乙，〈脈證治法〉，《小兒藥證直訣》，卷上，頁8-20。

12 錢乙，〈諸方〉，《小兒藥證直訣》，卷下，頁27-43。

13 錢乙，《小兒藥證直訣》，頁1。

14 錢乙，〈記嘗所治病二十三證〉，《小兒藥證直訣》，卷中，頁21-26。

15 韓懋曾寫道：「六法者，望、聞、問、切、論、治也。凡治一病，用此式一紙爲案。首填某地某時，審風土與時令也；次以明聰望之、聞之，不惜詳問之，察其外也；然後切脈、論斷、處方，得其眞也。各各填注，庶幾病者持循待續，不爲臨敵易將之失，而醫之心思既竭，百發百中矣。」參見：韓懋，〈卷上・六法兼施〉，《醫通》，輯於何清湖、周愼、盧光明主編，《中華醫書集成》，第二十五冊（北京市: 中醫古籍出版社，1999），頁2-3。

16 參見錢乙，〈記嘗所治病二十三證〉，《小兒藥證直訣》，頁22-23；以死症告終的例子有二，即〈記嘗所治病二十三證〉中的第五個和第十個案例。在此特摘錄第五個案例：「東都藥舖杜氏，有子五歲，自十一月病嗽，至三月未止……此症病於秋者，十救三四，春夏者，十難救一，果大喘而死。」。

17 熊秉眞，《幼幼：傳統中國的襁褓之道》（台北：聯經，1985），頁1-52。

18 萬全，《幼科發揮》（北京：人民衛生，再版，1986）。

19 薛鎧，《保嬰全書》（臺北：新文豐，中央圖書館珍本福建版（1660）影印本（1978），全書四卷。

20 萬全，《幼科發揮》，頁29-32。

21 萬全，《幼科發揮》，頁5-7。

22 萬全，《幼科發揮》，頁16-17。

23 萬全，《幼科發揮》，頁39-41，52-54，94-100。

24 萬全，《幼科發揮》，頁63-82。

25 萬全，《幼科發揮》，頁77。

26 參閱熊秉貞，〈第二章：「驚風」與神經病變及精神健康〉，《安恙：近世中國兒童的疾病與健康》（台北：聯經，1998），頁7-62。

27 如「醒脾散」、「觀音散」、「參苓白術散」、「木通散」、「琥珀抱龍丸」、「礞石滾痰丸」、「三黃瀉心丸」、「涼驚丸」、「定志丸」、「至聖保命丹」，參見：萬全，《幼科發揮》，頁18-19。

28 例如：「或問曰：『上工治未病，急慢驚風何以預治之？』」、「或問：『病有急慢陰陽者，何也？』」，參見：萬全，《幼科發揮》，頁18，20。

29 萬全，《幼科發揮》，頁21-24。例如，萬全曾寫道：「予初習醫，治一兒二歲發搐而死。請予至，舉家痛哭。乃阻之，告其父曰：此兒面色未脫，手足未冷，乃氣結痰壅而悶絕，非真死也。取艾作小炷。灸兩手中沖穴。火方及肉而醒。大哭。父母皆喜。遂用家傳治驚方。以雄黃解毒丸十五丸利其痰。涼驚丸二十五丸去其熱。合之薄煎湯送下。須臾立下黃涎。搐止矣。予歸。父問用何藥。如是速效。全具以告父。父語母曰。吾有子矣。」

30 萬全，《幼科發揮》，頁22。

31 萬全，《幼科發揮》，頁22。

32 熊秉貞，〈附錄：中國近世世人筆下的兒童健康〉，《安恙》（台北：聯經，1999），頁307-340。

33 萬全，《幼科發揮》，頁5。

34 萬全，《幼科發揮》，頁5。

35 萬全，《幼科發揮》，頁5。

36 萬全，《幼科發揮》，頁5。

37 萬全，《幼科發揮》，頁5。

38 萬全，《幼科發揮》，頁5。

39 萬全，《幼科發揮》，頁6。

40 萬全，《幼科發揮》，頁6。

41 萬全，《幼科發揮》，頁6。

42 萬全，《幼科發揮》，頁6。

43 萬全，《幼科發揮》，頁6。

44 薛鎧，《保嬰全書》（臺北：新文豐，中央圖書館珍本福建版（1660）影印本（1978），全書四卷。

45 薛鎧，《保嬰全書》，卷一，頁71-78。

46 薛鎧，《保嬰全書》，卷一，頁59-70。

47 薛鎧，《保嬰全書》，卷一，頁 5-8。

48 薛鎧，《保嬰全書》，卷一，頁 49-59；熊秉貞，〈嬰幼兒生理〉，《幼幼》，頁 137-156。

49 薛鎧，《保嬰全書》，卷一，頁 8-23；熊秉貞，〈新生兒照護〉，《幼幼》，頁 53-102。

50 薛鎧，《保嬰全書》，卷一，頁 1-3；熊秉貞，〈新生兒照護〉，《幼幼》，頁 53-102。

51 薛鎧，《保嬰全書》，卷四，頁 432-437；熊秉貞，〈新生兒照護〉，《幼幼》，頁 53-102。

52 薛鎧，《保嬰全書》，卷十一，頁 1116-1119。

53 薛鎧，《保嬰全書》，卷十六，頁 1790-1791。

54 薛鎧，《保嬰全書》，卷三，頁 297-303。

55 薛鎧，《保嬰全書》，卷二，頁 168-171。

56 薛鎧，《保嬰全書》，卷五，頁 448-450。

57 薛鎧，《保嬰全書》，卷四，頁 365-411。

58 薛鎧，《保嬰全書》，卷十五，頁 1580-1593，1646-1656，1686-1691，1672-1685。

59 薛鎧，《保嬰全書》，卷一，頁 1-58。

60 分見薛鎧，《保嬰全書》全書各卷。

61 例如，薛氏曾記：「奚氏女六歲忽然目動咬牙或睡中驚搐……遂用六位丸而愈。」參見薛鎧，《保嬰全書》，卷一，頁 169-170。

62 分見全書各卷，例如，薛氏曾記：「一小兒病後，遇驚即痰，甚咬牙、抽搐、搖頭、作瀉……以致慢驚而卒。」參見薛鎧，《保嬰全書》，頁 175。

63 中國中醫研究院圖書館，《館藏中醫線裝書目》（北京：中醫古籍，1986）；《全國中醫圖書聯合目錄》（北京：中醫古籍，1991）。

64 據臨床筆記寫的單獨的一個條目，摘自司馬遷（91 B.C.）的《倉公診籍》，這可被視爲史前的醫案類著作，其他分別爲羅天益的《羅謙甫治驗案》（1281）；朱震亨的《怪屙單》（1281）和《丹溪醫按》（1443），見《全國中醫圖書聯合目錄》，627頁。

65 《丹溪醫按》（1443），見《全國中醫圖書聯合目錄》，627頁。

66 何大安，〈論「案」、「按」的語源及案類文體的篇章構成〉，即將發表於 2000 年 12 月 28 日之「讓證據說話：案類在中國」學術研討會。

67 而《全國中醫圖書聯合目錄》之編者確將之歸於類下，參見《全國中醫圖書聯合目錄》，627 頁。

68 參見《全國中醫聯合目錄》，頁 627；《館藏中醫線裝書目》頁 264。

69 同前註。

70 葉大椿，《痘學眞傳》，清乾隆四十七年衛生堂重刊本，縮影資料。

71 喻嘉言，《寓意草》（台北：新文豐，1977）。該書由喻氏之病人兼朋友胡卣臣出資刊行，並爲喻氏在每條目項下作按語。

72 喻嘉言，〈與門人定議病式〉，《寓意草》，頁 4-7。

73 喻嘉言，〈與門人定議病式〉，《寓意草》，頁 4-5。

74 喻嘉言，〈與門人定議病式〉，《寓意草》，頁 7。

75 參見王士雄，《王孟英醫學全書》，盛增秀主編（北京：中國中醫藥出版社，1999），249-279，281-353。

76 以上諸籍皆可參見參見王士雄，《王孟英醫學全書》。

77 參見王士雄，《王孟英醫學全書》，頁 613-676。

78 摘自_口好運的《松氏暇筆倭漢嬰童醫案會萃》，1703 年出版。見《全國中醫聯合目錄》，頁 480。

79 關於《葉天士幼科醫案》見《館藏中醫線裝書目》，頁 205。

80 葉大椿的《痘疹指南醫案》見《全國中醫聯合目錄》，頁 509。

81 齊有堂的《痘痲醫案》，見《全國中醫聯合目錄》，頁 516；《館藏中醫線裝書目》，頁 220。

82 見《全國中醫聯合目錄》，頁 408。

83 見《館藏中醫線裝書目》，頁 267。

84 見《全國中醫聯合目錄》，頁 546，552-554，547-548。

85 參見《古今圖書集成》，（臺北：鼎文，1985），頁 4462-5481。

86 參見《古今圖書集成》，頁 5068-5481。

87 參見《古今圖書集成》，頁 5010-5067。

88 參見《古今圖書集成》，頁 4728-4817。

89 參見《古今圖書集成》，頁 4519-4530。

90 中央研究院「明清研究會」將於民國八十九年十二月二十八日（星期四）舉辦「讓證據說話：案類在中國」學術研討會，會後，麥田允諾出版成果並擇譯西方相關論著一本，以爲文侶。題爲「讓證據說話——案類在西方」，在此書中，選譯了如下之文章：Lorraine Daston, "Marvelous Facts and Miraculous Evidence in Modern Europe," in *Questions of Evidence: Proof, Practice, and Persuasion across the Disciplines*, ed. by James Chandler, Arnold I. Davidson, and Harry Harootunian (Chicago: University of Chicago Press, 1994), pp. 243-274; Julia Epstein, "Case History and Case Fiction" in *Altered Condition: disease, medicine, and storytelling* (New York: Routledge, 1995), pp. 57-75; Albert R. Jonsen and Stephen Toulmin, "Prologue: The Problem," and "Theory and Practice," in *The Abuse of Casuistry: A History of Moral Reasoning* (Berkeley: University of California Press, 1988), pp. 1-46; Cass R. Sunstein, "Analogical Reasoning," in *Legal Reasoning and Political Conflict* (New York: Oxford University Press, 1996), pp. 62-100; Nancy Harrowitz, "The Body of the Detective Model: Charles S. Peirce and Edgar Allan Poe," in *The Sign of Three: Dupin, Holmes, Peirce*, ed. by Umberto Eco & Thomas A. Sebeok (Bloomington: Indiana University Press, 1983), pp. 179-197; Ian Hacking, "Opinion," "Evidence," and "Signs," in *The Emergence of Probability: A Philosophical Study of Early Ideas About Probability, Induction and Statistical Inference* (London: Cambridge University Press, 1975), 18-48.

91 請參閱: Julia Epstein, "Case History and Case Fiction" in *Altered Condition: disease, medicine, and storytelling* (New York: Routledge, 1995), pp. 57-75.

92 見《小兒衛生總微論方》，卷一，頁9, 14-15；另見熊秉眞，〈新生兒照護〉，《幼幼》，頁66-67。

93 參閱：熊秉眞，〈嬰幼兒生理〉，《幼幼》，頁137-156。

94 孫一奎，《赤水玄珠》（臺北：商務，1983），卷二十五，頁25-27。

95 張介賓，《景岳全書》（臺北：商務，1983），卷41，頁26-29，收入《景印文淵閣四庫全書》（台北：商務，1983），子部八十四，醫家類，頁109-110。

96 同前註。

97「清明上河圖」中所示幼醫診所招牌用語。

98 參見熊秉眞，〈且趨且避——傳統中國因應痘疹間的曖昧與神奇〉，《漢學研究》，十六卷二期，頁 285-315。

99 雖則「疳」非兒童專屬疾病，有關這方面之問題討論可參閱：熊秉眞，〈疳-中國近世兒童的疾病與健康研究之二〉，《中央研究院近代史研究所集刊》，二十四卷(上)，頁 263-294。

100 見熊秉眞，〈疳-中國近世兒童的疾病與健康研究之二〉，《中央研究院近代史研究所集刊》，二十四卷(上)，頁 263-294。

101 見熊秉眞，〈驚風：中國近世兒童疾病研究之一〉，《漢學研究》，十三卷第二期，頁 188-194。

102 萬全，《幼科發揮》，卷一，頁 21-22；《安恙》，頁 61。

103 莊一夔，〈福幼編序〉，《保嬰要言》（臺北：森生，1989），頁 28；《安恙》，頁 61-62。

104 姚廣孝等編，《永樂大典》，〈小兒急驚風〉，卷 978，頁 3；及虞搏，〈急慢驚風論〉，《醫學正傳》（《集成》，卷 426，頁 1136-1137）。

105 莊一夔，〈治慢驚風心得神方〉，《保嬰要言》，頁 32-33。

106 參見李玉珍，〈禪宗文學之公案：佛教證悟經驗之宋代新詮〉；邱澎生，〈明清「刑案匯編」的作者與讀者〉；朱鴻林，〈學案類著作的性質〉；張哲嘉，〈中國星命學中案例的運用——以《古今圖書集成》所收書爲中心〉；王瓊玲，〈明末清初公案劇之藝術特質與文化意涵〉；何大安，〈論「案」、「按」的語源及案類文體的篇章構成〉。以上諸文，將發表於「讓證據說話：案類在中國」學術研討會。

圖 5-1

5

鐵口直斷

中國星命學成立的質疑與證據 *

張哲嘉

　　一九七五年秋天，在美國的《人道主義者》（ *The Humanist* ）雜誌上發表了一篇標題爲〈反對占星：186 位頂尖科學家的聲明〉（ "Objection to Astrology, A Statement by 186 Leading Scientists" ）的宣言，其中有包括十八位諾貝爾獎得主在內的科學界重量級人士共同連署。聲明的開頭宣稱：「各個領域的科學家同爲世界各地日益盛行占星術的情形表示關切。」[1] 後附兩篇文章陳述他們的論證。然而，這份冠冕堂皇的聲明隨即受到知名科學哲學家法伊爾阿本德（Paul Feyerabend）無情的訕笑。他譴責這些科學家不過是用陣仗和權威的頭銜仗勢欺人，不但其中許多人是在對占星學內容一無所知的情況下就簽署了這份文件，而且若論提出論證的品質與說服力，就連一四八四年教皇英諾森八世（Innocent VIII, 1484-1492）爲譴責占星所頒佈的小冊子都還遠遠不如。[2] 然而法伊爾阿本德此舉絕無恭維星命學或爲其辯護之意，在文章的末尾他也提出了自己對占

星的批評。另一方面，今上教皇若望・保祿二世（John Paul II,
1978-）也繼承了教廷一貫的傳統，至今仍在不同場合大聲疾呼相
信占星及察看命盤是一種罪孽。[3]

　　來自科學、哲學、宗教三方鄭重其事的夾擊圍剿，恰只是說明
了星命學的存在是人世間不可輕忽的大問題。[4] 這種試圖以極其有
限的因素來預測、解釋世人一生複雜萬端的「學問」，只要稍經思
考，即可知道不可能永遠預測正確，卻能在古今中外無往弗屆，讓
無數人信奉風靡，我們該要如何看待？

　　以研究「天的科學史」知名的中山茂（Nakayama Shigeru），將
論一九七五年的這份「占星術撲滅宣言」，定位爲人類合理主義與
非合理主義之間永無止境鬥爭的再一次交鋒。這次事件，他認爲，
乃是當時美國大學校園裡的年輕人反動鼓吹科學萬能的教育，轉而
風靡於非合理主義，從而與當時仍居權威地位的科學主義者間衝突
的產物。[5] 中山本人另有研究占星學史的專著《占星術——その科
學史上の地位》，扼要討論了占候國家與個人命運的占星學的起
源、以及占星學發展過程中與天文學間的交涉。然而儘管中山熟諳
人類發展科學方式的多樣性、並不盲信現代科學的權威，同時也願
意承認占星術在科學史上有值得討論的「地位」，但是他仍然不認
爲占星學可能會是「科學的」。

　　科學史家中山對於素被稱爲「僞科學」之占星術的主要評論，
並不是它的「不科學」，而是它根本就無關科學。他在追索占星歷
史發展的軌跡後指出，占星術先預設了人生命定的前提，然後在欠
缺合理根據的情況下把特定的天象與人事武斷地混爲一談，從而再

與實測的天文觀察建立起一種附會的關係。然而，儘管長久以來占星跟天文一直形影不離，甚至有些天文學的進展是因為解答占星的問題才發生的，但是仍然沒有人能夠說清楚天體為什麼會跟占星學所關心的人生問題有關。儘管如此，或許根本就不需要說清楚，只要人們仍然對預測自己最切身關心的問題保持著濃厚的興趣，無論是占星學也好、或是其他預測方法也好，都照樣會繁榮昌盛下去。預測法不但不需要是科學的，甚至於不需要是合理的。[6] 從占星術在一九七五年頂尖科學家反對占星事件以來方興未艾的趨勢看來也確是如此。而全世界不斷出現種種匪夷所思預測未來的方法，如以天文學原理預言股市走勢的方法，也不啻從另一方面支持了中山的看法。[7]

　　如宣稱能以天文學預測股市的人需要一定程度地遵守天文學的法則，操作星命學這套知識也需要相當的理性，儘管它們可能欠缺合理的基礎。在以前，西方學者會毫不遲疑地說占星不過是一種迷信，如果他們研究必須討論到占星，也都會抱著一股紆尊降貴的心情。[8] 然而近年來有些學者，開始有不同的看法，他們認為星命占卜等超自然的預測方式其實並不缺乏理性。這樣的說法有兩方面的涵義，其一是超自然的預測對人類社會的運作能起著積極的潤滑作用。當人們有重大疑難不容易做決定的時候，各方藉由討論占象的名義，提出不同的解釋來交換意見，可較容易得到共識。不但比較不會傷及情面，而且當最終結果不如預期的時候，也不用由任何個人來承擔決策錯誤的危險。[9] 占星的解釋者甚至可以操縱占星的結果來達到他們的私人目標，張嘉鳳、黃一農的論文清楚地說明了這

一點。[10] 在另一方面，也有些學者也開始認識到當人們在判斷徵兆或卜筮結果時，儘管容有不同看法、卻都必須遵循一定的內在規則來解釋。以他們的標準而言，推斷術數是可溝通、可說服、有對錯可言的。絕非如神秘主義或妄想症患者無根囈語，他們一點也不懷疑占者缺乏理性。[11]

像星命學這樣缺乏合理基礎、但卻又遵循一定理性規則的學問是很有趣的。由於缺乏合理基礎，一定會有很多失敗或不驗的情形。但是事實上它並未因此銷聲匿跡，反而愈來愈盛。它的理性規則，是如何被用以解釋它的失敗？而除了消極地回應質疑外，又有什麼樣的積極證據支撐了它？有類似問題或性質的學問其實不少，如一些傳統醫學或宗教皆是如此，而本文希望從中國的星命這個方向，來探索這些問題。

中國對星命學的質疑與回應

無獨有偶，中國也曾發生過以知識權威強力鎮壓星命學的事件，但同樣以鎩羽收場。儘管現代批評星命學的人大多是在「科學」的大纛下對占星興師問罪，但是不待現代科學的發生，早就有很多人對星命學提出質疑，而且質疑的理由根本與科學無關。

這次鎮壓事件發生在七世紀初的大唐盛世，當時算命的風氣就已經很盛行，而且門派林立僞雜，據說由於其說「謬僞淺惡」，讓世人無所適從，使得連身爲天子的唐太宗（626-649）都爲之側目，乃命十八學士之一的呂才「刪落煩訛」，訂正陰陽家書共百

篇，頒行天下。此外呂才還撰寫了〈祿命〉篇，以儒家正統的經史記載作為事實基礎，針鋒相對地批判算命家。他說：

> 長平坑降卒，非俱犯三刑；南陽多近親，非俱當六合；歷陽成湖，不共河魁；蜀郡炎火，不盡災厄。世有同建與祿，而貴賤殊域；共命若胎，而夭壽異科。[12]

呂才首先舉出了歷史上最有名的兵、疫、水、火等大災難，同時他也指出，要讓這麼多罹難者在同時遭遇類似的刑剋，在命理上可說是不可能的。此外，世上儘多見命同而際遇迥異的事例。呂才暗示，這些昭昭可考的事實，在在說明算命這回事站不住腳。

接著他進一步從當時最具公信力的經史文獻中，揀出具體的實例來檢驗祿命學的法則是否成立。

> 魯桓公六年七月，子同生，是為莊公。按曆，歲在乙亥，月建申，然則值祿空亡，據法應窮賤。又觸句絞六害，偝驛馬，身剋驛馬三刑，法無官。命火也，生當病鄉，法曰「為人尪弱矬陋」，而《詩》言莊公曰：「猗嗟昌兮，頎而長兮。美目揚兮，巧趨蹌兮。」唯向命一物，法當壽，而公薨止四十五。一不驗。秦昭襄王四十八年，始皇帝生以正月，故名政。是歲壬寅正月，命偝祿，於法無官，假得祿，奴婢應少。又破驛馬三刑，身剋驛馬，法望官不到。命金也，正月為絕，無始有終，老而吉。又建命生，法當壽，帝崩時不過五十。二不驗。漢武

帝以乙酉歲七月七日平旦生，當祿空亡，於法無官。雖向驛
馬，乃隔四辰，法少無官，老而吉；武帝即位，年十六，末年
戶口減耗。三不驗。後魏高祖孝文皇帝生皇興元年八月，是歲
丁未，爲偹祿命與驛馬三刑，身剋驛馬，於法無官。又生父死
中，法不見父，而孝文受其父顯祖之禪。禮，君未踰年，不得
正位，故天子無父，事三老也。孝文率天下以事其親，而法不
合識父。四不驗。宋高祖癸亥三月生，祿與命皆空亡，於法無
官。又生子墓中，法宜嫡子，雖有次子，當早卒，而高祖長子
先被弒，次子義隆享國。又生祖祿下，法得嫡孫財若祿；其孫
劭、濬皆篡逆，幾失宗祧。五不驗。[13]

呂才的實例討論顯示出他對當時流行祿命法則的熟稔，現代的祿命
專家甚至可以從他所引述一鱗半爪的「法」，與今日所通行者的八
點相同，看出當時論命方式與今時的關連。[14] 然而儘管動用了這麼
雄辯的論述以及如此確鑿的反證，並以朝廷的名分討伐，呂才並沒
有能讓祿命術者的聲勢稍減。這個喧騰一時，有資格載入正史的事
件仍然以失敗告終。史稱祿命「諸家共訶短之，又舉世相惑以禍
福，終莫悟云。」[15]

　　和一九七五年反占星卻對占星學內容一無所知的科學家們、乃
至於中世紀教皇英諾森八世對占星的譴責不同，呂才鎩羽的主要意
義並不僅僅是知識正統企圖壓抑星命學的另一次失敗，而是即使是
用占星內部的邏輯，以子之矛，攻子之盾，並且配合當時最具公信
力的經史反證，也無法將其推翻，星命家的社會影響力依然屹立不

搖。非常可惜的是，由於史文的立場很明顯地倒向呂才這邊，完全沒有報導星命術者究竟是以什麼樣的論點「訶短」了呂才，更不知道他們在論理上如何面對反證的挑戰而自圓其說。所幸在中國歷史上，呂才反對占星之舉既不空前，亦非絕後。他持以質疑星命學的論點，早在漢代就有人提出過。[16] 此後用類似論點挑戰命學可信性的也所在多有。[17] 所以，我們還是可以從散見後世星命書中如何自解的方式，知道星命家如何回應挑戰的反證。

有的時候問題一點也不複雜。蓋有關計算的任何知識，輸入資料的錯誤永遠是算錯時最好用也最先要檢查的理由。尤其在沒有時鐘、為公眾報時的暮鼓晨鐘又只有極少數人才聽得到的時代，生辰的錯誤當然是一個合理的懷疑。[18] 有些命書特別提出警告，即使只是時刻不對，星辰的坐度就已經改變了，所斷的禍福自然不會準。另外，據說有些人家會道聽塗說聽信某個時辰較為吉利，就將這個時辰當作真正的生時拿去給人算。所以術者一定要「一不可拘，二須敢斷；才不致於以誤傳誤，自壞術法。」[19]

有的時候術者回應算命不靈的方式可謂匪夷所思，可以拿祖傳古書失傳相關部分來解釋為什麼不靈：

> 道光以前，山西有以蠡子數鬻技於都中者，頗有驗。其於湘人劉協揆之降調升復，語皆符合。武陵趙文恪公慎畛曾就其人而詢之，乃之此數於國初由關東傳至山西，原書八箱，五箱損於水，遂有無從檢查之八字，即諉之此沈失之數……[20]

　　事實上，即使古法完整地流傳下來。由於現實社會的不斷變遷，術者也不得不多少拋棄或修正原有的內容，而以更靈活的手腕處理理論與現實的差距。所以早在北宋就有「古有命格，今不可用」的說法出現：

　　（上略）衍曰：「忠宣命甚似其父文正公，正艱難中，僅做參知政事耳。」余曰：「忠宣為相，何也？」衍曰：「今朝廷貴人之命皆不及，所以作相。」又曰：「古有命格，今不可用。古者貴人少福人多，今貴人多福人少。」余問其說。衍曰：「昔之命出格者作宰執，次作兩制，又次官卿監爲監司大郡，享安逸壽考之樂，任子孫，厚田宅，雖非兩制，福不在其下，故曰福人多貴人少。今之士大夫，自朝官便作兩制，忽罷去，但朝官耳，不能任子孫，貧約如初，蓋其命發於刑殺，未久即災至，故曰貴人多福人少也。」[21]

這事並非孤例，南宋初有另外一則筆記用社會的急劇動盪來解釋爲何有些術者會算不準：

　　臨安中御街上士大夫必游之地，天下術士皆聚焉。凡挾數者易得獲，而近來數十年間向之行術者多不驗，惟後進者術皆奇中，有老於談命者下問後進云：汝今之術即我向之術，何汝驗我若何不驗？後進者云：「向年士大夫之命占得貴祿生旺皆是貴人，今日士大夫之命多帶刑殺衝擊，方是貴人，汝不見今日

爲監司郡守閫帥者日以殺人爲事耶？」老師嘆服。[22]

原有的法則是基於以往的社會背景。時空既已遷移，自應把原理就新的人事現象作新的解釋，不可株守古法。只是社會總是在變，什麼時候該變通，該怎麼變通都難有定論，這就又給了占者維護星命學若干彈性。

但無論星命原理該如何依社會變遷而修正，命理的基本信念就是可以根據出生日、時推算出一個人的命運，所以只要是同時出生的人應會有相同的結果。但爲何他們仍然會有不同的命運，當然是命理無法迴避的問題。一個流傳甚廣的故事是以小兒的出生環境來解釋這樣的情況：

> 史胥司相國史文靖公貽直之父，字胥司，名夔，素精子平學。康熙辛酉，攜家入都，舟泊水驛，生文靖。胥司取其造推算之，謂當大貴。時阻風，舟不得行，乃登岸縱步。見一冶工家適生子，問時日，正同，心識之。後二十餘年，文靖已官清禁，胥司告歸，復經其地。欲驗舊事，自訪之，則門宇如故，一白晳少年持斤操作甚勤。問其家，即辛酉某日生者也。竟夕不寐，忽悟曰：「四柱中惟火太盛，惜少水以制之。生於舟者，得水之氣，可補不足。若生於鎔之所，則以火濟火，全無調劑之妙矣，其貧賤也固宜。」[23]

這個故事其實還有很多可疑之處。如果這個命造本身的確有「火太

盛」的不足點，究竟能有多少嬰孩可以如此幸運，恰巧在舟上出世？這樣的命造又如何可以輕易斷得是大貴？但無論如何，這樣的「先例」的確可以撫慰許多信仰命理人士的胸懷，至少這是在理論變通的範圍之內給了他一個解釋。而既然出生環境可以造成這麼大的影響，那麼即使生下來的八字有些缺陷，就可以有一活法，以改變生養環境以圖挽回其出生瞬間可能帶來的不利。如：

> 歸安王勿庵侍郎以銜初生時，星家推算八字，謂其中缺水。
> 或告太夫人曰：「必令小兒在漁舟上乳養百日以捕之。」乃召
> 一漁人婦，畀其錢米，寄養百日焉。[24]

今日仍常有用取名方式補救八字者，例子俯拾即是，舉不勝舉。重要的是，儘管這些偏方都不在命理理論的正式內容裡面，卻都成為實踐的一部分，而為側面支持命理有效的貳軍。

出生環境、改名等雖是相當普遍的命理實踐方式，但是在論學講理時卻不常使用。如果需要解釋兩個命造完全相同，命運卻有厚薄的時候，最為主流的解釋方式還是不需要動到理論的核心部分，而另外附翼以歷史悠久的「分野」理論來處理。[25] 這樣的解釋在解答為何命運不如預言時確曾使用過。如：

> 嘉定錢竹汀宮詹有一僕，服役多年，體魁梧而勤幹，竹汀恆
> 倚重之。為推生造，謂必以均公保舉，官至三品武職。久之不
> 驗，疑之，因以其造錄寄欽天監，屬為之推算。覆曰：「某命

果佳，如君言，然必生長北方。若生於南方，則終身僅能近貴
而已，此所以給事君郎也。」26

　　雖然我們不能不質疑爲何四柱理論何不就把方野納入正規的理
論體系，在算命時就把分野考慮進去。但是從上述面對必然有不準
此一事實的種種回應方法，前賢在百般思索，探尋出路之餘，似乎
得到了目前的型式是最佳的共識。無論是納入方野、或是跟出生環
境保持若即若離的關係，這些方法都治絲益棼，難以面對所有的失
靈危機。還不如保留原樣，然後留下空間去辯解或提供改命服務似
乎是比較聰明的做法。畢竟正如《四庫全書》館臣所說的「言命者
但當得其大要而止。苟多出奇思曲意揣度，以冀無所不合，反至於
窒塞而不可通矣。」27 章世純也說：「其法有驗有不驗，驗者人之
智計所及，不驗者天之微妙存斯。」28 這就是盛清一流的知識分子
給星命學驗證所能達到水平所劃的天然疆界。從一門學問精益求進
的角度來說是太保守了些，但對於星命學本身的發展而言這可能是
最明智的抉擇了吧。

中國傳統星命學文本中的證據

　　星命學之所以能屹立不搖，讓許多人爲之深信不疑的重要因
素，正是那些即使不夠多、但似曾「奇驗」過的案例。雖然一定會
有很多牽強附會的假驗案，但即使是拒斥算命最力的人士，也說不
出爲什麼那些「奇驗」的預言可以那麼準，只能以偶中、占者通達

人情世故等理由來解釋。[29] 然而偶中也好、附會也好，也正是這些被指稱爲成功的案例，讓星命學的信仰者說出「遇一命在目，使是一公案在前、」「論命如老吏斷案，一字一理而無失者，方是星家之鼻祖。」等自信滿滿的話語。[30] 而星學的作家，也珍視這些案例的價值，懂得該在適當的地方在書中將「顯達人命載爲驗證。」[31]此下就是要討論星命家安排及陳述這些對他們最有利的證據的方式，而這些方式又如何說明了中國星命學的特質。

星命學文本的絕大部分是推命的基本公式、命理理論、以及判斷的法則。不管是正面或反面的證據，篇幅都不多。以《古今圖書集成》的《藝術典》中「星命彙考」部分爲例，其中共收有十三部晚明以前具代表性的星命經典，只有三部有案例，總計共四千多個「案次」的算命占例。[32]

第一部是《五星壁奧經》。此書的作者、著作時代均不詳，《古今圖書集成》的編者依年代爲典籍排序，把這本書放在傳說是遼統和二年（984）的《耶律眞經》之後，而書中出現的官名如「龍圖」，也說明了這本著作是宋代以後才會有的產物。本書有個副標題叫《清臺四十星格》，下加注「殿駕」兩個小字。這個標題似乎點出了本書的主旨，是要讓讀者能見識一下四十種能夠上殿事君的清貴命格樣本。[33] 其解說是以一個眞人的命造爲基礎，先加兩句七言的批語，然後解說就命造格局上來看，爲何他會有這樣的境遇。所以全書無異一個占星的案例集。如其中第一個命格的內容，據說就是根據一位「朱太卿」的命造：

木星隨日至天宮，錦繡文章達聖聰（朱太卿命）

人以日為命，以月為身，日至午時為「天中」，日生人喜之。

此命在午宮，日在午入廟，水星隨之，無他星相雜。水為貴元，寅有羅星，為文星，主此九卿之位。[34]

像這樣的解說方式可說是星命學傳統下一直到民國初年案例的典型。在這樣的案例中，命造主人為何會有他所遭遇到的命運，從命理的角度來看都明顯而清楚，解說也相當簡單。另外，這類案例只針對一個被認為最重要的主題來發揮，這樣的主題通常就是解說其得此官位、富貴之所以然，人生其他面向的得失一概不提。但是就所要表達的主題來說，解釋與結果之間的關係雖然稍嫌簡單，卻多半能扣得很緊，這些案例是當作命理法則的示例來呈現的。儘管此類型的案例的答案、亦即命造主人的命運在寫下批語時都非預測，而是早已揭曉，所以多少有事後諸葛亮之嫌，不過由於他們的命運到底都似乎可以從命理中得到圓滿的解釋，在讀者接受他們可以當作星命學法則示例時，也同時接受了他們是星命學有效的實例證據的前提。

像這類的案例，到了明代有了有進一步的發展，其代表為萬民英（1523-？）的《三命通會》。這部典籍同時被《古今圖書集成》以及《四庫全書》所收錄。根據《四庫》本該書的〈提要〉所說，這本書是當時最重要的星命學著作，「自明以來二百餘年談星命者皆以此本為總彙，幾於家有其書。」[35] 可見其重要性。

在此所謂的發展可以從兩方面來說，一是在案例的蒐集上規模遠較擴大，也更爲組織化。在書中的卷二十一到二十七（《藝術典》卷六一三至六一九；「星命部彙考」四十九至五十五）中，作者以七卷的篇幅，用八字生日的十個日干與各自可能配合的十二種時辰干支配合爲綱，每種配合可能遇到的六種日支組合爲目，在這七百二十種組合下各加以「斷」語，然後附上作者所蒐集到八字記錄。這是一個極其可觀的八字資料庫，共有三千六百零四筆古人的八字以及簡單斷語描述他們的命運。以下我們舉「六庚日戌時斷」來解說。其體例爲先對所有這般組合的八字下概括性的斷批語，加以注釋與補充：

> 六庚日生時丙戌，金火持爭事不祥，身旺月通印綬吉，不通無救禍難當。
>
> 庚日丙戌時，金火持爭，庚以丙爲鬼，丙火戌上合局金無氣。若通、身旺、印旺、月有救助者貴，反是平常或夭賤。運通亦吉。庚屬大腸，若丙丁旺，甚主痔瘡臟毒膿血之災。

然後其下羅列庚子、庚寅、庚辰、庚午、庚申、庚戌等六種可能組合的日干支的個別斷語，以及作者所蒐集到的此類八字案例。如其中庚寅日條下的記載是：

> 庚寅日丙戌時，申、子、辰月，偏官有制吉。秋生，身殺俱旺，有祿權。純午孤貧無倚，不然殘疾。丑午行西南，公卿以

上貴，純寅亦貴。

鄒應侍郎乙酉戊寅；庚寅丙戌，丁丑丙午（秘書）；庚子甲申（天官）；黃宗明侍郎丁未癸丑；江汝璧學士丙午辛丑、萬育吾參議壬午癸丑，傅津總兵命同。傅雍人，萬冀人，庚生雍則得地，生冀則太寒；傅爲武臣，萬掌兵憲；萬三子，傅一子；少卿癸巳乙丑；郝杰參政丙戌庚寅；李勇總兵戊寅丁丑（背義小人）；黃瓚知府庚戌甲申（巨富多子，一中進士）；戊寅丙辰，丙戌庚子（俱舉人）；戊子戊午（知縣）；庚辰癸未（貧儒無子）；瞽一目極貧乙丑丙戌（甲寅年死，無子）；庚辰乙酉（木匠）；癸亥壬戌（凶死。年月不同，行運有異，中間懸絕如此。）[36]

此條蒐羅了鄒應等十九筆在庚寅日、丙戌時出生的不同出生年月的八字（如鄒應爲乙酉年、戊寅月此日時生，下同）。大部分的八字雖然沒有像前述案例般詳細討論，但也都爲每個人的命運，配合前面的斷語，以及書中散見各處的理論及法則，提供了足讓學者參較玩索的命運資料庫。作者在最後還感歎道，只因出生的「年月不同，行運有異，」可以讓同爲庚寅日、丙戌時生人的命運有這麼大的差別。裡面八人有姓名官位可資考據印證。而其中的「萬育吾參議」正是作者萬民英本人。作者另外還找到一個和自己相同時辰出生的武官八字，並且比較詳細地做一些對照並提出兩人間些許差異的解釋。在敢於將自己八字公開並完全以命理論爲之加以解釋的同時，作者萬民英是拿自己做例證爲星命學背書，深信這個案例

爲星命學的有效性提供了無可撼動的證據。

除了以空前的規模蒐集、整理八字的案例，《三命通會》在展現證據方面另一項積極的突破，是正式將完整的案例帶進了理論的論述中。萬民英在前述的八字資料庫以外，於傳統上只講述法則的議論性文字中大量穿插案例以作爲理論的示範，總數達三百二十八個。如在論「將星扶德」時，萬民英把自己和同時辰生的傅津總兵的八字提出來更爲詳細地討論，以作爲這個格局的佐證，並從而得到命理絲毫昭然不爽的結論。他首先引據八字理論的先驅《珞琭子賦》、《子平》有關「將星扶德」的條文，加以闡釋後，再進一步歸納前人理論，說明眞正合格的「將星扶德」須滿足一定條件，否則「若柱偏官，則典兵刑之權」而已：

> 如余命庚寅日，生十二月大寒後，太陽在丑宮斗十九度，天月二德在庚，屬日主，又庚以丑爲貴神，是將星扶德，天乙加臨，庚生丑月，雖休不弱。年壬午本則旺時，丙戌柱有偏官，所以典兵刑爲清台。日主休廢，官故不大。總兵傅津腰玉掛印，與余命同，傅西人爲庚日得地故也。出身武科，命信然！[37]

他和傅津同一時辰出生，同樣在朝爲官，以命理的格局而論，本都應屬似是而非的「將星扶德」格，但傅津卻因爲生爲陝西人氏，在中國境內西方，和生日日干的「庚」於五行同屬金，組合特別良好，所以能夠入格成爲眞正的武將；而萬民英則缺乏這樣的條件，雖然是進士出身，大半輩子卻總是浮沈於大寧都司、茂山衛右所、

福建興泉兵備等武職，最後終以在省級單位「典兵刑之權」的參議致仕。[38] 對萬民英而言，就算明明知道天下還有很多同一時辰出生的人不可能全都會有類似際遇，但面對自己親眼所見的奇驗，也不得不發出「命信然！」的驚嘆。在這裡實際八字的案例，已經不只是命理法則的示例，而是不折不扣地扮演了命理可信證據的角色。

　　《三命通會》並非唯一將利用命理的案例取信讀者的典籍。《古今圖書集成》中所收的另一部星命學經典《張果星宗》也曾明顯有意圖地用過這種修辭方式。《張果星宗》是到目前為止最受科學史家矚目的星命學著作，幾位科學史的宗匠，包括李約瑟（Joseph Needham）、藪內清、何丙郁等都曾引述過這本書。[39] 此書相傳為唐玄宗所禮遇的道士、後來名列八仙之一的張果老所撰，現在我們所能看到的是明萬曆年間陸位的輯本。陸位字斗南，浙江蘭谿人，在「汪雲陽原本」的基礎上將《果老星宗》重新輯刊行世。一五九三年南京戶部尚書韓擢為這個新版本所作的〈序〉中形容他：「陸生操司馬季主之術，挾果老之奇而遊於世，惡所適而不可哉。」[40] 儼然為明代晚期江南操果老術的活躍人物。書中陸位的評註和明代才有的官名時時穿插其間，但這並不代表此書純然是一部明代的托古偽作。[41] 藪內清根據杜牧的〈墓誌銘〉中有關星盤的記載，指出《果老星宗》的星盤與近代星家所用不同，卻和唐代已知部分的宮位排列法一致，認為此書頗有來歷，可能一定程度上保留了唐代的占星法內容。[42] 另外，有一位現代研究《果老星宗》的人士根據書中星圖所表現的「歲差」，推得這些圖可能在唐德宗（779-805）以後，北宋（960-1126）初之前測繪。[43]

　　《果老星宗》中穿插議論和案例的文字，除了像《三命通會》般當作在敘述格局、法則的補充外，還有一篇充滿了神祕色彩的仙凡問答。場景是在唐代開元年間（713-741），仙人張果老和青年李憕相逢，對他甚為青睞，願意授以仙術。只是李憕志不在學仙，但求在「星命之中，願聞一二足矣。」於是兩者展開了一段稱為〈李憕問答〉的對話錄。

　　〈李憕問答〉開宗明義指出「當以二十八宿為本，以三百六十五度為本源。」亦即看命時，光看星宿所在的宮位乃主「宮主」並不夠，還要細推到三百六十五度，講求「度主」才行，這正是這篇文字的基本立場。此下在傳授法則之餘，李憕舉了七個依照法則所說應該富貴，但實際上卻平凡甚或潦倒的命例問難，而由果老解說為何不然，如：

　　　　又問「唐符、國印守命為奇」：

　　　　「且如丙辰生人，安命在丑，月身在子，唐符在身，國印在命，不富不貴，何也？」

　　　　答曰：「甲寅旬中，子丑空亡之地，土空則崩，何富貴之有？」[44]

這樣的問答部分回答了呂才「法則為何不驗？」的問題。法則不是不驗，只不過是其中有很多奧妙或者是但書，在敘述法則時沒有說破，占者不明究裡，才會用之不驗，所以那些例子並不足以成為星命學不可信的反證。這正是這篇文字所透露的重要訊息。而〈李憕

問答〉在舉出少數幾個這樣的例子後，仍然不把天機盡洩與人，留下了絕大多數未經解說的占驗法則，讓後人自己去摸索和爭辯。

在〈李燈問答〉中另外還有一段稱爲「評人生稟賦分金論」的文字，把案例運用成測試不同學派理論高下的試金石，成爲另一種類型的證據。在此論的開頭，張果老告訴李燈，唐太宗年間的大天文學家袁天綱，號稱「善知天文象緯」，但也是等到果老傳授祕旨之後，「方知用宮主爲非，以度主爲是。」而當李燈向果老請教另一位唐初天文學名家李淳風的學說時，卻受到果老嚴厲的駁斥：「是淳風小兒之誣言也。」接下來，果老舉出王勃、楊國忠、張巡、一行和尚、姚崇、安祿山、裴寂、唐玄宗等人的命例爲說，開元時已逝的加以闡釋，健在的則予以預言；要之在論說只有採用度主派的看法才可能正確推算命運。所以在編者的跋語說：

> 前後問答數十條，俱論唐世朝臣及星芒見諸分野，應安史之亂。以其文語聱牙，用事詭異，故節之也。然談星之要實不外乎此。後學者融心於此，即有所得矣，不可忽略宜細詳之。[45]

儘管「評人生稟賦分金賦」的內容有相當多的破綻。如以爲六七五年去世的王勃在開元時還健在、張巡當時非常顯貴等，都與史實不符。而文中〈李燈問答〉的寫成年代「嘉平二年」也無可解釋。[46] 然而就字面看，這篇文字題告訴讀者：星命學是有歷史證據作後盾的，從而在讀者融心占玩這些命例的同時，夾帶出度主派的確較宮主派更爲優越的信念。而星命學知識的有效與成立又是宮

主、度主兩派優劣值得比較的前提，其有效性更是自不待言。

撇開其歷史時空錯亂的問題不論，「評人生稟賦分金論」的確提供了另外一些重要的訊息。從正面看，這樣一篇文字的主要目的在於分判兩派的理論以及法則的高下。誠然，在接受了星命學是一套有效知識的前提下，選擇一套較堪驗證的法則是很重要的。不過從李憼已經「知道」了「正確」的法則誰屬，卻仍然需要向果老殷殷請教如何看命這點看來，對占者而言。如何運用法則的重要性絕不遜於法則本身。儘管有很多星命學書籍總喜歡用「必」、「不愁」、「無有不驗」等相當肯定的辭彙來炫艷書中所載的法則，至於到底該如何運用這些法則的心法則列為不傳之祕。因此所謂的高手在實際看命時會如何運用法則，也就成為算命者極感興趣的問題。

在《果老星宗》的卷末，恰正針對這樣的需要，附上陸位所蒐集到兩位星命學名家實際算命的批詞，和前述「論命如老吏斷案」呼應，稱之為「星案」，依原作者姓氏命名，分別名為《鄭氏星案》和《杜氏星案》。

《鄭氏星案》作者為鄭希誠，元末明初人。據說在十八歲時偶然入山遇異人授以《果老五星》一書，從此用書中占星之法算人命運「輒驗」，以致求占者門庭若市。據說他算命「問人生辰即書所生之七政四餘及干支化曜於盤上，倒懸之仰觀旬日，人之壽夭禍福窮通錙銖不爽。後卒書不傳，今有所撰寫占詞七十二張行世。」[47]

《鄭氏星案》是研究傳統星命學的瑰寶。現存的四十個案例中有一部分可以完全還原成本來的年月日時，已知部分分布在到一三

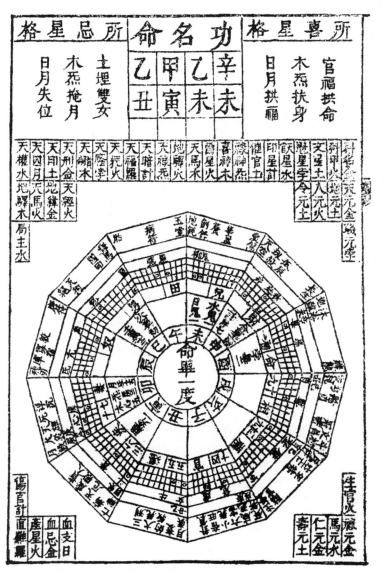

圖 5-2　《鄭氏星案》中的天宮圖。

一二到一三七六年之間，正與傳說中他的年代相符。[48] 這些批詞真正反映了古代批命時實際需要交代的各種細節。這而不再像是前述各種案例，讓人有一種事後諸葛亮的疑慮。如果相信陸位的說法，這些星案都是因為預言「錙銖不爽」，而被人視為奇珍而記錄流傳。各前述案例大多只針對一條法則或結果簡單地談人生休咎不同，這些星案都是以一張星盤為中心，將本人一生的家庭、事業、健康等各個情況，隨著流年作二到五百字的較長批斷。星案中所引述的法則，幾乎都可以在《果老星宗》或其他有名的星命書中找到。所以星案的目的並不在於創造新的知識，而是在示現如何運用法則。

另外一部《杜氏星案》也是為人批命的占詞，作者為成化年間的杜全。根據《集成》中陸位的說明，杜全是浙江括蒼人氏，早年遇到神人授以星術，遂著名，「算多奇驗」。[49] 今所傳乃「好事者錄其批詞，僅二十餘章，彙句成集。」[50] 書中只餘十七章。今取最短者以為示範：

> 命坐端門最上頭。神羊獨立在南周。計羅截斷身飛出。金水扶陽主入遊。性如火發沖牛斗。傑然特出異常流。纔交弱冠來年後。一躍龍門拜晃疏。[51]

此書所承載資訊的豐富程度固無法和《鄭氏星案》相比，而且現代的占者也似乎無法僅憑這些韻語占詞，還原為本來的完整星盤來加以分析。最多只能就字句間透露的一鱗半爪來揣摩杜全的推命

功力。但儘管如此，能有這樣的星案對於有志於星命學的人們來說，還是彌足珍貴。所以陸位還是肯定《杜氏星案》的價值。他說：

> 杞梓楩楠，材各不同，無非棟梁榱題之具也。況見鳳一毛，竊豹一斑，而全體可知矣。[52]

除此之外，永樂年間有個有個名叫汪廷訓的人因爲得到了《鄭氏星案》的占詞，「效其法，亦取驗。」[53] 汪庭訓的故事不禁讓熟悉醫學史的人們想到明初王仲光本來只會背誦醫經，不會治病，卻因故竊得戴元禮家中的醫案，從此成爲名醫的典故。[54] 無論如何，星案較其他的星命案例更完整地示範了法則的運用方式，可供占者揣摩。玩索此案者如汪廷訓，可以功力倍增，彷彿受高人指點心法，其受術家重視是不言可喻的。

星命的證據說了些什麼？

星案這種一方面不脫離法則，同時又能夠指點光讀法則難以參透的迷津的特質，暴露了在實際看命的時候，結果其實未必總能像《五星壁奧經》或《三命通會》所示範的例證般昭然若揭。事實上如〈李燈問答〉所示，許多法則都是話只說一半，本來就沒有必驗的可能。如此，星命學文本正面說話時雖然反覆強調只要選對了法則就可以正確推算命運，但又不肯將運用法則的金針輕度與人，所

以算命不驗，就常會被認爲問題是出在人而非法則。而在星命學的知識是建立成現在這個面貌的情況下，有志依賴文字學習星命學的人士就必須長時間苦心孤詣地揣摩法則的道理，然後再一步步進展到新的境界。如清代的何萬年：

> 何萬年，字永錫，長洲人。父願良，善言命，多中，好酒。浮湛里閭，自得也。萬年讀父書，尤精其學。人來請者，必以實告，不妄譽人。然喜儒，常從諸生游，詗其生年月日時之干支，以決得第之早晚。秋榜將發，竊自計平生所決之必雋者，日造其門，詢消息，至則闃然，詫曰：「吾言必不謬。」即臥其家。已而吉語至，則大喜狂叫，自謂：「何生如何也？」
> ……率多驗。而嘗謂文懿公曰：「吾恨不讀書，然於星家言，窮日夜研尋，每進一年而知曩年之誤，雖不能悉中，後又安知今日言之非謬也。」[55]

像何萬年這樣一位對自己的占斷滿懷自信，敢揚言「吾言必不謬」，而且其算命技術也的確被評價爲「率多驗」的人，也要承認自己儘管日夜鑽研，但還是無法完全掌握法則的旨趣，常每年發現以往的理解錯誤。這個例子也反映了問題發生時，被反省的常不是法則，而是個人的對法則的掌握程度。

這當然不是說法則不會成爲反省的目標，前面提到，即《果老星宗》中「宮主」、「度主」派的相爭都是法則面臨挑戰或競爭的情形。但只要是以前述方式建構的學問，無論是挑戰者或是被挑戰

者，同樣都要能掌握法則才能使之發揮功效，此所以〈李憼問答〉中果老在論證實例支持「度主」為優的同時，仍要點撥如何看命。用古代的話來說，就是技藝或「藝術」精不精的問題。

這正是中國傳統被歸於「藝術」類知識共同的特色。無論是書畫、醫術、卜算、還是修證宗教的法門，都有一些如日月經天般的法則作為典範讓學者所共同遵循。但是大匠能授人以規矩，不能使人巧。眾所周知，修習禪宗的參悟得道者少之又少，算命能夠有資格被認為是「屢驗」的人也的確不多；而現在被視為最具現實基礎的中醫，從很久以前就有「有病不治，恆得中醫」的諺語，認為不找人看病的就相當於找到一個中等的醫生，可見良醫的希罕。但儘管如此，這些實際操作時失敗遠多於成功的知識，仍然能得到承認並流傳下去。同一個朝代操作同一套知識或法則的許許多多人中，總只有最傑出的少數人能夠掌握到規矩的神髓，有資格被記載於正史的〈藝術傳〉中。而雖然學者如牛毛，成者如麟角，那些極少數被認為成就的人物，以及和無數治療、算命、以及修證行為相比極其希罕的成功「醫案」、「星案」、乃至於「公案」，在古代中國的觀念中，就足以被認為是這套知識可以成立的證據。

如此說來，作為一種證據的這些「案」有一層更深的意義需要闡發，那就是這些證據所要捍衛的知識是難以駕馭的。而且縱使如「醫案」和「星案」容許或鼓勵模仿、揣摩所示現的方法，但也不保證只要學步就可以達到同樣的成功。這些「藝術」類的學問講究法則，但同時操作者的個人素質也不可或缺。「案」的存在是告訴人們所展現的法則只要遇對人來操作就會應驗，而後學是可以透過

參究這些「案」的用心，來提升自己的境界，但即使參究、模仿失敗了，也不會因此動搖「案」的權威性。

從現代講究有效知識必須可以重複驗證的觀點看來，中國傳統的觀念毋寧是相當可笑的。事實上，自西風東漸後，中國傳統的禪宗、醫學、以及星命學有很長一段時間同被打入冷宮斥為迷信。當然對很多人來說現在仍是如此，但曾幾何時，禪宗的評價首先因西方神祕經驗的風潮而翻身；中醫也因針灸等療法確著功效而開始受到先進國家的注意。唯獨星命學雖然一直廣受大眾的歡迎，但仍然是大多學者恥言之，上不得檯面的東西。本文的目的並不在為它平反，而是想了解傳統中國對歸於「藝術」這個範疇的知識抱持著什麼樣的態度，這樣的知識又需要具備了哪些證據才能夠成立。相較於已經較被接受的禪宗或中醫，沒有任何「科學」甚至「合理」方式可以依傍、解釋其內容的星命學似乎更適合扮演這個角色。而所得到的結果，卻可以用來反芻對其他的「藝術」類知識的理解，並反省受過西方洗禮後看待這些傳統知識的態度。

註釋

* 承本文在成稿前曾在中研院史語所生命醫療研究室以及「讓證據說話」學術研討會報告，承蒙評論人李建民先生、匿名審查人、以及與會各位師友指教，謹此致謝。

1 這份聲明原發表於 *The Humanist* (September/October, 1975)，全文仍可在該刊主辦單位，美國人文主義者協會（American Humanist Association）的首頁

http://humanist.net/documents/astrology.html 找到。

2 Paul Feyerabend, *Science in a Free Society* (London: NLB, 1978), pp 91-96.

3 丁致良譯，《占星學》，（台北：立緒文化事業公司，1996），頁7。

4 正如羅界（Geoffrey Lloyd）所指出，儘管在現代社會中每個普通人都可以自由地表示對占星學的喜好，但是如果是一個名人，好比說南施‧雷根（Nancy Raegan），被知道是相信星命學，卻必須要承受輿論的譏評，見 Geoffrey Lloyd, "Divination: Traditions and Controversies, Chinese and Greek," *Extremi-orient, Extreme-occident 21* (1999) p. 1.

5 中山茂，〈占星術撲滅宣言が招いた反發〉，頁112。收入科學朝日編，《科學史の事件簿》，（東京：朝日新聞社，2000）。

6 中山茂，《占星術——その科學史の位置》（東京：朝日新聞社，1993）。

7 如加州天文學家協會相信他們的天文學技術可以幫助他們在財務市場獲勝。如利用開卜勒（Kepler）和牛頓（Newton）行星走向的原理，可以預測股市的走勢。見倪德厚夫（Victor Niederhoffer）著，眞如譯，《投機客養成教育》（台北，寰宇財金，1998），頁443-446。

8 Keith Thomas, *Religion and the Decline of Magic* (New York: Charles Scribneer's Sons, 1971), pp. 358-363.

9 O. K. Moore, "Divination - A New Perspective," *American Anthropologist* 59 (1957) 69-74; G. K. Park, "Divination and its Social Contexts," *Journal of Royal Anthropologist Institute* 93(1963)159-209.

10 見張嘉鳳、黃一農，1990，〈天文對中國古代政治的影響——以漢相翟方進自殺爲例〉，《清華學報》，新20卷第2期，頁361-378；黃一農，1991，〈星占、事應與僞造天象——以「熒惑守心」爲例〉，《自然科學史研究》，第10卷第2期，頁120-132。

11 P. Vernant 等學者在1974年所出版 *Divination et Rationalité* (Paris, 1974)一書可說是此一看法的發軔。

12 《新唐書》（北京：中華書局新校本，1981），頁4063-4064。其中「長平坑降卒」當指戰國晚期長平戰後秦將白起坑殺趙國降卒四十萬之事；「南陽近親」當指張機《傷寒論》〈序〉所說其南陽宗族十之六七在短期之內死於傷寒的典故；歷陽湖的水災和蜀郡的火災事不詳。

13 《新唐書》（北京：中華書局新校本，1965），頁4064。

14 梁湘潤、韓炳慶《命學大辭淵》（台北：東方命理書苑，1974），頁560。

15 《新唐書》，頁4062。

16 感謝劉增貴、林富士先生告知。

17 基於本文的目的，我的討論均將只限於技術的層面，而不觸及呂才也提及的其他問題，諸如為什麼不是道德，而是人的生辰來決定命運。

18 據說有些術者會主動提到這個問題，並要求占者說出其家中情況確認，其實在這樣的過程中他們已經可以套到不少求占者的情報。見〈以河洛數推命〉，收入徐珂，《清稗類鈔》（北京：中華書局，1986），第10冊，頁4625。

19 《藝術典》卷574；第468冊，頁48B中。

20 〈以蠡子數推命〉，收入徐珂，《清稗類鈔》，第10冊，頁4626。

21 《藝術典》。卷629，冊472，頁55A中-55A下。

22 《藝術典》。卷629，冊472，頁54B下。

23 〈史胄司精子平〉，徐珂，《清稗類鈔》（北京：中華書局，1986），第10冊，頁4620。

24 〈王勿庵八字缺水〉，徐珂，《清稗類鈔》（北京：中華書局，1986），第10冊，頁4623。

25 分野指與上天星次相對應的中原州、及戰國古國名地域。可參考藪內清，《增補改訂中国の天文曆法》，頁6、292。

26 〈錢竹汀為僕推生造〉，徐珂，《清稗類鈔》（北京：中華書局，1986），第10冊，頁4623。

27 耶律純，《星命總括》，〈提要〉，《景印文淵閣四庫全書》，冊809，頁192。

28 萬民英，《星學大成》，〈提要〉，《景印文淵閣四庫全書》，冊809，頁285。

29 江曉原，《歷史上的星占學》（上海：上海科技教育出版社，1995），頁269-270。

30 《藝術典》卷574；第468冊，頁48上。

31 李仝，〈新雕注疏珞琭子三命消息賦序〉，收在劉永明主編，《四庫未收術

數類古籍大全》，（合肥市：黃山書社，1995），第7集，p. 50。

[32] 這個數字是我讀過初步計算的結果，所計算的只是「案次」，亦即只管出現次數，不管是否重複出現。

[33] 但是其實只有二十三個星格符合這樣的條件，其餘十七個分別包含了貧窮、出家、拙人、破祖、廢疾、刑囚、夫人、婢妾、娼妓、淫奔等不同的身分或境遇。

[34] 《藝術典》卷586；第469冊，頁38B下。括號內在原文為小字附註。

[35] 《景印文淵閣四庫全書》（台北：台灣商務印書館影印，1983-1986），子部116冊，頁810-1。

[36] 《藝術典》卷617；第472冊，頁3B上～中。括號內在原文為小字附註。

[37] 《藝術典》。卷607，冊471，頁12B下。

[38] 袁樹珊，《中國歷代卜人傳》（台北：新文豐出版社重印，1998），頁757。

[39] Joseph Needham, Science and Civilization in China, vol. 2, p. 352；藪內清，《增補改訂中国の天文曆法》（京都：平凡社，1990），頁190-191；何丙郁，〈「紫微斗數」與星占學的淵源〉，《歷史月刊》68 (1993)，頁47。

[40] 袁樹珊，《中國歷代卜人傳》（台北：新文豐出版社重印，1998），頁356。陸位另著有《星學綱目正傳》20卷，見《明史》（北京：中華書局點校本，1986）〈藝文志〉，頁2443。

[41] 此書的一個三卷節本的《星命溯源》被收入《四庫全書》時，乾隆館臣根據做了若干文獻考證，根本上否定此書會作於唐代，對於張果這位掛名的作者，也刪去「不題」，見《星命溯源》，《景印文淵閣四庫全書》，冊809，頁45-46。不過，比起文獻考證，下面提到的現代觀點論據似較堅強。

[42] 藪內清，《增補改訂中国の天文曆法》（京都：平凡社，1990），頁190

[43] 李光浦，《果老星宗新詮》（台北：武陵出版社，1999），頁12。

[44] 《藝術典》卷570；第468冊，頁24b下。

[45] 《藝術典》卷570；第468冊，頁24A上-27B中。

[46] 如《四庫全書》本的〈提要〉，就把嘉平逐改為嘉靖，但是這又會與〈李憕問答〉中李壽終四十七歲的預言不合。

47 《藝術典》卷 629；第 472 冊，頁 55b 下；又見袁樹珊，《中國歷代卜人傳》（台北：新文豐出版社重印，1998），頁 379-380 引《光緒浙江通志》。二者文字有小異。如後者稱鄭每次推命倒懸仰觀旬「月」，不免太久。此從《集成》。

48 李約瑟在前揭介紹《鄭氏星案》時指為 14 世紀的星盤。另外李光浦在 40 案中考出到 15 個，發現案目不依時代排列，時間最早為 1312 年 12 月 27 日（陰曆十一月 29 日，案 32），最晚者為 1376 年 2 月 2 日（陰曆正月 12 日，案 8），前後相隔 64 年，稍微久了一些，但也非不可能。見李光浦《鄭氏星案新詮》（台北：武陵出版社，1998），頁 301-302。

49 袁樹珊引《光緒處州府志》有一明人杜璇，「精於星命，言禍福貴賤無不驗。名著遠邇。當道士大夫皆信重之。」事蹟鄉里相同，名亦相近，不知是否同一人。見《中國歷代卜人傳》，頁 372。

50 《藝術典》卷 585；第 469 冊，頁 36A 下。

51 《藝術典》卷 585；第 469 冊，頁 36B 上。

52 《藝術典》卷 585；第 469 冊，頁 36A 下。

53 袁樹珊，《中國歷代卜人傳》，頁 380 引《光緒浙江通志》。

54 吳以義，〈溪河溯源：醫學知識在劉完素、朱震亨門人間的傳遞〉，《新史學》3:4 (1992, 12)，頁 80。

55 〈何永錫自謂何如〉，徐珂，《清稗類鈔》（北京：中華書局，1986），第 10 冊，頁 4619-4620。

圖6-1 〈宋人十八學士圖〉

6

為學方案

學案著作的性質與意義

朱鴻林

（一）

　　以「學案」命名的著作，最初出現於十六世紀後期的萬曆年間，從十七世紀晚期黃宗羲（1610-1695）的《明儒學案》面世後，開始流行，直至近年未止。[1] 以我們現在所知而言，《明儒學案》之前的學案命名著作，至少也有四種。它們依照出現的次序是：耿定向（1524-1596）的《陸楊二先生學案》、劉元卿（1544-1609）的《諸儒學案》、劉宗周（1578-1645）的《論語學案》以及王𡵉（明末清初）[2] 的《學案》。《明儒學案》之後的，數量隨著時代增加，其中像黃宗羲本人開始編纂而成書於全祖望（1705-1755）的《宋元學案》、唐晏（1857-1920）的《兩漢三國學案》以及徐世昌（1858-1939）的《清儒學案》等，都是範圍一個時代或一個朝代的巨著。其他或以一人、一地、一個學派、一種學術題名的學案

著作,更是不一而足。

這些共名的著作,著作的表現形式不一,內容則除了近年所見的一些之外,都與儒學有關,主要是對儒者言行、著述的記載和評述,其次是對儒家經典的解說和詮釋。涵括一代以上的著作,所顯示出來的儒者面貌和儒學情況繁富多樣,舉凡個人的思想主張、學術特色,時代的潮流、風尚,整體學術的盛衰、深淺等等,都能有所反映。反映的範圍和程度,由於作者的著書目和選材不盡相同而不能劃一,但重要著作的作者們,卻都對儒學的範圍以及學問的授受門徑這兩方面十分注意,甚至辯說不遺餘力。

這現象關係的固然是個別作者自己的學術思想主張,其導源則是作者們對知識性質的認定和對知識形成的推理問題,實際上涉及的則是他們對其著作的性質的認定和用途的期望。這是探討學案命名著作出現和興盛的意義的一個重點。但作者的看法和做法事實上也隨著時代變化,因而將所有現存的學案命名著作作全部的討論,實非本文所能勝任。

學案命名著作的發展,以《明儒學案》的出現為地標,此書在體例構思上對後來的共名著作都有影響,因此它的體裁、內容、思想結構等方面,都曾為眾多學者所充分論述。但此書的性質和著作用意,看來卻還有深入討論的必要。本文擬以《明儒學案》以及與之相先後的學案命名著作綜合論析,探討這些特別命名的著作在它們的歷史早期時,具有甚麼性質和表現形式,藉以了解黃宗羲等重要作者對於儒學性質的認定以及授受方法的主張。

（二）

　　討論學案命名著作的性質所遇到的第一個問題是「學案」這個關鍵詞的定義。此詞黃宗羲沒有給予解釋，在他之前以及與他並世的學案作者也都沒有。也許他們認為此詞的意義已為學者所共知，因而無須加以界說。但這其實卻對了解問題，帶來困難。現代學者對於名義和性質的關連問題，興趣似乎不大，因而直到晚近，才有討論「學案」定義的文字出現。主要的看法有兩種：學術檔案與學術公案。作「檔案」解者，從著作的內容著眼，視學案猶如一人學術或一家學術的歸類「記錄」。[3] 作「公案」解者，從晚明的思想文化背景著眼，視學案猶如解釋禪宗公案的文字禪。[4] 兩解的共同認識則是，凡學案必兼備案中學者的傳記、學術資料以及學案作者對這學者的學術論定。

　　現代學者又受了梁啟超給《明儒學案》定性為學術史著作的影響，[5] 因而都視學案是一種專屬學術史或學術思想史的撰述體裁。[6] 這種認識有一定的道理，但從學問分類、著作旨意，著作形式等處看，學案是否便是史類著作，學案能否算是一種體裁，卻都是值得疑問追究的。[7]

　　梁啟超視《明儒學案》為史著，儘管是現代人參考了西方史學後的觀念結果，[8] 但衡以傳統的學問分類，也自有其根據。和學術有關的傳統史著，以處理所謂辨章學術、考鏡源流的事情為主，重點在於述析學說的意義和學說的發展。《明儒學案》依照學派的源

流分合載錄明代儒者的傳記和語言文字，可以算是一種廣義的言行錄，而言行錄正是史著體裁之一。言行錄的典範著作是朱熹的《名臣言行錄》。此書分條載錄傳主的行實和言論，但所載錄的言行，並不構成一個完整的傳記。[9] 很多學者認爲是「學案」著作濫觴的朱熹編撰的《伊洛淵源錄》，[10] 其實也是一種特殊的「名臣言行錄」，只是它給所載的人物除了條列遺事之外，傳記比較完整，而且所錄的人物都是構成一個學術傳統的人物而已。[11] 朱熹這兩種「相爲表裡」的著作，[12] 實際上都以記行爲主，因爲所記之言，也是見於行事中之言，不是獨立說理之言。

《明儒學案》在體裁上和在所處理的內容上，其實都與《名臣言行錄》和《伊洛淵源錄》不同。它的傳記本身，包括了傳主的行事、思想學說以及撰傳者對傳主的思想言行的評論，已經形成了一個完整的學者傳記。它所載錄的語言文字，從傳記史學的角度看，只是不必要的附錄；沒有了它，書中的傳記依然意義不失；沒有了傳記，它在書中卻只是一片用意不明的話語。因此，當黃宗羲在《明儒學案》中大量載錄出於傳主自己的語言文字時，這些語言文字本身便應別有意涵，而它的性質也不應止於作爲事實或議論根據的證據性質。這是我們質疑《明儒學案》的史著性質的起點。

在一例認定《明儒學案》爲史著的見解中，我們應該注意到以下的二個明顯現象。其一是，《明儒學案》的作者，此書前後的其他學案命名著作的作者，以及他們的批評者，都沒有給我們留下他們視學案爲史著的足夠感覺。另一是，並非所有以學案命名的著作都在傳統的目錄分類上被認作史部著作。《四庫全書》著錄的學案

命名著作共有六種，只有《明儒學案》被歸類爲史著，列入「史部
傳記類總錄之屬」。[13] 此外黃宗羲的老師劉宗周的《論語學案》屬
於「經部四書類」。其餘四種列於存目，全部歸屬「子部儒家類」。
它們是：萬曆二十四年前成書的劉元卿撰《諸儒學案》，[14] 和《明
儒學案》同時代而稍前的王蚳撰《學案》，[15] 黃宗羲始撰、黃百家
續成的《二程學案》，以及後於黃宗羲的吳鼎撰《東莞學案》。[16] 這
些著作的部類歸屬，決定於《四庫全書》館臣對它們的性質判斷。
這是讀者的識解結果，是否有當於作者的原意，還須要我們再判
斷。

（三）

以下依照著作的出現次序，述析以上各書的著作旨意。《四庫
全書》所著錄的學案著作中，最早的一種是劉元卿的《諸儒學
案》。此書部分內容（所載人物與所錄語言文字）與《明儒學案》
相同，對於了解《明儒學案》的著作旨意尤有關係。劉元卿著書是
受其師耿定向的影響所致，耿定向有單篇的《陸楊二先生學案》，
不在《四庫全書》的著錄範圍之內，但卻是我們探討學案命名著作
的各種問題的重要開端，因此也要加以述析。

• 耿定向《陸楊二先生學案》[17]

《陸楊二先生學案》收於耿定向《耿天臺先生文集》卷十三，
編在這文集的「傳」類，以兩個傳記和一個後記形式出現，主人翁

是宋儒陸九淵和楊簡。陸九淵傳在一個簡單的編年輪廓內，條列傳主的行事和言論，體裁近於《名臣言行錄》，但編纂的原則則不同。除了不像《名臣言行錄》的逐條註明出處之外，所編列的言行資料是高度選擇性的。楊簡傳的體裁基本相同，只是言行資料更加集中表現了楊簡與陸九淵論學得悟一事。這兩篇傳記首尾都不完整，載錄的言行，重心都與學術方面有關，整個記敘卻讓傳主得以說明自己的學術特色。耿定向的基本表達概念是以行見學：陸楊之學的眞相，是從其行事觀察到的，也只有從其行事才能觀察得到。

結尾一段交待了作文緣由，對於我們了解耿定向以「學案」命題的涵義很有幫助。原文如下：

> 右陸楊二先生學案也。人言二先生之學，其悟頓矣。乃其修證漸次若斯耶？象山教人，諄諄以切己自反、改過遷善爲入路；而慈湖晚年，更以稽眾、舍己從人爲深省。世侈妙悟玄解而劣實修，然乎？又使承學者流，未能辨志，未能實識本心，不知所謂遷且改與夫稽且從者，果足適道否也？余郡侯懷堂先生，世傳二先生之學者也，特書此以就正云。

這段說話，配合陸楊二傳的內容來看，顯示了耿定向的作文目的，是在糾正一種在他看來是對陸楊之學的錯誤了解。世人認爲陸楊之學得於頓悟，而學者因而有「侈妙悟玄解而劣實修」的情形。這情形耿氏認爲是對陸楊學旨的誤會，他從陸楊二人的言行舉出證明，顯示二人之學也是漸次修正的，而其正確門徑則是辨志、識本

心、改過遷善和稽眾舍己。

耿定向這個做法，是對一種成說的重新檢討和推翻。這樣，他所用的學案一詞的意義，便有著法律上的「案件」的意義。仿佛他所處理的，正是一個學術上的案件。在這個案件上，耿氏的目的是翻案，他的做法則是陳詞和判斷並行。他以陸楊兩家的言行作為陳情的內容，並由此引導出他的結論。這個學案的提出，有著一體二用的效用，既是立案，也是斷案，而終極目的則是從而為學陸楊者提出正確的為學門徑。耿定向學出泰州，泰州學出姚江，姚江學近陸楊，所以會認為陸楊的學問途徑是正確的學問途徑。從著作用意上看，這學案本身所涉及的終極問題，是怎樣獲得正確學問的問題，因此「學案」的終極意義，並不止於判斷某種學說本身的是非優劣，而尚在於展示做成某種學問的正確途徑方法。學案有著為學方案的意思。

● 劉元卿《諸儒學案》[18]

《諸儒學案》以耿定向《陸楊二先生學案》為其著作的思想源泉。此書今傳本全書二十五卷，每卷一人，卷端皆題作「某某先生要語」；共收宋儒十二人（周敦頤、程顥、程頤、張載、邵雍、謝良佐、楊時、羅從彥、李侗、朱熹、陸九淵、楊簡），明儒十三人（薛瑄、胡居仁、陳獻章、羅欽順、王守仁、鄒守益、王艮〔附朱恕、韓貞〕、王畿、歐陽德、羅洪先、胡直、羅汝芳、耿定向）；[19]人各一傳，傳文一般頗長；傳後載錄傳主的語言文字，或為成篇，或為語錄，均未註明出處；傳後、文後亦都沒有劉元卿自作的評

論。

各家傳記，或出於劉氏尊師之故，凡耿定向曾有撰作的，均連帶耿氏評論予以抄載；《陸楊二先生學案》之外，薛瑄、陳獻章、王守仁、王艮（附朱恕、韓貞）、鄒守益、羅洪先各人傳記皆是；胡直傳記，也以耿氏所作胡氏墓誌銘為參考。[20] 各家「要語」則為劉元卿自己所選輯。選輯的準則劉氏沒有交待，但從下文的述析可見，他繼承師說而擴大之的做法是明顯的。

劉元卿的著書意旨，在《諸儒學案序》[21] 說得很清楚；從中所見的「學案」意思，也相當明白。照劉元卿的看法，孔孟聖人之學，都是性學，但都不在性字上多作演繹。孔子「以學而時習為盡性，」孟子以「盡其心者為知性；」說及的只是學習和盡心（即擴充四端之心，）都是不待多言的身體力行之學。這個學旨卻被後來學孔孟的儒者所溺沒不顯。後儒以見聞言性，只用言語識見來作性的形容解釋，因此所說都有窮盡而不得不因時而變。不管是周敦頤的主靜，抑或是程顥的識仁、張載的定性、程頤的涵養，陸九淵的自求本心（有偏枯的流弊）、朱熹的窮理（有支離的流弊），都是一樣的因應變化結果。儒學的演進只是這樣不斷一興一替的內部鬥爭（「穴中之鬥」）；目前雖然是「冥契於內」者勝，但難保將來不是「更索之於外」者勝。只要是流於言語意見，缺乏實踐，便都無法做到孔孟遺教所示的學問。此序的結尾，便是從解決問題的立場，來說明著書的緣故。關鍵的文字如下：

然則是穴中之鬥終無已時耶？乃今而知孔孟之學之大也乎？

夫不必言性，不必不言性，言外未嘗非內，即言內亦未嘗非
外，斯或聖與儒之所由歧者耶？雖然，諸儒固求曙於聖路者，
世無孔孟，將安取衡，吾姑爲數先生具案云爾。若夫判斷聖
儒，令予之積惑且汰也，今雖老，猶庶幾旦莫遇之焉。

劉元卿認爲，儒學的內部鬥爭是可以結束的。方法是：提出聖
人的學問方法，然後爲那些「求曙於聖路」的儒者「具案」——備
載他們的求學方案——讓學者自己去判斷誰人學的是聖人之學，誰
人學的只是儒者之學，從而學習值得學習的。他所具的「案」的具
體內容，便是書中所載的各家「要語」。這樣，作學案的目的，便
是透過儒者自己的語言文字來表示他們的爲學方案，從而讓學者選
擇自己認爲好的爲學方案。學者既然可以但從語言文字作判斷選
擇，遵從到底的一師傳承，便成了不必要的爲學方法。

劉元卿這裡表現了一種中立的學問態度，所以此書只「具案」
而不作所錄諸儒誰爲「聖」誰爲「儒」的判斷，沒有他自己的評論
見於書中。但這其實只是表象。實際上，他是認爲某些明儒所學的
才是聖人之學，宋儒所學的只是儒者之學。這個意思他在本書表達
得比較委婉，但在兩篇與此書旨意有關的文字中，卻說得十分明
顯。其中《宋儒傳略序》一篇，是爲《諸儒學案》的宋代部分的另
書而作的，可以發明《諸儒學案》的隱藏意旨：

予嘗侍耿先生，先生語予曰：「宋儒之學精深，然而有窮
盡；孔孟之學粗淺，然而無窮盡。」予問曰：「宋儒求爲孔孟

者，乃與孔孟異乎？」先生曰：「其所擇術微異耳。譬諸燈，置之案下則光近，置諸案上則光遠，懸而置諸堂之中則益遠，又傳而爲眾燈，則相續無窮。非燈有近遠，所操異也。」予聆已，作而嘆曰：「宋儒篝燈者也，堯舜懸燈者也，孔子其傳燈者乎？斯孟氏所以賢孔子於堯舜，而發慎術之說。蓋自是而後知有儒聖之辨。間讀宋儒書，雖《定性》、《識仁》等章，世所推爲妙論者，心然之而不盡然，以其未離於見，而未若孔孟之不遠於人也。未離於見，則深而易窮，不遠於人，則顯而無盡。然則乃知耿先生之於道，深乎深乎。雖然，宋儒固亦求明孔子之道而未至者，然其人往往泰山喬嶽，有所見於世，即推之一郡一邑，無不爲名吏，視近世號爲儒紳而疏脫迂腐，何啻霄淵。故予既輯《學案》，復約取其事行，爲《宋儒傳略》，……傳略止於象山門人（楊簡）。[22]

　　這段文字有著檢討宋賢理學成就的重大意義，由此可見，《諸儒學案》雖然爲宋儒「具案」，卻沒有表示學者必須師從宋儒不可之意。劉元卿重明輕宋的認識，在另一篇的《昭代儒宗輯略序》中同樣有所表明。《昭代儒宗輯略》爲耿定向所輯，收錄耿氏所作王守仁、鄒守益、王艮、羅洪先四人傳記，從書名可見，耿氏認爲這四人才是明代儒學的宗師。劉元卿當然同意，並且在序文開頭便作說明：

　　　　往宋學分裂，承傳日舛，析文辨句於訓詁之間，陳新會獨從

靜中得之，斯亦天啓矣。然以其初入理界，心與事猶然二之也。餘姚出而提掇良知之旨，豁然如日中天。維時鄒文莊、王汝止見而知之，羅文恭聞而知之。……孟子言性善，則言擇術；術不擇，性不可得善也。……甚哉，擇術之急也。耿先生於此，蓋數數致意矣。吾故以為，四先生之後，不可無耿先生。[23]

劉元卿以王學為得儒學正宗之意，至此可謂昭然若揭。所以《四庫提要》評《諸儒學案》所輯語錄說：「其學本出於姚江，程朱一派，特擇其近於陸氏者存之耳，」[24] 是正確的。更重要的是，以上這兩段文字正顯示了，「學案」並不以傳記為其著作的唯一意義；它的真正關心點是「擇術」的學問方法問題，它的終極意旨在於提示為學的方案。

● 劉宗周《論語學案》[25]

《論語學案》是部逐條闡釋《論語》本文的說經之作，同時解釋《論語》所記言語事情的意思和發明所記的義理。照所闡釋的內容看，此書所用的「學案」意思，是作者以所學對《論語》的意義加以判斷、檢驗、驗證之意。（在若干章上，劉氏有以此案彼，以己心推斷，以此事作為參照依據而使另一事意義明白的表現。[26] ）《四庫全書》依照《明史藝文志》將《四書》歸類經部的成例，將它歸入經部著作。[27] 說經之作透過文字注釋，幫助讀者了解經書正義，注釋本身原則上只有「說明」作用，經注讀者的求知對象，最

終是經文而非注文。在這個意義上,將《論語學案》歸入經部,並無不妥之處。但正如《四庫提要》所說,「此書直抒己見,其論不無純駁,然要皆抒所實得,非剿竊釋氏以說儒書,自矜為無上義諦者也。」又有藉解說而「鍼砭良知之末流」之處。[28] 可見此書在發明方面,還有借闡釋以立說的子書意味。經部著作與子部著作兩者的關係,有時難以截然分別。《論語學案》實際上闡發義理的分量遠較解釋文意的分量多;可以說,它的子書意味重於它的經注意味。

• 王甡《學案》[29]

此書現行本書前有方苞序(未署年月,)應王甡之孫王澍之請而作。據序,此書應作於明末或清初,但原來的內容與現行本的存有差異。現行本內容,如《四庫提要》所說:「是編大旨主於救姚江末流之失。首錄《四書》之文,列為孔子、顏子、曾子、子思、孟子學案,即繼以朱子《白鹿洞規》,次以程端蒙、董銖《學則》,而終以朱子《敬齋箴》。蓋因饒魯之書而為之,其《四書》及《敬齋箴》則甡所加也。」[30] 方苞序則說:「良常王無量先生輯《學案》,以《白鹿洞規》為宗,而溯源於洙泗,下逮饒仲元、真西山所定之條目,以及高顧東林之會約。蓋先生生明之季世,王氏之飆流方盛,故發奮而為此也。」現行本沒有方苞所提及的東林會約;至於他所說的饒魯、真德秀所定條目,指的應該便是現行本中的程端蒙、董銖《學則》。

此書於《四書》只選錄孔子、顏子、曾子、子思、孟子之言

（示爲聖人之學），朱子《白鹿洞規》（作爲大學之教）以及程端蒙、董銖《學則》（作爲小學之教。）每條原文之下，[31] 載錄解釋闡說與條規細節，作爲充實；這些內容，似即取材於饒魯、眞德秀之說。很明顯，此書所說之「學」，指的是儒學、道學、理學，亦即學至聖人之學。此書的內容，便是聖賢教人和學者爲學的步驟及其具體內容；這在教者而言便是教案，在學者而言便是「學案」。這裡的「案」字意思，就是「方案」，和見於耿定向、劉元卿兩書的相同，而且更爲明顯。王姓的立說宗旨也很清楚：只有遵照此書所示的爲學次序、條目（方案），才能成就學至聖人之學。

● 黃宗羲、黃百家《二程學案》[32]

此書內容大致和今日見於《宋元學案》的《明道學案》和《伊川學案》一樣。《四庫提要》論此書撰作緣故說：「是編以二程造德各殊，因輯二程語錄及先儒議論二程者，各爲一卷。」[33] 整體的編纂形式和《明儒學案》的評傳接以語錄形式不同。完整的傳記與遺事以及諸家議論的逐條編列，類似《伊洛淵源錄》。傳後所引原文之下，多有撰者評語案語，則爲《淵源錄》、《明儒學案》等書所無。

這樣的結構顯示，「案」字的意思，實兼備立案與判案二義。二程的語言文字以及諸家評述，都作斷案的證據用，構思上和耿定向的《陸楊二先生學案》基本相同。案件的判詞，也便是撰者的立說內容。黃宗羲這裡所立之說，就是論證二程之學宗旨有別，而「朱子得力于伊川，故于明道之學，未必盡其傳也；」[34]「兩程子

接人之異，學者不可以不致審焉」[35] 等等。

● 吳鼎《東莞學案》

此書爲駁斥陳建的《學蔀通辨》而作，陳建的《學蔀通辨》則
爲駁斥王守仁的《朱子晚年定論》而作。王守仁排列朱子論學書
信，得出朱子與陸九淵在學術思想上是早異晚同的結論。陳建將朱
子書信的年代詳細考訂，得出朱陸早同晚異的相反結論，並且措辭
激烈地指控陸學爲禪學。吳鼎不以爲然，「因條列其說，爲之詰
難。」[36] 這裡的「學案」意思，是對一種成說加以檢驗和推翻，含
有訴訟上的陳詞和判斷的意義，因此雖然有考證年代、建立關係的
史學工作，卻不算是以記敍爲事的史部之作。王守仁的《朱子晚年
定論》本來便是立說之作，陳建和吳鼎皆因其論而著書，以一說駁
一說，所以也都是立說之事。[37]

以上述析的這些學案命名著作，在《四庫全書》的分類中，除
了劉宗周的說經之作《論語學案》外，都屬「子部儒家類」書籍。
但正如上文所論，劉氏此書也大部分有子書性質。耿定向的《陸楊
二先生學案》，也可以比照黃宗羲《二程學案》之例，視爲子書。
這樣，學案類著作屬於子書是通則，《明儒學案》歸入「史部傳記
類」實屬例外。

子部著作和史部著作的性質不同，甚爲明顯，分別作於彼此的
著作旨意。子書以立說爲旨，[38] 史書以記敍爲旨。子書以主觀有我
爲尙，即使載錄客觀事情，也只當作立說工具，無非用以證明主觀
所在之爲合理。史書以客觀無我爲尙，雖然選材不免主觀，而且史

家也會希望所著屬於一家之言，但內容所欲表達的，則是客觀之事，即使記載他人主觀之言，也無礙於史實本身之為客觀。

這個著作性質的分辨原則，《四庫全書》館臣是明白而且基本上遵守的。這從《四庫全書》對朱子兩本與理學有關的重要著作的分類可見。朱子和呂祖謙選取北宋周張二程的語言文字，分類編成《近思錄》，作為讓學者進入理學領域的讀本或教科書，從而也給理學劃定了基本的範圍、提示了基本的概念。[39] 此書是一種「記言」之作。記言之作可以屬於史部，也可以屬於子部。當所記之言是因具體事情而發時，它屬於史部，像《國語》的「記言」便是。當所記之言是只與理論有關時，它便屬於子部的「立說」之作。《四庫全書》館臣視《近思錄》為立說之作，所以將它歸入「子部儒家類」。[40]《近思錄》有雙重理由作為子書。首先，它是根據朱子和呂祖謙的主觀認識而成編的，是編纂者的立說反映。更重要的是，它的內容是自成一說的性理之學。

相反，朱子編的《伊洛淵源錄》，則歸屬於「史部傳記類」。[41] 此書以傳記資料的體式，陳述理學完成過程中的人物面相，載的都是形成學派的大師及其門人的言行，旨在以言行反映學問。在朱子的意度裡，此書是用來印證《近思錄》的可靠性的；也如評論者所指出，此書的撰著也是一種建構學派的事情。[42] 但客觀上，由於它記載的是行事，所記之言也只是和某人的行實有關之言，所以只能是止於記敘的傳記史著。

以上這些「子部儒家類」學案著作，立案為的就是立說；陳詞、辨證以至斷案、翻案的內容，就是所立之說。其中劉元卿的

《諸儒學案》和耿定向的《陸楊二先生學案》，還具有爲學方案的深層意旨。《明儒學案》在體例上和《諸儒學案》最爲接近，理應性質不會相差太遠。黃宗羲曾將應該屬於《明儒學案》部分的《蕺山學案》請湯斌（1627-1687）作序，打算單行出版，用以表見蕺山的一家之學。[43] 從內容看，這個學案當然也只能算是一種子書而不能視作史書。

　　《四庫全書》將《二程學案》和《明儒學案》分歸不同部類，正反映了館臣在分類上的深思，也爲我們認識學案的性質提示了另一入處。將《二程學案》與《宋元學案》加以比照，[44] 便可看到這樣的處理法則：著作形式和意旨一樣的學案，個別出現時則視爲立說的子書；不管它的表達是經由敘述，辨證、考訂、論辯等等，它的目的都在於說理。集體出現時則變成記敘的史書。這看來是矛盾的，但卻不是沒有理由的。我們可以這樣理解館臣決定將《明儒學案》歸入「史部傳記類總錄之屬」的思路：此書所載的諸儒語言文字，在意義上只屬說明傳主的資料，只是作爲傳主的學說宗旨的證據，沒有其他重要的意義，而傳主的學說宗旨已經見於言行並載的傳記之中。此書的價值在於所載的傳記，所以應屬史部著作。況且，當多個學案（傳記）集體成編時，系統性的學派脈絡和發展性的學說傳承也得以交互參見，這樣把它視作足以顯示過程的歷史之書，也算理所當然。《四庫全書》的實際分類顯示，在兩可的情形下，學案的性質歸屬，主要取決於（館臣所判斷的）作者的著書旨意。

（四）

《四庫全書》館臣看重《明儒學案》所載分屬不同學派的儒者傳記，定此書爲史部著作，而以學術門戶之爭來定此書的結構原理以及解釋黃宗羲的議論意涵。[45] 但這是黃宗羲的著書之意嗎？黃宗羲的其他讀者的看法又是怎樣的？我們可以先從《明儒學案》的兩篇自《序》和《發凡》探討。[46] 這兩篇序文有共同強調之處，也有文字上和意義上的差異之處。第一篇作於黃氏大病危殆之中，意思不及好轉後改作的完整和清晰，但所說卻代表黃氏第一時間意識中的最關心事情。

黃宗羲在兩篇序文中，同樣表達了反對當時「好同惡異」、「必欲出於一途」的「黃茅白葦」式學風，因爲這樣風氣下的學術是沒有發展餘地的，只會使人「執定成局，終是受用不得。」與此相反，他強調了殊途同歸、百川匯海式的爲學方法。這個方法的精神，便是將那些「淺深各得，醇疵互見，要皆功力所至，竭其心之萬殊而後成家」的明儒，「分源別流，使其宗旨歷然，」「以著於篇，聽學者從而自擇。」他用「中衢之樽」來比喻《明儒學案》的用處。學者對於此書所載的語言文字，可以隨意汲取，都會有益，正如中衢有樽，但「持瓦甌樿杓而往，無不滿腹而去者。」《明儒學案》就像一個內容豐富的學問庫藏；用另一種說法，它是一本有用的讀本。

兩篇序文都引載湯斌對此書的評語：「《學案》宗旨雜越，苟

善讀之，未始非一貫也。」改本序又引了陳錫嘏（介眉，1634-1687）的評語說：「《學案》如《王會圖》，洞心駭目，始見天王之大，總括宇宙。」這些評語形容的是，此書博而能約，本身自有宗旨，不是雜燴而是自成的一家之言。

　　兩篇序文最大的不同處是，改本序一點也不提及原本序中所說的惲日初（仲昇，1602-1679）著《劉子節要》的事情。惲日初是劉門高弟，康熙八年到越中，「倣《近思錄》例，分類輯錄」劉宗周的眾多著作，[47] 成為一本完整的讀本，使劉氏的學問公諸於世。黃宗羲在序中批評惲氏，「於殊途百慮之學，尚有成局之未化也，」執朱子之說來衡量劉氏獨到的誠意之學，見不到劉氏的宗旨，發明不了劉氏，因而不肯應邀為《劉子節要》作序。黃宗羲說他自己的《明儒學案》則不同，「間有發明，一本之先師，非敢有所增損其間。」黃宗羲在原本序中用了三分之一篇幅說這件事情，透露了包括劉宗周學案在內的《明儒學案》之作，很大程度上是受到惲日初撰《劉子節要》的刺激而致的。

　　這件事情在改本序中不再提及，意義更大。主要原因看來與黃宗羲強調學者的治學途徑應該出於「自擇」有關。黃宗羲雖然必以劉氏之學為聖學無疑，但在意念上卻不想以「宗派」的立場表明此點。[48] 正如宇宙是理一分殊的，為學只要學的相同，何妨門徑各異，因此自由選擇，不主一家，才是合理的。過分強調宗派傳承的學術作用，和「學案」的著作意義是相違背的。這個意思在《發凡》裡見到申明。[49]

　　《發凡》的第一條批評周汝登（1547-1629）《聖學宗傳》和孫

奇逢（1585-1675）《理學宗傳》這兩部載錄「諸儒之說頗備」的
「理學之書」，作為自己著書的外緣理據。黃宗羲認為，這兩部《宗
傳》同有混雜之失。周氏由於過分主觀，以自己含有禪學的宗旨，
模糊了他人自有的學問宗旨。孫氏由於缺乏甄別，未能足夠辨析他
人的學說要領。周、孫二家又還有文獻未備、聞見不足的缺憾。他
相信，「學者觀義是書，而後知兩家之疏略。」我們要注意的則
是，黃宗羲作這樣的比較時，他不啻已視《明儒學案》和這兩部
《宗傳》為同類著作了，他的著作因此也是「理學之書」。他沒有說
的則是，兩部《宗傳》的纂述原則和它們所陳示的為學方法，都是
宗統式的傳承思想的表現，和他自己所主張的學問方法殊不相同。

　　這兩部《宗傳》的基本結構和《明儒學案》大致一樣，都是傳
記附以語錄，加上撰者自作的評論。[50] 周氏《聖學宗傳》在《四庫
全書》的分類上，也和《明儒學案》一樣，屬於「史部傳記類總錄
之屬」。[51] 孫氏的《理學宗傳》、《四庫全書》沒有著錄，但它的另
一版本，由漆士昌補上孫奇逢傳記和孫氏語言文字的《理學傳心纂
要》，卻著錄在「子部儒家」存目書內，[52] 和劉元卿的《諸儒學案》
等書同屬一類。《四庫全書》給周氏、孫氏這兩部同類著作不同分
類，原因看來和我們上文論述各部學案著作的不同分類的相同，都
是決定於館臣所認識的各書著作旨意。周氏《聖學宗傳》的分類也
是屬於「兩可」的，但館臣對於它的著作旨意並未深究，正如他們
未曾深究《明儒學案》的著作旨意一樣。

　　《發凡》第六條所說，與此書的選材性質和預期讀者有關。黃
宗羲解釋此書獨特的立傳和選材理由說：「學問之道，以各人自用

得著者爲眞。……此編所列,有一偏之見,有相反之論,學者於其不同處,正宜著眼理會,所謂一本而萬殊也。以水濟水,豈是學問。」由此可見,此書的預期讀者是從事爲己之學的「學者」,不是倚傍門戶的「流俗之士」,也不是依樣葫蘆的「經生」之輩,因而此書所載的資料的性質,也不是分別宗派和高低門派的依據,而是提供學者「各人自用得著」的參考。這些材料之所以內容不一,正是因爲此書的目的並不在於指導一個一脈相傳的宗統式教法。

這些材料,正如《發凡》第七條所說,是給學者深造自得的。黃宗羲鄭重其詞說:「古人之於學問,其不輕授如此,蓋欲其自得之也。即釋氏亦最忌道破,人便作光景玩弄耳。此書未免風光狼籍,學者徒增見解,不作切實工夫,則羲反以此書得罪於天下後世矣。」這樣便再清楚不過,此書的目的斷不止於、也基本不在於分別源流,提揭宗旨。分別源流和提揭宗旨,只是幫助學者入門、學一家而能知一家的要旨何在而已。此書眞正的旨意,是在學術源流和學說宗旨都清楚具備的情況下,提供學者一個「前代之所不及」的明儒理學讀本,作爲自修的工具。在這個意義上,書中所載的語言文字,用途上確和禪宗的話頭一樣,學者須要參它,才能有悟有得。也在這個意義上,「學案」才有一定的「公案」意思。

事實上,兩篇序文和《發凡》都沒有說及《明儒學案》的儒學「史」的意思。「道統」、「正宗」、「宗統」之類與傳授歷史有關的詞語,也沒有出現過。序文和《發凡》談的,主要都是學者求取學問的方法問題。就是《發凡》第五條交待此書分案的原因時,也是一樣:「儒者之學,不同釋氏之五宗,必要貫串到青原、南嶽。

夫子既焉不學，濂溪無待而興，象山不聞所受。然其間程、朱之至何、王、金、許，數百年之後，猶用高曾之規矩，非如釋氏之附會源流而已。故此編以有所授受者，分為各案；其特起者、後之學者、不甚著者，總列諸儒之案。」 這便解釋了，何以可以「斷代」方式而不必以必備前代的「宗傳」方式來求取真正的儒學。儒學是可以從「有所授受」的學派傳承而獲得的，也可以由於個人的自得而獲得的，「特起者」尤其如此。所以可以設立有流派的學案，也應該設立獨立儒者的學案，重點是要展示實際的「規矩」而不是「附會（的）源流」。這裡用的「案」字意義，是分檔、分部之意，有明顯的分類意涵。

綜上論析可見，照黃宗羲自己所說，《明儒學案》是給學者提供入門方法和研究資料的。這資料本身便是明代先儒的不同為學方案的表現；這些方案出現在《明儒學案》這個讀本時，它們的意義便是作為學者的為學方案。從著作的旨意看，此書的性質是子書而非史書。

黃宗羲《明儒學案》的著作旨意，從此書所獲的評論也可見一斑。所有清代中期以前的《明儒學案》序跋，都沒有視它為史學作品的意思。批評它的文字，也是把它當作具有子書性質的作品來說。這從下面選錄的幾家有代表性的文字可見。

- 《明儒學案》首次刊行者賈潤康熙三十年（1691）序：

  > 此後學之津梁，……自有此書，而支分派別，條理粲然。其於諸儒也，……論不主於一家，要使人人盡見其生平而後已。

學者誠究心此書，一披覽間，即有以得諸家之精蘊，而所由以
入德之方，亦不外是。其間或純或駁，則在學者精擇之而已。[53]

● 黃宗羲門人仇兆鰲康熙三十二年（1693）序：

吾師梨洲先生纂輯是書，尋源泝流，別統分支，秩乎有條而
不紊。於敍傳之後，備載語錄，各記其所得力，絕不執己意爲
去取，蓋以俟後世之公論焉爾。[54]

● 理學名臣于成龍兒子于準康熙四十六年（1707）序：

〔是書〕見夫源流支派，各析師承，得失異同，瞭如指掌，
復錄其語言文字，備後學討論，洵斯道之寶山，而學人之津筏
也。[55]

這幾篇重要的序文同樣著重指出，《明儒學案》此書所列的學
派源流清楚明白，所選載的語錄客觀精到，能夠在得失明見的情況
下，讓學者得到適當的從學門徑和有用的學習資料，同時具備寶山
和津筏的用途，既是目的之地，也是到達目的地的交通工具。這樣
便正如上文所說的，此書選錄的各家語言文字，其用途實不止於作
爲辨別學術源流的根據，而更重要的是作爲從學的依據。

賈潤兒子賈樸康熙三十二年作此書跋文，也從另一個角度反映
了《明儒學案》被作爲子書認識的情形。賈樸說，其父指《性理
〔大全〕》、《皇極經世》、《近思錄》等書示之曰：「此聖賢心脈，
後學津梁也。……梨洲先生於斯道，其功鉅，其心苦矣。學者誠體

驗於此，其於聖人之道，庶有得焉。如欲遊溟渤者，歷江、漢，涉淮、泗，雖所閱之途各殊，而泝之不已，終歸於海無疑也。」[56] 這樣的比擬，顯示賈氏認爲《明儒學案》也和《性理大全》、《近思錄》等子書一樣，都是教人爲學的書籍，充當一種指南的作用，但同時也是一個目的地，一個有分明途徑可達的學海（或如于準說的，一座有分明途徑可達的學山。）

正因爲《明儒學案》所給示的是種種的爲學方案，而每個方案都是一種旨在教人的「立說」，所以對於主張學定於一尊的學者而言，便成爲類似異端而非加批評不可的對象。唐鑑這位尊朱學者就是一個例子。唐氏在所著《國朝學案小識》（卷十二《經學學案‧餘姚黃先生》）對黃宗羲的《學案》抨擊說：

> 又輯有《宋儒學案》、《元儒學案》、《明儒學案》，數百年來，醇者、駁者、是者、非者、正者、偏者，合并於此三編中。學者喜其采之廣而言之辨，以爲天下之盧無怪誕，無非是學，而不知千古學術之統紀，由是而亂，後世人心之害陷，由是而益深也。孔子曰：「攻乎異端，斯害也已。」孟子曰：「生於其心，害於其事，發於其事，害於其政。」是言豈欺我哉？……（指其不辨別處曰）先生亦學道者也，曾不一爲之思乎？（以下又特別批評其「亂朱子之道」之處。）[57]

唐鑑抨擊的，是黃宗羲在儒學門徑上不立一宗、不定一尊的教法，但也正反映了《明儒學案》是一部宗旨鑿然的立說之作。[58]

（五）

綜上對各種早期以學案命名的著作的論析可見，「學案」的「學」字指的都是儒學。「案」字則有如下的幾個不同意義：(1)管理意義上的檔案（從分類立卷，歸檔保存，作備案、立案、具案意義看；）(2)思考意義上的公案（從用作參悟、參證的語言文字看；）(3)法律意義上的案件（從陳詞、判案、斷案、翻案等用意看；）(4)學習意義上的方案（從行動指南的讀本意義看。）這些不同意義都有一個「個案」的共同意義——學案與學案之間，是同中有異的獨立個體。

「學案」在最早以之名書的耿定向和劉元卿師徒的用法中，有這樣的幾個特色：(1)學案以表述儒者的學術門徑為主要內容，旨在為學者提供為學方案。(2)學案作者只載錄儒者的語言文字以見其為學情狀，不為學者作選擇判斷，而讓學者自作判斷選擇。(3)學案作者實際上從選材上作了判斷，有意識地引導讀者的信向。(4)學案是透過別具意義的資料的陳示來體現作者的思想主張的一種立說之作。(5)學案作者的基本學術態度是開放而不專斷的。成就和影響最大的《明儒學案》同樣具備耿、劉二氏所作《學案》的各種特色，因而在分類上它也應該像該二書一樣，屬於子部著作。

《明儒學案》在性質上和著作旨意上，和黃宗羲所著意批評的周汝登撰《聖學宗傳》及孫奇逢撰《理學宗傳》一樣，都是一種儒學讀本或教科書。但它的整體結構和命名，卻透露了一種異於周、

孫二家所代表的學問方法的深刻觀念。什麼才是眞儒學和怎樣才是
正確的爲學方法的認識，是黃宗羲和他們的最大不同之處。

二部《宗傳》的命名和結構，讓周汝登和孫奇逢在這兩個問題
上的意思不言而喻。在他們看來，儒學是像祖孫血統般地一脈相傳
的，唯有得到眞傳，才能得到眞的學問。[59] 有了這樣的授受原則，
認定正確的宗主是必要的，認定正統亦即正宗的承傳也是必要的，
爲的便是保證眞而不訛、純而不雜。但這個純正血統式的觀念的必
然結果，便是保守、專斷和狹隘的求學之道，其流弊便是無可避免
的門派性學術鬥爭。

黃宗羲的觀念和這不同。他用的比喻，不是《宗傳》所用的傳
心、傳燈之類的禪宗影像，[60] 而是河海一體的交通網絡。只要能夠
會通於海的，都是有效的途徑；概念上沒有主流和支流之分。所
以，儘管他心有所屬，相信姚江之學和蕺山之學才是聖學，王守仁
和劉宗周的講學語言文字才是學者有用的爲「學」方「案」，他自
己卻更相信眞相比較下的自由選擇的勝義。這不妨說是他的信心表
現。

「學案」與「宗傳」有著這樣的基本差異：宗傳有指定尊從之
意。誰人爲祖爲宗，雖然在《宗傳》的作者而言，也是從儒學的整
個發展史考訂認定後的結果，但在學者而言，已無選擇餘地。學案
則以獨立的個案並陳，學者可就其性向，自作適合有用的選擇。學
案以先儒成學之方案爲後學從學之方案，通代的《學案》（如《明
儒學案》），學者雖或只從一家，但其餘的各家還可作爲參證之案。
《宗傳》唯正宗是載，原則上便不能有同樣的功能（雖然《理學宗

傳》稍爲具備。）[61]

從學問的獲得之道看，「宗傳」重在傳，要求直線的繼承；「學案」重在案，主張平面的類比。黃宗羲無疑認爲分類是組織知識的好方法。他的著作用「案」字命名的，依次有《明文案》（邵廷采《遺獻黃文孝先生傳》中另有一種《明文案事案》）、《明儒學案》、《明史案》、《南雷文案》。未成的有《宋元儒學案》、《宋元文案》。還有別囑李鄴嗣爲《明詩案》。[62] 這些著作的結構都有分類的表現。[63] 學案則以學派分類。有分類才可能有宏觀的比較。從儒學的授受主張上說，學案所寓的獨立和開放意義，與晚明以降流行的要求純正而不免封閉的宗傳主張是相反的。

註釋

* 承蒙劉述先教授指教，本文數處原有措辭，得以改善，謹此向劉教授表示感謝——作者。

[1] 近年出版的「學案」命名書籍，有幾部多卷多冊的編著尤其引人注意。如楊向奎主編並著的《清儒學案新編》十冊（濟南：齊魯書社，1985-1994），方克立、李錦全主編的《現代新儒家學案》三冊（北京：中國社會科學出版社，1995），戴逸主編的《二十世紀中華學案》十冊（北京：北京圖書館出版社，1999）。方編立案的是十一位「基本上屬於現代新儒家的第一代和第二代」的代表性人物。（該書《內容提要》）戴編分爲綜合卷、史學卷、哲學卷、文學卷四個部分，載錄「對二十世紀中華文化發展做出傑出或有重大貢獻的學者」（該書《簡介》）四十七人學案。

[2] 王甡金壇人，生卒年未詳，所著《學案》屬乾隆金壇王氏刻《積書巖六種》之一，收入《四庫全書存目叢書》子部第20冊（臺南縣：莊嚴文化事業有

限公司，1995），書前有桐城方苞（1668-1749）序，未署年月。序言「蓋先生生明之季世，王氏之飆流方盛，故發憤而為此也。……今其孫澍將表而出之。」《四庫全書存目叢書》本附《提要》，則書此書「國朝王甡撰」。故知王甡入清尚存。按，馮煦（等）纂、民國十年刊本《金壇縣志》，王甡無傳，王澍傳見卷九之一（人物志儒林二）。據傳，王澍「康熙壬辰成進士，望重詞垣，書法尤冠一時，」雍正中辭官。壬辰當康熙五十一年（1712），由此逆推，王甡康熙初紀當仍生存。《金壇縣志》卷十一《藝文志》著錄《學案》，歸入傳記類，作「明王甡撰，」又注「《四庫全書》附存目，《皇朝經籍志》、《積書巖六種》皆收入國朝。」按，歸此書於傳記類，實誤；以王甡為明人，或以王未曾仕清之故。

3 秦家懿的《明儒學案》英文選譯本，即以這樣了解作為翻譯理據，見 Julia Ching, trans., *The Records of Ming Scholars* (Honolulu: University of Hawaii Press, 1987), "Editor's Note."

4 陳祖武《中國學案史》（台北：文津出版社，1994），頁 132-137。

5 梁啟超《中國近三百年學術史》（上海：中華書局，1936），頁 48。

6 討論學案體裁的論著已有不少，主要討論有阮芝生〈學案體裁源流初探〉，台灣大學歷史研究所編《史原》第二期（1976）；黃進興〈學案體裁產生的思想背景〉，《漢學研究》第 2 卷第 1 期（1984·6）；黃進興〈學案體裁補論〉，《食貨月刊》復刊第 16 卷第 9、10 期（1987·12）；陳錦忠〈黃宗羲〈明儒學案〉著成因緣與其體例性質略探〉，《東海學報》第 25 卷（1984）；陳祖武《中國學案史》，頁 146-156（尤以《明儒學案》為例。）

7 上揭陳錦忠論文對於這個問題有所討論。陳文認為「此書實應以『理學之書』視之，或較能符合其本質，」此點本文意見與之相同。

8 Lynn A. Struve, "Huang Zongxi in Context: A Reappraisal of His Major Writings, " *The Journal of Asian Studies* 47, no. 3 (August 1988), p. 479.

9 朱熹《五朝名臣言行錄》、《三朝名臣言行錄》，收入趙鐵寒主編《宋史資料萃編》第一輯《宋名臣言行錄五集》（台北：文海出版社，1967；影印同治七年戊辰臨川桂氏重修本。）

10 陳祖武《中國學案史》，頁 27。

11 朱熹《伊洛淵源錄》，收入趙鐵寒主編《宋史資料萃編》第二輯（台北：文

海出版社，1968）。

12 朱熹《伊洛淵源錄》書前，王德毅撰《伊洛淵源錄題端》。

13 和朱子的《伊洛淵源錄》、《名臣言行錄》、周汝登的《聖學宗傳》、熊賜履的《學統》等同科。

14 此書現存有首都圖書館、中國科學院圖書館藏明萬曆刻本，收入《四庫全書存目叢書》子部第12冊（臺南縣：莊嚴文化事業有限公司，1995）。書前有劉元卿自序，未署年月。序後有佚名識語一首，署萬曆丙申仲春。丙申當萬曆二十四年（1596），劉元卿卒於萬曆三十七年（1609），故知此書當於萬曆二十四年前刊刻。

15 王甡生存以及所著《學案》年代，見上注2。

16 這些著作，和旨在駁斥王守仁《朱子晚年定論》的陳建的《學蔀通辨》、表述劉宗周之學的惲日初的《劉子節要》、發明陸九淵之學的李紱的《陸子學譜》等同科。

17 此篇見《耿天臺先生文集》（《四庫全書存目叢書》集部131，影印萬曆二十六年劉元卿刻本）卷十三。

18 本文所用劉元卿《諸儒學案》版本，見上注14。

19 《諸儒學案》在《四庫全書》只屬存目。據《提要》，《四庫全書》所著錄本爲八卷，共載二十七人，其中金履祥、許謙二人，今傳二十五卷本沒有。又，今傳本卷十四胡居仁、卷十六羅欽順、卷二十五耿定向，亦皆有目無文。

20 耿定向所作薛瑄、陳獻章、王守仁、王艮、鄒守益、羅洪先各人傳記，見《耿天臺先生文集》卷十三、十四，胡直墓誌銘見卷十二。

21 這篇序文，冠於今傳本《諸儒學案》書前，也載於劉元卿文集《劉聘君全集》（《四庫全書存目叢書》集部154，影印咸豐二年重刻本）卷四。本文以下引錄此序，不復出注。

22 劉元卿《劉聘君全集》卷四《宋儒傳略序》。

23 劉元卿《劉聘君全集》卷四《昭代儒宗輯略序》。

24 此書《四庫提要》除附載於此本書末的之外，見於《欽定四庫全書總目》（台北：藝文印書館，1974）卷九十六頁二十五。

25 本文所據《論語學案》，用中央研究院中國文哲研究所籌備處整理出版之

《劉宗周全集》（台北，1996）所載本。《論語學案》共四卷，載《全集》第一冊。

26 例如，《劉宗周全集》第一冊頁512，「季康子患盜，問於孔子」章；頁529，「子曰：不得中行而與之，必也狂狷乎」章；頁587，「師冕見，及階」章。

27 《欽定四庫全書總目》卷三十五頁一，《四書類一》序。

28 《欽定四庫全書總目》卷三十六頁二十，《論語學案》條。按，《四庫》提要注此書為十卷本。

29 本文所用王姓《學案》版本，見注2。

30 此書《四庫提要》除附載於此本書末的之外，見於《欽定四庫全書總目》卷九十七頁九。

31 按，《白鹿洞規》分五教之目、為學之序五、修身之要、處事之要、接物之要，《學則》條目凡十八。

32 《二程學案》未見單行傳本，本文參考《宋元學案》（北京：中華書局，1986）卷十三至十六，《明道學案》上下、《伊川學案》上下。

33 《欽定四庫全書總目》卷九十七頁十五，《二程學案》條。

34 《宋元學案》卷十三《明道學案》上，頁542。

35 《宋元學案》卷十六《伊川學案》下，頁652。

36 《欽定四庫全書總目》卷九十八頁二十一，《東莞學案》條。按，《欽定四庫全書總目》卷十頁二十八，有吳鼎撰《易例舉要》條；據提要，吳鼎金匱人，乾隆十六年辛未（1751）薦舉經學，授國子監司業。

37 李紱所著的《朱子晚年全論》，也是同樣性質之作。該書雍正十年壬子（1732）李紱自序，近有中華書局點校本（北京，2000）。《四庫》提要見《欽定四庫全書總目》卷九十八頁八。

38 《欽定四庫全書總目》卷九十一頁一，《子部總敘》。

39 參看朱熹、呂祖謙各自的《近思錄後序》。兩序注本，見陳榮捷《近思錄詳註集評》（台北：臺灣學生書局，1992）頁575-578。

40 《欽定四庫全書總目》卷九十二頁二十，《近思錄》條。

41 《欽定四庫全書總目》卷五十七頁二十九，《伊洛淵源錄》條。

42 此意據周中孚《鄭堂讀書記》卷二十三。周氏所說，王德毅《伊洛淵源錄

題端》已經引載，見前揭《伊洛淵源錄》書首。

43 此事相關討論，見陳祖武《中國學案史》頁124-125。陳先生認爲《蕺山學案》是《明儒學案》的本來名稱。拙見則以爲，《蕺山學案》是《明儒學案》的重要部分，《明儒學案》篇幅太大，未易刊行，黃宗羲擬爲《蕺山學案》先刊單行，以表其師之學，亦以見《明儒學案》內容價值之一斑，故有請湯斌作序之事。

44 《宋元學案》如入《四庫全書》，將被視作《明儒學案》同科，殆可斷言。

45 《欽定四庫全書總目》卷五十八頁二十，《明儒學案》條。

46 康熙三十二年賈氏紫筠齋初刊《明儒學案》（內容實爲節本），黃宗羲病中爲之作序（原序），其後病愈，又再改作序文（改本）。這二篇序分別收入黃宗羲《南雷文定》四集和五集。改本序載於紫筠齋初刊《明儒學案》，也載於乾隆四年己未（1739）慈溪鄭氏二老閣刊的足本《明儒學案》，並且是這兩個不同版本的唯一序文。雍正十三年（1735）紫筠齋重印《明儒學案》本，加錄原序，並將二序的原來文字增刪改動，導致一些地方出現乖違黃氏原意情形。重印紫筠齋刊本爲後來道光元年（1821）莫晉刊本以及近代多種排印斷句本所據，因此讀者所見的黃宗羲序文，都不是黃氏的充分原文。本文所討論的兩篇序文，見沈善洪主編《黃宗羲全集》（杭州：浙江古籍出版社，1992）第十冊頁73-76。有關這兩篇序文的出現及其文本的改動情形的說明，可以參看《黃宗羲全集》第八冊（《明儒學案》）頁1010-1015，吳光《明儒學案考》中的相關討論。

47 《欽定四庫全書總目》卷九十六頁三十六，《劉子節要》條。

48 按，劉宗周著有《皇明道統錄》，其書雖未傳，但對黃宗羲撰《明儒學案》大有影響，這點學者多已指出。《明儒學案》書前的《師說》，便是劉宗周書中對明代諸儒學問成就的評論。黃宗羲受劉氏影響著書而不以「道統錄」之類命名，可見宗旨與劉氏畢竟有別。

49 《明儒學案‧發凡》文字，各種版本所見相同。

50 有關周汝登《聖學宗傳》與孫奇逢《理學宗傳》的相關討論，參看陳祖武《中國學案史》頁55-109。

51 《欽定四庫全書總目》卷六十二頁九，《聖學宗傳》條。

52 《欽定四庫全書總目》卷九十七頁五，《理學傳心纂要》條。

53 雍正十三年重印紫筠齋刊本《明儒學案》卷首。按，此序二老閣本及莫晉
　本均不載，但收入於中華書局點校本（北京，1985）。

54 同上注。

55 同上注。

56 同上注。

57 唐鑑《清學案小識》（上海：商務印書館，1936），頁401-402。

58 《明儒學案》有亦史亦子的表現（參考上揭Lynn Struve文），但這與黃宗羲
　的著書旨意是不同的事情。黃宗羲在《明儒學案》書中的立說情形，可參
　考劉述先《黃宗羲心學的定位》（台北：允晨文化實業股份有限公司，1986）
　書中的相關討論。

59 這種血脈相承式的學術真傳觀念，瀰漫於這兩本著作的各篇序跋。萬曆三
　十三年（1605）乙巳王世韜等刻《聖學宗傳》（《續修四庫全書》第513冊；
　上海古籍出版社，1995），有萬曆三十四年丙午鄒元標序，無年月陶望齡
　序，萬曆三十四年余懋孳後序。康熙六年丁未（1667）張沐、程啓朱刻
　《理學宗傳》（《續修四庫全書》第514冊；上海古籍出版社，1995），有康
　熙五年湯斌序、張沐序、孫奇逢序，康熙六年程啓朱跋。

60 《聖學宗傳》陶望齡序有「以心傳心」等語；《理學宗傳》程啓朱跋有
　「燈燈相照」等語。

61 這點從《理學宗傳》的結構和《義例》所說明顯可見。《義例》第三條：
　「是編有主有輔，有內有外。十一子，其主也；儒之考，其輔也。十一子與
　諸子，其內也；補遺諸子，其外也。補遺諸子皆賢，烏忍外？嘗思墨子固
　當世之賢大夫也，曾推與孔子並，何嘗無父？蓋爲著《兼愛》一篇，其流
　弊必至於無父，故孟子昌言闢之。愚敢於補遺諸公，效此忠告。」孫奇逢
　所指爲此書之主的十一子，爲周敦頤、程顥、程頤、張載、邵雍、朱熹、
　陸九淵、薛瑄、王守仁、羅洪先、顧憲成。這宋明十一子就是承傳理學的
　正宗，各人在書中自佔一卷。本書以周敦頤開卷，第十二卷至第二十五卷
　爲漢、隋、唐、宋、元、明六代「儒考」，所錄儒者包括董仲舒、王通、韓
　愈、程門弟子、朱門弟子、劉因、曹端至陳龍正等一百四十多人；他們都
　只居於輔助地位。最後第二十六卷爲附錄，所錄的學有流弊、可以外之的
　儒者爲張九成、楊簡、王畿、羅汝芳、楊起元、周汝登六人。

62 參看黃炳垕《黃宗羲年譜》（北京：中華書局，1993）頁62-97，附錄黃百家撰《先遺獻文孝公梨洲府君行略》、邵廷采撰《遺獻黃文孝先生傳》、全祖望傳《梨洲先生神道碑文》。

63 《明文案》以文體分類編卷。黃宗羲《明文案序上》說：「某自戊申（康熙七年）以來即爲明文之選，中間作輟不一，然於諸家文集蒐擇亦已過半，至乙卯七月，《文案》成，得二百七卷。……某嘗標其中十人爲甲案，然較之唐之韓、杜，宋之歐、蘇，金之遺山，元之牧菴、道園，尚有所未逮。」（《黃宗羲全集》第十冊頁17-18）從這裡所說推敲，「案」在黃宗羲的用意中，還有比較高下的意思。

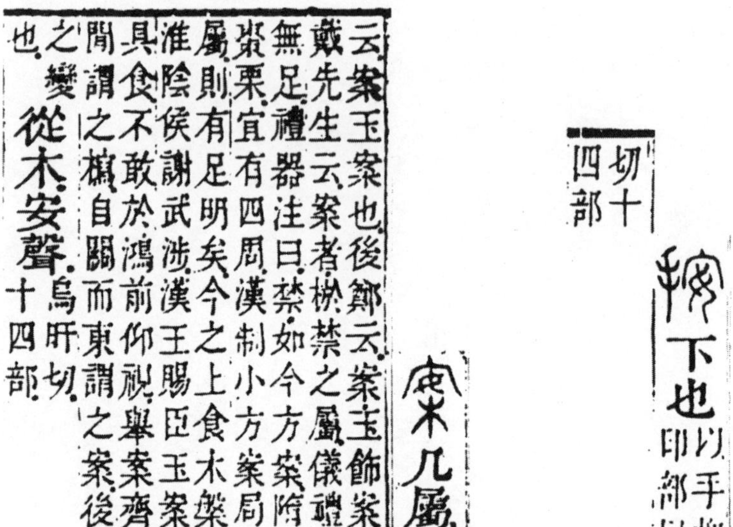

按　下也　以手抑之使下也印部曰抑者按也　从手安聲　烏旰切十四部

案　几屬　考工記玉人之事案十有二寸棗栗十有二列大鄭云案玉案也後鄭云案玉飾案也棗栗實於器乃加於案戴先生云案者棜禁之屬儀禮注曰棜之制上有四周下無足禮器注曰禁如今方案隋長局足高三寸此以案承棗栗宜有四周漢制小方案局足此亦宜有足按許云几屬則有足明矣今之上食木槃近似惟無足耳楚漢春秋淮陰侯謝武涉漢王賜臣玉案之食後漢書梁鴻傳妻爲具食不敢於鴻前仰視舉案齊眉方言曰案陳楚宋魏之閒謂之㮰自關而東謂之案後世謂所凭之几爲案古今之變也　从木安聲　烏旰切十四部

圖 7-1　漢・許慎《說文解字》「案」、「按」兩字的說解。

7

論斷符號

論「案」、「按」的語詞關係及案類文體的篇章構成 *

何大安 *

本文分兩部分。第一部分探討「案」與「按」的語詞關係，指出「案」與「按」的本義並不相涉；「案」作為「按」的名語化形式，乃是一種假借用法，意為「查驗後的記錄」。這種名語化的用法，遂成為後世各種案類文獻名義的來源。第二部分分析案類文體的篇章構成，指出「敘事」與「評議」是案類文體的兩大組成部分；其形態取則於古典史傳。作為篇章的「敘事」、「評議」與作為語句的「主題」、「評論」互為表裡，反映了漢語類型與敘事傳統的共同特徵。

一、「案」與「按」的語詞關係

「案」、「按」是兩個在漢語文獻上經常混用的語詞。這種混用，不免會造成讀者甚至是作者本人的困擾。其實這兩個「字」的

本義，並沒有一定的關聯。但是他們在使用上，卻代表了一對有派生關係的「語詞」。

我們知道，有些語詞有動詞和名詞兩種用法，作動詞用時表示一種動作或是行為；作名詞用時，則是表示這項動作的結果。同一個語詞的這兩種用法，有時候沒有形式上的區別；有時候不但有形式上的區別，甚至還會因此分化成兩個形體有別的詞。例如英語的「record」、「document」、「write」等詞，都可以作動詞用，也可以作名詞用。不過作動詞用和作名詞用時，或者是在音韻形式上、或者是在語法形式上，都略微有些不同。漢語的「律、令、書、記、錄」等詞也都有動詞和名詞兩種用法，但是以今天的音韻或語法形式來看，這兩種用法卻並沒有相應的形式上的區別。然而這並不足以顯示漢語的全貌，因為「案、按」就把區別表現在賦形給這一對用法的詞上，成了不同的字詞。「按」是「查驗」這個動作，「案」則是「查驗」這個動作的產品。從語詞的關係來講，也可以說「案」是「按」的名詞形式、或名語化形式。以上所說的語詞的兩種用法和形式上的是否有別，可以對照如下：

動詞	名詞
(1) to record [ri`kɔrd]	a record [rɛ`kəd]
(2) to document [`dakjəmɛnt]	a document [`dakjəmənt]
(3) [ʂu]書，to write	[ʂu]書，to be written，a book
(4) 律、令、書、記、錄	律、令、書、記、錄
(5) [ʔàn]按，to verify	[ʔàn]（案），verification，a verified document

儘管就「字」的形體看，「案」和「按」有共同的聲符「安」，暗示在詞源上它們可能來自同一詞根，可是秦漢時期的人並不認爲這兩個字在語義上有直接的關係。當時的人對這兩個字詞的認識和用法是：

(6) 《説文》：「案，几屬。從木安聲。」（《注》：「按：許云几屬，則有足明矣。」《説文通訓定聲》：「凡梐禁之類，上有四周，下有足者，亦曰案。所以進食。漢梁鴻妻舉案齊眉、許后朝皇太后親奉案上食，皆是。」）

(7) 《説文》：「按，下也，從手安聲。」（《注》：「以手抑之使下也。」）

(8) 《詩・皇矣》：「以按徂旅。」（《傳》：「按，止也。」）

(9) 《爾雅・釋詁》：「按，止也。」

(10) 《管子・霸言》：「按強助弱。」（《注》：「抑也。」）

(11) 《漢書・江充傳》：「收繫其父兄，按驗皆棄市。」《漢書・薛宣傳》：「遣吏考按。」

他們認爲：「案」只是木器，一種聲音如「安」的小食桌；而「按」則由聲音如「安」的手部的「抑、止」等動作引申出「查驗」的意思。不過至遲在漢代，就已經有以「案」代表「按」的名語化形式的用法。例如下舉新莽木簡之中就有「當食者案」一詞：

(12)「始建國天鳳四年六月甲申朔丁酉，三十井鄣候習敢言之。

　　謹移四月盡六月當食者案，敢言之：

　　『三十井候官始建國天鳳四年四月盡六月當食者案，敢言
　　之：

　　三月餘戍卒二十一人四月盡六月積六十三月。

　　出戍卒二十一人　　四月二十日盡六月晦減積四十九日。

　　入戍卒十九人　　　四月盡六月積五十四月。』」

（《新簡》EPT68.194-207）

　　除此之外，漢簡中還有「功勞案」、「功案」、「當食案」、「卒物故案」的紀錄。李均明、劉軍在《簡牘文書學》（頁400）中便認爲「案」是：「經查實而將有關事項記錄在案的文書形式稱作『案』。」照這樣看來，不但以「案」作爲「按」的名詞形式，就連「案」這種文類，漢代就已經出現了。漢代不同形式、不同性質的公文書，各有科名，而且品類繁多，如書、簿、籍、錄之類；案只是其中的一個小類。後漢劉熙在他以聲訓解釋名物的著作《釋名》之中分別替公文書中的書、牘、簿、籍作了解說，卻不及案字，可見案之一類，微不足道。[1] 但是案的詞義卻在往後的發展中逐漸擴大，成爲一切公牘的通稱，並且蔓衍不絕，到了唐代而有「案牘」、「文案」、「簿案」、「堂案」、「立案」、「掌案」、「唱案」、「判案」、「判鹽鐵案」、「判度支案」、「判戶部案」、「判祥瑞案」、「分案注擬」、「持案聯署」種種名目（《新唐書》）；「案類」一族，可謂本枝百世、詵詵甍甍了。

　　在另一方面，以「案」爲「按」的字詞假借現象，漢代以下，

也很常見。例如：

⒀《史記・張儀列傳第十》：「張儀懼誅，乃因謂秦武王曰：
　『……挾天子，按圖籍，此王業也。』……借使之齊，謂齊
　王曰：『……挾天子，案圖籍，此王業也。』」

⒁《史記・曹相國世家第二十四》：「相舍後園近吏舍，吏舍
　日飲歌呼。從吏惡之，無如之何。乃請參游園中，聞吏醉歌
　呼，從吏幸相國召按之。」

⒂《史記・魏其武安侯列傳第四十七》：「灌夫家在潁川，橫
　甚。民苦之，請案。」

⒃《漢書・楊胡朱梅云傳第三十七・胡建》：「臣謹按《軍法》
　曰：『正亡屬將軍，將軍有罪以聞。』」

⒄《漢書・楚元王傳第六・劉向》：「謹案：《春秋》二百四
　十二年，日蝕三十六。」

⒅《漢書・蓋諸葛劉鄭孫毋將何傳第四十七・孫寶》：「寶上
　書曰：『按尚書令昌奏僕射崇下獄覆治，榜掠將死，卒無一
　辭。……』書奏，天子不悅。以寶名臣不忍誅，迺制詔丞相
　大司空：『案崇近臣，罪惡暴著，而寶懷邪，附下罔上。…
　…』」

⒆《魏書・盧同傳》：「請自今在軍閱簿之日，行臺、軍司、
　監軍、都督各明立文按，處處記之。」

⒇《魏書・辛雄傳》：「(辛)雄久執按牘，數見疑訟。執掌
　三千，願言者六。」

這種假借，是以名詞的「案」因爲同音的關係替代了動詞的「按」，或是以動詞的「按」替代了名詞的「案」。由於相互替代，「按」、「案」不分，使得詞性分工的作用轉趨模糊，許多人不再能夠理解名詞的「案」與動詞的「按」的語詞關係。因此像下面那段正確掌握兩者分別的文字，尤其作者又是積非千年之後的清朝人，就顯得相當地難能可貴：

⑵俞震《古今醫案按·自序》：「惜向來刊行醫案，醇疵互收。……故予於每條下，妄據鄙見以按之。……以補諸案之未逮。隨選隨錄，隨錄隨按。」

二、案類文體的發展

對於案類文體的發展，我們有以下的觀察。首先，「案」字雖然代表「按」的名語化形式，但是作爲文類的名稱，它的用法在漢代還是很有限制的。以「案」自名的文書類型，只有以上所引的「當食者案」等等的統計記錄；這樣的用法相當於「簿」或「籍」。今天所習見的事件始末的記載爲「案」的用法，漢代多稱爲「事」，一般「檔案」則稱爲「故事」。例如：

⑵《漢書·孔光傳》：「三轉爲尚書令，觀故事品式，數歲，明習漢制及法令。……凡典樞機十餘年，守法度，修故事。」

但是「案」的意義擴大作爲「檔案」的泛稱，漢代確實也已經有了用例，如居延新簡有「事案到，如律令。」(《新簡》EPS4T2.8A)之語。不過這個例子仍然是「事案」連用，同時這種連用的例子也還並不普遍。

其次，案類於漢代首建其例之時，只是一種官文書的格式，並非一種通用的文體。六朝人並不把「案」當成是「事出於沈思、義歸於藻翰」的「文類」；在討論文類的專著之中，例如《文賦》、《文心雕龍》，都沒有「案」這一文體。《文選》一書蒐錄自先秦至齊梁的美文，儘管除詩賦銘贊之外並不乏與官文書有關的「彈事」、「奏記」，但是並沒有選入任何一篇案文。這說明案之一體，只限於官府公門的記事，不適合作文學性或其他用途的發揮。或許是這個緣故，「案」也可以直稱爲「公案」。

案類名義的擴大，從官府公門記事轉而兼指非官文獻的著作，則是始於唐代[2]。唐代禪家首先借「公案」一詞作爲禪門教材之名，宋明以後遂陸續轉而有醫案、學案之目。對於禪宗公案的取義，元代三教老人爲《碧巖集》作序時的一段話，解說最爲完整：

㉓常謂祖教之書謂之公案者，倡於唐而盛於宋，其來尚矣。二
　字乃世間法中吏牘語，其用有三。面壁功成、行腳事了，定
　槃之星難明、野狐之趣易墮；具眼爲之勘辨，一呵一喝，要
　見實詣。如老吏據獄讞罪，底裡悉見，情款不遺，一也。其
　次，則嶺南初來，西江未吸，亡羊之歧易泣，指海之針必
　南。悲心爲之接引，一棒一痕，要令證悟。如廷尉執法平

反，出人於死，二也。又其次，則犯稼憂深、繫驢事重，學
奕之志須專，染絲之色易悲。大善知識爲之付囑，俾之心死
蒲團。一動一參，如官府頒示條令，令人讀律知法。惡念才
生，旋即寢滅，三也。具方冊、作案底、陳機境、爲格令，
與世間所謂金科玉律、清明對越諸書，初何以異？祖師所以
立爲公案，留示叢林者，意或取此。

照他的說法，公案的性質是「作案底」、「爲格令」；而其作用則
是「讞罪」、「執法」、與「頒令」。漢代稱爲「故事」的案底、稱
爲「律令」的格令，在唐宋人都可以「公案」來指稱。這裡讓我們
看到，一方面「案」的外延持續地擴大，一方面也因此賦予了「案
類」文體新的內涵。

　　禪師將具有開示意義的祖師言語、行事統稱爲「公案」，以之
作爲學人參究的對象。這些公案，傳世的約有一千七百餘則之多，
主要取自唐末以來禪師的《語錄》。起初隨隨取參，並無定本。入
宋以後，隨著禪宗的文字化、經典化，禪師剌取文本、加以闡釋、
評註而成的教本也就逐漸流行，例如《碧巖錄》（1128）、《無門關》
（1229）等等。因之「案類」於禪宗遂得一新體：「公案體」。這種
公案體即是以個別的「語錄」或「本事」的敘述爲主體、附之以具
論斷意味的評議並且連類而成的著作形式。不過，雖然這種形式的
著作實際上存在、並且因這種形式之助而發展的禪宗甚至可稱爲
「公案禪」，但是卻沒有一本這種形式的禪宗著作以「案」爲名流傳
下來。

　　以「案」爲名的非官文獻，最早的一批是醫案類的《石山醫案》（1519）、《薛氏醫案》（1529），和學案類的《陸楊二先生學案》（耿定向1544-1596）、《諸儒學案》（劉元卿1544-1609）；大體都在明代中晚期的十六世紀。但是以文本敘事加論斷評議這種形式的醫學、儒學「案類」著作的出現，卻可以分別推溯到宋代的《小兒藥症直訣》（錢乙1032-1113）和《伊洛淵源錄》（朱熹1130-1200）。[3]

　　我們知道，「敘事」加「評議」這種文類形式源於古代史傳。但是修史在中國的傳統之中，因爲牽涉到譏評月旦，需要有所隱諱，乃是官家的事；私人不得修史，至少私人修史須受到一定的限制。因此史傳有如公牘，性質上乃是官書。史傳體也未嘗不可以即稱爲公案體。歷史知識和檔案知識爲官方所壟斷，史傳體或公案體既爲這種知識服務，除非壟斷打破、知識下放，這種文體自然無有普作他用的可能。唐代開科取士，文教大開。知識世俗化的結果，使得見於禪宗語錄和敦煌俗文學資料中的販夫走卒莫不口出成文。今天所見的載籍，大體六朝之前的以出於貴族、文士之手的居多；唐代以後的，則庶民作品逐漸增加。雖然魯殿秦火不可一概而論，但是時會消長，宛然之跡，莫不隨處可見。儒者作傳，本同於官家修史；醫卜之人，亦可於其中針膏起廢、自陳宗風。所以案類的興起，源於知識的解放。案名之流行，則是由於「按」之去官府化、去神聖化；當人人可以在他的專業上「讞罪」，可以「執法」，人人可按，則判牘所積，自然就可以以「案」爲名而居之不疑。至於案類文體興起於唐宋，而案名著作始見於明代中葉，其中的緣故，除

了語詞的新用法在傳播上必有的時間落差之外，還有整個社會在知識活動上的機制面條件的影響。關於這一點，熊秉眞教授在她的論文中已經有過很完整的說明，各位可以參看。

三、案類文體的篇章結構

上文曾經指出案類文體的形式是「敘事」加「評議」，並且提到這種文類形式源於古代史傳。現在再作進一步說明。

古代史傳的篇章結構，是以傳主的言行或事件原委的「敘事」爲主體，而在敘述前後或敘述之中加上一段史官自己的「評議」。這種形式見於《左傳》、《史記》、《漢書》、《後漢書》，而與通篇議論的子書或「注不破經、疏不破注」的解經的章句、注疏不同。在中國的「左史記言、右史記事」的悠久傳統裡，很早就發展出以直筆實錄、褒貶善惡、撥亂反正、明斷是非爲職志的史官意識與史論自覺，因而視修史如鞠獄、作論如斷案。這種意識從晉董狐、齊太史、左丘明、孔子、到兩司馬，一脈相承。作《春秋》的目的，用司馬遷的話說，是要「垂空文以斷禮義，當一王之法」；修史的實用意義是很明顯的。就篇章的組成而言，具備實用訊息的，正是「評議」的部分；前面的「敘事」，無論篇幅有多長，都並不是訊息的焦點，而只是焦點的張本。當然，史傳體中的史論，有的確能「述往事，思來者」，有的不過聊備一格，但不妨於同爲史傳之一體。

禪宗公案的訊息焦點，也同樣不在公案「敘事」的本身，而是

在參究公案後的「評議」。中國社會在作文獻流通時，往往有一種
「踵事增華」的習慣，使得文本有不斷累積、無限詮解的可能。這
時候所增加的，也都是「評議」的部分。《碧巖集》也是如此。
《碧巖集》的編成，至少經過三人之手。第一是敘事主體「本事」
的編者，也就是原始文本的筆錄者；其次是作「頌古」的雪竇重顯
（980-1052），第三是在「本事」、「頌古」之上加上各種「垂示」、
「評唱」的圓悟克勤（1063-1135）。我們用 A、B、C 分別代表三
位作者，以方括弧表示文本的附麗關係，以圓括弧表示非必要的部
分，將整本書的篇章結構和作者次序簡單概括為(24)和(25)：

(24)篇章結構：「示眾（垂示）」C＋「舉（本事）」A＋「著語」
　　C＋（「評唱」C＋）「頌（頌古）」B＋「評唱」C
(25)作者次序：[[[A]B]C]

無論是篇章結構或者是作者次序，都是一種「巢聚式構造」
（nesting construction）。這種構造以一個主題或原始文本為中心，陳
陳相因地加上新的評解、新的訊息。巢聚式構造是一種開放性的篇
章構造，有助於論述場域的擴延和集體知識的形成。這種構造，是
包括經典注疏、官修史傳、個人文集和話本小說在內的大部分中國
文獻「流傳形態」的重要特徵之一。[4] 案類文獻尤其表現得十分明
顯。

四、案類語言學

案類文獻興起於唐宋，反映了當時知識的解放。如諸子學之出於王官，其文化創造上的意義，堪與先秦相比美。我們甚至可以說，案類之由公轉私，就是王官學第二次的世俗化。這裡有兩點特別值得一說的語言問題。一是語體的雅俗，一是語句的結構。

語體的雅俗之分，起源甚早。《論語》上既說：「子所雅言：《詩》、《書》、執禮，皆雅言也。」可見其他場合孔子是不用雅言、而用俗語的。其實一旦語言社會形成，就會因言語情境的不同有語體選擇的問題；而前一時代的俗語，也往往會成為後一時代雅言的資糧。當然，這也還牽涉到作者的風格與語言社會成員的可否。譬如司馬遷多以口語入傳，而班固則務為典麗。其間因素複雜，難以一言為定。但是唐宋以來的庶民作品，包括禪宗公案和俗文學作品，大量地使用口語則為一極為明顯的特點。這是因為這些庶民所涉及的論述場域前無所承，不會受到既成語言規範影響的緣故。試比較「傳奇」和「變文」所使用的語言，我們就會有一個清楚的印象。「傳奇」源於六朝志怪，作者為文士；雖然不免運用市語，但是大體語言典雅。「變文」則為新興民間文學，雖然引經據典，但大體語言近俗。這種舊體皆雅言、新體半近俗的現象，尤其在文學發展史上最容易看到。但是庶民帶來的語言的解放，一旦被文字化、經典化、藝術化，受到文人的精雕細琢、進了廟堂之後，又會被僵化成一種新標本，成為新雅言、成為下一個需要被解放的

新牢籠。我們可以推想，當閻季忠替錢乙編次幼科醫案而要「謬誤則正之，俚語則易之」的時候[5]，他已經在不知不覺之間把剛獲解放的精神重新囚禁起來。語言正確、標題正確的結果，往往反而會使語言的新生命轉趨消亡。

語言雅俗的選擇，具有知識分途的意義。《史記》上說秦始皇統一天下之後：

(26)「史官非秦記皆燒之，非博士官所職，天下敢有藏《詩》、《書》、百家語者，悉詣守尉雜燒之。有敢偶語《詩》、《書》者，棄市。以古非今者族。吏見知不舉者與同罪。令下三十日不燒，黥爲城旦。所不去者，醫藥、卜筮、種樹之書。若欲有學法令，以吏爲師。」

醫藥、卜筮、種樹、法令，這些都是庶民生活所需的實用性知識，與需要以「雅言」表達的《詩》、《書》顯然不同科。我們檢看新出秦漢簡書、木牘的內容，凡與醫藥、卜筮、種樹、法令有關的，與《詩》、《書》、百家語有關的，其語體風格確乎有別。比方語氣詞、韻語、複筆的運用，在醫藥、卜筮、種樹、法令有關的簡書中就特別地貧乏，但詞彙和句法的創新變化卻反而比較豐富。同樣的特點，我們也可以在唐宋禪宗公案和醫案文獻中看到。案類論述的庶民性格，在語體的表現上展露無遺。[6]

其次談語句的結構。漢語的語句結構帶有高度的言談傾向。漢語是所謂孤立語：語詞沒有詞形變化、一個句子之中的主謂標記不

明顯、句意完全由詞序決定。從現代句法學的標準看，這些特徵似乎是漢語的短處，因爲它們會模糊了語詞間的層次、呼應和邏輯關係。但是從另一方面看，它們卻使漢語更具有圖像性（iconicity），也更符合訊息聚焦的要求。許多語言的語句都以「動作」爲中心，一個句子的功能，就是表達這個動作所完成的事件。「動作中心」的語言，因此特別重視與動作有關的成分間的施受關係。漢語不然。漢語是「訊息中心」的語言，它強調的是訊息的整體傳遞，而不是動作本身的完成與否；因此在一個句子之中，各種成分的安排是以場景的遠近與訊息的先後爲考量。例如：

(27)[[萬乘之國]，[[弑其君者]，[必千乘之家]]]。[7]

在這一句之中，用「動作中心」的觀點來分析，很難確定「萬乘之國」是不是主語、以及它與動詞「弑」的關係究竟如何。如果堅持這種觀點，把「萬乘之國」改爲條件附加語，而將整句分析爲：

(28)[[[萬乘之國]，[弑其君者]]，必千乘之家]。

則又不符漢語的語感。因此從趙元任以來，學者們就把「萬乘之國」從其功能定爲「主題」（topic），其後的「弑其君者，必千乘之家」爲針對主題所作的「評論」（comment）。「弑其君者」又是「弑其君者，必千乘之家」這個小句的小主題，而「必千乘之家」則是小句的評論。(27)的結構可以因而改寫成(29)：

㉙[主題[萬乘之國]主題，評論[主題[弒其君者]主題，評論[必千乘之家]評論]評論]。

從言談的圖像性來看，訊息的焦點，也就是新訊息，往往出現在段落的最後。因此㉙中的「評論」恰好與訊息焦點的位置相符合，最適合言談訊息的交換；所以我們說漢語是言談傾向而非事件傾向的語言。[8]

漢語語句的 [主題]＋[評論] 的結構是可以擴展的。「評論」可以在其後再加上一個新的小評論之後而轉變爲小主題，並因而形成一串主題鏈，而新增的評論永遠是訊息的焦點。這種句法的擴展與言談中的訊息延伸恰相平行，特別適合開放性的篇章結構。上文曾經指出，大部分中國文獻流傳形態的重要特徵之一，是具有開放性的「巢聚式構造」。現在我們更認識到，作爲篇章的「敘事」、「評議」與作爲句法的「主題」、「評論」正有相互呼應的地方。至於兩者所凸顯的開放性特徵及言談取向，是否反映、或促成了中國人的認知模式與知識形成的過程，我不敢作過多的揣測。不過如果這項特徵能引起學者們的注意，並且有助於進一步的討論，那麼以上的觀察，或許不會完全是一種無謂的徒勞了。

引用書目

朱鴻林　　　2000　〈早期學案類著作的性質探討〉，「讓證據說話：案類在中國」學術研討會宣讀論文，2000 年 12 月 28 日。台北：中央研究院。

李均明、劉軍　1999　《簡牘文書學》。南寧：廣西教育出版社。

汪桂海　　　1999　《漢代官文書制度》。南寧：廣西教育出版
　　　　　　　　　社。

周法高　　　1961　《中國古代語法・造句編（上）》。中央研究
　　　　　　　　　院歷史語言研究所專刊之39。台北：中央
　　　　　　　　　研究院。

陳祖武　　　1994　《中國學案史》。台北：文津出版社。

趙元任　　　1994　《中國話的文法》，丁邦新譯。香港：香港
　　　　　　　　　中文大學。

熊秉眞　　　2000　〈證據確鑿？近世幼科醫案之傳承與傳
　　　　　　　　　奇〉，「讓證據說話：案類在中國」學術研
　　　　　　　　　討會宣讀論文，2000年12月28日。台北：
　　　　　　　　　中央研究院。

註釋

* 本文初稿於「讓證據說話：案類在中國」學術研討會（台北：中央研究院近代史研究所，2000年12月28日）中宣讀時，承評論人姚榮松先生、與會學者及會後論文集審查人惠賜改進意見，衷心至感，謹此致謝。

[1] 《釋名》資料承姚榮松先生檢示，謹誌謝忱。

[2] 黃蘗希運（唐宣宗大中年間（847-859）歿）《傳心法要》：「若是個丈夫漢，看個公案。」是現存最早的用例。

[3] 本段敘述引自本次研討會中發表的兩篇論文：熊秉眞〈證據確鑿？近世幼科醫案之傳承與傳奇〉、朱鴻林〈早期學案類著作的性質探討〉，以及陳祖

武《中國學案史》第二章。

4 書畫作品在流傳過程中，所不斷附加的鈐記、題跋，甚至層層的裝裱，也都是同樣的情形。與同類物件在西方世界的流傳形態相較，這種文本開放性的特點就更加突出。

5 引自熊秉眞前引文頁5。

6 這種語體特性在學案類文獻上找不到。這是因爲唐宋以下的儒者雖然選用了案類這一文體，但所從事的是傳統學問的發揮，論述場域是古典的；因此在語體上不能另有選擇以致造成論述語言和知識銜接的斷裂。

7 以下關於這個句子的討論，取材自周法高《中國古代語法·造句編（上）》，頁1-6。

8 漢語語句成分間的施受關係以及其他的語法訊息，有許多是在言談情境中才顯示出來的。這是漢語具言談傾向的另一個原因。

附 圖 出 處

圖 3-2

出自《折獄明珠》。

圖 4-1

國立故宮博物院收藏品。

圖 5-2

出自《古今圖書集成》藝術典卷五八四星命部彙考二〇第四六九冊
之頁三二甲上。

圖 6-1

國立故宮博物院收藏品。

圖 7-1

出自漢・許慎《說文解字》。

國家圖書館出版品預行編目資料

讓證據說話. 中國篇／熊秉眞編. ── 初版. ──
臺北市：麥田出版：城邦文化發行，2001〔
民90〕

面： 公分. ──（歷史與文化叢書：11）

ISBN 957-469-623-5（平裝）

1.推理─中國─論文，講詞等

159.507   90013158

麥田出版

城邦文化事業(股)公司

100 台北市信義路二段 213 號 11 樓

請沿虛線摺下裝訂,謝謝!

麥田出版

文 學 · 歷 史 · 人 文 · 軍 事 · 生 活

編號:RH5011　　書名:讓證據說話——中國篇

cité 城邦 　　　　　讀者回函卡

謝謝您購買我們出版的書。請將讀者回函卡填好寄回，我們將不定
期寄上城邦集團最新的出版資訊。

姓名：＿＿＿＿＿＿＿＿＿　電子信箱：＿＿＿＿＿＿

聯絡地址：□□□＿＿＿＿＿＿＿＿＿＿＿＿＿＿＿＿

＿＿＿＿＿＿＿＿＿＿＿＿＿＿＿＿＿＿＿＿＿＿＿＿

電話：(公)＿＿＿＿＿＿＿＿　(宅)＿＿＿＿＿＿＿＿

身分證字號：＿＿＿＿＿＿＿＿＿＿（此即您的讀者編號）

生日：＿＿年＿＿月＿＿日　性別：□男　□女

職業：□軍警　□公教　□學生　□傳播業
　　　□製造業　□金融業　□資訊業　□銷售業
　　　□其他＿＿＿＿＿＿

教育程度：□碩士及以上　□大學　□專科　□高中
　　　　　□國中及以下

購買方式：□書店　□郵購　□其他＿＿＿＿＿＿

喜歡閱讀的種類：□文學　□商業　□軍事　□歷史
　　　　　　　　□旅遊　□藝術　□科學　□推理　□傳記
　　　　　　　　□生活、勵志　□教育、心理
　　　　　　　　□其他＿＿＿＿＿＿

您從何處得知本書的消息？（可複選）
　　　　　　□書店　□報章雜誌　□廣播　□電視
　　　　　　□書訊　□親友　□其他＿＿＿＿＿＿

本書優點：□內容符合期待　□文筆流暢　□具實用性
（可複選）□版面、圖片、字體安排適當　□其他＿＿＿＿

本書缺點：□內容不符合期待　□文筆欠佳　□內容平平
（可複選）□觀念保守　□版面、圖片、字體安排不易閱讀
　　　　　　□價格偏高　□其他＿＿＿＿＿＿

您對我們的建議：

＿＿＿＿＿＿＿＿＿＿＿＿＿＿＿＿＿＿＿＿＿＿＿＿

麥田出版【歷史選書】

麥田出版【歷史與文化叢書】